gli Adelphi

10

Nell Kimball, nata nel 1854 in un «podere di sassi» dell'Illinois, è morta in Florida nel 1934. Cominciò la sua carriera a quindici anni in un bordello di Saint Louis e la concluse come tenutaria di case di lusso. Le sue memorie, affidate nel 1932 allo scrittore Stephen Longstreet, furono regolarmente rifiutate dagli editori per la loro franchezza e la crudezza del linguaggio. Vennero pubblicate integralmente solo a distanza di quarant'anni.

INDICE

Parte terza

LE DUE FACCE DEL MONDO

Parte quarta

VITA DI UNA TENUTARIA

Parte quinta

GLI ULTIMI ANNI

MEMORIE
DI UNA MAÎTRESSE
AMERICANA

INTRODUZIONE
di
Stephen Longstreet

Il manoscritto delle memorie di Nell Kimball sulla sua vita di tenutaria di bordelli ci dà una messe di informazioni e di particolari, non solo su di lei ma anche sulla sua epoca in genere, fino al 1917, anno in cui il governo chiuse Storyville, il quartiere di New Orleans dove le case di prostituzione avevano riconoscimento legale. Nell Kimball si ritirò dal mestiere, e nel suo manoscritto non parla degli anni successivi, né di come pervenne a scrivere la storia della sua vita.

Lessi il manoscritto nel 1932, due anni prima della sua morte all'età di ottant'anni. Si trovava in grandi ristrettezze, e sperava di poter pubblicare qualche brano della sua autobiografia. Aveva annotato su un taccuino i progressi della sua stesura, e da tali note risulta ch'ella aveva iniziato il lavoro già nel 1918, e l'aveva portato avanti, più che altro in appunti sparsi, fino al 1922. Questa massa di appunti costituisce il materiale del primo terzo del presente volume. Nel 1922 cominciò a occuparsi di compravendita d'immobili in Florida, e non lavorò più al manoscritto. Nel 1930, dopo aver perso la maggior parte dei suoi averi nella crisi, e, a quanto pare, nel contrabbando di alcool da Cuba e dalle Antille Britanniche, riprese a scrivere la sua storia. Vi lavorò regolarmente, riscrivendo il primo terzo in uno stile più naturale e discorsivo, che sentiva più consono alla materia narrata.

Il dattiloscritto che mi fu consegnato nel 1932 era zeppo d'errori di battitura, e con molte correzioni in inchiostro e a matita. Non v'erano 'a capo', né divisioni in capitoli: un unico, ininterrotto corpo narrativo. Inoltre, alcuni episodi erano ripetuti in varie versioni, alcune lunghe, altre brevi. Miss Kimball aveva saputo che io ero uno scrittore, e che avrei potuto aiutarla a trovare un editore. Del manoscritto curai un estratto di una ventina di pagine che consegnai a vari consulenti di case editrici newyorkesi. La loro concorde opinione fu che nessun editore di primo piano avrebbe osato pubblicare un simile manoscritto, anche se accuratamente riveduto. Benché la maggior parte di loro ammettesse che si trattava di un documento di rilevante interesse, scritto con l'abilità di un narratore nato, la franchezza dell'esposizione e la crudezza del linguaggio erano tali che la sua pubblicazione sarebbe incorsa nei rigori della legge.

Un solo editore, a nome Liveright, si mostrò molto interessato al manoscritto, e desideroso di trovare il modo di portarlo a conoscenza del pubblico. Ma di lì a qualche tempo il signor Liveright scomparve, non so se per morte, o perché ritiratosi dagli affari. Dopo d'allora, non fu più compiuto alcun tentativo di pubblicare il manoscritto.

Nell Kimball morì nel 1934. Quattro lettere inviate al suo ultimo indirizzo conosciuto, tornarono indietro con l'annotazione « deceduta ». Aveva dichiarato di non avere nessun congiunto vivente, e che Nell Kimball era un nome ch'ella aveva adottato dopo il 1917. A Saint Louis, dove all'età di quindici anni era entrata in un bordello, era nota col nome di Goldie.

Dimenticai il manoscritto fino al 1967, quando, lavorando a una storia sociale di New Orleans intitolata *Sportin' House*, mi ricordai dello scritto di Nell Kimball, e ne utilizzai un breve squarcio, molto riveduto sia nel linguaggio sia nei particolari, per descrivere l'atmosfera di una casa di piacere fine Ottocento-primo Novecento. Questo brano non conteneva nulla della storia personale di Nell Kimball. Quando il volume fu pubblicato, la parte tratta dalle sue memorie suscitò vivo interesse, e diversi editori si offersero di pubblicare l'intero manoscritto nel suo linguaggio originale. Il che è appunto ciò che ora facciamo.

Quest'edizione è il manoscritto completo di Nell Kimball, diviso in parti e in capitoli. In generale, grafia e grammatica sono state lasciate come nel testo originale. Quando dello stesso episodio v'erano più versioni, ho scelto la più ampia ed esauriente, integrandola con parti delle altre versioni quand'era il caso. Nell Kimball aveva lavorato affidandosi quasi soltanto alla memoria, e pertanto qualche data e qualche dato sono leggermente inesatti; dove sono state rilevate, tali inesattezze sono state rettificate. Così pure, quando necessario, certi nomi di città e di luoghi pubblici sono stati riportati nella forma comunemente accettata.

In varie occasioni Miss Kimball cita nomi di americani assai noti ch'ella conobbe nei bordelli, e poiché di codesti signori potrebbero esservi discendenti viventi, alcuni di questi nomi sono stati modificati o espunti. Ella stessa dice d'aver cambiato il nome di alcune persone che esercitavano la sua attività, come tenutarie o prostitute, in modo da non causare imbarazzo ai loro eventuali nipoti. Miss Kimball aveva un'eccellente memoria – dovunque è stato possibile controllarli, i fatti da lei citati si sono dimostrati esatti. Lei stessa dice di aver avuto una memoria infallibile fino ai cinquant'anni; in seguito cominciò a venirle meno. « Non riesco a ricordarmi che cosa ho mangiato a colazione ieri, ma posso nominare tutti i casini di lusso di Saint Louie dopo la Guerra Civile dove ho divertito un gianni » (ospite pagante).

Oggi, in un'epoca più permissiva, è possibile pubblicare questa storia assai dettagliata nel linguaggio spesso crudo dell'autrice. I suoi atteggiamenti verso minoranze e immigrati erano quelli della sua epoca, ma era senza alcun senso di superiorità ch'ella usava un linguaggio che oggi consideriamo calunnioso. In generale, nei suoi giudizi si dimostra sensata, aperta ed equilibrata, e, nel suo « campo di lavoro », com'ella dice, una filosofa e un'acuta osservatrice.

Con una limitata istruzione, praticamente autodidatta, nella vivida descrizione che fa della sua epoca, della gente che conobbe, e del mondo, sia quello della gente comune sia quello della malavita, Nell Kimball si dimostra scrittrice dotata. La sua franchezza, la sua sincerità d'espressione arrivano a segno; sapeva che la sua versione dell'esistenza non era quella normalmente accettata dalla società cui aveva prestato per tanti anni i suoi servigi. Era una società di cui conosceva tutte le affettazioni, le ipocrisie, i timori, i conformismi, e che spesso, nel suo scritto, stigmatizza. E se fu particolarmente severa con i politici, è da tener presente ch'ella li conobbe assai più intimamente della maggior parte di noi.

S. L.

Per quanto riguarda le varie parole e locuzioni tedesche che compaiono nel testo, è stata conservata la grafia, spesso erronea, dell'originale [*N.d.E.*].

PARTE PRIMA

COMINCIO LA VITA

I

LA MIA ULTIMA CASA

Se guardo indietro alla mia vita (ed è l'unico modo in cui posso guardarla, oramai), non ci trovo niente di tanto diverso da come la maggior parte della gente vorrebbe la sua. Cominciai a quindici anni, in una buona casa di Saint Louis, senza nessun'idea; come tutte le puttane molto giovani, il mio solo scopo era sfamarmi e avere qualche bel vestito da mettermi, e son finita tenutaria di bordelli e donna d'affari, ho assunto e comandato ragazze, ho diretto case di lusso. E mi sono sempre domandata come mai le cose mi siano andate così. Comunque, posso dire questo: come non ho mai provato nessun rimorso, così non ho avuto mai nessun rimpianto.

Quando tenevo il mio ultimo bordello, a New Orleans, prima di ritirarmi, mi sentivo talmente su, ero talmente fiera della casa, dei miei clienti, delle mie ragazze, quanto poteva esserlo J.P. Morgan a Wall Street, o Buffalo Bill – sempre pieno di whisky fino all'orlo – sopra un cavallo bianco, che sparava ai palloncini di vetro per divertire gli spettatori del suo spettacolo.

Mi dispiace di non avere delle foto della mia ultima casa. I clienti potevano dire che non ce n'era un'altra, in città, che avesse ragazze simili. Avevo fatto mettere una quantità di lampadari di Venezia sopra i becchi a gas, e tendaggi di velluto rosso-sangue che arrivavano fino a terra, e tenevo otto ragazze scelte da me personalmente, certe che arrivavano addirittura da Saint Louis o da San Francisco, e due mulatte che io chiamavo spagnole, ma a nessuno gli fregava niente che cosa fossero, una volta ch'erano andati di sopra a inzuppare il biscottino o a fare un sessantanove.

Per metter su un casino (l'ho fatto almeno tre volte, prima di ritirarmi, nel 1917) ci vuole una certa dose di cervello, e molta conoscenza delle esigenze dei clienti, dei loro gusti, dei loro piccoli capricci. Avevo una cucina sceltissima. Tenevo una cuoca, Lacey Belle, che è stata con me anni e anni. Era lei che faceva la spesa, e aveva due nere che portavano la roba, fresca come lei l'aveva comprata. Lacey Belle era brava sia per la cucina francese, sia per la cucina Jim Brady, sia per la cucina all'americana, e non è mai successo che un cliente si sia lamentato perché la roba era scadente o mal cucinata. Sia i signori che le ragazze mangiavano roba di prima scelta. Per i gianni che sapevano il fatto loro, le bottiglie di vino avevano un dito di polvere e le giuste etichette. Non tutti i tipi che vengono al flamba ci vengono solo per la fica. Molti ci vengono perché si sentono soli e hanno bisogno di un contatto umano – sia pure a pagamento. Per quelli che non se ne intendevano avevo delle bottiglie eleganti, che riempivo di nuovo con vino bianco o rosso di produzione locale. Il whisky era del miglior bourbon del Kentucky, e il mio cocchiere e factotum Harry sapeva mescolare *gin-fizz*, *tom-collins*, *horse's-necks*, qualunque cosa gli chiedesse un bullo per far vedere che era stato a Saratoga, a Churchill Downs o a Hot Springs.

La biancheria è una cosa della massima importanza, e una casa può andare a remengo se non si sta attenti, se non si contano i capi regolarmente, non ci si mettono i segni, e non si mandano alla miglior lavandaia che serve i migliori casini della città. Io cambiavo sempre la biancheria dopo ogni cliente, ma ci sono delle case che la cambiano solo una volta al giorno, senza contare certi pisciatoi dove mettono un semplice telo grigio sopra un paglione, che magari non cambiano mai, e quando nessuno ci si vuole più stendere lo buttano via e buonanotte.

Io non ho mai pensato che le puttane hanno un cuor d'oro, ma non ho mai mandato via una ragazza solo perché era ombrosa o lunatica, quelle che adesso chiamano nevrotiche. Certe volte, anzi, sono le migliori puttane. Se una tenutaria non ci sa fare con le ragazze, tanto vale che cambi mestiere. Sono le ragazze che fanno la fortuna o la rovina d'una casa, e bisogna saperle trattare con mano ferma. Bisogna stare attenti alle lesbiche; fintanto che facevano un po' di manfrine tra loro, si strusciavano o si leccavano la clitoride non ci badavo gran che, ma se gli trovavo un giorgino di gomma allora dicevo altolà. Le ragazze che diventano delle viziose non soddisfano più il cliente perché sono troppo occupate a rifarsela tra loro.

Tra le mie ragazze ho avuto una quantità di mulatte: quelle che chiamano meticce o *negrillonnes*, o, in Brasile, *caloclo* o *mulato*. Quando non potevo farle passare per spagnole, le cedevo a una collega che teneva una casa per negri. Io ho sempre tenuto solo case di bianche, con appena un pizzico di colore – giusto per dargli un po' d'aroma, per così dire. Con le ragazze sono sempre stata ferma, però non ho mai avuto il gusto di fargli la vita grama come facevano invece un paio di mie colleghe che ho conosciuto.

Punivo le ragazze multandole, e quando esageravano gli facevo dare una lezione da Harry, ma senza che gli restasse il segno. Potrà sembrare una cosa crudele, immagino, ma spesso erano delle selvagge, che in camera diventavano mezze matte, e se uno le lasciava fare potevano combinarti dei guai. E se si comincia a dire che in quella tale casa le ragazze non si comportano bene coi clienti, tanto vale chiudere bottega, spegnere le luci dell'entrata, e gettar via la chiave.

Il cliente dev'esser sempre protetto contro qualsiasi cosa che possa esporlo a uno scandalo. È straordinario quanto ha bisogno di essere tranquillo, un uomo, dopo una certa età, per farsi una buona scopata. Inoltre, una tenutaria di idee ristrette non ce la fa a tenere su né il livello della casa, né il morale delle puttane.

Io davo alle ragazze un terzo di quello che guadagnavano, e mai gli ho fatto delle trattenute, né le ho mai strozzate con gli interessi sui prestiti che gli facevo. Non gli facevo prendere la droga, né le facevo picchiare dal pappa come invece succedeva in certe case. Non ho mai fatto lega con i cari papalini che si attaccano alle ragazze come mignatte, succhiandogli i loro guadagni e campando alle loro spalle. Non c'è niente di più schifoso al mondo di un pappa, a parte certi politici che ho conosciuto.

Le ragazze prendevano la loro parte e potevano spendersela come volevano. Pagavano il vitto, la biancheria, la stanza, e se non erano sbornione fatte e finite, gli passavo anche i liquori gratis. Una sborniona, come puttana non vale niente. È impossibile che non le puzzi il fiato, e non può fare il suo lavoro con stile. Le zoccole sono sceme, ma sentimentali. S'inteneriscono sui cani, i gattini, i bambini, i romanzi, e le canzoni tristi. Le ragazze che vanno a lavorare in una casa perché gli piace, non mi sono mai andate. Hanno sempre una rotella fuori posto. Mi ricordo di una ragazza ebrea di buona famiglia ch'era la troia più scatenata che si potesse incontrare a Basin Street. Durò due mesi, poi cercò di ammazzare un cliente a sediate, e quella notte stessa si impiccò in soffitta; penzolava lassù, nuda come un pollo spennato; di puttane che siano riuscite a tenersi i loro soldi non ne ho mai conosciute molte. Ma ci fu una ragazza mezzo indiana dell'Oklahoma, che se ne tornò a casa sua e si sposò con un ragazzo di campagna che poi diventò un grosso petroliere, e in seguito deputato al Congresso, o giudice federale.

Io ho sempre diretto case ben ordinate, allo stesso modo che un buon capitano comanda sempre navi ben in ordine. Al mattino, la casa era come una tomba. Le ragazze dormivano, Harry innaffiava le cassette dei fiori e il marciapiede, e alzava le avvolgibili. Dentro, Lacey Belle e due domestiche vuotavano i posacenere, spazzavano, spolveravano, cancellavano i cerchi lasciati dai bicchieri umidi, e ordinavano la biancheria da lavare. Era inutile cucinare il pranzo, perché solo verso le due qualche ragazza cominciava a chiamare le cameriere perché muovessero il loro culo nero e le portassero il caffè. Le ragazze erano piuttosto giù di stomaco finché non gli si portava il caffè. Io dovevo sorvegliare che le sbornione non si facessero portare del whisky.

Per le quattro, tutte quante dovevano essere di sotto per la cena. E le facevo lavare, e mettersi in ordine i capelli prima che scendessero, e gli facevo indossare una vestaglia pulita o un peignoir. Gli facevo servire sempre un buon pasto. Niente sbobbe. Una minestra di *gumbo* o di *okra*, una bistecca, patate, tacchino, carne bianca di pollo, pescegatto di fiume fritto, torta di mele, e frutta cotta in quantità. Uno dei guai più comuni, nelle puttane, è la stitichezza. Io esigevo che andassero regolarmente, e prendessero della cascara o del rabarbaro. In ogni stanza c'era un vaso da notte; a un mucchio di clienti piace sentire una ragazza quando piscia. Più tardi, feci mettere un bagno in ogni piano, e su un piano, una grossa tazza in marmo a due posti. E anche dei bidé. Al principio, molte non ne volevano sapere di fare il bagno tutti i giorni come io gli ordinavo, ma mica avevo fatto fare tutti quei lavori solo per bellezza. E dopo un po', il profumo non riesce più a coprire l'odore che c'è sotto. Per la maggior parte di loro, i bidé erano una cosa nuova, e una ragazza di campagna del Kansas lo usava per lavarcisi i piedi, prima che la prendessi in mano io. Provenendo da posti dove usavano le pannocchie di granturco o le pagine di un catalogo, non aveva mai visto nemmeno la carta igienica.

Le ragazze io non le facevo uscire gran che, ma ognuna aveva la sua giornata di uscita, e le puttane cattoliche di solito erano molto pie e andavano alla messa. Quando si erano confessate, si vedeva subito. Stavano a occhi spalancati, e si muovevano tutte compunte, come in stato di grazia. Non permettevo che in camera tenessero appesi dei crocifissi. Uno dei nostri migliori clienti era un signore ebreo, un tipo straordinario, che a Natale mandava a ogni ragazza un cestino pieno di bottiglie di vino. In seguito diventò proprietario di una catena di cinematografi, e mi mandava sempre una tesserina annuale. Noi eravamo l'unica casa che tenesse una mazuza sulla porta.

Fino alle nove di sera le ragazze se ne stavano lì a fumare, a pettinarsi, a raccontarsi delle frottole, a vantarsi, o a sfogliare riviste – non succedeva quasi mai che leggessero un giornale, fino a quando non diventarono popolari le rubriche umoristiche.

Si facevano continuamente dei prestiti tra loro, e si indebitavano con Suroryn, il vecchio rivendugliolo greco che gli vendeva a credito abiti, sottovesti e scarpe. Le ragazze che avevano un pappa dovevano tenerlo buono con regali, vestiti, soldi per giocare, o pagandogli la cauzione per farlo uscire di prigione per qualche sfregio, o qualche piccola rapina. Io non permettevo l'ingresso ai pappa, ma una domenica al mese potevano venire a pranzo, e farsi una scopata con la loro ragazza. Gratis.

Alle nove, i tre neri cominciavano a suonare nel salotto principale, e il pianista si metteva a pestare sul piano a mezza coda nel salotto interno, che era quello riservato alla gente bene, i funzionari del municipio, i signori del Campidoglio, i membri delle migliori famiglie, e gli attori forestieri. (Una volta, il padre di

John Barrymore dimenticò un cilindro che io tenni per un anno).

Qualche puttaniere di mezza tacca arrivava prima delle dieci e chiedeva una ragazza. Se aveva un'aria un po' fuori squadra, gli dicevo: « Mi dispiace, è chiuso per un lutto di famiglia ». I veri vaschi non cominciavano ad arrivare fin dopo cena, verso le dieci. Suonavo il campanello e ordinavo a una delle nere di andare a dire a qualche ragazza di scendere. Non mi mettevo mai a chiamare: « Ragazze, c'è gente! », come facevano certune o, come facevano altre: « Signori in sala, signorine! », oppure: « Su, alzate il culo! ». Incaricavo sempre una domestica che accompagnasse dentro le ragazze.

Per mezzanotte, se era una buona serata, nei due salotti c'erano dai dodici ai venti uomini, le ragazze circolavano, e le cameriere passavano offrendo da bere. Io assumevo sempre delle nere di alta classe, tipe che non facevano un salto solo perché uno gli dava un pizzicotto nel sedere o gli acchiappava una tetta, ma se si andava troppo in là, intervenivo io, dicendo che noi servivamo soltanto dei gentiluomini, e non dubitavo che anche lui lo fosse. A questo, nessuna persona educata aveva niente da rispondere. Far chiavare le cameriere non è mai un vantaggio, per una casa.

La maggior parte delle puttane in salotto erano in abito da sera. Abiti da me approvati. Loro avevano un gusto schifoso, andavano pazze per i fru-fru e i pennacchi. Non permettevo che si facessero delle pettinature troppo grosse, con imbottiture e posticci, a meno che non avessero un cliente che aveva la passione dei capelli. Certe ragazze si vestivano da fantino, con i pantaloni attillati, berretto con la visiera, e stivali di cuoio; oppure da scolarette, con le scarpe con la fibbia, e grossi nastri azzurri ai capelli. Spesso un vecchio ragazzo voleva di nuovo una scolaretta.

Mi sono sempre piaciuti i clienti fissi, che frequentavano assiduamente la casa, e che da me si trovavano a casa loro fuori di casa, se così si può dire. Un vecchio cliente e i suoi ospiti erano sempre i benvenuti, e così pure qualunque pugilatore (bianco) di passaggio, attore, senatore, o giudice. I semplici frequentatori occasionali non mi sono mai andati, e nei tempi buoni li scoraggiavo. Sarà stata una piccola perdita di guadagno, ma si stava più in pace.

Alle ragazze, il liquore veniva allungato con tè freddo, ma ogni cinque giri, gli mollavo una dose di whisky. Lo champagne era un colpo gobbo per loro, e conservavano il tappo. Per ogni tappo ricevevano un dollaro. Le ragazze troppo agitate o sfacciate non mi piacevano. Ma tenevo sempre almeno una un po' in gamba, una che ci sapesse fare con i clienti timidi, o con gli adolescenti che ancora si vergognavano, arrivati giusti giusti dal *college* per inzuppare il biscottino. Queste ragazze dovevano metterli a loro agio senza spaventarli. Se di una casa si cominciava a dire che era un posto dove non ti facevano passare la timidezza o l'impotenza, si perdeva una buona parte della clientela.

Alle due del mattino, le stanze erano tutte occupate, e io bevevo un bicchiere con gli ospiti in attesa; le ragazze scendevano ogni tanto, con la faccia rinfrescata e la pettinatura rifatta. Io facevo le presentazioni, e nello stesso tempo mi occupavo di incassare, se già non avevo incassato in anticipo. Un cliente che si era scaricato i tubi poteva tentare di bruciare il paglione, o magari mi chiedeva di scrivere la cifra sulla lavagna. Io rispondevo sempre: « I casini non hanno il reparto ragioneria ». In questi casi bisogna essere sorridenti ma ferme, e sbarrare la strada della porta, sia pure con grazia. Continuare a chiacchierare, e mai dare al cliente una possibilità di chiederti di fargli credito, o di dire che era stata una brutta chiavata. Dopo essermi assicurata che tutte le consumazioni e le rotture erano state pagate, io accompagnavo ogni cliente alla porta. Mi ricordo che qualche vecchio gianni, un magistrato, un giudice di tribunale, avevano l'abitudine di darmi il bacio della buona notte e una pacca sul sedere.

Tenevo una governante – di solito una vecchia chioccia – che mi metteva in ordine i piani di sopra e si occupava della biancheria. Alle tre, la folla dei clienti cominciava a diminuire. Quelli che facevano la nottata erano sistemati nelle loro stanze, e al terzo piano, magari, si faceva un piccolo spettacolo – nude, o con una leggera sottoveste (certe volte, una ragazza mezzo vestita è più sexy di una nuda), due o tre ragazze facevano una danza un po' *outré*, giusto quel tanto da mettere a loro agio i clienti, perché si unissero a loro, sia in gruppo, sia per un *a solo*. A meno che un qualche cliente speciale chiedesse un piccolo voodoo, raramente io partecipavo a queste orge di gruppo.

Le ragazze, di sotto, sedevano qua e là nei salotti, ascoltando il pianista che suonava un cakewalk, o l'orchestra che suonava una canzone di Stephen Foster. Verso le quattro andavano a letto; alle più stanche facevo servire un bicchiere di gin. Per le cinque, a meno che in città non ci fosse qualche grande ballo, o fosse arrivata una nave importante, e ci fossero delle comitive che facevano il giro della città, ordinavo di spegnere le luci al pianterreno. Harry tirava i catenacci. Succedeva ben di rado che aprissi la porta se qualcuno bussava; arrivava la guardia addetta al quartiere e gli diceva di andarsene.

Non contavo mai l'incasso prima del giorno dopo – tanto ero scoppiata. Mettevo i piedi a bagno in acqua calda, e una delle domestiche mi massaggiava il collo, mentre mi toglievo il busto, e poi mi cacciavo nel letto, con una tazza di latte caldo con noce moscata. Invecchiando, soffrivo d'insonnia, e certe volte mi facevo entrare nel letto una delle domestiche, e ci mettevamo a chiacchierare pigramente, con il lumino da notte acceso; parlavamo dei clienti, della vita di famiglia della ragazza, e quando questa vedeva che oramai ero cotta, scivolava fuori del letto e io dormivo fin verso le dieci o le undici del mattino, quando cominciavo a sentire le ragazze che scendevano di sotto, o Harry che andava in giro col grosso cane da guardia che tenevamo accanto alla stalla, oppure che controllava dall'esterno le persiane; mi svegliavo, e addio sonno.

Il commercio della carne è pieno di complicazioni, come dirigere un'acciaieria.

Certe tenutarie annusavano cocaina, ma di solito io riuscivo a tenere le mie tensioni sotto controllo, e me ne restavo semplicemente a letto, mezza dentro e mezza fuori, finché la luce del mattino non penetrava attraverso le persiane. Sentivo che stavo invecchiando, che non avevo famiglia, non avevo nessun vero amico – avevo solo me stessa su cui contare. E non avrei mai voluto alzarmi. Che senso aveva, maledizione? Perché? Per mandare avanti una casa di luride puttane? Ma in fondo, io ero proprio una « figlia del dovere », come una volta mi aveva chiamato un giocatore di professione – e, brontolando, mi tiravo fuori del letto, tossendo e sbadigliando, e chiamavo perché mi portassero un caffè nero corretto con due dita di rum.

Avevo sempre un mucchio di cose da fare, mettere dentro una busta la tangente per la polizia e per il municipio, controllare con la governante la biancheria lavata, i conti della lavanderia, sostituire le sedie rotte, le lampade, e la biancheria. Al mattino, la casa puzzava ancora parecchio. Cipria, lisoformio, mozziconi di sigari, il greve odore di donna; sudore, profumo, piscio, borotalco, puzzo di ascelle, di docce vaginali e di liquore versato. Una casa, per me, non era una buona casa se al mattino non aveva quell'odore particolare. La cuoca Lacey Belle e io ci bevevamo insieme il nostro caffè in cucina, mentre tutte le ragazze ancora dormivano, e io leggevo il giornale, per vedere chi era sceso nei buoni alberghi, e facevo scommesse con Lacey su chi sarebbe passato a fare una visitina alla nostra casa, quella sera.

Ciò che io offrivo era un casino di alta classe a Basin Street, una strada elegante, non uno di quei posti rumorosi, da animali selvatici, come ce n'erano intorno a Canal Street, sopra Saint Charles Avenue, o nel Vieux Carré. La Guerra Civile aveva rovinato la città, e le case più rispettabili erano cadute in mano alle tenutarie. C'erano casini nelle vie Gravier, Saint John, Union, Royale, Basin, Conti, Camp, Franklyn e Perdido.

Io, al principio, diressi una bella casa di lusso da venti dollari, con belle ragazze pulite. I prezzi scendevano fino ai quindici centesimi delle stie per negri. Bastava pagare le persone giuste, e si poteva aprire un prospero casino.

Questa più o meno era la mia giornata, in tutte le case che ho diretto. E per la maggior parte furono delle buone case, niente a che fare con i casini che si leggono nei libri o si vedono nelle commedie e nei film. In questi, non c'è mai una vera casa di piacere, ma soltanto l'idea che gli uomini si fanno di essa, l'idea del cliente medio, di gente che non ha mai saputo un accidente di un casino.

II

LE MIE ORIGINI

« Ogni ragazza siede sulla sua fortuna, e non lo sa » disse mia zia Letty quando avevo otto anni. Da allora, ho sentito ripetere questa frase centinaia di volte, ma la prima volta dètti per certo che era stata mia zia Letty a inventarla. Era arrivata una mattina nel nostro podere pieno di sassi, nell'Illinois, per vivere con noi. Era la sorella di mia madre. Mia madre non faceva che spettegolare su zia Letty. Questa aveva detto che era venuta a morire da noi. Era una donna alta, fina fina, con i denti guasti, e i capelli tinti in arancione, un colore che nessuno di noi aveva mai visto, e che stingeva sulle fodere.

Arrivò con un baule foderato di pelle di bufalo col coperchio imbottito da cui era uscito via tutto il crine. Aveva anche altri due bagagli che noi chiamavamo valigie di tappeto, fatte con dei pezzi di tappeto belga. Non potemmo far altro che prenderla in casa. Lei disse che aveva un po' di soldi per mantenersi fino alla morte, che, prometteva, non avrebbe tardato. I pochi dollari al mese che ci pagava per la pensione erano un aiuto in un podere ch'era pieno di stoppie e di ceppi, con una grossa famiglia, e un padre che non pensava che alla sua Chiesa e all'idea di imprimerci, in tutti noi, l'amore di Dio e del Papa sul culo, con un finimento del cavallo, o con l'affilatore del rasoio.

Mio padre era un testone di tedesco americano, ossuto, biondo, con una barba arruffata che si tirava continuamente, e folli occhietti azzurri. Era un uomo santo e pio – questa era la prima cosa che saltava agli occhi – ed era sempre preoccupato della sua santità. Suo nonno, carpentiere navale, era sbarcato a Filadelfia, e la famiglia era sempre stata molto devota, sempre col culo fuori dei calzoni, gente piena di unzione e di perbenismo. E mettevano al mondo un mucchio di figli che morivano piccoli o, se crescevano, se ne andavano e non si sentiva mai più parlare di loro.

Mio padre sapeva perfino un po' di latino di chiesa, come altri contadini cattolici e le loro famiglie. Quanto a noi bambini, qualunque cosa facessimo offendeva la sensibilità di mio padre, la sua pia visione di noi e del mondo. Lavorava la terra, e quasi ogni notte sbatteva la mia spaurita madre sul saccone di sfoglie, gridando e grugnendo mentre veniva, e continuando a sbatterla senza pietà. Lui lo chiamava procreare. Tanto la sbatteva, che ogni anno c'era un nuovo bambino appeso alle tette di mia madre, mentre lei con la mano libera cercava di cucinare, di scostarsi i capelli dalla faccia, e di tenerci in ordine. Da giovane doveva essere stata piuttosto carina, con gli occhi un po' sporgenti.

Zia Letty non disse mai dov'era stata o che cosa aveva fatto dall'epoca in cui lei e mia madre erano state domestiche in un alberghetto di campagna vicino a Cleveland. Parlava di città come Chicago e Saint Louis e Boston e Pittsburgh e Frisco e New Orleans. Il meglio che mia madre riuscisse a immaginare era che zia Letty fosse stata una ballerina, e anche la cameriera di un'attrice.

Mio padre la chiamava « la vecchia meretrice sfiatata ». Siccome non faceva che parlare della Gran Meretrice di Babilonia, del Fuoco Infernale, della Dannazione Eterna, del Peccato Originale, e dello Stato di Grazia, io pensavo che la parola meretrice avesse a che fare con la religione. Quando seppi cosa voleva dire ero già un bel pezzo avanti e avevo capito il significato di quella frase: « Ogni ragazza siede sulla sua fortuna, e non lo sa ».

Tutto questo succedeva poco prima della Guerra Civile, nell'Illinois meridionale, e mia zia diceva che prima ancora, nel '49 e nel '50, tutti gli uomini migliori se n'erano andati verso i giacimenti d'oro. Quelli ch'erano rimasti, lei li chiamava « dei polentoni neanche buoni a sollevare una pinta di birra ».

In tutte le cascine si parlava di padri e di figli che se n'erano andati a far fortuna nell'Ovest, per tornare indietro grassi come porci. Non ricordo nessuno di loro che sia tornato indietro con le bisacce piene di polvere d'oro, o con le pepite d'oro appese alla catena dell'orologio. In ciascuna di quelle sporche cascine c'era qualche figlio che se n'era andato, e nella maggior parte dei casi non se n'era più saputo niente. Le lettere avevano smesso di arrivare e amen. Era una vita dura, nelle fattorie dell'Illinois meridionale; spesso i contadini erano sul tipo di mio padre, senza nessun amore per la terra, e spesso non capivano niente di agricoltura. E perciò erano sempre ingrugnati e incattiviti, lottavano con la miseria, e picchiavano la moglie e i figli. Mio padre non beveva, non fumava, e non ciccava, insomma, non aveva gli sfoghi degli altri contadini. E nemmeno andava a caccia di volpi, la notte, con le torce e i cani, né se ne stava a bere acquavite e a chiacchierare con gli altri. Era una vitaccia da disgraziati. Oltre il bere, il parlare dei tempi duri, e delle malattie degli animali, i discorsi erano sempre a proposito del fottere. Ma anche qui, mio padre non prendeva parte, poiché si vergognava, o pensava che il parlarne fosse peccato. A letto con mia madre si dava da fare, ma non se ne andava in giro a fare il galletto per le altre cascine e dietro le fratte, e nemmeno se ne stava nel granaio a cimpare sidro e a discorrere di fregna con i giornalieri.

Nelle cascine, i discorsi sporchi si potevano raccogliere col cucchiaio. In ogni stagione c'era almeno un paio di ammazzamenti, quando un padre o un fratello dava il fatto suo a qualche bullo che aveva messo incinta una ragazza della famiglia, oppure qualche marito ritornava dai campi per buttar giù un bicchierone di latte freddo, o per prendere una cote, e trovava sua moglie a gambe all'aria mentre un tipo cercava di « segarla in due », come si diceva da noi in campagna. Erano fatti che davano un po' di movimento, in quelle miserabili cascine, una variante alle vacche che entravano nei campi di grano, e poi si gonfiavano di gas, sì che mio padre doveva fargli un buco nella pancia col coltello per fargli uscire l'aria e salvargli la vita.

I giovani galletti stavano sempre a esercitarsi, con se stessi o con le sorelle, e quando si faceva il bagno al fiume, cavalcavano molto, andavano in giro con l'uccello dritto, e non parlavano che di fottere e d'inculare. Non credo che ci sia mai stato un ragazzo o una ragazza di campagna che sia venuto su innocente come certi bambini di città. Noi ragazze venivamo a sapere tutto quello che c'è da sapere assai prima di avere un pelo sulla passera. Era naturale, per tutti noi ragazzi di campagna, di sapere, di vedere, di provare, e di fare. Come punizione, al massimo, ti pigliavi uno scapaccione, a meno di esser figli di nostro padre, che quasi storpiò uno dei miei fratelli, quando lo sorprese mentre si arrampicava sulla finestra di una ragazza, una notte, nella fattoria vicina. Lo aveva pedinato per prenderlo sul fatto. Mio padre non fu mai un uomo normale in nessuna cosa. La zia Letty diceva: « Non fa nulla come l'altra gente, nemmeno fa la fame come gli altri, su questa cascina. Fa la fame a modo suo. Cerca di coltivare della roba che, se viene su, non c'è nessuno che voglia comprarla ».

La sera, a cena, mio padre assaliva zia Letty, gridando: « Puttana maledetta! Puttana sfondata, domattina te ne vai fuori di questa casa! ».

Ma lei non se ne andava. Gli unici soldi che mio padre avesse in tasca per la maggior parte dell'anno erano i pochi dollari d'argento che riceveva ogni mese da zia Letty. Lei continuava a stare con noi, dicendo che sarebbe morta tra una settimana, o al massimo tra un mese. Rimase con noi sette anni.

Sono passati più di cinquant'anni, da quell'epoca, e ancora adesso, quando faccio un brutto sogno, mi pare di essere di nuovo alla fattoria.

Dalle nostre parti, la terra era cattiva, una volta era stata tutta un bosco, e i campi erano ancora pieni di vecchi ceppi. Oltre a ciò, i contadini per la maggior parte erano stupidi o poltroni. In un podere dove non cresce niente, fa presto a venire lo scoraggiamento. Mio padre era stupido, ed era anche cattivo, perché pensava che la gente non viveva secondo la sua personale idea della volontà di Dio. Frustava me e i miei fratelli e sorelle, per costringerci ad andare a confessarci e comunicarci. Rendeva la nostra vita un esempio di peccato mortale. Lui, diceva, viveva soltanto per ricevere il corpo e il sangue di Cristo. Ci diceva che lui viveva la Grazia di Dio nel Sacramento, e non faceva che biascicare rosari, un poveraccio logoro e infelice, convinto che non sarebbe mai riuscito a prosperare, che non avrebbe mai avuto un'oncia di gioia.

Quel prete pidocchioso che veniva ogni tanto al North Pike ci prometteva, a noi ragazzi, fuoco d'inferno e purgatorio, ci prometteva diavoli e forconi, e l'orrore di bruciare in eterno, come punizione delle nostre colpe. Ci porgeva, come fossero zuccherini, le immaginette del cielo, degli angeli e dei santi. Ma a me non sembrava troppo probabile che esistessero lassù, chissà dove.

A mano a mano che crescevo e i ragazzi mi davano la caccia tra i cespugli, vedevo che anche i presbiteriani, i metodisti, i battisti in mezzo ai quali vivevamo, non erano niente di meglio. La maggior parte erano pieni di paura dell'inferno, e sguazzavano nella speranza del paradiso. Anche loro cercavano d'insegnare la religione ai loro ragazzi a suon di frustate sul culo. Mai in nessun momento io ho creduto nel fuoco dell'inferno; quanto al cielo, non ci tenevo gran che. L'assoluta dannazione, come la felicità assoluta, mi sembravano soltanto chiacchiere che non si sarebbero mai avverate. Nemmeno allora riuscivano a darmela a bere, questa roba.

Ero troppo piccola per provare compassione per mio padre, il sedere mi bruciava troppo per le frustate che mi dava con i finimenti, o con l'affilatore, perché imparassi il catechismo con un po' di sentimento. Arrivai a non provare nessuna compassione per lui. Come la maggior parte dei fanatici che avrei conosciuto in seguito, non aveva in sé nessuna virtù cristiana di speranza e d'amore. Nessuna pietà, nessun senso di fratellanza per i suoi simili, nessuna compassione per gli animali, per i vagabondi, per i picchiati. Odiava i protestanti, gli ebrei, i negri, e tutti quelli che non erano della sua fede. Era di un'onestà assoluta, mai che abbia imbrogliato nessuno di proposito, mai che abbia fatto un favore a nessuno, fotteva come un mandrillo, era crudele con gli animali domestici (« Dio non gli ha dato l'anima »), e sentiva di essere dannato. Era sempre pieno di libidine; e non disse mai una parola gentile, mai una parola scherzosa, per tutto il tempo che lo conobbi.

Io nacqui il 14 giugno 1854, giorno più giorno meno, in quanto mio padre ritardò alcuni giorni a segnare la nascita nel suo libro dei conti; per quanto riguarda le cifre, era un vero testone. Perciò, potrei essere più giovane o più vecchia di qualche giorno. Ero l'undicesimo figlio di mia madre Essie. Quando la facevo dannare, o le causavo, coi miei capricci, quei suoi tremendi mal di testa, diceva sempre: « L'unica che mi abbia dato dei guai per metterla al mondo, sei stata tu, Nellie ». Dei dieci bambini che vennero prima di me, la storia non è troppo allegra. Sei morirono alla nascita o prima di aver compiuto l'anno (due per il mal di gola, come allora chiamavano la difterite). Mio fratello Tom, il più grande, perse una gamba a Shiloh, che i ribelli chiamavano Pittsburgh Landing, e dopo d'allora se ne stava tutto il giorno all'osteria dell'incrocio, a bere e a grattarsi, finché l'acquavite lo uccise. L'altro mio fratello, Orion, se ne andò all'Ovest dopo aver mezzo accoppato mio padre nel granaio, una mattina, con i finimenti del cavallo imbullonati d'ottone. Orion, o rimase ucciso in qualche rissa tra vaccari, o fu ammazzato in un'osteria, oppure fu impiccato per aver rubato un cavallo. Mia zia Letty, che teneva memoria delle vicende della famiglia, diceva che una qualsiasi delle tre versioni poteva essere quella vera, e tanto valeva scegliere quella più adatta al momento in cui si raccontava.

Era una famiglia di stupidi e di disgraziati, anche se maledettamente prolifica. Mia sorella Cathy sposò a tredici anni un contadino, più tanghero che mormone, tutto capelli, e se ne andò con lui nel loro territorio e morì di parto. Ne fummo informati con una cartolina dallo Utah, che diceva che lei « era trapassata con il suo bambino ». Due sorelle morirono di tisi galoppante a Cleveland, dove facevano le cameriere in un albergo di campagnoli, come a suo tempo erano state mia madre e la zia Letty. La mia ultima sorella morì nel 1901. Lizzie non si era mai sposata, era rimasta nella cascina dopo che tutti gli altri erano morti. Era un po' picchiata nella testa. Andava in giro con stivali da uomo, e i capelli tagliati cortissimi; coltivava il terreno meglio di quanto non avesse mai fatto nostro padre. Beveva, e parlava da sola. Fu trovata morta nel suo letto in una fredda mattina, mi scrisse una vicina, insieme con un vagabondo, uccisi entrambi dalle esalazioni della stufa a carbone, che aveva consumato tutta l'aria, nella stanza ben chiusa, in una notte di gran freddo. Lizzie aveva fama di chiavare con qualsiasi vagabondo, giornaliero, barbone, bracciante, che si trovasse a passare da quelle parti. Lizzie era magra ma robusta, aveva un paio di grossi occhi grigiazzurri da pazza, e un pugno come quello di un mulattiere. Ma aveva sempre bisogno di un uomo. Andava a letto con chiunque.

Dopo la mia nascita, non ci furono altri figli viventi. Mia madre ebbe un altro aborto, e altri due nati morti, e poi più niente, benché lei e mio padre continuassero a fottere due o tre volte la settimana nel loro vecchio letto con le corregge. Li sentivamo che soffiavano e borbottavano come una coppia imbufalita dietro una fratta, in una notte di festa. Dei due, chi faceva più baccano era mio padre; quando veniva, sembrava un vitello sgozzato.

È un fatto che in una cascina è impossibile crescere senza imparare tutto molto presto. La natura ha inventato cose abbastanza pazze, perché il mondo resti sempre pieno di uomini e di animali. Quando veniva la primavera, tutta l'aria era piena di animali in calore, che si rincorrevano, si mordicchiavano, si accoppiavano, e la libidine invadeva dappertutto. Il gallo montava le povere galline fino a mandarle in giro col culo tutto spennato, e lo stagno era pieno di uova di rana. Avevamo un papero, Vecchio Baffo, che quando gli veniva il prurito, fornicava con qualunque cosa, e a quanto pareva gli veniva continuamente. Arrivava fischiando e sbattendo le ali, e se non c'era una papera, cercava di montare i porcellini, un cagnolino, o uno dei miei coniglietti neri. Una mattina, avevo otto anni, mi alzai e lo trovai addosso a un coniglietto che strillava, gli sparai col calibro otto di mio padre caricato a palla, ed è un fucilaccio che non scherza. Ciò che rimase di Vecchio Baffo lo mangiammo a cena, e aveva un sapore schifoso.

Quando venni a sapere qual era il meccanismo naturale della vita umana e animale, io non avevo nessun valore morale di cui fossi sicura, o almeno, non certo quelli di cui parlava quello spilungone di prete tedesco. Godere insieme mi sembrava naturale per tutti, e per tutto. Bisognava gettare acqua bollente sui cani per farli staccare, e mi pareva una cattiveria. La vita, così come la vedevo, non era che un continuo mettere al mondo vitellini, pulcini, e anatroccoli e coniglietti. Le due grosse scrofe che tenevamo avevano l'abitudine di mangiarsi i loro piccoli, se non si faceva in fretta a levarglieli. Ma erano semplicemente delle fabbriche di prosciutto, e vedendo una dozzina di maialetti appesi alle loro tette, a succhiare, mi veniva da credere che l'intero regno animale non era altro che un figliare figliare figliare senza soste, né più né meno come mio padre a letto. Ma per la maggior parte del tempo non ci pensavo.

Ero una bambina cattiva, nel senso che nessuno riusciva a farmi portare più della mia parte di torsoli di pannocchie per accendere il fuoco, nelle mattinate di gran freddo, o pompare l'acqua più di quanto ne avessero pompata i miei fratelli; non mi facevo bagnare il naso da nessuno. Mio padre me ne dava tante, con la cinghia per affilare il rasoio, che avevo le chiappe sempre lustre, e se appena le arrivavo a tiro, mia madre mi allungava una sberla, ma questo mi sembrava giusto, visto che la facevo sempre arrabbiare, non sbrigando i tanti lavori di cui c'è bisogno in una cascina, da spezzarti la schiena. La cascina di mio padre era un posto miserabile, da qualunque parte la si guardasse. Mio padre aspettava di morire, aspettava di presentarsi al Giudizio Finale. Era un peccatore – come diceva sempre – che per troppe volte aveva perduto la Grazia, e non faceva altro che blaterare di santi, e dei maledetti protestanti, così che gli rimaneva ben poco pensiero per coltivare la terra.

Mi è sempre venuto da ridere, anni dopo, quando sentivo parlare della purezza, dell'innocenza della vita di campagna. La vita in mezzo alla natura sarebbe migliore di quella che si fa nelle città. Per miglia e miglia intorno a noi, non c'era altro che letame, una lotta continua per mantenersi poveramente in vita, per sfuggire alle grinfie delle banche, o per evitare che ti mettessero all'asta la cascina per pagare le tasse arretrate. Le poche cascine che prosperavano appartenevano a gente cattiva, dura, che faceva crepare di fame i braccianti, che comprava a poco prezzo i raccolti degli agricoltori stretti dal bisogno di un po' di denaro liquido. Tra il colera dei maiali, il tafano dei cavalli, e la pipita dei polli, c'era un milione di cose che potevano far strage del bestiame della cascina prima che crescesse abbastanza da poterlo vendere per il prezzo che i rivenditori del mercato fossero disposti a pagare. Una dozzina di uova, ricordo, sei centesimi; venti centesimi un pollo, pelato, sventrato, e strinato.

Ciò che mi distingueva dalla solita mocciosa di campagna era l'idea che al di là della collina, oltre il granaio tutto scrostato, oltre la stradaccia piena di polvere d'estate, e d'inverno tutta una pozzanghera, c'era un altro mondo. Come un nuovo cielo, che mia zia Letty diceva era « azzurro come i calzoni di un olandese ». Era un azzurro più pulito del mondo nel quale io vivevo. Quello, e le stelle palpitanti, la notte, in quel cielo nero come la pece, mi facevano pensare, be'... mi pigli un colpo se so che cosa potessero far pensare a una ragazzina di otto anni, dalle lunghe gambe tutte piene di graffi, e i calzini sporchi. Ma qualcosa di diverso. Forse il mondo di zia Letty, che era stata una zoccola, e che parlava di Pittsburgh, dove beveva acquavite, e raccontava di uomini che portavano guanti di capretto, che fumavano sigari avana, e ordinavano vino, ed erano dei veri milionari. Ma tutto ciò era irreale, per me. Io avevo un altro mondo, costruito su alcune pagine strappate da una rivista, e su un pezzo di giornale. Non avevamo nessun libro, nessun giornale; le uniche cose da leggere erano la vita di un Papa, e certi libretti verdi che parlavano di santi fritti, tagliati a fette, e arrostiti in vari modi. « Abbastanza » diceva zia Letty « per fare uno spezzatino a un taglialegna ».

Non riuscii mai a capire l'immagine di una donna, una santa a colori, col cuore tirato fuori dal corpo, e che ardeva come fosse stato inzuppato nel petrolio. E lei che sorrideva come se la cosa le facesse piacere. Sopra il letto di mio padre e di mia madre c'era anche un crocifisso di ottone con un Cristo allampanato, e con dei piccoli chiodi neri che gli trapassavano le mani e i piedi. Quando mi cascavano gli occhi da quella parte, li stornavo subito.

Per molto tempo, fu questo tutto il mondo esterno che entrò a far parte del mio mondo. Certe volte, un venditore ambulante col suo calesse, oppure un rivendugliolo ebreo, il vecchio Nat, che riusciva a portarsi quaranta chili sulle spalle e altri venti chili appesi al collo. Tutto questo, spiegava, era tenuto su da certi finimenti speciali. Era un uomo tutto nervi, con una gran barba nera ricciuta. Mangiava, col cappello in testa, uova sode e pane secco, che si portava dietro. Se lo si fosse lasciato fare, avrebbe bevuto il latte attaccandosi direttamente alla tetta della vacca. Però era ben contento se gli regalavi una mela o una pera, che lui avvolgeva nel suo fazzolettone rosso. Il vecchio Nat e mia madre stavano a chiacchierare per ore, e poi finiva che lei comperava un rocchetto di filo, una grattugia di latta, o dei bottoni di vetro a forma di fiore. Il vecchio Nat era l'unico uomo al quale mio padre parlasse gentilmente, a parte il prete. Il vecchio Nat si limitava a sorridere e a dare una scrollata di spalle, quando mio padre gli faceva notare quanto fossero stupidi gli Ebrei, che avevano fondato il mondo, a non fidare sulla promessa di Padre Gutman, e così salvarsi l'anima dal purgatorio eterno. Mio padre lo chiamava « Quel vecchio giudeo dalla pancia pelosa », ma gli piaceva chiacchierare col vecchio Nat.

Io non mi sono mai intenerita per certe cose, come fa tanta gente, per esempio su una musica, o una poesia, o alla vista di una bottiglia di vino vecchio. Ma mi ricordo di una volta, d'estate, quando avevo otto anni, che corsi fuori di casa, nuda come una ghiandaia, sotto la pioggia calda. Mi misi a correre, gridando, facendo delle voci pazze, e ridendo, come se fossi ammattita, col fango tra le dita dei piedi, e i vecchi meli con i loro tronchi tutti neri di pioggia. Non riuscivo a smettere di urlare. Arrivai fino al campo, e rimasi là, con la testa gettata all'indietro, gli occhi chiusi, e la pioggia che mi lavava tutta, la bevevo con la bocca aperta; e mi sentivo tutta calda e strana, con le mani tra le gambe.

Anni dopo mi resi conto che era stato come una gran nottata di chiavate con un uomo meraviglioso. Quella pioggia, quel gioco, devono essere stati la mia prima esperienza sessuale. Se me ne fossi resa conto, sarebbe stata la mia prima intuizione di quanto poteva essere bella e gioiosa la vita. Mi limitai a godermela, senza nessuna restrizione, camminando scalza sotto la pioggia calda, e facendo tutto ciò che volevo. Mi ci volle molto tempo per superare le regole troppo semplicistiche e la mentalità sporca della gente, che crede che qualsiasi godimento del corpo sia una cosa sporca. E tutto è talmente sporco per loro, che hanno paura di esservi immischiati, e non vogliono nemmeno che nessun altro vi abbia a che fare.

Mi piaceva starmene sdraiata sul tetto del granaio, a masticare un filo di paglia e guardar in giro, a spiare la vita della cascina, il garzone che rubacchiava un boccale di sidro, una delle mie sorelle che si faceva pettinare col pettine fitto, e gridava, e si pigliava gli scapaccioni. A mia madre piaceva ricercare la vita animale tra i nostri capelli. Avevamo tutti quanti capelli d'oro fulvo o giallo grano. I miei erano come oro fino, come vidi più tardi, quando ebbi un pataccone da venti dollari proveniente dalla zecca di Frisco. Capii perché gli uomini mi chiamavano Goldie.

Lassù sul tetto, mi lasciavo andare ai sogni a occhi aperti. In lontananza si alzavano pigramente delle fumate, quando qualcuno bruciava le stoppie o dei vecchi ceppi; il cavallo bianco che tirava l'aratro di mio padre si voltava alla fine di un solco, e mio padre si tergeva la faccia con la manica, e buttava giù qualche sorso d'acqua dalla borraccia che aveva posata lì. A volte, una volpe, o qualche altra bestia del genere, si metteva a gironzolare tra le alte canne gialle intorno al pollaio. Secchio, il cane alla catena vicino al granaio, si metteva ad abbaiare e ad agitarsi e a buttarsi avanti quasi a strozzarsi finché qualcuno veniva fuori col fucile e lasciava andare un colpo. Mi ricordo di un grosso falco dalle ali rosse che si era messo a roteare sopra l'aia, e il garzone gli lasciò andare i due colpi della doppietta, e il falco fece una giravolta e cadde giù in un arruffio di penne. Precipitò come un fagotto disfatto, in mezzo ai pomodori verdi.

Ai ragazzini di campagna non sfugge niente. Vidi la cavalla dei nostri vicini accoppiarsi con lo stallone del proprietario dell'emporio, uno stallone che si chiamava Jackson. Legarono la testa della cavalla dietro il negozio, e poi uno degli uomini scavò due buchi nel terreno, profondi un palmo, dietro il posteriore della cavalla, e poi condussero Jackson, che roteava gli occhi e aveva la minchia dritta, grossa e nera, che sembrava lunga un metro, il cazzo più lungo che abbia mai visto. L'aiutarono a montare, e gli fecero mettere gli zoccoli di dietro dentro i buchi nel terreno, e qualcuno aiutò perfino il suo cazzo a trovare la fessa della cavalla. Jackson era tutto fremente, e la cavalla teneva le orecchie dritte, chiudeva gli occhi, e scopriva i denti gialli ansimando. Ci saranno stati una diecina d'uomini e qualche ragazzo a guardare, per tutto il tempo, mentre lo stallone si prendeva il suo piacere. Io e una delle mie sorelle stavamo cogliendo le fragole su un monticello. Mi sentivo la bocca secca, e mi mancava il fiato. La cavalla nitrì, e lo stallone si rimise giù, col cazzo molle e gocciolante. Qualcuno degli uomini si era messo a ridere, e qualche ragazzo si prese uno scapaccione per essere stato lì. Non riuscivo a capire perché i ragazzi ridacchiassero. A me, la cosa era parsa maledettamente interessante, anche se mia sorella diceva che era « sporca ». Lo stallone mi faceva pena, perché tutti lo prendevano in giro. Avrei voluto chiedere a zia Letty a proposito degli stalloni e di quell'immenso arnese che avevano, ma lei era occupata a mescolare la crema per la pelle, e non poteva ascoltarmi e mescolare nello stesso tempo.

Zia Letty fu la prima donna che io abbia conosciuto che si curasse la pelle. Mia madre e le altre contadine si mettevano un cappello per difendersi dal sole, ma sulla faccia non si mettevano mai altro che cenere, sapone di sego fatto in casa, e acqua. E non gran che neanche di questa roba. Ma zia Letty, che si era portata delle boccette, delle ciprie e certi flaconi di una roba che aveva un odore molto forte, diceva che non bisognava « andare in giro con una pelle che sembra quella di una capra ».

Quando le riserve che si era portata finirono, cominciò a fabbricarsi degli intrugli da sé. Ho ancora un vecchio foglio di carta con alcune delle sue ricette, che mi diede perché potessi mantenere giovane la mia pelle.

Per il vento della pianura e il freddo dell'inverno avevamo sempre le labbra tutte screpolate. La zia Letty confezionava un unguento per le labbra con benzoino in polvere, olio di noce moscata bollito con qualche goccia d'infuso d'arancio in una tazza d'acqua piovana.

Per la pelle, confezionava una mistura di benzoino in polvere e una tazza di whisky. Sulla pelle, questa roba faceva un formicolio che non vi dico. E bisognava lasciarsela asciugare sulla pelle, senza portarla via.

Le rughe erano il pensiero fisso di zia Letty, e le combatteva con un composto di cera vergine sciolta, miele, e boccioli di giglio spremuti. Spalmandosi la pelle con questa roba, si tenevano a bada le rughe. « Le più grandi cortigiane dei francesi di Parigi usavano questa mistura. Certe, a sessanta, settant'anni, avevano una pelle fine come il culo di un bambino, e gli uomini facevano la fila per... be', lasciamo stare ».

La cipria di zia Letty era davvero buona, e io continuai a usarla finché l'ultima scatoletta finì. La faceva con dell'amido di farina mescolato con radici di giaggiolo in polvere, sugo di limone e di bergamotto, e succo di chiodi di garofano (« che faceva anche benissimo per il mal di denti », aggiungeva). Mescolata a dovere, era un gran fondotinta, anche se un po' pallido. Zia Letty e le sue misture mi facevano dubitare che le cortigiane fossero delle semplici puttane. Le puttane, nelle invettive di mio padre, non sembravano così raffinate.

III

DIVENTO UNA RAGAZZA

La cosa peggiore, nella mia vita alla cascina, era di sentirmi così dannatamente ignorante, di non avere parole, non avere nessun'idea per spiegarmi a me stessa. Il senso di solitudine, di isolamento, era la cosa più difficile da spiegare, per la ragazzetta di campagna che ero. Il mondo mi circondava da tutte le parti, un mondo di cascine e di boschi, ma il fatto di non sapere niente, era la cosa che mi affliggeva di più. Alla gente intorno a me sembrava non importare niente, non voleva nient'altro che mangiare, dormire e fornicare. Il fatto di esistere e di desiderare mi pungeva molto, ma non avevo gran che modo di spiegarmi che cosa ci fosse al di là della montagna. Le strade fangose, l'emporio, e l'ufficio postale. Il mondo esterno, in certo senso, mi veniva un po' più vicino all'emporio. Il primo indizio della grandezza di ciò che c'era al di là della cascina e della strada era quel negozio malandato.

Un mucchio di anni mi divide da quel negozio, ma ancora ne sento l'odore. Era un forte miscuglio di tanti odori: di formaggio maturo, di pesce secco, di sauerkraut, e di cherosene – che noi chiamavamo olio di carbone – odore di melassa, e quello cotonoso delle pezze di tela, di lubrificanti per fucili, e di whisky. E c'era anche l'odore della salsapariglia – che era fortemente alcolica, e che bevevano i ragazzi e le donne – e di tabacco in trecce, di sigari ordinari, di grasso per macchine, di quelle caramelline chiamate merda-di-pollo, e bastoncini di liquerizia, e menta peperita. Quando ci penso, il mio naso è ancora pieno di quegli odori.

Le rare volte che venivo condotta al negozio, da bambina, mi mettevo a girare con occhi sgranati in mezzo alle casse piene di occhiali, di pettini di corno, di chiavistelli, di frutta, di scarpe chiodate, cartine di uncinelli per vestiti, flanelle rosse, e colletti di celluloide. Sentivo che qui c'era davvero ricchezza e abbondanza, più di quanto si potesse considerare o possedere tutto in una volta. Guardavo incantata i grossi barattoli di vetro pieni di caramelle, le filze di zuccherini, le caramelle alla cannella, le gocce di limone. E avevo l'acquolina in bocca, perché ero soltanto una spettatrice, non una compratrice. Qualche volta, zia Letty mi comprava un po' di zucchero filato avvolto in un pezzo di giornale, e dovevo respingere con la forza le sorelle e i fratelli per riuscire a tenermelo. Per restare padroni di qualunque cosa commestibile bisognava ingoiarla in fretta.

Per tutto il negozio erano appesi fucili, coltellacci, trappole d'acciaio, scacciapensieri, e almanacchi per agricoltori. Era un luogo d'incontro per maschiacci e fannulloni. I garzoni e i ragazzotti vi compravano la pelle di pesce, che era un primitivo preservativo fatto con vescica di pesce; il figlio del padrone vendeva sottobanco fotografie sporche, molto colorate, come vidi quando un garzone me le mostrò. V'era della gente occupata con calma a far le cose più pazze in ogni sorta di posizioni strane, cazzi fuori misura e passere molto pelose. Io ero interessata ma prudente. C'era un enorme macinino da caffè in ferro verniciato di rosso, cartucciere, lucidi da scarpe e vernici per la stufa.

Nel negozio, mia madre e mia zia toccavano tutto, ma

raramente compravano, galloni e balze di seta, merletti, e (ricordo ancora la parola stampata sulla scatola di cartone) un qualcosa chiamato passamaneria. Mi piacevano i bottoni di smalto e quelli coperti di velluto, e avrei voluto averne un po', anche se non riuscivo a immaginare a che servisse una tale quantità di bottoni. I miei penzolavano, sempre sul punto di staccarsi.

A quell'epoca, gli indumenti già confezionati erano rari. Soltanto tute da uomo e camicie. Ma tutto il resto arrivava in pezze di stoffa, e doveva essere cucito e confezionato in casa, o abborracciato alla meglio da un piccolo sarto polacco al crocevia, che era quasi sempre ubriaco.

Presso il crocevia c'era una bettola, ma i contadini di solito andavano a bere all'emporio. La bettola non era un posto rispettabile. Era frequentata da braccianti, da vagabondi, cavallanti, e carrettieri, che vi andavano a bere un whisky di pessima qualità, e per donne. Il proprietario era un piccolo irlandese che veniva chiamato semplicemente Mick. Costui aveva due figlie, che erano le puttane della contrada. Erano due troie dagli occhi pallidi e dalle ossa grosse, quasi sempre sbronze, con la sporca sottana che strisciava nel fango. Si grattavano la testa, dicevano parole di cui non sapevo il significato, ed erano le uniche donne, a parte mia zia Letty, che usassero colorarsi la faccia. Alla loro vista, mia madre ci faceva affrettare il passo, e ci diceva che erano due sgrinfie, due zoccole, e stavano marcendo come avessero la lebbra. Lì per lì capii lepre.

Le due donne contagiarono un mucchio di contadinotti e di garzoni di Piccolo Casino (scolo) e di Grosso Casino (sifilide). Una notte mio padre e altri padri di famiglia scacciarono dal paese le due donne e Mick tutti nudi, a suon di frustate. Successe dopo che un contadino aveva contagiato sua moglie e questa si era tagliata la gola nella stalla. Mia madre disse che era una donna troppo pulita per farlo in casa.

Ma al crocevia succedevano anche altre cose. Il Quattro Luglio un mucchio di gente si radunava a far festa nel grande prato dietro l'emporio e l'ufficio postale strapieni di barili di birra e di bengala; i cavalli erano legati alle staccionate. Ricordo un qualche capoccione politico, in cilindro, colletto alto, e panciotto rosso coi bottoni a stella, che faceva un discorso. I giovani bulli si sborniavano di whisky e si mettevano a sparacchiare con le loro pistole, e in quella giornata di festa c'era sempre qualcuno che ci rimetteva un occhio o qualche dito. Di solito scoppiava una rissa, dei tipi che si rotolavano per terra, cercando di sbuzzarsi gli occhi, e la gente intorno che urlava per incitarli o per farli smettere, e i cani che correvano qua e là infoiati, e la gente li prendeva a calci.

Un anno, mio fratello Tom con altri ragazzi attaccarono un barattolo alla coda di un cane e gli strofinarono il culo con la trementina, e il cane impazzito attraversò di corsa tre contee senza fermarsi, si disse.

Si facevano grandi mangiate al sacco, rotolamenti sull'erba, pomiciate, ragazzi presi a schiaffi. Le ragazze a giornata scomparivano nei cespugli, e ogni tanto un padre si metteva in cerca della figlia e la trovava con qualche garzone, tutt'e due attaccati come una coppia di cani in calore. E se il padre cercava di dare una lezione al garzone, le cose finivano male. Un mucchio di ragazze mettevano al mondo un bambino giusto nove mesi dopo il Quattro Luglio.

Verso sera c'erano i fuochi e nel cielo si aprivano ombrelli di tutti i colori, e io me ne stavo lì a fare *oh* e *ah*. Era come se il mio corpo fosse pieno di cose meravigliose che non potevo spiegare; mi pareva di essere lassù a scoppiare e a fluttuare in un modo meraviglioso.

Ma per scatenare orge, peggio ancora delle festività, erano i raduni all'aperto di qualche predicatore che arrivava con la sua tenda o il suo carrozzone a parlarci di fuoco infernale, di dannazione, e dei peccati della carne con tutti i particolari. Esortava la gente a farsi avanti sulla stuoia distesa di fronte a lui, a confessare i peccati, e ridiventare cristiani. Noi non dovevamo andare a questi raduni, poiché mio padre era cattolico, e tutti gli altri non erano che sporchi protestanti figli di puttana; a tutti costoro, perfino ai bambini piccoli che morivano senza battesimo, mio padre prometteva che sarebbero bruciati nel purgatorio. Io non ho mai potuto accettare questo tipo di fede, ammesso che sia fede. Pensavo semplicemente che mio padre odiava tutti quelli che riuscivano a tirare avanti meglio di lui.

I miei fratelli andavano a questi raduni del predicatore, e agganciavano qualche ragazza sempliciotta, spinta alla frenesia isterica da tutti quei discorsi sul peccato e la fornicazione e la libidine della carne. Dicevano che il predicatore te lo faceva venire duro solo a sentirlo parlare di tutte le trappole e le lusinghe della carne libidinosa, di tutte le orge che citava direttamente dalla Bibbia, e con le spiegazioni del modo in cui Sodoma e Gomorra si erano guadagnate la loro punizione. Tom diceva: « Ci si diverte di più che all'emporio ».

A parte costui, e il rivendugliolo ebreo, e un dentista ambulante che strappava i denti, passava ben poca altra gente. Ricordo il padre di John D. Rockefeller che girava con un baraccone di medicina e curava tutte le malattie, compreso il cancro, con la bottiglia, bevendo lui stesso, e scherzando con le ragazze più sfacciate. Questo era pressoché tutto ciò che vedevo del mondo esterno.

Molti contadini erano abbonati al giornale di Horace Greeley di New York, e qualcuno comprava dei settimanali. Noi no. Tranne per le poche stagioni in cui frequentai una squallida scuola di due locali, non vidi quasi mai qualcosa di scritto, a parte le parole incise sugli attrezzi agricoli o scritte sulla bottiglietta del medicinale contro il morso dei serpenti.

Pressoché l'unico libro che ricordo è la *Vita di Washington* di Weems, lasciato a casa nostra da un qualche bracciante. C'erano delle piccole illustrazioni ed era mancante di molte pagine che gli uomini avevano usato per pulire la pipa. Non parlo di certi libretti di religione pieni di vite di santi. Mi spaventavano talmente che non li guardavo mai gran che.

A mano a mano che invecchio e ripenso alla mia vita, a volte mi domando come sarei venuta su se avessi avuto un'istruzione, se da ragazza avessi appreso dai libri qualche informazione sul mondo e le sue vie, se avessi avuto un'istruzione, un po' di cultura. Non lo so. Perché in seguito, quando cercai di leggere dei romanzi, li trovai pieni di bugie, di evasioni, di chiacchiere insulse. Decisi che tutti gli scrittori lasciavano fuori metà della vita vera. Nella maggior parte dei romanzi si direbbe che la gente non ha né corpo né organi, e che nessuno va mai al cesso. Da bambina non fui mai certa se i signori, la gente altolocata, cacavano e pisciavano come l'altra gente. Non ricordo un libro in cui la gente andasse a letto per suo piacere, per farsi una buona chiavata. Sembrava non facessero altro che sospirare, gemere, afferrarsi per le mani, e dire cose spiritose. Può darsi che non mi siano mai capitati i libri che dicevano l'intera verità; non parlo di quelli che si chiamano i « libri sporchi », quella è semplice razzumaglia, pura fantasia, fa ridere.

Noi vivevamo una vita povera e primitiva, ma non eravamo né felici, né puliti, né pieni di speranza, e nel mio caso essere sporca voleva dire avere un unico paio di sporche mutande che ci mettevamo soltanto per andare in chiesa e a scuola. Altrimenti, fino ai sette anni, portavamo una camiciola di lanetta che ci arrivava ai ginocchi, e dopo un grembiale. Avevamo le scarpe, un paio di pesanti scarponi fatti da un ciabattino di Indian Crossing. Li lustravamo con la vernice della stufa, e mi pare di ricordare che non c'era nessuna differenza tra il destro e il sinistro; ma questi scarponi erano solo per l'inverno, per andare al crocevia per qualche commissione, oltre che, naturalmente, in chiesa, e alla capitale della contea. Per quando ebbi dieci anni, di chiesa ne avevo avuta a sfamo, e anche se sapevo recitare una quantità delle cose che avevo imparato a memoria, a dieci anni, se vedevo qualcuno morire tra gli spasimi, non potevo credere alla speranza o alla misericordia della religione. Avevamo un garzone a nome Hank, che si fece incornare da un toro, per cui si era tutto rotto dentro, eppure era un tipo che aveva sempre condotto una buona vita, andava sempre alla messa, e non lo mostrava il bischero alle ragazze del podere vicino; era sempre educatissimo, e quando entrava in casa si toglieva il cappello. Tutti i mesi mandava cinque dollari alla sua famiglia, a sua madre che abitava a Troy, New York. Era buono, e amava gli animali. Che diritto aveva, una qualunque deità, di fargli questo, a Hank, di farlo morire tutto rotto dentro, e puzzolente per la cancrena? Accidenti come puzzava, negli ultimi giorni, nella stalla, disteso sopra la sua sporca coperta da cavallo, in mezzo ai finimenti. Urlava da spaccarsi i polmoni perché gli chiamassero un prete – che arrivò, infangato fino ai ginocchi, e recitò in latino, e mise l'olio e la cenere sulla fronte di Hank.

Ma dopo questo fatto mio padre ci avrebbe fatti neri se non avessimo dato le risposte giuste alle domande che ci fece il prete. Ci dava certi colpi sulla testa, come uno che prova un melone, ma più forte, quando pensava che ce lo meritassimo per essere stati linguacciuti, o, come diceva lui, « bastian contrari ». *Kurz ist der Schmerz, und ewig ist die Freude* [« Breve è il dolore, eterna è la gioia »].

A dodici anni, dovevo tenermi alla larga dai garzoni, che cambiavano continuamente. Mio padre pagava poco, ma anche così era sempre in debito con i garzoni. Non ho mai sentito dire che la fede sia venuta in aiuto di nessuno, questa è la verità nuda e cruda che io ho sempre visto. L'unico vero piacere a cui la gente di campagna mirasse, a tutte le età, era il sesso – il sesso e il bere. Quelli che non bevevano o non fottevano, stavano sempre a muso storto e cercavano di guastare il piacere agli altri. « Per un mucchio di gente » diceva zia Letty « l'unica soddisfazione è guastare il piacere agli altri ».

Non ho mai visto bere tanto come si beveva da noi in campagna. D'inverno, quasi tutti i contadini facevano gelare degli orci di sidro, e quando la parte acquosa diventava solida la toglievano via, e ciò che restava era un liquido ad alto tenore alcolico, schifoso come il calcio di un mulo. Distillavano anche dell'idromele, e torchiature di grano. Io non avevo mai assaggiato whisky prima della mia fuga a Saint Louis, a quindici anni.

Il sesso era dappertutto, e i ragazzi, ghignando, si esaminavano il palmo della mano, per vedere se vi spuntavano i peli – segno sicuro che si facevano pugnette, come i loro vecchi gli dicevano, e poi sarebbero diventati matti. Le ragazze erano continuamente pizzicate e tastate, e invitate nella fossa della cenere, o dietro i covoni di grano.

Una volta, avevo nove anni, un garzone, un indiano mezzosangue, Joe Dancer, mi portò con sé nella soffitta del granaio per farmi vedere i nuovi gattini, diceva. D'un tratto, mi si fece addosso da dietro, e voltandomi, vidi che aveva i calzoni calati fino alle ginocchia e il bischero fuori, grosso quasi quanto quello dello stallone Jackson. Rimasi incantata, ma non sorpresa. Erano settimane che cercava di infilarmi le mani sotto il vestito.

« Piantala, Joe, » dissi « il mio vecchio ti spacca la testa con un basto se scopre cos'hai in mente ».

Joe si limitò a scrollare il suo arnese verso di me. « Ne hai visti un bel po', di questi, no? ».

Io dissi di sì, ma che non ci tenevo, e lui mi domandò se sapevo a che cosa serviva. « Certo che lo so, » risposi « maledetto bastardo indiano! ». E mi tuffai attraverso la botola del fieno, ridendo come una matta. Joe semplicemente non mi attirava. Non mi sono mai piaciuti i tipi di pelle scura, e in più, era stato troppo improvviso. Se mi si fosse accostato pian pianino, e mi avesse detto qualche parolina dolce, magari avrei potuto giocherellare un po' con lui, e lui con me, e molto probabilmente ci saremmo cianfrugliati un po'. Ma la penetrazione, quella mi faceva paura.

Mia zia Letty mi aveva spiegato che poteva far male come l'accidente, la prima volta, e me l'avrebbe rotta. Sia ben chiaro che l'intera faccenda, in verità, non mi faceva nessuna paura, e francamente, anzi, m'interessava molto. Avevo fatto parecchi esperimenti per conto mio, e con una delle mie sorelle. Ci mettevamo a sedere per terra e facevamo piccole esplorazioni e maneggiamenti, e mia sorella una volta si era infilata dei sassolini nella vagina, mentre mi solleticava con la punta del piede. Naturalmente, avevamo sempre paura che i grandi se ne accorgessero, e ci facessero nere. Ma ci pareva una cosa così piacevole, e innocente, e eccitante, che non provavamo nessun senso di peccato. Né avevamo paura che ci succedesse qualcosa, o che saremmo diventate matte, come dicevano sempre ai ragazzi quando li sorprendevano a menarselo. Questi pensieri non ci fermarono mai, né noi né loro. Niente può reprimere l'impulso sessuale, quando uno ce l'ha.

Naturalmente, c'erano sempre gli animali a mostrarci come andavano le cose, e non vedevamo perché, se un lurido animale poteva godersela, non potevamo godercela anche noi. E poi, anche i grandi lo facevano, e non facevano che ripeterci che loro erano saggi e sapevano tutto.

Da nostro padre, eravamo al sicuro. Nei suoi rari momenti di buonumore, lui tutt'al più ci dava qualche colpetto sulla schiena. A differenza di quelle famiglie di polentoni che abitavano giù al piano, in riva al fiume, e che vivevano di caccia e di ruberie, e le cui figlie non erano mai al sicuro dai loro parenti stretti. Giù al piano, tra i cacciatori di pellicce, la figlia più grande era sempre riservata al padre, e di solito aveva la pancia grossa prima dello scader dell'anno.

Non lo dico solo per sentito dire. Mi ricordo un vecchio dall'occhio losco, che si chiamava Pearie, portato via da due guardie, un vecchio calvo e barbuto, con le punte dei piedi che gli spuntavano fuori dagli stivali sfondati, le mani chiuse nelle manette. E tutto questo, per aver ammazzato un neonato che aveva partorito sua figlia Drucilla. Costei portava al pascolo le vacche con me. Lui fu processato solo per incesto, perché al tribunale della contea non poterono provare che il bambino non era nato morto.

Avevo tredici anni quando mi cominciarono le mestruazioni. Be', non si può descrivere le grida e le urla che mandai, come se stessi per morire dissanguata, distesa lì sul paglericcio. Naturalmente, nessuno mi aveva detto niente, nemmeno zia Letty. E poi, quando lei mi prese in disparte, e mi disse: « Be', è questo che vuol dire essere donna. È la maledizione di Adamo ». Il che non ebbe molto senso per me. Adamo era morto da almeno un milione di anni, pensai. Mi misi una pezza in mezzo alle gambe, e mi sentii adulta. Decisi che anch'io volevo provare quel che aveva provato la cavalla quando Jackson l'aveva montata. Volevo conoscere pienamente ciò di cui i garzoni parlavano continuamente dandosi pacche e ghignando come gli spiriti mangiagatti.

Di tipi come Joe Dancer, che ad ogni modo se n'era andato a mietere grano e avena nei campi dell'Ovest, o mio fratello, o qualche altro tanghero con le mani sporche, non volevo saperne. Su una pagina di rivista tutta spiegazzata, con la quale era stato avvolto un pezzo di lievito comprato all'emporio, c'era la fotografia di un ganzo in camicia dura, con i capelli tutti imbrillantinati con la riga nel mezzo, la fronte alta, e un bel paio di baffetti; se ne stava accanto a una ragazza con un grosso deretano – non sapevo se naturale, o ingrandito dall'imbottitura del vestito. Lui le sorrideva mostrando i denti, e pensavo che nemmeno Dio poteva essere così bello ed elegante, con quel vestito nero. Nascosi quella pagina, e ogni tanto, quando ero sicura di esser sola, me la riguardavo.

Sognavo quel giovanotto, e lo stallone Jackson. Andavo giù allo stagno dove d'estate i ragazzi andavano a fare il bagno a culo nudo. Mi toglievo il vestito e guardavo giù nell'acqua, e vedevo un paio di tettine, una vita molto stretta, ma i fianchi ben rotondi. Ancora non c'era ombra di pelo sulla mia passera. Mi vedevo un giorno, tutta bella lavata e pettinata, con le calze bianche di cotone, un bel corsetto, un cappello di paglia e l'ombrellino da sole. Magari sarei stata elegante come le signore che si fermavano all'Indian Crossing per prendere la diligenza che portava alla stazione. Le avevo viste solo tre o quattro volte. Portavano scarpe abbottonate, col cinturino, che si scoprivano quando loro salivano sulla diligenza, e i fannulloni che se ne stavano seduti davanti all'emporio si sporgevano in avanti sulle loro sedie per sgamare una caviglia. Si davano pacche a vicenda, e sparavano un lungo sputo, ghignando.

Alla cascina, il bagno lo facevamo assai di rado. Quando mia madre ci pensava, una tinozza d'acqua scaldata sulla stufa della cucina doveva bastare per tutti quanti a turno, usando la stessa acqua prima che si sfreddasse del tutto. I maschi, di solito, sguazzavano un po' nell'acqua versata con una catinella nell'acquaio, davano appena un'occhiata all'asciugatoio, e poi usavano il lembo della camicia. Puzzavano di tabacco masticato, di sudore, e degli odori naturali del corpo che impregnavano i loro indumenti mal lavati. Io cominciai a cucirmi un paio di mutande da donna con qualche scarto che mia zia Letty aveva nel suo baule. Comperai per un nichelino una bottiglia di odore dal vecchio Nat, l'ambulante ebreo, con i soldini che avevo messo insieme vendendo uova di uccelli all'emporio. Sognavo di partire con l'uomo della foto, mentre mi prendevo il mio piacere col manico della spazzola. Quando la luna era così bassa che sembrava quasi di poterla toccare allungando un braccio, mi veniva la mattia. Me ne andavo giù per la strada, e mi buttavo distesa nell'erba alta, e ascoltavo un cane che abbaiava in qualche lontana cascina, e il canto dei grilli acquattati nell'edera. Mi mettevo a sospirare senza nessuna ragione, e mi sentivo come se la notte e me fossimo una cosa sola, senza parole. Non avevo parole.

Voglio dire che a quell'epoca non riuscivo a esprimere un'idea né a fare un ragionamento logico. I ragazzi sono confusi, ma non stupidi. Questo è perché non sanno ciò che gli succede, e perché gli succede. Cominciavo a far l'amore da sola, prima pian piano, poi sempre più in fretta, fino ad arrivare a un bell'orgasmo. E d'un tratto era come se fossi lontana un milione di miglia da quella disgraziata cascina, e da quel matto, quel bigotto fanatico di mio padre, da mia madre ridotta un cencio, dal letame, dal ciarpame nel granaio, da tutto quello schifoso arrabattarsi per tirare avanti quella vita di mortidifame. Poi sentivo il sudore raffreddarmisi sul labbro superiore, e me ne restavo lì, così bene, così soddisfatta. Ero io. E se era l'estate di San Martino, col piacevole odore un po' aspro delle stoppie bruciate, e nell'aria fluttuava la polvere dei campi mietuti, quasi venivo meno. Era questo che mi faceva intuire e sentire un mondo che non avrei conosciuto se non anni dopo. Un attore, a Saint Louie, una volta mi disse com'era sentirsi se stessi, avere piena consapevolezza di sé. La parola che disse era *unique*.

Fui maledettamente *unique* quell'estate del mio quattordicesimo anno. Volevo essere penetrata dal mio uomo della rivista, e sapevo che non si sarebbe mai fatto vivo, poiché era semplicemente stampato sulla carta. Ma dovevo trovarmi qualcuno che gli somigliasse. Desideravo un piacere prodotto da qualcosa di più e di diverso da una carota o dal manico della spazzola. Non ero una ragazza istruita, e così non feci mai l'errore di tante ragazze, che lo chiamano amore. Era una naturale spinta sessuale, ghiandolare. L'amore è qualcosa di completamente diverso dalla semplice fornicazione. L'avrei pensata così per tutta la mia vita. Quando si riesce a combinare l'amore con il piacere della copula, questo sì che è il modo migliore di essere *unique*. Se ebbi qualche momento di piacere nella mia infanzia e adolescenza, fu grazie al fatto che avevo dei desideri ed ero priva d'innocenza. Non avevo assolutamente nessun senso del peccato. In seguito, in qualche momento, ho avuto dei dubbi, ma mai a lungo. Sono un'ottimista incallita.

IV

LA FUGA

Il mio quattordicesimo anno fu un anno di cattivo raccolto: mangiavamo fegato di capriolo e cipolle, farina e latticello. Mio padre mi prendeva a schiaffi perché ero sfacciata, o se un garzone cercava d'infilarmi una mano sotto la sottana o di tastarmi le tette – allora mi mettevo a urlare contro il mondo: « Vedrete, vedrete! ». Che cosa dovessero vedere non sapevo proprio. Avevo fatto circa quattro anni di scuola, l'autunno e l'inverno, se le strade erano buone, poiché la baracca che serviva da scuola era a quattro miglia di distanza. Avevamo un maestro che annusava tabacco, e se lo strofinava sulle gengive, e ci picchiava sulle nocche con un righello d'avorio. Insegnava a noi testoni a sillabare e a contare, e ci leggeva i discorsi di Patrick Henry e di Thomas Jefferson, nonché i consigli di un giornale di agricoltura. Io avevo imparato a leggere un poco – muovendo le labbra – e sapevo anche un poco scrivere; ma soltanto anni dopo imparai veramente a leggere; quanto allo scrivere, dovetti arrivare alla mezza età per osare di mettere su carta una lunga lettera. Il semplice scricchiolio della penna sulla carta mi dava un tale panico da rivoltarmi le budella, quasi.

La mia vera istruzione cominciò soltanto quando fui una puttana e una tenutaria, parlando con i clienti istruiti; poiché c'è un mucchio di uomini che vanno al casino semplicemente per bere e per chiacchierare. Ci sono certe notti in cui i clienti se ne stanno semplicemente lì a sedere, passandosi bicchieri di brandy, e parlando di politica, di soldi, di storia, delle risse del sottogoverno, e della grandezza della democrazia come speranza.

Fu a questo modo che mi feci un'istruzione, e ottima, anche. Ci sono buoni cervelli, tra i tipi che frequentano certi casini, se sono casini di alta classe e i clienti ci si trovano a loro agio. Potrei dire che il casino fu la mia università.

Dunque, avevo quattordici anni, là, nella cascina, e ormai zia Letty stava morendo sul serio. Ero ignorante come una panca, e ancora piena di sogni pazzi. Non riuscivo a capire assolutamente niente di me stessa. Nonostante la dieta di rape bollite, di insalate condite con l'aceto, di pesce salato e carne affumicata, il mio corpo era pieno di salute, pieno di linfa, ed era una vera afflizione per me.

Zia Letty, dopo sette anni che stava da noi, era rimasta senza soldi. Si era disfatta di tutte le monete d'oro che teneva nel suo baule foderato in pelle di bufalo, e i suoi anelli se n'erano andati uno dopo l'altro. La sua vita e i suoi averi se ne andarono insieme. Zia Letty si era venduta la maggior parte delle sue sete, e il suo ombrellino da sole col manico d'oro, nelle varie cittadine intorno a Indian Crossing. Non le era rimasto gran che. Adesso, non beveva più il bourbon di prima qualità che si comprava all'emporio o alla posta, ma buttava giù qualunque liquido venisse distillato nei boschi da quella gentaglia pelosa della riva del fiume, che rubavano la biancheria stesa ad asciugare, venivano di notte a sgozzare i maiali e se li portavano via, alle loro covate di bambini con le piaghe intorno alla bocca.

Ma la cosa veramente triste, della vecchiaia, è che ti trasforma una bella donna in una povera carcassa piena di rughe e di malanni. Ricordo zia Letty seduta nella sua stanzetta al secondo piano, col caminetto in mattoni rossi, dondolarsi nella sua poltrona con aria assente, la faccia pallida e malaticcia violentemente colorata col rossetto. Non si vede più un tipo di trucco di quel genere. Era un liquido di un bianco mortale, che si spalmava su tutta la faccia e le braccia, poi si metteva un tondo di rosso su ciascuna guancia. Zia Letty lo chiamava « trucco teatrale ». Ricordo delle vecchie signore che ancora usavano un tipo di trucco come quello intorno al 1920, poi venne la moda di mettersi la cipria, appena un tocco di rossetto, e un rosso lucente sulle labbra. Zia Letty se ne stava lì, con la sua vestaglia di cotone verde, pantofoline rosse ai piedi, e i capelli di un grigio cenere, poiché da un pezzo aveva smesso di tingerli. Continuando a dondolarsi, mi fissò, e con la sua voce chioccia mi disse: « Vattene via da questo posto, ragazza mia. Se rimani, finirai come mia sorella Essie, tua madre. Tutta logorata dentro da un branco di cuccioli, uno ogni nove mesi, e con un lurido vecchio caprone che ti sbatte in ogni ritaglio di tempo, quando non ammucchia letame. Non è vita, questa, per una ragazzina come te, né qui né in nessun'altra cascina di queste parti ».

« Potrei andare a fare la cameriera d'albergo, come mamma, quando la conobbe papà ».

Zia Letty scosse la testa, e sollevando le sue pesanti palpebre, mi guardò. « Quando io e Essie andammo a servizio in quell'albergo di Cleveland – un cesso, più che un albergo – ben presto mi accorsi chiaramente che saremmo finite come tirassegno per i commessi viaggiatori e gli sfaccendati in cerca di una che ci stesse senza tante storie. Essie conobbe tuo padre ch'era venuto a consegnare all'albergo delle patate d'inverno. Gran bel colpo! Guarda com'è ridotta. Una lurida schiava, una scrofa che non fa che allattare piccoli. Quanto a me, mi guadagnavo un dollaro una volta ogni tanto, sulla mia pelle. Be', oramai è tempo che tu lo sappia, figlia mia. Io ho fatto la cortigiana per vent'anni. Ho lavorato in alcuni dei migliori casini. Non voglio dire che non ci siano stati dei momenti in cui dovetti prenderla come veniva. Ma se vai a Pittsburgh, o a Saint Louie, chiedi di Letty Brown, come mi facevo chiamare allora, a certi uomini che se la spassavano in giro un po' d'anni fa. Tutta merletti e organdis, i vini migliori, i migliori cavalli ».

Io me ne stavo lì seduta davanti alla zia Letty, a bocca aperta, immagino. Di che cosa fosse una cortigiana, avevo idea: era una puttana d'alto bordo. E ricordavo quella frase che lei ripeteva sempre, che una ragazza sta seduta sulla propria fortuna. Non avevo gran pratica del mondo, ma non ero nemmeno stupida. Vidi che zia Letty era in vena di parlare, come non lo era mai stata in passato.

« Gli anni più belli furono quei cinque che passai quando ero la perla del casino di Flegel, a Saint Louie. Zig e Emma Flegel gestivano i migliori casini di Saint Louie, e ancora adesso, a Lucas Avenue. Già, Lucas. Un magnifico palazzo di pietra, con la protezione della polizia. Puoi dirlo! Giudici e avvocati e piloti di navi erano lì tutte le sere, a prendersi una ragazza per farsi una mano o un *renversé*. I migliori vini, un negro che suonava il pianoforte, tacchino tutte le domeniche, e abiti di seta. Accidenti, solo per una strizzata o un bacio di Letty certi merli mi mandavano una bottiglia di profumo o un chimono cinese. Accidenti, Nellina mia, io sto per morire, e tu rimarrai qui sola, e qualche sporco campagnolo ti metterà nei pasticci, e per tutto il resto della tua vita starai a friggere carne di maiale sopra un fuoco di legna. Sempre incinta, con dei puzzolenti marmocchi che ti si arrampicano addosso. A trent'anni, sarai diventata come Essie ».

Stava cercando di piangere, ma non ci riuscì. E, lentamente, continuava a ripetere: « Zig e Emma Flegel, Zig e Emma Flegel... a Saint Louie... a Saint Louie... ».

La lasciai lì. Non immaginavo che fosse così grave. Cercai di farle ingoiare un po' di brodo, poco dopo, ma lei continuava a raccontarmi di Flegel, seduta lì, sulla sua poltrona a dondolo e la sua faccia era di un grigio verdastro. Le tremavano le mani, e le tremavano le spalle, come un cavallo che scuote la pelle per scacciare una mosca. Stava andando letteralmente a pezzi davanti a me.

Nella mano stringeva qualcosa; aprì le dita e disse: « Questo è per te. È tutto ciò che mi rimane, non ho più un anello, non ho più un cammeo. Solo più questo, e pochi stracci ».

Era un orologino d'oro della grandezza di un dollaro d'argento, a doppia cassa, e con un fermaglio per appuntarlo sulla blusa. V'era inciso un piccolo cupido nudo, col suo cazzino e tutto, che lanciava dardi e fiori, e le lettere L.B.

« Prendilo, è tuo. Me lo diede Zig Flegel quando me ne andai dalla sua casa per recarmi a Pittsburgh... Per via di quel tale... Ma lasciamo andare. Sta bene, su una camicetta azzurra o gialla... ».

Io credo che zia Letty morì in quel momento, con la mano nella mia, e l'orologio che mi batteva tra le dita come fosse il suo cuore. Feci un salto indietro, con l'orologio in mano, e mi misi a urlare. Non ho mai pianto gran che da piccola. Ho urlato soltanto tre volte in tutta la mia vita. Non sono mai stata una piagnona.

Urlavo, e lei era lì, tutta abbandonata sulla sua poltrona, con la testa ripiegata da una parte, e la saliva che le colava giù da un angolo della bocca aperta, mostrando i pochi denti che le restavano; era l'unica persona che avessi veramente amato. Volevo bene a mia madre, e ad alcuni dei miei fratelli e sorelle. Ma un vero affetto l'avevo soltanto per quel mucchietto d'ossa e di carne che adesso stava rapidamente sfreddandosi. Quella vecchia puttana era l'unica persona buona che avessi mai conosciuto. Era lei l'unica che mi parlasse, l'unica che mi dicesse che ero molto carina. Mi aveva dimostrato della bontà, al di là del semplice fatto di nutrirmi e di badare a che avessi qualcosa da mettermi addosso.

Lo sapevo anche allora che non era altro che una

povera puttana ormai finita, e che solo per poco tempo era stata sulla cresta dell'onda e aveva avuto i migliori clienti.

In seguito sarei venuta a sapere che genere di vita aveva avuto zia Letty – il mondo della prostituta di basso conio, mai abbastanza buona, né abbastanza in gamba o abbastanza furba, priva di quel qualcosa che fa sì che una ragazza sia ricercata, corteggiata, e divertita a letto dagli uomini di qualità. Zia Letty aveva avuto un breve periodo di auge nei casini d'alto bordo, e poi era finita a far la zoccola nelle città ferroviarie.

In fondo al suo baule si trovò una busta gialla, con questa scritta: *Da usare per il mio funerale.* Dentro c'erano qualche monetina d'oro e dieci dollari d'argento. La seppellimmo, ma non su al cimitero della chiesa. Lei e mia madre erano state di religione battista, anche se mia madre si era convertita quando aveva sposato mio padre. Seppellimmo zia Letty in un camposanto fangoso e pieno di erbacce, con un mucchio di croci di legno, poiché era un posto per gente che non aveva i soldi per comprarsi una pietra tombale.

Tutto ciò che ricordo – desolate com'eravamo, mia madre ed io – è la pioggia che colava giù dagli alberi sull'orlo del campo, e le zolle bagnate, e la bara di legnaccio, e un qualche pastore che andava biascicando qualcosa. Io, smarrita e febbricitante, che mi attaccavo alla sottana di mia madre. Poi la pioggia che ci batteva addosso, e infreddolita e piena di brividi pensavo alla povera zia Letty, e a tutti quelli che adesso le stavano intorno, nelle loro tombe, venditori ambulanti, sbornioni, poveracci, e lei era seppellita in mezzo a loro per sempre. Tornammo a casa, e io mi misi a letto con un febbrone che mi durò tre giorni – la testa piena di strane forme e rumori. Quando mi alzai, decisi che me ne sarei andata via, anche se avessi dovuto mettermi a far la serva in un albergo di contadini, ed essere chiavata dai clienti, o far quelle cose che zia Letty chiamava franceserie.

La Guerra Civile, per noi in mezzo agli alberi e ai fagioli, non aveva significato gran che. Solo mio fratello Tom era tornato senza una gamba, e con un'insaziabile sete di whisky; se ne stava tutto il giorno all'osteria a Indian Crossing a giocare a carte, o a vantarsi delle sue prodezze in guerra. Per il resto di noi, la guerra era stata dura. Se si aveva qualcosa di buono, non si poteva portarlo al mercato. O, se c'era richiesta di foraggio o di patate, quell'anno venivano le cavallette, oppure c'era stato un vento troppo secco e moriva persino la gramigna e l'erba di San Giovanni.

Si diceva che c'erano in giro dei ribelli che razziavano, e dei negri tagliagole – perfino peggio delle cavallette che mangiavano tutto – dei manigoldi che uccidevano e violentavano. Ma da noi non ci fu nessuna razzia, e non si vide nessun negro, almeno non in numero tale da non poterli respingere con pochi uomini armati di fucile. I negri respinti a fucilate scappavano verso nord. Il fatto è che io non conoscevo nessuno, dalle nostre parti, a cui importasse un fico dei negri, liberi o schiavi che fossero. A quel tempo, le nostre preoccupazioni erano la ruggine del grano, i cervi volanti, e quando si ruppe il mulino e rimase inattivo per un po' di tempo e dovevamo mangiare il grano pestato a mano. Per miglia e miglia intorno, non v'erano schiavi, dalle nostre parti. Costavano dai seicento ai mille dollari l'uno, e chi se li poteva permettere? Mio padre era un uomo pio, ed era contrario alla schiavitù, a parte sua moglie e i suoi figli, e questo, le Sacre Scritture dicevano che poteva permetterselo. *Gott will es.*

Finita la guerra, e dopo l'uccisione di Mr. Lincoln, a volte sulla strada davanti a noi passavano due o tre soldati con la barba lunga e i panni tutti logori e stinti, e venivano a chiederci un po' d'acqua, un pezzo di pane, una fetta di crescia. Avevano un'aria sfinita e sembravano logorati dalle intemperie. Qualcuno aveva un occhio solo, qualche altro camminava zoppicando, e certuni venivano tirati con una corda, come un cane. Questa fu la guerra, per me. Noi non leggevamo i giornali, né lo « Harpers Weekly », e perciò si sapevano le cose dalle chiacchiere all'emporio e all'ufficio postale.

Alcuni ragazzi delle nostre parti non ritornarono più; o erano morti, oppure se n'erano andati chissà dove, diceva la gente. Un soldato tornò a casa dopo tre anni, e trovò un bambino di un anno attaccato alla tetta di sua moglie, e giù per la strada Joel Medder tornò a casa e ammazzò il garzone e gli tagliò il cazzo e le palle, e poi se ne andò all'Ovest quella sera stessa. Questa fu la guerra per noialtri nella cascina.

La guerra riportò Charlie Owens all'emporio di suo zio a Indian Crossing. Charlie aveva perduto la mano sinistra. Diceva sempre che era successo a Gettysburg, ma una notte, mentre ce ne stavamo sdraiati sull'erba, in mezzo alle margherite, sulla riva del ruscello, mi confessò che non era mai stato a Gettysburg. La mano l'aveva perduta sul fiume James, quando alcuni soldati della cavalleria nemica li avevano sorpresi mentre stavano prendendo del foraggio, e una pallottola di pistola gli aveva fracassato la mano, e il chirurgo gliel'aveva tagliata, segando l'osso per un mucchio di tempo, e poi gliel'aveva fasciata con un pezzo di pane bagnato e un cencio, perché non c'erano bende, ma la mano era guarita bene.

Charlie Owens mi stava dietro fin da quando ero ancora una poppante. Era uno di quei bulli che hanno sempre bisogno di dimostrare che a loro nessuna ragazza può resistere. Era per metà scozzese e per metà svedese, i capelli di un castano rossastro, che portava con un ciuffo sopra un occhio. Aveva denti forti; non era troppo alto, ma slanciato, per cui non sembrava basso. Aveva gli occhi del colore della coda di una ghiandaia. E mi ricordo che suonava un flauto fatto con un osso di tacchino. Commerciava in pelli di pecora fresche, possedeva una capanna con le trappole, ed era in attesa di un posto politico. Quando andavo all'emporio per comprare una cartina di lievito, o un quarto di petrolio, Charlie mi dava qualche pacca sul culo, m'infilava la mano su per il vestito, mi strofinava i capezzoli, e io mi gonfiavo tutta e ridacchiavo, come fanno tutte le ragazze. Adesso era ritornato dalla guerra, e ben presto avrebbe gestito l'ufficio postale annesso all'emporio, e questa sarebbe stata la ricompensa politica di un soldato che aveva perduto una mano per salvare l'Unione. Per allora, io mi ero fatta polputa e ben piantata, e lui era un uomo che in quattro anni di guerra era stato dappertutto.

M'infilai un abito azzurro lasciato da zia Letty, e mi cacciai in testa uno dei suoi cappelli di paglia con i fiori di vetro. Un paio di scarpe sue mi stavano quasi bene. Io ho mani e piedi piccoli per la mia statura; dovetti riempire le scarpe con della stoppa, perché i piedi non ci ballassero dentro. Non osai mettermi il suo rossetto, né il suo trucco liquido, perché mio padre mi avrebbe fatta a pezzi.

Andai all'emporio, lontano quattro miglia dalla nostra cascina. Mi sentivo tutta vuota e cigolante, e avevo voglia di cantare, ma non sapevo che cosa cantare, tranne *Lui non è dei regolari, è soltanto un volontario*. Avevo quattordici anni, e Charlie Owens aveva sostituito il bellimbusto del giornale, come oggetto dei miei sogni. Non lo chiamavo amore, e non era amore. Credo che lo si potrebbe definire semplicemente come natura in calore. Non sapevo niente dell'amore, a quattordici anni, e più tardi, quando m'innamorai, capii che non si trattava semplicemente del corpo in calore, o di un prurito interno. Ero semplicemente viva e piena di salute, e volevo essere usata e volevo usare. Non avrei saputo in quale altro modo spiegarlo. Non conoscevo belle parole, e non avevo idee. Ero una pivella senza esperienza, nient'altro che una tonta ragazza di campagna che aveva aiutato a partorire qualche pecora. Ma ero viva. Talmente viva che mi sentivo fumare attraverso il mio vestito raffazzonato, e il busto rosso di zia Letty, corto com'era, mi teneva su i seni come un paio di mele renette. Qualunque altra cosa potessi dire su di me in quel momento, sarebbe una bugia.

Trovai Charlie Owens seduto su un alto sgabello dietro lo sportello dell'ufficio postale. Portava un paio di bretelle ricamate, e fumava un mezzo sigaro. Mi prese un po' in giro, e disse che ero cresciuta, e che la cosa gli faceva piacere. Le solite chiacchiere che un uomo fa a una ragazza. Io gli presentai il barattolo del petrolio, con una patata ficcata sopra come coperchio. Dissi ch'ero venuta a prendere un quarto di petrolio. Lui disse che suo zio teneva il petrolio fuori, nella tettoia, e questa era una buon'idea, dato che puzzava tanto. Non già che l'emporio non avesse un gran puzzo di suo; aveva sempre il vecchio puzzo dei finimenti per mulo, dei prosciutti affumicati appesi ai travicelli, delle casse di spezie aperte, dei barili di maiale salato, del baccalà e tanti altri odori non meglio definibili, ma ben pochi dei quali piacevoli.

Fuori, nella tettoia, Charlie mi circondò con le braccia, mi tastò il sedere con la sua unica mano, e allungando il collo strofinò il naso sulla mia faccia. Io mi sentivo tutta calda e imbarazzata e dissi qualcosa come: « Ehi, Charlie Owens! ».

« Vieni giù alla capanna delle trappole, stasera ».

Io dissi, e a che fare? Il che era pressappoco tutto quello che riuscii a pensare, e lui fece una risatina, e mi diede una pacca sul culo, e disse che se ci andavo, avrei visto da me. Io dissi che non ci capivo proprio niente. Lui riempì il barattolo, ci mise sopra un'altra patata, e io me ne andai dimenando la coda.

Charlie era pressoché il meglio tipo in pantaloni che ci fosse in tutta la zona, almeno alla mia portata. I giovani bulli che erano tornati dalla guerra, diceva Charlie, erano iscritti tutti quanti all'associazione degli ex combattenti, e si consideravano una forza politica. Un gruppo di loro se ne stavano sempre seduti intorno alla stufa, all'emporio, fumando e sputando. Era facile capire che la guerra era stata il loro grande momento, e non l'avrebbero mai dimenticata, fossero campati cent'anni, e credo che qualcuno ci sia campato davvero. A parte i morti e la galletta e il terreno bagnato, diceva Charlie, per la maggior parte del tempo, in guerra, se l'erano spassata, tra le sbornie, le chiavate con le ragazze meticce nelle fattorie della Virginia, e il suono della cornamusa e del tamburo. Era duro, adesso, lavorare la terra, e anche starsene lì a oziare, a grattarsi, mentre i loro terreni si coprivano d'erbacce.

Sapevo bene che ci sarei andata, alla vecchia capanna vicino al ruscello. Aveva il tetto molto malandato, ma le pareti c'erano, e anche i resti di un pavimento di pietra. In passato, Charlie tendeva da quella capanna una serie di trappole. Uscii di casa dopo cena, e scesi giù al torrente. Charlie ci teneva dei vecchi sacchi, un po' di fieno, e delle vecchie trappole. Io mi dibattevo tra la speranza e la preoccupazione, ma ero affamata di esperienze. Ripensando alla mia vita, prima come puttana e poi come tenutaria, tanto tempo dopo, posso ancora sentire, di quella sera, la mia faccia in fiamme, e una sorta di liquida debolezza alle gambe, un certo umidore in mezzo alle gambe, come se fossi venuta spontaneamente, e una melma rovente mi scorresse nelle budella. Seppi in quel momento che non è col cuore, che si sentono le cose, ma nei visceri. Quello che è certo, è che non provavo niente di romantico. Come per suonare il pianoforte, bisogna conoscere le note. Io non le conoscevo.

Charlie era lì, appoggiato al muro della vecchia capanna.

« Sera, Nellie » disse.

Io dissi: « Sono venuta ».

Lui disse che lo vedeva, e parlammo di cose qualsiasi, e poi entrammo nella capanna, attraverso il vano dov'era stata la porta, e ci mettemmo a sedere sopra i teli di sacco. Charlie non perse tempo – si mise subito a baciarmi sulla testa e sulle spalle. Io non avevo mai baciato gran che, nemmeno i parenti, né nessun'altra cosa. Ma non ebbi molta difficoltà a ricambiare i baci.

Mi sentivo tutta in fiamme, e non avevo nessuna paura. Avevo preso la mia decisione, a proposito di questa faccenda. Lui mi aveva aperto l'abito, e si era messo a maneggiarmi i seni, era molto attivo con l'unica mano che aveva, e a me non faceva nessun senso il fatto che ne avesse una sola. Mi accarezzò le tette, poi cominciò a prendermi in bocca il capezzolo, e io schiusi le labbra e gemetti di piacere. Non avevo mai provato una sensazione come quella, era meravigliosa. Lo circondai con le braccia, e lui mi mise giù, e mi tirò via il vestito, e si calò i calzoni, e tirò fuori il suo arnese, e, accidenti, mi dissi con una certa delusione che durò un secondo; mi ero aspettata un grosso affare nero, come quello dello stallone Jackson. Allungai una mano e lo toccai; sembrava di gomma, ma era ben rigido. Solo a toccarlo, così vivo e vibrante, mi faceva sentire tutta agitata. Avevo quattordici anni, ma ero ben sviluppata, e sulla mia passera c'era una bella peluria dorata. Sentivo le sue dita che cercavano, prima piano, poi sempre più in fretta, prima le dita, sull'orlo, e poi il cazzo. Mi misi a urlare: « Charlie, Charlie! ». Sentivo il suo arnese caldo contro le mie cosce. Lo presi, e l'aiutai a metterlo nel punto giusto. Credo che fu più che facile entrare, tanto lo desideravo.

Non avevo nessun'idea di che cosa fosse l'amore, e non ero innamorata; ero in uno stato di grande vitalità, e mi lasciavo andare. Né ero esattamente quella che si dice una vergine. Un pezzo di bastone, o il manico della spazzola, mi avevano già da un pezzo liberata della mia verginità. Ma prima d'allora non ero mai stata penetrata da un uomo. Adesso mi sentivo tutta riempita, e diedi un lungo sospiro, e lasciai che Charlie si agitasse tutto sopra di me; con le gambe e le braccia mi teneva inchiodata e il suo arnese andava e veniva.

Fu la mia prima volta, e ho buona memoria. Non ci volle molto, e venimmo insieme, contemporaneamente. Ho poi sentito tanto parlare dell'orgasmo, e un mucchio di vanterie, in proposito. Ma quel violento piacere, nuovo per me, mi scosse da capo a piedi. Un brivido caldo mi scosse tutta quanta, mentre boccheggiavo ché mi mancava il respiro, aggrappandomi a Charlie, che mi sussurrava qualcosa nell'orecchio senza che capissi assolutamente niente!

Poi mi ritrovai a guardare in su, il cielo notturno, attraverso un buco nel tetto, ascoltando il verso di una civetta, e il ronzio delle farfalle notturne intorno al vecchio camino di pietra. Sentivo qualcosa che pompava forte. Era il mio cuore. Ebbi paura che mi scoppiasse. Ma dissi: « Lo facciamo ancora, Charlie? ».

Charlie disse che ci avrebbe provato, ma dovevo aspettare un poco. Non si era ritirato da me, e rimase lì, fermo. Scoprii allora una cosa a proposito della mia vagina e del mio bassoventre che credetti tutte le donne avessero: una capacità di afferrare e di trattenere, stringendo l'arnese come quando si munge il capezzolo di una vacca. E Charlie boccheggiava, mentre lo facevo, e diceva accidenti accidenti come mi piace. Diceva che non aveva mai provato una cosa simile.

Solo dopo molto tempo scopersi che poche donne possiedono questo controllo del muscolo, e possono usarlo in modo così forte. Avrei anche appreso quale grande piacere ciò poteva dare a un uomo, al di là della normale bravura di una donna. Stavo scoprendo una quantità di cose nuove, in me, quella notte. Charlie lo fece di nuovo, e poi di nuovo ancora. Mi parve orribile andarmene dalla capanna, anche se quasi non mi reggevo in piedi. Era quasi giorno quando arrivai a casa, rientrai dalla finestra, e mi allungai sul paglericcio accanto a mia sorella Lizzie. Lei si riscosse, e disse: « Dove sei stata? Hai uno strano odore ».

Odoravo del sudore e dello sborro di Charlie, ma dissi che non mi ero sentita bene per via delle mie cose, ma adesso stavo meglio. Mi addormentai subito, sentendomi molto bene con me stessa e con Charlie Owens. Né in quel momento né mai ebbi il senso di aver peccato.

L'atto è facile e naturale da godere, se uno non lo

pasticcia con la sensazione che qualcuno o qualche cosa ti guarda e lo considera un peccato. Avevo già abbandonato da un pezzo la pia morale di mio padre. Allo stesso modo, non coltivavo nessun'idea né speranza di andare in cielo, né che ci fosse un'altra vita. Tutto quanto mi appariva come un enorme *può darsi*. Non ero il tipo della pensatrice, e non potevo immaginare nessuna ragione per cui la pensavo a quel modo piuttosto che in un altro. Più tardi ho creduto che quello era un modo di ragionare basato su ciò che corrispondeva ai miei bisogni, ma non potevo certo pensarlo a quattordici anni, e con gli umori di Charlie ancora dentro di me.

Non pensavo affatto alla possibilità di rimanere incinta. Avevo soltanto voglia di stare con Charlie in qualsiasi momento potessimo incontrarci. Era per me altrettanto naturale dei girini che escono fuori dalle uova nello stagno, del gallo che salta sopra le galline, o del maiale che cavalca grugnendo la scrofa. Anzi, meglio di tutto, era proprio come avevo visto lo stallone Jackson che saltava sopra la cavalla. Quell'anno vidi le folaghe che copulavano in volo, la terra tutt'attorno era coperta di colori primaverili, tutta spugnosa, fumante, e fertile. I salici gialli venivano su, la prima erbetta verde tenero si faceva strada tra le stoppie dell'anno passato. Io, smemorata ma felice. Mi sentivo parte di un sistema di cose che era ben al di là di me.

Charlie arrivava appena fatto buio e le raganelle avevano cominciato a cantare; ci prendevamo qualche vecchia coperta, e uscivamo all'aperto, perché l'aria si era fatta più calda. Ci stendevamo sui tappeti di fragole, e ci accoppiavamo per tutta la notte. E parlavamo di ciò che stavamo facendo, e Charlie mi insegnava le parole – le vecchie parole che si vedono scritte sui muri delle stalle, dei cessi, e in altri posti. Charlie si era goduto un mucchio di ragazze, durante la guerra, si era preso sbornie di whisky e quando era di servizio aveva saccheggiato, dovunque, per poi squagliarsela. Per un certo periodo aveva fatto l'attendente a

Washington, e aveva conosciuto il quartiere delle luci rosse.

Io esploravo, guardavo, spiavo, giocavo; cominciavo a mia volta a esplorare il corpo di Charlie. Era solido, e ben fatto. Ero arrivata al punto che le sue parti intime erano come giocattoli, per me, le nostre bocche erano dappertutto. Così trascorse per me quell'estate.

La nostra cascina stava andando in malora. Mio padre continuava a picchiarmi con l'affilatoio del rasoio per tutte le faccende che non sbrigavo. Mostravo a Charlie, orgogliosa, i segni dei suoi colpi sul culo e sulle cosce, fiera, credo, di aver qualcuno che me li baciasse. Non so come mai non rimasi incinta. In seguito, risultò che Charlie, pur essendo virile, era tuttavia sterile. Lui diceva che era perché aveva dormito su terreni umidi, durante la guerra, ma a distanza di tempo pensai che le cose stavano diversamente. Charlie non era un semplice zoticone di campagna, era un furbastro, pigro, giocatore, e odiava la vita di campagna. Charlie ne aveva fino agli occhi di fare l'impiegato postale in un buco come Crossing, vivendo sotto la tettoia dell'emporio di suo zio, e ricevendo una miseria per la sua mutilazione. Non faceva che parlarmi del Brasile, del Rio delle Amazzoni, di possedere una grande tenuta, una piantagione, con un mucchio di indiani da far lavorare. Diceva che mi avrebbe portata con sé. Continuammo a parlare di questi sogni per un anno. L'inverno fu brutto. Tutti infagottati, ci incontravamo nella capanna, cui Charlie aveva fatto alcuni accomodi, rabberciando il tetto, e mettendo una porta. Accendevamo il fuoco in un fornello di ferro pieno di buchi, ma non scaldava gran che.

In primavera – era il 1867 – compii quindici anni. Mi ero fatta pienotta, avevo un paio di tette dure come mele, la vita sottile, i fianchi rotondi, e tra le gambe una bella peluria rosso oro. Quell'aprile, Charlie disse che ce ne saremmo andati, saremmo scappati non appena fosse riuscito a mettere le mani sui soldi che gli spettavano.

« E dove andiamo, Charlie? ».

« Scenderemo il fiume, e poi prenderemo una nave per il Brasile ». Aveva questo tarlo del Brasile che gli trapanava il cervello, ma a me non importava niente, fosse Cina o Brasile, fintanto che avevo qualcuno che pensava a me. Non avevo nessun'idea di nessuna parte del mondo, tranne North Pike, Indian Crossing, e qualche cascina lì attorno. Per il mondo che conoscevo, avrei quasi potuto arrivare ai suoi confini con uno sputo.

« E là che faremo, Charlie? ».

Rispose che avremmo fatto quello che avevamo fatto ogni notte, quell'anno; disse che avrebbe fatto costruire una grossa casa, e avrebbe assunto degli indiani per lavorare e coltivare la terra per una scodella d'orzo. Non seppi mai dove Charlie avesse preso queste sue idee sul Brasile, poiché non ci arrivammo mai. Una sera riempii una delle valigie di zia Letty con quel poco che avevo, e con uno dei suoi cappelli e con quanto rimaneva delle sue scarpe migliori, uscii e andai in cima alla salita ad aspettare Charlie. Lui doveva andare a consegnare una pariglia di cavalli e un calesse a un tale, al capoluogo di contea. Di lì, saremmo andati a prendere le carrozze a vapore – come in quei posti veniva chiamato il treno – per Saint Louie. Io non avevo un soldo, possedevo soltanto ciò che portavo sulle spalle, e l'orologio di zia Letty nella valigia.

Era quasi mezzanotte quando Charlie e il suo tiro di bai attaccati al calesse arrivarono sobbalzando in cima alla strada. Lui portava il suo abito buono, scuro, e accanto ai piedi c'era una valigia di cuoio. Io buttai su la mia, e mettendo un piede sul mozzo della ruota, salii e mi sedetti accanto a Charlie e lo abbracciai. Lui gridò arri ai cavalli. C'era la luna, e la strada non era ancora troppo rovinata dalla pioggia; appena un po' fangosa. Io mi legai il cappello, ed ero tutta ignoranza, spirito di contraddizione, e maledettamente piena di curiosità.

Non la vedevo come una fuga. Volevo semplicemente

andarmene dalla cascina. Volevo stare insieme con Charlie, e continuare i nostri giochi. Charlie teneva le redini con la sua unica mano, e ogni tanto mi lasciava frustare i bai. Ben presto questi si misero al passo, schiumando al morso. Io mi appoggiai a Charlie e ci mettemmo a parlare di come stavamo bene insieme, e di quanto ci saremmo divertiti tra noi e in città. Charlie era passato da Saint Louie, quando era stato smobilitato, e disse ch'era un posto dove si faceva la gran vita, non era certo come un qualunque crocevia di campagna pieno di zoticoni. Continuava a pizzicarmi il sedere, e odorava di whisky, e di olio da capelli.

Quando arrivammo al capoluogo era mattina. Charlie consegnò i cavalli e il calesse al nuovo proprietario, che gli diede due dollari per il servizio. Io ero stata al capoluogo solo per andare in chiesa, e adesso mi rendo conto che non era poi un gran che, ma a quell'epoca mi faceva impressione. La stazione mi parve magnifica. Quando arrivò il treno mi attaccai a Charlie, con gli occhi di fuori. Non avevo mai visto le carrozze a vapore prima d'allora, quella macchina nera così grossa e fumante, le ruote di ferro, e tutto quell'ottone luccicante.

Non volevo salire, ma Charlie disse: « Ti pigliasse un colpo, Nellie, non farmi vergognare davanti a tutta questa gente ».

Così salii, e quasi mi pisciai sotto dalla paura, e mi misi a sedere sulla felpa verde, e la campanella della macchina suonò. Il treno diede uno scossone, e io stavo proprio per farmela sotto, tanto avevo paura a ogni sussulto del vagone. Ben presto si mise a correre; io guardavo fuori del finestrino, e mi domandavo come diavolo avevano fatto a posare tutte quelle traversine – a milioni, pensai – e a posare tutti quei binari di ferro. Il mondo era più grande di quanto avessi pensato, e più strano, molto più strano. Charlie mi comprò dei panini con carne affumicata e un arancio. Avevo già visto gli aranci all'emporio, ma non ne avevo mai mangiato uno. Dal venditore di dolci col suo cestino carico si comprò un romanzetto da un nichelino. Io mangiai l'arancio, con la buccia e tutto, mentre lui leggeva. Dal finestrino entrava la fuliggine, ma la gente se la toglieva di dosso con qualche colpetto e sembrava non farci caso.

Charlie disse che aveva centoundici dollari, il che mi parve una somma incredibile, quale nessuno poteva aver mai posseduta tutta in una volta. Gli domandai come l'avesse messa insieme, e lui disse che suo zio gli doveva dei soldi, e anche l'ufficio postale gli doveva dei soldi, e lui aveva fatto pari. Si era semplicemente servito dal cassetto dell'emporio, e dalla cassa dell'ufficio postale. Immaginai tutto questo dopo un po' e glielo dissi, e lui lo ammise, dicendo che aveva semplicemente preso quanto gli era dovuto. « È stato semplicemente il mio modo di incassare i crediti ».

Per quanto riguarda il sesso, non avevo mai avuto alcun senso di peccato né di colpa, a proposito di quello che Charlie e io avevamo fatto per tutto quell'anno. Ma adesso, fuggendo insieme, provai una forte avversione per il furto. È una cosa che mi sarebbe durata per tutta la vita. La proprietà, per la gente povera, è qualcosa di molto importante. Mio padre, a parte la sua cattiveria, la sua stupidità, e gli altri suoi difetti, quanto alla proprietà era sempre stato onestissimo. Ma in quel momento, col treno che correva sbuffando, Charlie immerso nella lettura, e io tutta appoggiata contro di lui, con le dita ancora appiccicose per l'arancio, mi sentivo libera, mi sentivo desiderata; mi piaceva tanto star lì, accanto a Charlie Owens, che mi addormentai.

Sarebbe dovuto passare molto tempo prima che fossi in grado di formarmi delle opinioni precise, prima di poter imparare a giudicare la gente in fretta, e capire le cose del mondo. Dovevo ancora imparare a distinguere tra le cose alle quali mi adattavo e quelle cui non mi adattavo. Senza nessuna istruzione, senza nessuna base di famiglia, dovevo imparare le cose a mano a mano che mi capitavano. Non ero più scema degli altri, anche se al principio mi mancavano le rifiniture.

Ma più che altro, quel giorno, pensai a Saint Louie.

V

A SAINT LOUIS

Fossi stata scaraventata sulla luna, non sarei stata più trasecolata, quando arrivai a Saint Louie, nel maggio 1867, appena uscita da una cascina, con un uomo senza una mano. Non avevo mai visto delle vie cittadine, con le loro file di negozi, e gente vestita così bene, e in tale quantità che certo non dovevano conoscersi tra loro. Quelle incredibili file di carrozze, di carretti, di vetture, mi spaventavano, e tutti quei cavalli – mi sentivo le orecchie assordate dal rumore. Sembrava che tutti gridassero e andassero di corsa. Venuti via dalla stazione, per la prima ora Charlie dovette tenermi sempre per mano. Lì per lì, non volevo salire sulla carrozzella che Charlie aveva preso per andare in una pensione che lui conosceva. Mi diede della zoticona, della scimunita, e disse che mi avrebbe piantata lì.

Tutto mi sembrava grandissimo, altissimo, coloratissimo. Stavo a bocca aperta; la cosa che mi spaventava di più era la vernice. Tutto ciò che si poteva verniciare era verniciato, e, ai miei occhi, con colori talmente chiassosi! Nel mondo da cui provenivo ben poche cose erano verniciate, e in questo caso, solo quando erano nuove, dopodiché erano lasciate marcire alle intemperie.

Saint Louie era una città di vernice, la grandezza delle vetrine dei negozi, e vetri anche sui portoni, intere file di vetrine su tre o quattro piani. Era difficile da mandar giù tutta quella ricchezza, tutto quello spreco di vetro. Naturalmente, non avevo possibilità di far confronti, le cose mi arrivavano addosso tutte in una volta, e dovevo accettarle così com'erano. La carta da parati nella pensione era tutta piena di fiori e di alberi e di gente in cilindro o con ombrellini da sole. Le lampade avevano paralumi rossi o azzurri, e con pendagli di vetro. Quando entrammo nella nostra stanza, mi buttai sul grande letto di noce. Rimasi lì distesa, boccheggiando, afferrata a Charlie, piangendo: « Voglio tornare a casa. Voglio tornare a casa ».

Charlie si mise a ridere e mi disse che la grande città mi sarebbe piaciuta, e che c'era un mucchio di cose da mostrarmi. Io tremavo tutta e lo baciai con violenza, e mi sbottonai il vestito e lui mi baciò le tette. Volevo essere nuda con lui, e tenuta stretta, in quella pazza città. Questo mondo era tutto sbagliato, per me. Volevo stringere il suo arnese, e sentirci vivi e soli, pelle contro pelle, e volevo sentirlo dentro di me. Charlie era tutto ciò che conoscevo, tutto ciò che avevo. Allora non sapevo che il sesso è una sorta di medicina per la gente impaurita o in preda al panico. Feci questa scoperta da sola, per conto mio. Ansimavo forte, e cominciammo a gemere e a rotolarci sul più morbido dei letti. Venire insieme su quel letto, con biancheria pulita, era proprio la cura che mi occorreva per la mia agitazione. Fu la prima lezione in cui imparai che fottere non era soltanto per il piacere; se ne poteva trarre un mucchio di benessere e di pace, come cura faceva bene quanto un'intera scatola di pillole del dottore. Ma in quel momento, tutto ciò che sapevo era che con Charlie accanto a me ero al sicuro, in quel letto da grande città, respiravamo forte, come dopo una corsa e, oh come si stava bene! Fintanto che Charlie Owens mi teneva abbracciata stretta, potevo tener lontano il panico di trovarmi a Saint Louie. I giorni seguenti furono un inferno, per me, solo a dare un'occhiata a tutto ciò che le strade potevano offrirmi. Charlie mi comprò un paio di scarpe, e nella pensione c'era una piccola sarta gobba che mi cucì due vestiti. Mi fece delle mutande col merletto, e con uno spacco davanti e uno dietro, in modo che si poteva fare pipì e popò senza doversele calare. Ebbi anche delle calze di cotone azzurre e nere, e perfino giarrettiere coi volanti rossi. Charlie disse che ero come un appendipanni.

Camminavo per la strada tenendomi stretta al braccio di Charlie, con gli occhi sgranati. Mi rifiutavo di salire sulle carrozze da nolo, e avevo una tale paura che il sudore mi trasudava dal vestito. Insistevo con Charlie per tornarcene nella nostra stanza, ci spogliavamo in fretta e ci buttavamo sul letto. Lo facevamo anche quattro, cinque volte al giorno, con tutti i giochi possibili, cacciando la faccia in ogni posto, e facendolo per davanti e per di dietro. Era una vera frenesia, come quella di un giovane visone in calore; ero talmente impaurita che avevo bisogno di sentirmi al sicuro come un bambino che ha bisogno della tetta da succhiare. Charlie non era troppo sicuro di sé – giocava molto a carte, e faceva la posta a qualche nave che andasse in Amazzonia.

La cosa che mi faceva più paura era la tavola della pensione. La mattina a colazione, nella sala da pranzo al primo piano, c'erano circa dieci persone. Io guardavo sbalordita quella tovaglia stampata con le aquile americane, i generali, e i monumenti famosi. V'erano degli anelli portatovagliolo per metterci il tovagliolo, che veniva cambiato ogni tre giorni, ciotole di latte e di panna, e vassoi con fette di pancetta e dozzine di uova con burro salato. Niente burro dolce. Panini caldi, piccalilli, cetrioli sott'aceto, olio, e salsa calda. Tutti mangiavano in fretta, parlavano moltissimo, si passavano l'un l'altro il vasetto della marmellata, le pesche sciroppate e il purè di mele.

Il pranzo – a quell'epoca il pasto di mezzogiorno veniva chiamato pranzo, e il pranzo veniva chiamato cena – a volte lo facevamo in un ristorante. Per un po' di tempo non riuscii ad abituarmi ai camerieri, né a guardare un conto, né la lista delle pietanze per scegliere quello che volevo mangiare. Quanto al farmi servire, guardavo Charlie a bocca aperta, e avrei voluto che il negro in guanti bianchi se ne andasse via. La prima colazione la facevamo alla pensione. Solo una settimana dopo il nostro arrivo uscii con Charlie per andare a pranzo in un albergo sciccoso nella parte elegante della città, vicino a Forest Park. Non riuscivo ad abituarmi alle tovaglie di lino bianco, a tutte quelle spezie, a quella grande ruota al centro del tavolo con tutte quelle boccette e bottigliette di aceti e di salse diverse, di roba piccante che si versava sulla carne o sul pesce. Al pesce non ero abituata, a parte le trote di torrente, il pesce gatto, e il baccalà. Non avevo mai usato un tovagliolo. Tutti sembravano forniti di uno stuzzicadenti d'oro, e lo adoperavano con grande naturalezza mentre parlavano, stuzzicandosi i denti con grande eleganza, e sputando nella mano o nel piatto quello che non potevano ingoiare. I posti che a Charlie piacevano erano lungo lo Steamboat Landing, in fondo a Washington Avenue.

Questi pasti eleganti, il vino, la birra, mi facevano venire la diarrea; e sul dietro della pensione c'erano due splendidi cessi, forniti di ganci con pezzi di giornale tagliati in quadro, con una bacinella con l'acqua, e un asciugamano su un rotolo girevole, e un gancio per appendere lo scialle o la giacca. Non ero certo abituata a tanta eleganza. Anche parlare con la gente di città era un problema per me, come gli sconosciuti coi quali Charlie attaccava discorso in Market Street a Eads Bridge. Volevano sempre sapere com'era il tempo. Se sarebbe piovuto. È straordinario come non ci prendemmo la tisi galoppante a forza di chiavare, la prima settimana a Saint Louie. Prendevamo un po' d'aria agli Shaws Gardens, o facevamo due passi per Concordia Seminary, e poi tornavamo di corsa a letto.

Nella seconda settimana, spesso Charlie mi lasciava a letto, e lui usciva per andare a informarsi per il viaggio fluviale verso New Orleans, dove avremmo potuto trovare una nave che ci portasse in Brasile. Quando tornava puzzava di whisky, e a volte aveva un po' di soldi che aveva vinto a carte giù al porto, o in qualche taverna vicino alla fabbrica di birra Anheuser Busch. Ben presto cominciò a passare un mucchio di tempo a giocare a carte, e per essere un giocatore di campagna, giocare gli piaceva un mucchio. Diceva che la sua vita militare era stata una lunga partita a carte di tre anni, interrotta dai combattimenti. A Saint Louie aveva ripreso l'abitudine del gioco. Il gioco, come andare al bordello, bere, fumare oppio, è un'abitudine che si prende facilmente, ma che poi è difficile abbandonare. Diceva: « Nellie, mi puoi credere se ti dico che metterò insieme abbastanza per comprarmi una piantagione coi fiocchi, giù in Brasile ».

La seconda settimana, Charlie Owens aveva una faccia che faceva spavento. Pensai che dipendesse da tutte le manfrine che facevamo a letto, ma quando non fu in grado di pagare il conto della pensione, capii che aveva perso al gioco. Il suo orologio d'argento con la catena d'oro era sparito, e poi il suo anello col rubino. Ce ne stavamo a letto, e lui parlava del periodo di scalogna che stava attraversando, di qualche mano buona che gli avrebbe fatto vincere un grosso piatto, e poi ricominciavamo a maneggiarci e a strofinarci, e quando lui era stanco mi accarezzava col moncherino; magari sembrerà strano, a scriverlo sulla carta, perfino grottesco, ma mi dava molto piacere. Anche se non ero innamorata di Charlie, ormai avevo preso con lui molta confidenza fisica – era il primo uomo che fosse entrato in me, il primo essere umano, oltre zia Letty, che si fosse preso cura di me, che mi avesse vista come essere umano, un essere dotato di pensieri e di sentimenti.

Verso il mattino Charlie cadeva in una specie di dormiveglia e digrignava i denti, e diceva delle mezze bestemmie. Si svegliava stanco, si lavava alla bacinella, e poi se ne usciva e stava via tutta la giornata. Quando lui era fuori, io mi mettevo a vagabondare per la città, superando le mie paure, facendo la coraggiosa, attenta alle carrozze, ai carretti carichi di barili di birra, aggirando i passeri che si litigavano sopra le polpette di cavallo ancora fumanti. Dopo tutto, la città non era poi un posto così spaventoso, e per le strade non c'era gente cattiva.

C'erano alberi verdi, e dei bulli che si toccavano il cappello, incontrandomi, e un paio di loro, mi ricordo, arrivarono perfino a prendermi per un braccio, dicendomi se mi andava di bere una bottiglia con lui e fare un po' di zum-zum. Io rispondevo educatamente che non mi andava, e mi liberavo con uno strattone. Avevo solo quindici anni, ma ero alta, ben piantata, e sviluppata come una donna matura. Non avevo nessuna paura fisica degli uomini, solo della città. Naturalmente, non sapevo che erano dei pappagalli della strada, non conoscevo nemmeno quest'espressione. Pensavo semplicemente ch'erano persone gentili che mi consideravano una forestiera, e mi offrivano il loro aiuto. Ma non ero abbastanza stupida da fidarmi di loro.

Tutto questo durò due settimane. Un pomeriggio stavo tornando alla nostra pensione piena d'appetito, dopo aver girovagato per Lucas Place. Erano le sei del pomeriggio, e alla cattedrale, Christ Church, suonavano le campane. La padrona della pensione, una donnetta dai capelli neri, era nel corridoio, e mi sbarrò la strada per le scale. « È inutile che vai di sopra » disse. « Qui non hai più stanza ».

Io rimasi di stucco, naturalmente, impietrita dallo stupore e dalla paura. La donna scosse la testa, come se mi compatisse. « Lui ha bruciato il paglione, e ti ha piantata. Ha portato giù tutte le valigie e i portemanteau senza che me ne accorgessi, e se n'è andato; si è portato via perfino le lenzuola e le coperte ».

Io balbettai qualcosa, non so che cosa. Poi aggiunsi: « E io, adesso, che faccio? Dove vado? ».

« Questo è affar tuo, ragazza mia. E adesso, sgombra ».

« E la mia valigia? la mia roba? ».

« Oramai, saranno al banco dei pegni. Si è portato via tutto, tutto quello che non era inchiodato, o troppo grosso per passare dalla porta ».

Con ciò, mi prese per le spalle e mi spinse fuori della porta. Rimasi lì, a guardare la strada. Ero scossa da singhiozzi asciutti; me ne stavo lì, in gonna, camicetta, busto, mutande, la giacchetta, le scarpe e le calze, e in mano una borsetta fatta all'uncinetto, con poche monete dentro, meno di un dollaro. Avevo voglia di piangere, d'interpellare la gente che passava, ma sapevo che non avrebbe cambiato nulla. Sapevo che Charlie non l'avrei rivisto più. Mi ero sempre rifiutata d'impegnare l'orologino di zia Letty, come avrebbe voluto lui, e per questo mi aveva picchiata due volte. Non feci alcun tentativo per ricercarlo. Comunque, m'incamminai verso il porto fluviale, guardando tutti i carri, e la confusione del traffico, e i passanti, le casse, e i fagotti, poi svoltai, e trovai un piccolo parco. Mi misi a sedere lì, senza più singhiozzare. Non provavo alcun dolore, non mi accorsi nemmeno che si stava facendo buio, e che si erano accesi i lampioni. Ero in un guaio nero. Se almeno avessi avuto il mio vecchio portemanteau di tela.

L'unica cosa che sapevo era che non avevo nessuna intenzione di tornàrmene a casa, in campagna. Avevo cominciato a vedere la vita come la si viveva in città. Mi piacevano i bei cessi, gli anelli portatovagliolo, la birra fresca, e le mutande ben stirate e inamidate, le scarpe che calzano bene, la gente che passa per le strade, che ride e che parla. Avevo perfino potuto annusare le riviste e i giornali. Sentirmi sotto le dita la carta stampata, il sapere cose e fatti, e ciò che potevano significare, mi dava un piccolo brivido. Avevo delle pazze idee di posti e di usanze che ancora non potevo capire chiaramente. Cose che, in molti casi, erano forse completamente diverse da come le immaginavo. Standomene lì seduta, cercando di farmi coraggio, pensavo, guardavo, e sentivo, per la prima volta in vita mia, come mai avevo potuto vivere in quella cascina isolata, con la robaccia da mangiare, gli animali che s'accoppiavano ed erano ammazzati, tutta la miserabile vita di campagna, di stalla, e di campi pieni di stoppie e di erbacce.

Dunque, me ne stavo seduta tutta raggomitolata, oppressa dalla paura, su quella panchina nel parco, e aspettavo. Ero sola, affamata, e non sapevo a chi rivolgermi per aiuto. Sapevo da che parte era il fiume, e il quartiere meridionale pieno di birrerie; niente di più. Rimasi lì seduta fino a tardi, e cominciai ad avere i brividi. La serata non era fredda, ma io rabbrividivo ugualmente. Quando, a notte inoltrata, qualcuno cominciò a guardarmi, solo a guardarmi, mi sentii come una volpe inseguita e presa in trappola. Mi addentrai nel parco e trovai una tettoia dove i giardinieri tenevano i loro arnesi. Era chiusa a chiave ma, tra essa e una specie di serbatoio, c'era un vano sufficiente per contenere il mio corpo. Mi addormentai, e per quanto strano possa sembrare, dormii bene. Ero piena di salute, stanca, e mi piaceva dormire. Quando mi svegliai, c'era il sole, e scoprii che non ero troppo indolenzita. Mi diedi qualche colpetto per togliermi la polvere, mi raddrizzai il cappello, e mi misi in cammino. A una fontana, bevvi una pinta d'acqua, e uscii sulla strada. Tutti se ne andavano per i loro affari, chiacchierando, a piedi, in carrozza, o in botticella, e mi domandavo scioccamente come mai non si accorgessero delle mie condizioni e non corressero in mio aiuto.

Mi posi una mano sul petto e sentii qualcosa di duro. Tirai fuori l'orologino di zia Letty. Lo tenevo nascosto dentro il vestito da quando Charlie aveva cominciato a impegnare la roba per procurarsi il denaro per giocare. Aveva cercato di portarmelo via e mi aveva perfino picchiato, ma io ero più forte di un uomo con una mano sola e mingherlino, e non aveva insistito. Dai discorsi di Charlie, sapevo che c'erano posti dove uno poteva ottenere del denaro in cambio di qualche oggetto di valore.

Me ne stavo lì ferma. Passò un uomo, si toccò il cappello, e poi si voltò. Non mi ero mossa, sempre con l'orologio in mano, e d'un tratto nel mio cervello dovette prodursi una sorta di contatto. Il sorriso di quell'uomo, il fatto che si fosse toccato il cappello, e l'orologio che mia zia Letty aveva ricevuto dai Flegel che gestivano un casino a Saint Louie. Non so che cosa avrebbe fatto un'altra ragazza. Ma penso che il novantanove per cento sarebbero andate al banco dell'ebreo e avrebbero impegnato l'orologio. Io decisi di cercare la casa dei Flegel, dove aveva lavorato zia Letty, e chiedere aiuto a loro. Sempre che non avesse mentito dicendomi che era stata una puttana di alto bordo in quella casa.

Non sono in grado di dare una spiegazione veramente razionale alla mia decisione. Ho sempre seguito i miei istinti, e se qualche volta mi hanno cacciato nei guai, il più delle volte si sono dimostrati giusti, come la pioggia in primavera. Non ho mai avuto nessuna passione per la chiromanzia, per le predizioni col tè, o guardando una palla di cristallo, ma vi sono alcune cose che non posso spiegare come due e due fa quattro. E a volte mi sembra di essere spinta a far le cose da un'altra me stessa, che se ne sta in disparte, fuori portata, e mi dice: forza!

Dai discorsi di zia Letty sapevo che i nomi di quella gente erano Sigmund ed Emma Flegel. Che la loro casa era in piazza o corso Lucas – e che era un palazzo a tre piani, di pietra grigia, l'unico di questo colore di tutto l'isolato, mentre le altre case erano in mattoni rossi. E che davanti c'era la statua di un moretto con un anello di ferro per attaccare i cavalli. Ecco tutto ciò che ricordavo dai discorsi di zia Letty a proposito della sua vita in questo posto. Ma da allora erano passati diversi anni.

Al principio cercai di trovare quella strada e quel

tipo di casa semplicemente girovagando, poi mi venne in mente che questo era un modo stupido di cercare. Perciò domandai a qualche signora, e mi dissero come arrivare in Lucas Avenue. Dopo circa mezza giornata di vagabondaggi, ero tutta in sudore, e avevo il cuore che mi batteva molto in fretta. Ero anche affamata, e di nuovo bevvi a una fontanella, ma mi diede la nausea, e vomitai l'acqua dietro una siepe.

Era il tardo pomeriggio quando mi parve di aver trovato la casa giusta. Avevo camminato per circa un miglio in una direzione, e poi decisi di fare dietro front e camminare nella direzione opposta. I tacchi delle scarpe mi si erano consumati e mi erano venute le bolle dietro i calcagni. Provavo un senso di smarrimento. Ed ecco qua, la statua di un moretto con un anello di ferro in mano, quella era la casa, tutte le persiane erano chiuse, e c'era una breve gradinata che portava a un grosso portone. La facciata di pietra somigliava a quella di altre case. Ma la strada sembrava calma, tranquilla e rispettabile, per quanto poco m'intendessi di strade rispettabili. Era possibile che fosse proprio quello che mia zia chiamava uno dei più bei casini di Saint Louie? Se non lo era, potevo lasciarmi andar giù e morire. Ero arrivata al punto in cui un animale aspetta soltanto il colpo di grazia.

Non rimaneva che provare e vedere. Tenevo l'orologino dentro la mano destra nel guanto di cotone grigio con tre strisce nere sul dorso. Charlie – in questo momento mi sembrava lontano un milione di miglia – aveva insistito che per strada portassi i guanti.

C'era una maniglia di campanello, lustra e dorata, che fuoruscíva dalla bocca di un animale di ferro. Più tardi scoprii che avrebbe dovuto rappresentare un leone. Tirai pian piano, e poi più forte, e in qualche posto all'interno udii un leggero tintinnio. Rimasi lì in piedi, con le braccia conserte; non avrei potuto muovermi nemmeno se avessi voluto. Sopra il portone v'era una lunetta, e una specie di spioncino in mezzo al pannello di un battente. Su ambo i lati v'erano due lanterne come quelle di una carrozza, col globo di porcellana bianca. Sotto le mie scarpe v'era una stuoia di canapa.

Stavo per tirare di nuovo il campanello, quando lo spioncino si aprì, e una voce disse: « Sì? ».

Rivolgendomi alla voce, dissi: « Posso vedere il signor Flegel, prego? ».

« Per quale ragione? ».

Sarebbe stato inutile spiegare qualcosa che non avevo nemmeno pensato di formulare. Dissi: « Ho un messaggio per lui da parte di una vecchia amica ».

« Che vecchia amica? ».

Mi venne in mente di fare un gesto disperato. Mostrai l'orologio. Vi fu un silenzio. Il portone si aprì forse per mezzo palmo, e una piccola mano, la mano di una donna, si sporse fuori e rimase col palmo in su, come a dire: mettilo qui.

Io vi misi l'orologino, vidi che il portone era agganciato con una grossa catena d'acciaio, mentre veniva richiuso con un colpo, e udii un chiavistello che veniva tirato. Ecco qua. Anche l'orologio se n'era andato, l'orologio che avrei potuto trasformare in una cena e in un letto. Restavo lì, incapace di muovere un piede, indolenzita in tutto il corpo, con un'improvvisa voglia di far pipì, e di mettermi a correre. Ma non c'era altro da fare che cercare di recuperare il mio orologio.

Qualche passante si voltava a guardarmi. Io me ne restavo lì, e decisi, all'inferno il campanello, mi sarei messa a tempestare di pugni il portone, e avrei riavuto l'orologio. Stavo già per alzare il pugno, quando il portone si aprì di nuovo, questa volta senza catena. Si aprì per metà. Un ometto grasso, con gli occhi insonnoliti, i radi capelli gialli in disordine, e i baffi spioventi. La sua camicia da notte era cacciata in un paio di calzoni grigi, e le bretelle gli pendevano giù. Allungò verso di me una mano che teneva l'orologio.

« Dove hai avuto questo? ».

« Siete Mister Flegel? ».

« Non sono né il generale Grant né *die lustige Witwe* ».

« Me l'ha dato mia zia Letty ». E poi, tutto in una volta, aggiunsi: « Mi disse che dovevo venire da voi, quando fossi venuta a Saint Louie ».

Era una di quelle ispirazioni improvvise che possono o risolvere una situazione o comprometterla definitivamente. Non avevo né il tempo né la forza per le spiegazioni.

L'uomo mi guardò, poi guardò l'orologio. « Vieni dentro, vieni dentro. Come ti chiami? ».

« Nellie ».

« E come sta Letty? »

« È morta l'anno scorso ».

« *Ein gutes Mädchen.* Vieni dentro ».

Mi trovai in un corridoio piuttosto buio, con un grande attaccapanni con uno specchio, un portaombrelli cinese, un morbido tappeto sul pavimento, e in fondo v'era un vasto salotto con le tende tirate, pieno di mobili pesanti. Era troppo buio per distinguere bene le cose, ma sentii l'odore di cipria, di cera per mobili, di acre fumo di sigaro, e di whisky versato. Per quanto si possa arieggiarlo e pulirlo, nel salotto di un casino quest'odore rimane sempre. E sempre l'odore di donne. Quello, e un sentore di fiati grevi, s'impregnano nelle tappezzerie e nei muri. Dopo un po' di tempo, non lo si nota quasi più affatto.

L'uomo mi condusse giù per un corridoio con molti quadri entro pesanti cornici dorate, ma nella penombra li intravvedevo appena. Arrivammo in una cucina con le pareti di un giallo brillante, un grosso focolare con rifiniture in argento, una quantità di pentole e tegami di rame appesi a uncini, e qualcosa che bolliva in una grossa pentola. Una donna alta e slanciata, con occhi scuri, stava guardando una ragazzotta grassa dall'aria tonta, che stava sgranando dei piselli.

« Emma, questa è la nipote di Letty Brown. Te la ricordi, Letty? ».

« *Ach ja.* E così, di dove vieni, tu? ».

« Dalla campagna. Piacere di conoscervi ».

L'uomo mostrò l'orologio. « Ci ha portato questo ».

Io dissi: « Me lo regalò prima di morire. Zia Letty mi disse di venire qui. Che voi vi sareste occupati di me ».

Si misero a parlare in tedesco, che io, naturalmente, capivo. Dissero che avevo un'aria abbastanza innocente, ma, e se fosse stata una trappola? Nessuno avrebbe potuto avere un'aria più maledettamente campagnola di me. Però, ero sull'orlo del pianto, ma che bel culo rotondo, che avevo. Era il caso di tentare? Io me ne stavo lì, annusando quel buon odore di cucina, e la ragazza tonta – infatti, risultò poi che era una minorata – andava masticando qualcosa e mi guardava, asciugandosi il naso col dorso della mano, e pigliandosi uno schiaffo per questo.

Emma Flegel mi girò attorno. « Quanti anni hai, Nellie? »

Ero preparata a questa domanda. Non sapevo quale fosse l'età di arruolamento in un casino. Mirai alto. « Diciotto ».

Zig Flegel disse: « Non sarai vergine, speriamo. Non vogliamo vergini. Non è il nostro genere ».

« Mio marito mi ha piantata ».

« *Ein Umglick* » disse Emma Flegel con faccia di marmo.

« È scappato in Brasile. Non sono mai stata con nessun altro uomo. Ma sono pulita, sana, e disposta a fare ciò che ha fatto zia Letty ».

I proprietari del casino ripresero a parlottare tra loro, guardandomi. Erano gente d'affari, pratici mercanti di carne. Quell'aria furbastra di casinanti era ciò che più si addiceva alle loro grasse facce da olandesi.

Io dissi: « Vorrei qualcosa da mangiare, e ho anche bisogno di far pipì ».

Emma Flegel scoppiò in una risata. Mi passò un braccio intorno alle spalle: « Trudy ti mostrerà il cesso, e io ti darò un po' di stufato, un paio di tazze di buon caffè, e del pane fatto in casa ».

In cinque minuti, dopo una fumante pisciata, stavo dando fondo a un'enorme scodella della più deliziosa pietanza che avessi mai mangiato in vita mia, e stavo lucidando ben bene il piatto con un pezzo di pane, sorridendo a Zig e a Emma Flegel. Non me ne importava se mi avessero venduta come carne da macello, o se mi avessero gettata nella strada, ero piena di cibo, e sorseggiavo il caffè con panna. Mettevano cicoria, nel caffè, alla maniera europea.

Zig Flegel continuava a tirarsi i baffi. Disse che avrei dormito con Trudy, nella stanza sopra la cucina, e domattina avrebbero preso qualche decisione a mio riguardo. Ben presto, sarebbero stati occupati con i clienti. Io mi misi in tasca due fette di pane. Mi dissero che Trudy era una mezza scema, ma non faceva male a nessuno. Mi avrebbe mostrato lei dove avrei dormito. Sulla soglia, dissi: « Potrei riavere indietro il mio orologio, prego? ».

Emma Flegel annuì. « Nellie, credo che tu andrai bene, tu andrai benissimo ».

Ho rivissuto quella giornata migliaia di volte nella mia memoria.

La maggior parte delle puttane sono delle terribili bugiarde, a proposito del modo in cui diventarono puttane. Raccontano delle storie stupide e tristi, per impressionare il cliente. Ma quasi mai quella roba lacrimevole è vera. Quanto a me, fu esattamente come l'ho raccontata adesso, senza aggiunte né abbellimenti. Fu così che io diventai una puttana in uno dei migliori casini di Saint Louie.

VI

DAI FLEGEL

Zig Flegel, come raccontava lui stesso, era stato garzone di stalla in una tenuta a Oldenburg, nella Bassa Sassonia, ed era venuto in America per accompagnare una spedizione di cavalle d'allevamento e di uno stallone, per un ricco americano dello Stato di New York. Zig era diventato cocchiere, e aveva conosciuto Emma lì nella tenuta del suo padrone, dove lei era aiutante in cucina. Lei originariamente proveniva da Lubecca. Il padrone li aveva sorpresi a letto insieme, una mattina, e li aveva tenuti in servizio solo a patto che si sposassero. Non sembrava gran cosa, per mantenersi il posto. Come avessero fatto a diventare in vent'anni i proprietari di uno dei migliori casini di Saint Louie, questa parte della storia era abbastanza vaga, e tale rimase sempre. Comunque, il fatto è che avevano buone conoscenze in municipio e nel governo dello Stato, e attraverso queste conoscenze si erano acquistati il rispetto e la protezione della polizia. Erano una coppia in gamba, due lavoratori, una coppia di pelle dura, con tutta la loro *Gemutlichkeit*.

Zig – lo si chiamava Sigmund soltanto quando era

arrabbiato con voi – aveva un carattere molto focoso. Era grasso e camminava coi piedi piatti, aveva gli occhi nocciola chiaro, con grosse borse grinzose, come quelli di una vecchia tartaruga, un paio di baffi impomatati, voltati all'insù, e tinti dal tabacco da fiuto, o dai sigari che fumava con un bocchino d'ambra. Zig aveva modi piacevoli, quando non era arrabbiato, ché allora sparava pallottole dalla bocca. Manteneva l'ordine nella casa soltanto con lo sguardo, col suo ghigno che sembrava il ringhio di un cane, e, se necessario, con la mano. Mai che la stringesse a pugno se doveva picchiare qualcuno, ma se una ragazza doveva essere punita, la pigliava a schiaffi col palmo e il manrovescio. Un regolare bang bang bang, sulla faccia, rapido e doloroso. Diceva che era a quel modo che lo puniva il suo colonnello, quando da giovane era stato soldato di cavalleria. « Quando ci buttava a terra a suon di schiaffi, uno si rialzava subito, sorridendo, e faceva il saluto ».

Comunque, Zig non aveva spesso occasione di punire le ragazze. Era giusto, non faceva favoritismi, gli piaceva che tutto fosse al suo posto, e aveva un posto per tutto. Era pieno di vecchi proverbi tedeschi. *Raum für alle hat die Erde* [« Sulla terra c'è posto per tutti »] era il suo favorito. Per i soldi aveva un fiuto speciale. Ma non aveva alcuna meschinità, sia per il mangiare che per la biancheria o l'arredamento. « Chi più spende meno spende ». Di solito, la notte di Capodanno piangeva, e diceva che era stato un cattivo figlio per la sua mamma morta.

Emma Flegel con l'età era dimagrita. Le si potevano quasi vedere le ossa sotto la pelle della faccia. Portava i capelli pettinati all'insù, e legati con nastri di velluto. Erano di un oro pallido, ma opachi. Aveva piedi e mani molto grandi, e camminava piantando solidamente i piedi sul tappeto, come per assicurarsi di avere qualcosa di ben saldo sotto di sé. Era nel tempo stesso la tenutaria e la governante del casino. Zig si occupava della manutenzione dell'edificio, che era di loro proprietà, dei conti, degli acquisti di vino, e di ungere le autorità. La maggior parte delle case hanno una tenutaria e una governante che si occupa della biancheria, della servitù, e sorveglia che le ragazze di sopra siano in ordine. Ma Emma svolgeva entrambe le mansioni, e doveva correre come una trottola quando i gianni – come appresi venivano chiamati i clienti – le comandavano qualcosa.

A differenza di Zig, Emma non dimostrava mai il cattivo umore o la collera. Non dava schiaffi, dava pizzicotti. Sotto la sua calma costante, era un po' pazza. Diceva con orgoglio di esser figlia di un « capitano di mare », e guardava dall'alto in basso i sassoni, e tutti gli altri tedeschi. Faceva collezione di conchiglie, dormiva con Zig in un grande letto svizzero con animali, pini, e giganti scolpiti sulla testiera. Emma aveva sempre una ragazza favorita, che coccolava, baciava sulle guance e sul collo, e con la quale faceva dei sonnellini. Non beveva mai, ma fumava dei piccoli sigari neri. Era una vera *Hausfrau*, una brava cuoca ma non aveva molto tempo per spignattare in cucina. Trudy, l'idiota dai grossi occhi sporgenti e le labbra umide, era sua nipote. C'era una grassa cuoca tedesca a nome Elsa, e due grasse ragazze tedesche che facevano le inservienti. Tutt'e tre abitavano fuori, e arrivavano verso le quattro del pomeriggio. Le inservienti non erano puttane, ma se qualche cliente insisteva, anche loro andavano in camera e si facevano chiavare, ridacchiando per tutto il tempo. Zig non era molto dell'idea, ma Emma cercava di compiacere il cliente, specialmente se era uno di quelli che chiamavano fissi. C'era un cocchiere che faceva anche da fattorino, e un cameriere a nome Alex, che si diceva fosse un fratellastro di Zig. Era un beone dagli occhi acquosi e una folta barba gialla.

Io ci tenevo a far bella figura e facevo molta attenzione. Se non si fosse saputo che posto era, in superficie si sarebbe detta una simpatica casa tedesca – pulita e ordinata, con un po' troppi mobili.

Quando arrivai, nella casa c'erano cinque ragazze,

ma ne ricordo soltanto due. Frenchy in realtà era italiana. Ciarlona, piccante, con capelli lucenti, neri come il catrame, una pelle scura come una prugna, aveva sempre un buon odore ed era assai calda. Aveva delle grosse tette, una vita sottile, e i fianchi più attivi che io abbia mai visto – sembravano montati su cuscinetti a sfere. Poteva muoverli in tutte le direzioni. Era un tipo molto vivace, e se ne andava ancheggiando sui suoi piedi piccolissimi. Aveva sempre l'aria di essere un po' alticcia. Frenchy aveva bei denti, labbra piene, e rideva quasi continuamente, o cantava, o bestemmiava. Parlava in stretto dialetto, ma sapeva parole molto lunghe, e leggeva dei libri che la facevano piangere. A lei piacevano, diceva. Mandava denaro in Italia, per Garibaldi, e più tardi per i socialisti in prigione. Voleva gettare grosse bombe, diceva. Era molto forte, e odiava ogni ordine formale, a cominciare dai re, dai papi, dai capi politici, da chiunque non le piacesse. Facemmo grande amicizia. Frenchy si occupava di quelle che lei chiamava « le faccende *outré* », una parola nuova per me. Riusciva ad afferrare le monete che i clienti mettevano sull'orlo di una tavola con la sua bocca di sotto.

Belle era una biondona pigra, dai capelli quasi bianchi, che le si arricciavano intorno al collo e alle orecchie. Era una bella ragazza, alta, dalle ossa grosse, con grandi occhi verdi leggermente folli. Belle si muoveva lentamente e parlava con grande dolcezza. Zig diceva: « Si direbbe che in bocca sua non si squaglierebbe nemmeno il burro ». Però diventava un diavolo quando era piena di whisky o di acquavite. Per diverse volte aveva devastato il salotto e cercato di appiccare il fuoco alla casa. I Flegel continuavano a tenerla perché era una puttana meravigliosa, la favorita di diversi alti funzionari della città e di due ricchissimi industriali. Questi due gianni quando erano in città affittavano l'intera casa, e regalavano a Belle anelli e pellicce, che poi lei dava via, perdeva, o si faceva rubare. Non riusciva a conservare né denaro né alcun oggetto di valore, e sarebbe sempre stata in cenci se Emma Flegel non avesse pensato a fornirle mutande di merletto, frufrù, e vestaglie coi pizzi. Quando non era ubriaca, Belle era pulitissima, si lavava continuamente, faceva il bagno, si profumava e si curava le unghie dei piedi. Faceva credere di essere della Virginia, e imparentata con Robert E. Lee, ma Zig diceva che era soltanto una povera disgraziata di Memphis, nata e cresciuta in una catapecchia, e quando un funzionario del municipio l'aveva conosciuta, si prostituiva coi fiumaroli per un nichelino al colpo, e teneva le monete in bocca poiché non aveva nessun altro posto dove metterle, essendo nuda. Il funzionario, che aveva portato Belle da Zig, era un uomo importante, con una grossa famiglia, e pertanto non poteva sistemarla in un appartamento in città. Belle diceva che Ed, il funzionario, era innamorato di lei. « Mi basterebbe schioccare un dito, e fuggirebbe con me ». Ma lei non schioccava mai il dito, poiché sapeva bene, come tutte noi, che un grosso politicante non scappa con una puttana, e specialmente con una che quando ha bevuto fa il diavolo a quattro.

Le altre tre ragazze che erano là in quel periodo sembravano, a quanto mi ricordo, delle tonte tedesche, senz'alcuna espressione, brave, volenterose, e non costituivano nessun problema per la casa. Nei momenti liberi si mettevano a ricamare. Si potrebbe credere che tutta questa virtù dovrebb'essere un vantaggio, in un casino, ma in realtà i clienti si stancavano di questo tipo di ragazza tedesca. Zig cambiava continuamente puttane, in cerca di qualcosa di diverso, che potesse reggere il confronto con le attrattive che Frenchy e Belle esercitavano sui clienti fissi.

A quell'epoca non sapevo che io stessa sarei diventata una delle attrattive della casa, e che vi sarei rimasta per molto tempo. Io ero chiamata Goldie Brown. Uno sbornione di giornalista appartenente a un giornale locale di Mister Pulitzer, una volta andò in giro per la città dicendo che Frenchy, Belle, e Goldie erano le tre grazie di Saint Louie. Dovettero spiegarmi che cosa voleva dire le tre grazie.

Dormii con Trudy due notti, mangiai e mi rimisi in sesto. Poi Emma Flegel mi disse che se volevo lavorare, quella sera, potevo. Mi pettinò, fece riempire la vasca da bagno al piano di sopra, mi fece tagliare le unghie, e mi fece aggiustare qualche bel vestito. Disse che i vestiti che avevo lei non li avrebbe messi addosso neanche a uno spaventapasseri.

Mentre me ne stavo immersa nell'acqua calda, e Trudy ne portava altri secchi, Emma Flegel mi spiegò i miei doveri di puttana. Non posso trascrivere il suo forte accento tedesco, ma mi disse pressappoco così:

« Il nostro è un casino di prim'ordine, con un'ottima fama. Serviamo soltanto la gente più importante e i loro amici, e i visitatori della nostra città che ci sono raccomandati dai nostri clienti. L'unica regola che abbiamo è che tu eserciti la tua *Kunst* – e che non puoi rifiutare nessuno dei nostri ospiti. Devi essere cordiale e servizievole, in modo da soddisfarlo in tutto. Lui è il tuo padrone e tu sei la sua schiava. Se vuole questo o quest'altro, tu lo devi fare. Da parte sua, il signore che sia un cliente regolare della casa sa bene che, entro i limiti della ragione, noi siamo qui per il suo piacere. Per quelli che hanno desideri particolari ci pensa Frenchy; quanto a te, per le prime settimane ti indirizzerò ai clienti con gusti più semplici, facili da soddisfare; devi essere sempre gentile, devi parlare a bassa voce, e se *ein lustiger Bruder* vuole essere divertito in qualsiasi modo, lascia che t'insegni lui. Con i giovani e i timidi devi essere tu ad attaccare, ad accarezzare, ma per il momento te li terremo lontani. *Kurzum*, devi essere pulita, devi essere gentile, devi essere servizievole. Alcuni clienti sono piuttosto anziani, e con loro ci vuole pazienza. Hai qualche domanda, Goldie? ».

Io dissi di no, che non avevo nessuna domanda da fare. Qualcuna ne avevo, dato che ero nuova in questo lavoro, ma pensai ch'era meglio non essere troppo scoperta e non mettere in rilievo la mia ignoranza delle regole del casino facendo domande.

Emma Flegel mi spiegò i convenevoli da salotto, e il

lavoro in camera con il cliente; come dovevo aiutarlo a svestirsi, le posizioni in cui dovevo mettermi per eccitarlo, e certi gesti ed espressioni che gli avrebbero fatto piacere.

« Comportati come se stessi facendo la più bella chiavata della tua vita, gemi, sospira, rotolati, invoca pietà, digli che è un uomo terribile – alla fine, congratulati con lui per la sua grossezza, il suo peso, per essere venuto così tanto. Fa' dei piccoli gridi, quando fingi di venire con lui. Ah, un consiglio: farai meglio a non venire davvero. Ma dànne tutti i segni. Ci sarà qualche gianni che vorrà che ti dimostri timida, in modo che lui debba forzarti a riceverlo, e qualche altro vorrà che tu dica delle parolacce. Ne conosci? ».

« Sì » dissi, pensando che tutte quelle che avevo sentito in campagna sarebbero andate bene.

Lei me ne disse qualcuna, come esempio, e non erano gran che diverse da quelle che avevo sentito in campagna, o che ci dicevamo con quel bastardo di Charlie Owens.

« Questa sera ti porterai di sopra quattro o cinque clienti. Non fargli fretta. La nostra non è una casa di quel tipo. Dopo ogni volta, lavati bene, riaggiustati i capelli e il vestito, e ritorna giù. Se lui ti offre una boccetta di profumo, ringrazialo. Sarà Zig a fornirla. Se ti dà un extra in denaro, è roba tua. Non devi prendere nessun appuntamento con lui fuori della casa. Zig ti porterà fuori, a qualche festa negli alberghi o nelle case, quando è richiesto. Ma devi sempre dire al cliente di tornare qui; che tu sei addirittura pazza di lui. Lui viene qui proprio per sentirsi dire questo genere di cose, per ricevere questo tipo di attenzioni. Sapendo che sei così giovane e così nuova, ti domanderà per quale *Ungluck* sei finita qui. La cosa che più gli piace di sentire è che sei stata rovinata da un vecchio, e che eri pura come un giglio. Racconta queste cose in tono triste, abbracciandolo, mentre le dici. Anche per questo, vengono qui. Vedrai che chiavare è soltanto una parte dei nostri doveri al servizio del cliente ».

Mi furono date delle calze di seta, il primo paio che avessi mai visto e infilato, e delle giarrettiere gialle, babbucce col tacco, e una vestaglia col collo di piume. Oltre a tutto questo, un fazzoletto da infilare sotto una giarrettiera. Emma aggiustò la vestaglia in modo che le tette quasi mi uscivano fuori. Mi diede un bacio, e disse: « *Ach so!* ».

Io ero molto spaventata. Fuori era buio. Udivo il clop clop dei cavalli, il rumore delle ruote delle carrozze, e alcune voci in salotto. Nel vestibolo, Frenchy mi prese sottobraccio. « Vieni, contadinotta ».

Il salotto era tutto in rosa pallido, con un mucchio di grandi cornici dorate piene di scene di caccia, di montagne con la neve, e anche quadri con ragazze nude che danzavano davanti a uomini turchi e arabi. V'erano delle statue di marmo di ragazze nude abbracciate ad alberi, o che odoravano dei fiori. Il mobilio era di un bruno giallastro lucente, in seguito scoprii che si chiamava Biedermaier e veniva dalla Germania. V'erano lampadari a petrolio con globi di vetro rosso e verde tutti dipinti con fiori e ragazze che correvano attraverso il bosco inseguite da certi esseri pelosi muniti di corna e con zampe d'animale e davanti un grosso arnese eretto. Su una parete c'era una stufa di maiolica colorata. Sul pavimento erano posati grossi vasi con rami secchi legati con nastri dorati. Riesco a ricordarmi ancora tutto, di quel salotto. Zig era molto fiero dell'arredamento e dei mobili, e non faceva che indicare i quadri, che erano « autentici, tutti fatti a mano dai migliori artisti di Düsseldorf ».

Al mio primo ingresso in salotto, v'erano tre clienti in cilindro, seduti su un grande divano rosso, e una ragazza con una vestaglia azzurra era seduta sulle ginocchia di uno di loro, e giocherellava con la sua patta. Emma, con un abito scuro dal collo alto tenuto su con ossi di balena, c'introdusse, me e Frenchy, tenendoci per un braccio, e ci presentò agli altri due clienti.

« Le più belle della casa. Questa è Frenchy, e questa è Goldie ».

« Tanto piacere davvero » disse Frenchy.

E io riuscii semplicemente a dire: « Piacere ».

Frenchy si sedette sulle ginocchia di un cliente, e io presi quello che restava. Era un tipo di mezza età, un po' grassoccio, con occhiali a stringinaso cerchiati d'oro, i capelli piuttosto radi riportati su un lato, e una grossa catena d'oro che gli attraversava il panciotto a quadretti.

Sedetti sulle sue ginocchia, e lui mi circondò con le braccia. Feci come faceva Frenchy, e misi le braccia intorno a lui. Ero molto calma, adesso. Il salotto odorava di birra e di cognac, di fumo di sigaro, e cipria, e di qualcosa di cui nessun casino riesce mai a liberarsi, un odore di corpi femminili, un odore di chiuso, per quanto accurata sia la pulizia.

Il mio gianni cominciò a baciarmi sul collo e sulla guancia, affondava la testa fra i miei seni, e poi mi condusse una mano alla sua patta. D'un tratto mi resi conto che stavo lavorando. Il mio cliente fece un grugnito. « Accidenti, se pesi, ragazza mia. Andiamo di sopra? ».

Emma Flegel mi stava osservando e sorrise. « *Herr* Schwarzkof, » disse « avete scelto la perla della nostra casa, stasera ».

Io non avevo detto neanche una parola, oltre quella della presentazione. Mi alzai, e si alzò anche il cliente, e si aggiustò il cavallo. Sulla scala c'erano due statue di ragazze mezze nude, che tenevano una piccola lampada, e i gradini erano coperti da un tappeto azzurro e giallo. Salii tutta appoggiata al mio cliente, che mi circondava con le braccia. Mi era stata data la seconda stanza sulla sinistra. Dalle altre stanze udii delle risate, e una piccola sculacciata.

La mia stanza di lavoro era piccola, v'era un grande letto appena rifatto, due sedie, un enorme specchio su una base di marmo, un bacile di porcellana con la sua brocca, una pila di asciugamani, e una saponetta rosa dentro un portasapone di porcellana. Accanto al lavabo v'era un grosso vaso da notte con un disegno dorato intorno all'orlo.

Il mio cliente si guardò attorno con piacere, e io immediatamente mi sfilai la vestaglia, e cominciai a togliermi le calze. Lui disse: « No, no, lasciale. Una gamba figura di più con calza e scarpa ». Continuammo a bamblinare per un po', e io non vedevo l'ora di farla finita.

Lo aiutai a togliersi la giacca, il panciotto, i calzoni, appendendo tutto quanto su un'alta sedia, come mi era stato detto. Portava le mutande lunghe, come facevano tutti gli uomini a quell'epoca, estate o inverno. Portava anche una pancera, che avrebbe dovuto fargli bene per non so che cosa. Si teneva su i calzini con giarrettiere dal fermaglio in oro.

Io mi misi sul letto tutta distesa, con addosso solo le calze e le scarpe, intrecciai le mani dietro la testa, sorridendo, cercando di assumere una posa che speravo provocante. Per un momento pensai: Ehi, Nellie, tutto questo non è che un maledetto sogno. Credi di essere davvero in questo lettone morbido, tutta profumata del bagno, e non è vero che sta venendo sopra di te questo grassottello dall'aria scema, col cazzo in mano, come ti stesse portando un dolce. Ma non era affatto un sogno. Lui si tuffò sul letto, e cominciò a parlarmi con grande eccitazione di quello che stava per farmi. Io mi sentii tutta la pelle arrossata, ed ero calda dappertutto. Ma una volta che lui mi fu sopra, e dentro di me, fu esattamente come era stato con Charlie centinaia di volte. Entrai nel gioco, dimenticai me stessa, e venni contemporaneamente a lui.

Ecco come fu la mia prima volta in una casa, l'inizio del mio lavoro di puttana. Non ricordo più gli altri quattro clienti che portai di sopra quella notte. Tutto quello che so è che con loro non ebbi l'orgasmo, ma finsi soltanto di averlo. Eseguire così bene il mio lavoro per i Flegel mi rendeva fiera di me stessa. E tutti dissero a Emma che la nuova ragazza era proprio in gamba. Ebbi in regalo due boccette di profumo, e il mio primo cliente, quando lo aiutai a rinfilarsi i calzoni, mi diede una moneta d'oro da cinque dollari. Disse che l'avrei riveduto. E fu così, due volte la settimana, per cinque anni, e sarei anche andata volentieri al suo funerale. Era un noto industriale di pellami. Ma i Flegel dissero che non si doveva mai andare ai funerali dei nostri clienti. « Non è di buon gusto... e la famiglia, magari, non sa niente di noi ».

Erano quasi le quattro del mattino quando me ne andai a letto per dormire. La casa puzzava di alcool, di sigari spenti, di vasi da notte colmi di orina – dei clienti e delle ragazze – e d'acqua saponata sporca.

L'ultima volta che salii di sopra, il cliente mi chiese di far pipì, e vidi per la prima volta che sul fondo del vaso era dipinta una coppia che faceva la nostra stessa cosa. Ero troppo stanca per mettermi a studiarlo. Finalmente entrai nel letto da sola, affondai la testa nel cuscino, e cercai di dare un qualche senso a quella notte, tutti quegli uomini, le loro facce, il fiato, gli occhi sbarrati, e le bocche aperte quando erano eccitati, e i loro piccoli tic, i morsi, i pizzicotti, le abitudini, le esigenze. Mi addormentai. Il mio corpo era stanco, i nervi esausti per essere stati tesi così a lungo, cercando di ascoltare, di compiacere, e di fare, tutto contemporaneamente. Ma ero felice di aver trovato un rifugio, e degli amici. Quanto a Charlie, adesso mi accorgevo che non era poi un gran che. Per la prima volta ero desiderata da uomini importanti, lusingata, adulata, ciò mi faceva sentire parte del mondo, parte della vita. Avevo solo quindici anni, ma mi sentivo una persona, cui piaceva essere considerata quella che loro chiamavano una ragazza in gamba.

Ancora non sapevo, quella notte, che dire « una ragazza in gamba », non è gran che, pressappoco come dire « è una bella giornata ». Ma era una cosa gentile, e di cose gentili non ne avevo mai avute molte, in vita mia. Ero una ragazza dura, priva di autoindulgenza, in più, non avevo alcun senso di colpa o di peccato, di nessun genere. Mio padre e altri cristiani dalle parti di Indian Crossing facevano una vita schifosa, e si trattavano tra loro senz'alcuna bontà. La loro piccineria, il modo in cui trattavano la moglie e i figli, o si trattavano tra loro, o trattavano gli estranei – tutto questo non mi aveva lasciato alcun amore per la loro fede e per la loro idea del peccato. Sapevo che i loro discorsi dolciastri, le loro pie giaculatorie non li rendevano degli uomini buoni. Ero ormai alle soglie della vecchiaia quando capii che mentre i seguaci delle varie fedi sono per la maggior parte degli ipocriti, il vero cristianesimo aveva molto di buono prima che si fosse organizzato in varie sette. Raramente, sia nel mio lavoro che fuori, mi capitò di osservare una coincidenza tra le semplici verità e i dogmi cervellotici.

Come non avevo mai creduto che il sesso fosse peccato, così scoprii che non credevo all'esistenza dei peccatori. I clienti che conobbi dai Flegel, i gianni che diventarono i miei visitatori abituali, appartenevano in generale alla media e all'alta borghesia, uomini che trovavano che la vita domestica non era troppo interessante. Sentivano che gli anni correvano via velocemente, come una carrozza con la pariglia, e cercavano di riempire i vuoti della loro vita fisica, di provare ancora un po' di piacere sessuale. Non posso dire che fossero degli adulteri, dei depravati, delle bestie in calore. Né voglio dire che qualche volta non capitassero dei tipi che appartenevano a queste due ultime categorie. Quelli con delle pazze idee di provare o di infliggere dolore, i toccati nel cervello, e i brutali bastardi che odiavano tutte le donne e volevano vedere lividi e sangue, volevano sentir piangere e gridare. Dai Flegel, costoro erano una minoranza, e raramente venivano lasciati entrare.

Se dovessi dire che cosa sia un buon casino, direi che è una specie di stalla, con della gente che va attorno sbuffante e si avviticchia con braccia e gambe e viene. Facevamo il lavoro cui eravamo adibite. Qualche volta magari in posizioni ridicole, con giochi strani, magari lasciando il cliente con la sensazione che la cosa era stata un po' troppo rapida, e l'orgasmo non esattamente come ci si figura. Io credo che fottere finisce in una rapida, fuggevole sensazione di morte. Gli animali nelle stalle lo sanno; e così, forse, anche i clienti dei Flegel sentivano che la vita e la morte, in quel posto, erano qualcosa di reale.

PARTE SECONDA

TEMPI BUONI E TEMPI CATTIVI

VII

LA VITA IN UNA CASA

La casa di Zig e Emma Flegel era un po' diversa dagli altri casini, ma, ovviamente, non è mai esistito un regolamento per gestire un casino. Anche se in proposito c'è una sorta di metodo, una tradizione americana, non è una cosa troppo rigida. La questione fondamentale è di avere la protezione della polizia cittadina. Le autorità comunali e la polizia devono garantire, come corrispettivo della tangente che ricevono, che la casa non venga molestata o sottoposta a irruzioni da parte della polizia. La polizia da sola non può farlo, in nessuna città americana. Magari può chiudere un occhio, per non intervenire, ma a meno che le autorità comunali, e spesso anche quelle della contea o dello Stato, non siano sul foglio di paga, non ha senso spendere almeno sessantamila dollari per arredare una casa, ingaggiare delle puttane in gamba, fornire una buona cantina, prendere un buon cuoco e delle cameriere a posto. È tutto inutile, se non ci si mette d'accordo con le autorità.

Si è sempre fatto un mucchio di chiacchiere a proposito della prostituzione, e degli sforzi per la (cosiddetta) moralizzazione. Ma furono rari i casi di chiusura in blocco dei casini, fino a quella di New Orleans, nel 1917. Quelli che venivano perquisiti dalla polizia erano quasi sempre posti di basso rango, oppure case le cui tenutarie si erano inimicate i forchettoni della politica. Di solito, una casa veniva avvertita dalla polizia quando stava per subire un'irruzione a causa di qualche scandalo locale, o di un'elezione. E in questo caso, o veniva riaperta dopo pochi giorni, o si trasferiva in un altro edificio. Durante le ondate di moralizzazione venivano arrestate le passeggiatrici, ma ben difficilmente veniva arrestata la ragazza di una casa.

Saint Louie (avrei imparato a suo tempo che si scriveva Saint Louis) era praticamente una città aperta, quando io cominciai dai Flegel. Erano tutti quanti sul foglio di paga; il malloppo veniva dato ai capintesta, che facevano le parti, dal più umile poliziotto, che passava nella cucina di Zig per prendersi una birra e un piatto di zuppa di coda di bue, fino ai capi politici dei maggiori partiti, che spesso erano anche i proprietari degli edifici che venivano affittati alle tenutarie. Vi sono funzionari onesti, ma vi sono anche mostri con due teste.

Un casino, di solito, veniva chiamato col nome della sua tenutaria. Il nostro si chiamava dai Flegel; nella zona v'erano altre case, chiamate Liberty Hall, Mahogany Hall, Palace de Dance, Venusberg, House of All Nations. Era pericoloso per un casino diventare troppo alla moda o *troppo* famoso; i difensori della morale venivano a saperlo, e iniziavano campagne per farlo chiudere.

Per le prime due settimane che fui dai Flegel, mi furono assegnate soltanto quelle che Zig chiamava « chiavatine da coccadimamma »: per lo più rispettabili cittadini di mezza età, molto beneducati, e anche un po' timidi. Avevano voglia di tenere fra le braccia una ragazza giovane, ci davano un po' dentro, e poi, scaricata la cartuccia, ti dicevano educatamente grazie, e magari aggiungevano una moneta d'oro da cinque dollari. A poco a poco imparai da Frenchy e da Belle tutti i trucchi del nostro mestiere, ciò che un buon casino poteva offrire ai signori ospiti dei Flegel.

A un cliente era permessa qualunque azione sessuale che soddisfacesse le sue esigenze fisiche, purché non provocasse dolore o facesse uscire sangue. Una puttana non poteva rifiutarsi alle richieste di un cliente per l'intera gamma dei giochi che lui voleva e si aspettava.

Le parole 'degenerato' o 'pervertito' non hanno nessun senso, nel gioco sessuale tra un uomo e una donna. Nata e cresciuta in campagna, conoscevo dagli animali tutte le azioni intime che si osservano in natura. L'uomo, da parte sua, bruto o fantasioso che sia, dal punto di vista della sua condotta con le donne, non è più degenerato o pervertito di quanto lo sia un cane, un gatto, un papero, o un toro. Annusarsi, mordersi, assaggiarsi, montare, fare danze libidinose, sono praticamente le stesse cose che si osservano in una stalla. Nel mondo esterno, può esservi un certo formalismo fondato sulla opportunità di incanalare o di arginare l'impulso sessuale del maschio, ma nella casa dei Flegel non stavamo certo per predicare, per limitare, o per imporre moderazione, e quando ci mettevamo in ginocchio, non era certo per pregare.

Se avessimo meno paura delle parole, la vita sarebbe molto più sana. Quando vidi per la prima volta le parole *fellatio* e *cunnilingus* in un libro che un cliente si portò al casino, scoppiai in una risata. Sembrava una cosa così malata, e così fuori della normale ragione etichettare due abitudini così popolari con parole latine così pompose. Leccarsi o succhiare a scopo sessuale fa parte dei naturali giochi sessuali, e si può vederlo ogni giorno in casa propria dai cagnolini e dai gatti. In America, dopo la Guerra Civile, era altrettanto popolare di quanto lo era stato in passato. Parlando con i clienti seppi che lo facevano comunemente, nel loro letto, a casa, con la loro moglie – a meno che questa non fosse una bigotta o una schifiltosa. Certi gianni che venivano dai Flegel dicevano che la loro moglie era stata consigliata dal prete o dal pastore a non acconsentire a queste cose, né a permettere che le si facesse su di loro. Conobbi diversi casi in cui ciò fu causa di rottura del matrimonio, e una volta di un duplice omicidio. Noialtre, dai Flegel, ci occupavamo di quelli che a casa loro venivano respinti. Magari, se tante mogli fossero più ragionevoli a proposito di certe cose che in quel libro – ce l'ho ancora a casa – sono chiamate *coitus more ferarum* e onanismo, probabilmente non ci sarebbero famiglie di dodici o venti figli.

L'atto di leccarsi a vicenda era popolarmente conosciuto con la frase « far l'amore alla francese », anche se non si può proprio dire che sia una specialità francese. Si diceva anche « fare forchetta e cucchiaio », oppure 69.

La prima cosa che una ragazza impara in una casa è che l'atto sessuale consiste in realtà nella stimolazione di certe terminazioni dell'organo maschile; al cazzo non gliene importa gran che di come venga maneggiato o premuto, fintanto che finisce in quella che i libri chiamano eiaculazione, e la gente comune chiama venire. La poesia, i giochi, le parole d'amore, tutte le romanticherie che sono state aggiunte al commercio sessuale, lo fanno apparire a un livello più elevato, approvato dalla società; dalla società ebraico-cristiana, che in un certo senso va contro natura. Gran parte dei nostri guai provengono dal fatto che vogliamo credere che società e natura siano la stessa cosa.

A una ragazza di casino, un signore anziano può permettersi di chiedere speciali attenzioni, che, se fossero conosciute dai suoi amici, sarebbero motivo d'ilarità, così pure un giovanotto a cui piaccia essere sculacciato ben bene sul sederino nudo mentre succhia una tetta che la mamma non gli offre più. Una volta che un certo gioco si sia dimostrato soddisfacente, quel gioco viene ripetuto nel modo che più piace al cliente, di solito, ma non sempre, con le pudende come protagoniste. La violenza, tranne se somministrata da Frenchy, che era la specialista della casa per frustare o usare altre forme di sevizie richieste da qualche gianni, nella casa dei Flegel non era permessa. Frenchy accettava anche di farsi frustare il sedere, naturalmente ad alto prezzo.

Dopo il primo mese dai Flegel, davo per certo che avrei potuto far fronte a qualsiasi cliente e a qualsiasi situazione. La maggior parte dei clienti erano degli assidui, o loro amici venuti a trovarli in città; questo era chiamato lavoro ordinario. Ma qualche volta, munito di opportuna presentazione, capitava qualche cliente nuovo.

In città era venuta in *tournée* una compagnia teatrale con un attore famoso che si sarebbe sposato molte volte. Io lo trovavo piuttosto brutto, ma era un tipo allegro, ed era diventato il beniamino del salotto. Il nomignolo con cui era chiamato quando venne a Saint Louis, tra un matrimonio e l'altro, era Pug. Quando c'era lui, il salotto era pieno d'allegria, il grammofono o il pianoforte suonavano a tutta forza, e il vino, la birra, e il brandy, serviti dalle due cameriere, scorrevano a fiumi. Zig, al pianoforte, suonava dei valzer di Strauss con *Schlamperei*, o dei pezzi che stavano diventando di moda e Pug teneva un paio di ragazze sulle ginocchia. I clienti nel vestibolo appendevano i loro cilindri all'attaccapanni con le corna di cervo e con lo stemma del Kaiser. La serata, dai Flegel, cominciava alle undici. Le ragazze indossavano vestaglie, kimoni, oppure giacchette rosse, mutande di pizzo nero, e calze. Il salotto poteva contenere una dozzina di ospiti, e sul fondo v'era un salottino privato, che poteva contenerne una mezza dozzina, con un angolo riparato da un paravento per qualche cliente che non voleva far comunella con gli altri, o non voleva far sapere che frequentava un casino.

In salotto, quella sera, Pug spiegava che cento anni fa nessuna signora portava mutande. Soltanto le puttane, le portavano, e fu un grande scandalo quando le signore cominciarono a imitare le puttane portando delle mutande comode e calde. C'era il solito fumo di sigaro e, per le ragazze, del vino leggero – vino del Reno e seltz. Zig non permetteva che le ragazze bevessero roba forte. Ciascuna di noi faceva circa sei clienti per notte, e non si può lavorare bene, quando si è bevuto. Pug si alzò, lasciò cadere sul pavimento le due ragazze che gli stavano sulle ginocchia, e mi prese per un braccio. « Goldie, stiamo insieme, stasera ».

Io avevo già imparato a fare un sorrisino, dimenare i fianchi, e dire: « Molto gentile, signore ».

Dovetti aiutarlo a salire le scale, mentre ordinava a Zig di mandar di sopra del vino in un secchiello di ghiaccio. Non era del tutto ubriaco, ma un po' alticcio. Continuava a cantare una canzone che non avevo mai sentita, né mi capitò più di sentire.

In camera, lo aiutai a togliersi il panciotto. Aveva lasciato la giacca di sotto. Gli tolsi la cravatta e il colletto, e lui si fece scivolar giù le bretelle e si calò i calzoni, e rimase lì in piedi, barcollando, cantando, mentre io gli sbottonavo le scarpe. Ed eccolo lì, in mutande lunghe, con un po' di pancia, mentre faceva schioccare le dita, e voleva un sigaro. Puzzava come un'ostrica andata male. Continuava a schioccare le dita: « Concedimi questo ballo, voglio ballare... il vecchio Pug vuole ballare ».

Dissi che non sapevo ballare, ma che sarei stata felice di fare qualunque altra cosa per lui. Mi tolsi la vestaglia, e mi coricai sul letto. Lui si accostò, mi guardò, e cominciò a grugnire. Mi chiamava Kate. « Tu non sei una brava puttana, Kate... sei una puttana da quattro soldi, Kate... ». E così via. Si mise a parlare abbastanza male, e per tutto il tempo mi chiamava con quel nome. Puzzava di sudore e di whisky, e gli colava la bava dalla bocca; mi aspettavo che da un momento all'altro cadesse giù e si addormentasse. Lo desideravo con tutto il cuore, poiché ero spaventatissima. Mi era capitato qualche cliente sgarbato, ma nessuno che fosse così grosso, e così pazzo come sembrava Pug in quel momento. Se diventava violento, Frenchy e Belle mi avevano insegnato diversi colpi per difendermi. Dire delle paroline dolci, a un cliente brutale, a volte funzionava. Se invece non funzionava, bisognava tenere a portata di mano sul lavabo, uno spillone da cappello; minacciare una puncicata con quell'affare in mano poteva calmare un bestione in piena coscienza, ma non sempre funzionava con un ubriaco. C'era anche il trucco di accostarsi vicinissima al cliente che ti faceva dannare, e poi dargli una forte ginocchiata nei coglioni. Non c'è uomo violento che possa continuare ad assalirvi dopo un colpo simile. Si piega in due urlando dal dolore. Questo avrebbe fatto accorrere Zig e Alex, il cameriere del piano di sopra, mentre voi vi squagliavate dalla stanza.

Era l'ultima risorsa di una puttana in pericolo di essere malmenata o ferita da un gianni. Succedeva di rado, dai Flegel. Ma adesso, Pug mi aveva afferrata per il collo con tutt'e due le mani, e nonostante fossi un pezzo di ragazza mi stava trascinando sul pavimento. « Che tu sia maledetta, Kate, mi hai strappato l'ultimo regalo. Ma adesso ti sbatto contro il muro e ti faccio uscir fuori il cervello ».

Lottavo con tutte le mie forze, ma lui era più grosso e più forte di me. Mi sbatteva di qua e di là, e sentii che per me era finita. Ero nuda, a parte le calze nere, le giarrettiere gialle, e le mie scarpe rosse coi tacchi alti. Zig era fiero di queste scarpe coi tacchi alti che aveva fatto venire dall'estero per i clienti speciali appassionati di scarpe. Non potevo raggiungere il bassoventre di Pug col mio ginocchio. Lui mi sbatacchiava qua e là come fossi uno spaventapasseri pieno di paglia. Cercavo di gridare, ma lui mi stava lentamente strangolando. Diedi un calcio di punta, e poi di tacco, sulla pancia dell'attore. Calciai di nuovo, più forte che potevo. Caddi in un angolo come Pug mi lasciò andare, urlando e bestemmiando, con le mani sull'inguine peloso. Svenni, come una fiamma di candela in una tempesta. Quando tornai in me, Frenchy, a culo nudo come una ghiandaia, mi stava versando del brandy in gola, e mi accorsi che stavo singhiozzando e ruttando. Emma Flegel mi stava avvolgendo in una coperta, e mi resi conto che c'era un gran movimento in tutta la casa. Emma Flegel disse: « Adesso sei a posto, Goldie. Sei perfettamente a posto ».

Io, sentendomi la gola tutta rasposa, dissi soltanto: « Sul serio? ».

Di sotto, udivo Pug che urlava e gridava, ma non riuscivo a capire che cosa stesse gridando. Avevo un grosso bernoccolo in testa, e un occhio mi si stava gonfiando talmente che non potevo più aprirlo.

Ben presto la casa fu sgombrata da tutti i clienti, le lampade del salotto furono spente. Un tenente di polizia venne di sopra a parlarmi. Io, distesa sul sofà, con una bistecca cruda posata sopra l'occhio gonfio, continuavo a ruttare, squassata dai conati, ma non veniva su niente. Frenchy mi teneva la testa in grembo, e continuava a ripetere: « Maledetto maiale, schifoso maiale maledetto ».

Zig e il tenente di polizia mi si accostarono. Era un grosso e basso piedipiatti svedese, con occhi molto scuri, che veniva a mangiare e a bere nella nostra cucina, ma non portava mai una ragazza di sopra.

Disse a Zig di sgombrare la stanza, poi accostarono due sedie e si sedettero accanto a me. Zig mi tirò su la coperta fin sulle spalle, poiché tremavo tutta e battevo i denti.

« Su, Goldie, fai la *guten Mädchen.* L'ufficiale è qui per proteggerti. Non è vero, Sven? ».

« Goldie, il signor Flegel, qui, mi dice che tu non hai nessuna intenzione di piantare una grana, per quel signore ».

Io sgranai gli occhi. « No, naturalmente no. Stavo soltanto... voglio dire... ».

« Sta parecchio male, sai. Gli è venuta un'ernia... Sai che cos'è? Sei stata tu, con il tacco. Gli hai leso un muscolo qui in questo punto, e una parte delle budella gli è uscita fuori. Una brutta ferita ». Mi mostrò sulla sua divisa azzurra il punto esatto. « Adesso, Goldie, si sta rimettendo, e dice che domattina farà emettere un mandato d'arresto per Zig e per te. Domattina, per prima cosa ».

Io cominciai a piangere. Zig mi teneva la mano. « Goldie, tu lascia fare a zio Zig. E al nostro buon amico Sven. Vogliamo che tu firmi una dichiarazione. Denunciando certe azioni e sevizie. Sven andrà a parlare con Pug, dopo che il dottore l'avrà calmato un po' ».

« A parlargli di che cosa? ».

« Gli dirà che tu andrai a raccontare ai giornali la storia vera, e farai emettere dal giudice un mandato di cattura contro di lui.

« Devo far questo? ».

Rilessi la breve dichiarazione che avevano scritto. Ci capivo ben poco. A quell'epoca, leggendo, ancora muovevo le labbra. Dissi: « Dite che ho quattordici anni... ma io... » stavo per dire che ne avevo quindici, non quattordici, ma il poliziotto si limitò a sorridere.

« Il giudice ha quattro figlie molto giovani. Quando leggerà questo, farà espellere quell'attore dalla città, o lo manderà in galera, per aver molestato una minorenne ».

Io firmai Goldie Brown, bevvi qualcosa che Emma Flegel mi diede in un bicchiere, e mi addormentai. Mi domandai che cosa avrebbe pensato il tenente Sven se avesse saputo che in realtà avevo soltanto quindici anni e non diciotto come avevo detto a Zig e a Emma. Probabilmente, non avrebbe detto niente, poiché giù in riva al fiume c'erano delle puttane di dodici anni.

La mattina dopo mi sentivo il collo tutto rigido, l'occhio era completamente chiuso, e sulla gola avevo dei lividi violacei. In seguito, appresi che Pug era stato ricoverato per una settimana in ospedale, dove gli avevano messo un cinto; aveva detto che era scivolato sul marciapiede bagnato. La sua compagnia lasciò la città. Non ebbi mai più notizie di quell'attore, e quando tornò a Saint Louis con la sua compagnia, uno dei casini che si astenne dal visitare fu quello dei Flegel.

Fu quella la mia prima conoscenza diretta della stretta collaborazione tra la polizia, i tribunali, e i casini che godono di una solida protezione. Quest'episodio mi insegnò anche a tenermi alla larga dai clienti pericolosi, poiché Frenchy mi disse che v'erano alcuni segni per i quali si poteva riconoscere un gianni che non aveva tutte le rotelle a posto.

« Sudano in maniera innaturale, sono ultraeducati, e quando ti parlano non ti guardano mai negli occhi. Ti guardano soltanto quando non c'è niente da dire. Guardagli le mani, le dita. Se hanno il vezzo di tirarsele, stai attenta. Se riesci a farli chiavare, magari si calmano. Altrimenti, di' semplicemente che hai qualcosa di speciale proprio per loro, e squagliati dalla camera il più presto che puoi. Se sua madre, magari, era una zoccola, lui cerca di far pari con qualche ragazza, ci puoi scommettere, Goldie ».

Rimasi a letto una settimana, rigida come un baccalà. Poi mi feci dipingere l'occhio e il collo con del liquido bianco, e tornai sul lavoro. I clienti abituali furono molto gentili con me. Alcuni avevano un vero e devoto interesse per me; mi portavano di sopra e mentre facevamo le nostre solite manfrine, mi facevano raccontare com'era successo il fattaccio. Mandavano addirittura fumo dalle orecchie.

VIII

IN GIRO PER LA CITTA

Con l'aggressione di Pug – un'aggressione diretta, autentica – maturai, diventai una vera professionista. Non mi successe mai più una cosa simile. Tra una scossa e l'altra procurateci dalle crisi della nostra esistenza, la vita di ogni giorno è veramente molto noiosa perfino in un casino. Sia in una casa sia fuori, come mi accorsi ben presto, per evitare che la piattezza dell'esistere ci precipiti nel tedio o nella disperazione, ciascuno parla delle piccole cose della sua vita come se fossero grandi e importanti soluzioni. Andiamo avanti costruendoci piccole gioie e piccoli affanni e facendoli diventare grandi. Certi militari mi raccontarono che in guerra era la stessa cosa, nonostante tutte le belle illustrazioni colorate, lo sventolio delle bandiere, e i canti bellicosi. Per la maggior parte del tempo non si faceva altro che aspettare, ammuffire, annoiarsi. Quando veniva il momento di uccidere e di morire, tutto si svolgeva talmente in fretta che un soldato poteva afferrare soltanto qualche fuggevole brandello di quello che succedeva. Uno mi raccontò della battaglia di Cold Harbor – era stata come una quantità di pezzetti di facce in uno specchio rotto. Un giovanotto ch'era soldato a cavallo nelle guerre contro i Sioux, mi disse che uccidere aveva cominciato a piacergli.

La vita in un casino è noiosa come in qualsiasi altro posto. Dai Flegel, quando non si era di servizio, parlavamo dei clienti, delle loro pretese, delle loro prodezze, del comportamento di qualche gianni mezzo scemo quando era ubriaco, degli scherzi che ci facevamo a vicenda, della minestra che mangiavamo, di come stavamo con una nuova pettinatura, di boccoli, di riccioli. Le puttane sono gente molto comune, che fa un lavoro di cui la gente perbene preferisce non parlare. Io non ero ancora un'adulta, e perciò ci vollero alcuni anni prima che potessi capire come una donna adulta potesse essere una puttana, e come vedesse se stessa.

Quando fui anch'io una tenutaria, potevo valutare una ragazza quasi a prima vista, e dire che riuscita avrebbe fatto, e perfino quali guai avrebbe dato. E quali erano quelle da respingere subito: « No, grazie, non fai per me. Buon giorno e arrivederci ».

A sedici anni ero piena di quelle che seppi si chiamavano illusioni; nella mia testa c'era una gran confusione, su che cosa era il mondo, su ciò che la vita offriva, quali effetti aveva su una persona, e come sarebbe stato il futuro. M'informavo ascoltando e osservando. Avevo un corpo molto bello e robusto, seni meravigliosi, pieni ma non fuori misura, coi capezzoli di un rosso fragola, non scuri o macchiati come hanno certe donne. Avevo una pelle di un rosa perlaceo, i capelli, e la peluria alle ascelle e in mezzo alle gambe di un oro rossastro. Ero prudente per natura, spesso però anche troppo fiduciosa. Non mi ero ancora resa conto che la società fuori della nostra portata aveva soltanto una sottile vernice di moralità e di valori sociali – come la crosta di una torta. Frasi convenzionali, e cortesia formale. Coperture che per una puttana non riescono a nascondere la vera faccia della società. A suo tempo, vidi che la Chiesa, la politica, gli affari, il matrimonio, andavano avanti con regole non troppo diverse da quelle che valevano dai Flegel. Sia gli uni sia gli altri praticavano la corruzione, l'inganno, la menzogna, il peculato in alto loco, la truffa dei contribuenti.

Il casino era più onesto, quando dava la sua parola, solo perché era costretto ad esserlo. Il nostro droghiere aveva le bilance truccate, il prete che cercava di farci chiudere fu mandato in esilio per pederastia con i suoi ragazzi del coro, gli uomini d'affari che capeggiavano il partito della moralizzazione affittavano la maggior parte dei bordelli e dei lupanari per negri sul lungofiume. Io non avevo creduto che il mondo fosse così; era tutto come in campagna. Per me fu uno shock – un vero calcio negli stinchi.

Dai Flegel, il mercoledì, avevamo libertà fino alle cinque del pomeriggio, e la domenica tutta la mattina. Quando una ragazza era nel suo periodo, era in vacanza per tre giorni, e poteva starsene fuori fino a mezzanotte. Zig non avrebbe tenuto una ragazza che passasse la notte fuori, a meno che fosse stato lui a mandarla in carrozza da qualche gianni. Questo era uno dei suoi ostinati princìpi tedeschi: « *Donner und Blitz!* E io cosa sto a fare? Mando avanti un casino o un ballo dell'alta società? Qui facciamo marchette! ».

Frenchy e io avevamo l'abitudine di andarcene per i negozi, oppure a pavoneggiarci nei saloni degli alberghi, facevamo un cenno a qualche gianni che frequentava la casa, ma non davamo mai retta a un pappagallo, né facevamo l'occhiolino a un signore, ce ne guardavamo bene. In quel caso, la società ci avrebbe subito beccato, poiché avevamo sconfinato, mentre se stavamo al gioco, allora era diverso.

Come diceva Zig: « Basta non scompaginare il tessuto della società, e si può fare tutto quello che si vuole meno l'assassinio. E magari anche quello, se si hanno buone conoscenze ».

Girando in carrozza per la città, o camminando per le strade, mi sentivo parte di un mondo che era a un milione di miglia dai tempi in cui stavo con zia Letty.

Ogni tanto mandavo del denaro a casa, per lo meno fino a quando morì mia madre. Seppi che era morta da una donna di Indian Crossing che incontrai un giorno per la strada, fuori di un elegante negozio di tessuti vicino a Lafayette Park. Vidi benissimo il suo sbalordimento nel vedermi così elegante. Disse che mia madre « una notte si era sentita male, ed era rimasta a letto ». Mio padre le aveva fatto un tè di erbe, e tre giorni dopo era morta. Diedi alla donna, una certa signora Miller, cinque dollari perché comprasse un bel mazzo di fiori da mettere sulla tomba, e la lasciai in fretta. Andai al bar delle signore di un albergo, e buttai giù due bicchieroni di whisky uno dopo l'altro. Pensavo a quanto doveva essere stanca mamma, stremata da tutte quelle gravidanze, dagli aborti, da tutto quel gran cucinare, e lavare, e pulire, e fare i lavori dei campi, e i pastoni per i maiali, e ammazzare gli animali, e mungere in mezzo al fango, alla pioggia, e alla neve. Con le dita viola per il freddo, i denti tutti andati prima dei trent'anni, la pelle ridotta come carta vetrata. Mai una parola gentile, mai un vestito come si deve, o un paio di scarpe che le stessero bene. Non piansi, quel giorno, perché era morta. Piansi perché adesso finalmente si riposava, non era più in pena, non era più maltrattata da quella pia bestia di mio padre, lui che non aveva mai provato per lei un'oncia di pietà, un'oncia di gentilezza o d'amore. Povera mamma, rispettabile, morale, fedele, lavoratrice – potevo ormai soltanto piangerla, quella povera cagna, e amarla come non l'avevo mai amata da viva.

Sul cappello, portavo una veletta che Frenchy mi aveva lavorato all'uncinetto, e me la tirai giù per nascondere le lacrime. Avevo sedici anni. Non avevo mai amato mia madre, e lei non aveva mai avuto il tempo di amarmi. Sentivo che c'era qualcosa di sbagliato, in me, Goldie Brown, come mi ero messa nome. Si deve amare il padre e la madre, tutti lo dicevano. E io non c'ero riuscita quando erano vivi. Non provavo nessun sentimento per nessuno di quelli che avevo lasciato laggiù alla cascina. Era una brutta cosa, dicevo a me stessa. E mi rispondevo: mi dispiace che mamma abbia avuto una così brutta vita, mi dispiace tanto per il modo crudele in cui è vissuta, per la sua miseria, e per il modo in cui dev'essere morta. Malatissima, con tutte le viscere devastate e aggrovigliate. Nessuno aveva chiamato il medico. Ma non sarebbe neanche valsa la pena: quel segaossi di Indian Crossing era uno sporco vecchio che prendeva oppio, si diceva, e più che curare uno sfogo o una colica non sapeva fare.

Quando uscii dal bar dell'albergo, mi vidi nella vetrina di un negozio, ben vestita, con un cappello elegante, la veletta sugli occhi, la vita sottile, i fianchi superbi e ondeggianti, e le scarpette grigie e marrone sotto le caviglie sottili. Una puttana da venti dollari da Flegel.

Zig versava alle ragazze un terzo di quello che guadagnavano. Le ragazze inoltre ricevevano dei regali in denaro e in profumi (che Zig ricomprava a metà prezzo). Una ragazza spendeva i suoi soldi dalle sarte, in spese stupide, come pettini d'avorio, specchietti, bauli di cui non aveva nessun bisogno, e gioielli che non avevano mai gran valore quando una andava a impegnarli. Con tutto ciò, io mettevo da parte del denaro, consegnandolo a Zig che lo versava in banca a mio nome. Era molto onesto, in fatto di soldi. Chiesi di andare giù al lungofiume a ordinare due lapidi funerarie, una per zia Letty, e una per mamma. Così feci. Ma non andai mai a vederle sul posto.

Zig riteneva che alle ragazze facesse bene uscire dalla casa ogni tanto, per una passeggiata, un po' di moto. La gente, a quell'epoca, non faceva affatto moto. Non facevano che abbattere alberi, e impiantare fattorie. Fuori della casa, scoprii che v'era un'interessante Saint Louis, Missouri (ma la gente della città la chiamava più che altro Saint Louie Mizzoura). Negli alberghi c'era una vita allegra di gaudenti e di buontemponi, e la città ne aveva alcuni in gamba, sia di buontemponi che di alberghi. C'era il Lindell Hotel, pieno di cristalli ovunque uno guardasse. I più eleganti, tutti pieni di felpa, erano il Southern Hotel, col suo grandioso scalone, e il Planters House.

A volte, ero fuori per tutta una giornata e la notte, e mettevo le mie piume più belle, e qualche giocatore di professione, o qualche grosso commerciante del lungofiume mi portava fuori, con l'approvazione di Zig, a mangiare e a bere, e più tardi in camera, in qualche elegantissima stanza in un palazzo privato, e si passava una notte allegra sul serio, e al mattino avevamo gli occhi stanchi, e un cameriere arrivava con caraffe di acqua ghiacciata e due bicchierini di crema-caffè. Spesso, Zig organizzava delle feste per signori rispettabili che venivano a Saint Louis per affari, uomini che cercavano di divertirsi un po', portando fuori qualche puttana nei ristoranti. E, immagino, per fare a letto quelle cose che a casa loro non riuscivano a fare, ma che potevano procurarsi a Saint Louis, « la futura capitale del mondo », come qualcuno ogni tanto stampava sui giornali. Ma normalmente Zig preferiva che i clienti venissero nella casa. « La mia non è una stalla che dà i cavalli a nolo ».

In seguito, quando ero a New Orleans, ripensando al passato, mi resi conto che Saint Louis era una specie di città meridionale trapiantata un po' troppo a nord, ma ancora piena di languore – sì, proprio così – di pigrizia, di vita godereccia, tra il whisky, i cavalieri d'industria, il commercio dei cavalli.

Ricordo ancora quelle vaste verande dove le famiglie bene se ne stavano sedute in abito bianco a bere il loro punch o il loro giulebbe, e dappertutto un mucchio di neri che si comportavano come se fossero ancora schiavi, ma era solo una commedia.

I neri formicolavano lungo le rive del fiume con le navi a pale non più così comuni come lo erano state prima della guerra, ma ancora numerose, e non si stancavano mai di parlare della regata tra la Robert E. Lee e la Natchez. Anche quella era una commedia, perché, sotto sotto, tutti quanti cercavano di arricchire, di arricchire sempre di più.

Il fiume pieno di traffico faceva una cosa sola: spingeva la gente a bere vino, birra, e whisky. Non è possibile bere acqua in quantità, questo è un fatto.

Zig diceva che i negri non facevano altro che chiavare, e ogni coppia sfornava dai dieci ai venti cuccioli, « fra cinquant'anni, il paese sarà affondato nei neri fino al culo ». Abitavano lungo le rive del fiume, e facevano una vita dura, le loro catapecchie erano costruite con qualsiasi materiale disponibile, qualunque cosa riuscissero a rubacchiare e a portar via. Come potessero essere sempre così allegri era qualcosa che non riuscivo proprio a capire. Nelle loro stie, non facevano che cantare la Bibbia, gettarsi in ginocchio, e invocare Dio, con i loro cenciosi predicatori. Gran chiavatori com'erano, avevano ben poco altro da fare, quando non erano al lavoro – riempivano i vicoli fangosi del lungofiume di bambini neri, un mucchio dei quali molto più bianchi di tanti clienti o ragazze di mia conoscenza.

C'era un mucchio di gentaglia bianca che chiavava con qualche negra principiante sul lungofiume, o in quei lupanari dove si vende del whisky di poco prezzo. C'erano delle ragazze negre che la davano via nei vicoli, e sempre con gran risate, magari un po' troppo forti. I papponi negri vivevano da elegantoni, e sfregiavano le loro donne col rasoio. Per me, una negra che facesse la puttana era un essere umano come un altro, ma non mi piacevano gli uomini che vivevano alle loro spalle.

Tutto questo, quando cominciai a conoscere la città, nelle mie passeggiate in carrozza alla domenica pomeriggio, era lontano un milione di miglia da Vandeventer Place, dove viveva la gente elegante e gli uomini dai grandi panciotti attraversati da catene d'oro, e muniti di stuzzicadenti d'oro, che venivano a farci visita, e stavano a sedere così seri e rispettabili. Tutti quei vecchi e grandi alberi, e i bei palazzi, mi riempivano di ammirazione; il cervo di ferro sul prato, le modanature intorno al tetto e al portone, e una quantità di camini, più di quanti possa aver bisogno una casa. Qualche volta mi capitava di vederne anche l'interno, con i lampadari di cristallo, e una quantità tale di argenteria, di salottini orientali, e di mobili lucenti da poter riempire un palazzo. Io ci andavo quando le mogli erano sulla Costa, o comunque assenti da casa. Era divertente fare zum zum col padrone di una di quelle case, nel suo stesso letto matrimoniale.

Lucas Avenue, verso il centro, era stato il posto ove un tempo abitava la migliore società, era il quartiere delle antiche famiglie, e dei primi pionieri, che da quell'epoca avevano fatto fortuna, e si erano trasferiti o erano morti. Adesso era il quartiere dei casini veramente di lusso, come quello di Zig e Emma, che i giornali chiamavano bordelli, e dove la clientela di lusso beveva champagne. In realtà, un mucchio di clienti venivano in carrozzella da nolo, e preferivano il whisky allo champagne. Non mi è mai capitato di leggere su un giornale una descrizione di una casa di piacere che non la facesse apparire molto più romantica di quanto non fosse. E molto più misteriosa di quello che dopo tutto era: semplicemente un'industria, di lusso o a buon mercato che fosse. Come diceva Zig, « non c'è via di mezzo, una puttana o è da un dollaro o è da venti dollari ».

A Lucas Avenue guardavamo dall'alto in basso quelle disgraziate nei casini di Chestnut o di Market Street, che stavano muro a muro con i teatri di varietà, le case da gioco dove un bullo poteva tentare la fortuna al faro o ad altri giochi, trovare qualsiasi tipo di liquore, e soddisfare qualunque capriccio sessuale.

A notte alta c'era un gran movimento, ma era deprimente. Fuori dei teatri e delle sale da gioco, ragazze di strada, strascicando l'orlo infangato dell'abito, cercavano di fare qualche marchetta. Spesso erano giovani e carine, ma ve n'erano anche molte piuttosto malandate, e potevano sembrare attraenti soltanto sotto la luce gialla dei lampioni. Le « cortigiane di alto bordo » si trovavano nei vestiboli del Southern Hotel o del Planters, e facevano una vita che noi puttane di casino sognavamo; ma non avevamo abbastanza coraggio per intraprendere quella carriera. Bisognava avere la protezione di qualche alto papavero, conoscere le strade giuste e sapersi comportare in modo veramente fine ed elegante.

Quanto più ci si avvicinava al fiume, tanto più scadeva il livello del commercio, e le case di piacere diventavano sempre più sporche e degradate. Cowboys, cacciatori di pellicce, e perfino, ogni tanto, qualche lurido indiano, arrivavano a Saint Louis per darsi bel tempo e portarsi in camera una ragazza, scaricarsi i tubi, e pazziare come selvaggi. E avevo sentito dire che non mandavano un odore troppo buono. Ben pochi casini avevano stanze da bagno, e molti, perfino di quelli di lusso, avevano ancora le tinozze di zinco. I fiumaroli, gli allevatori di bestiame, i vagabondi, i ferrovieri, di solito portavano armi, e perciò le sparatorie erano all'ordine del giorno, per non parlare delle coltellate. Tutti dicevano che adesso non era più come una volta, quando il fiume era re, e i piloti dalla catena d'oro erano i padroni della città; offrivano sigari, offrivano da bere a tutti, e ogni tanto spaccavano ogni cosa e mettevano a soqquadro l'intero casino, ma poi pagavano i danni fino all'ultimo centesimo, da veri gentiluomini. La nostalgia è una gran bella cosa, ma se poi si va a guardare da vicino, si vede che tutto questo non era altro che un mucchio di bugie. Il passato ha sempre il culo più roseo.

In città c'erano ancora molte tracce del passato. Ma io ero giovane, e non m'interessavo gran che alle cose. Non avevo ancora cominciato a leggere; presi quell'abitudine quando, più avanti negli anni, cominciai ad avere delle nottate d'insonnia, e in generale non riuscivo più a dormire troppo bene. Ma mi veniva un brivido quando qualche gianni indicava lo scalone di pietra del vecchio tribunale, tutto sporco di cacate di uccelli, dove le guardie avevano venduto gli schiavi a lotti. Pensavo che Zig aveva ragione quando diceva che sarebbe venuto il giorno in cui i negri avrebbero superato i bianchi per numero, e avrebbero preso il sopravvento. « Magari vivessi tanto da vedere gli *yankees* e i coloniali ballare il cakewalk ».

Non ero mai stata in un posto dove quelli che chiamavamo americani e quelli che chiamavamo forestieri fossero in egual numero; qui, le persone nate all'estero erano metà della popolazione, e questa metà era fatta in maggioranza di tedeschi dalla grossa collottola. Vi erano un po' d'italiani che giravano con una scimmia legata a una catena, un po' di svedesi o norvegesi, biondi e magri, con moglie e una mezza dozzina di bambini, diretti verso qualche capanna di fango nel Dakota. I tedeschi, in maggioranza, erano benestanti, o addirittura schifosamente ricchi. Avevano grosse pance ed erano proprietari di solide ditte. Erano molto politicizzati. Avevano Carl Schurz, che era stato generale, e per un certo periodo era andato a Washington, e aveva cercato di sbaragliare i forchettoni e i corrotti. Ma naturalmente, i moralizzatori avevano cominciato ben presto a prendere bustarelle a loro volta, e pertanto bisognava continuamente ricominciare le campagne moralizzatrici, e il generale Schurz doveva combattere le bande che taglieggiavano i servizi tranviari, il trust del whisky, e i furti sulle ferrovie. In generale, i tedeschi mangiavano troppo, ascoltavano una quantità di musica, portavano le loro grosse famiglie nelle birrerie, e cantavano canzoni. Erano dei chiavatori piuttosto in gamba, ma molto sentimentali, e alquanto spilorci. Non era facile persuadere un *Kraut*, come li chiamavamo, mentre se ne stava lì in mutande, a offrirti una boccetta di profumo.

Saint Louie era una città straordinaria per studiare la corruzione politica americana. In questo era simile a tutte le altre città che ho conosciute. La gente rispettabile votava per quelli che avevano in mano la cassa della città, e la polizia e i tribunali facevano tutti quanti parte dell'imbroglio. E c'era sempre della brava gente coi paraocchi, che non andava mai al fondo delle cose, ma a Saint Louis, come a Cleveland, come a New York, lanciava continuamente nuove campagne moralizzatrici, eleggendo un nuovo sindaco, nuove autorità municipali, e nuovi capi della polizia. Ma i vecchi forchettoni continuavano a prosperare. Forse perché proprietari dei casini e delle case da gioco erano proprio la gente perbene, la gente elegante, gli alti papaveri timorati di Dio. E da lì traevano delle belle rendite.

Nessuno aveva la minima intenzione di cedere ai bianchi poveri e ai neri una possibilità di tirarsi fuori dalla melma. Comunque fosse, le elezioni erano sempre truccate, chi veniva eletto alle cariche erano sempre i forchettoni e i corrotti, che spesso venivano a spendere una parte del loro bottino dai Flegel.

Zig diceva sempre che la gente veniva nella sua casa non soltanto per portare in camera una ragazza ma anche per mangiare. Senza dubbio, il cibo dai Flegel era qualcosa di speciale, un cibo da buongustai. La cuoca era tutta felice quando i clienti le lodavano il suo *Rebhuhner mit Sauerkraut*, la sua minestra *mit Markklossehen*, e quando la tavola era interamente circondata da clienti e da ragazze, e Zig alzava il suo bicchiere e diceva: « *Zum Wihlsein!* » e dalla tavolata si levava un evviva, dopodiché i convitati s'infilavano il tovagliolo e cominciavano a mangiare. Le puttane, di regola, non sono delle gran mangiatrici, ma Belle e io facevamo eccezione – noi due mangiavamo.

Io mi arrotondai un poco, poiché erano i tempi delle donne ben tornite, prima che quella maledetta Irene Castle con le sue maschiette da tè danzante e da *speakeasy* venissero di moda. È una buona cosa che una ragazza abbia un po' di carne nei punti giusti, a un uomo piace aver qualcosa da stringere e da palpare. Di solito, il pasto si concludeva con una *Nusstort mit caffee creme* oppure una *Bienenstick*. Come, dopo tutto questo, potessimo ancora fornicare, non lo so, ma è un fatto che i letti erano continuamente occupati.

Zig riforniva la sua cantina di tutti i vini francesi più famosi; quanto a lui, preferiva farsi portare delle bottiglie di schnapps, oppure di Steinhäger, di Kummel, o di Kirschwasser. Fu dai Flegel che sviluppai un gusto per i vini, e mi fu di grande vantaggio quando, diventata io stessa tenutaria, dovevo rifornire la mia cantina. Le puttane, se non mangiano molto, di solito sono buone bevitrici, e quelle che mangiano anche diventano un po' troppo grasse. Zig usava stimolare l'appetito delle ragazze con una varietà di salse e di mostarde, con prosciutto di Westfalia, e del Lachsschinken sul pane. E che pane! Dopo tutti questi anni, mi sento ancora in bocca il sapore del pane che Zig faceva confezionare per la casa dal fornaio di Market Street, che conosceva le vecchie qualità di pane del loro paese, il Graubrot, il Kummelbrot, con i semi di cumino, e il Pumpernickel.

Dopo essersi ben bene ingozzato a colazione, Zig si sbottonava i primi due bottoni dei calzoni, e diceva che aveva mangiato troppo – il che era vero. A Zig piaceva la buona vita, avere una casa ben messa, niente rispostacce, e il sonnellino pomeridiano, dopo un lauto pasto. Si metteva giù, sul divano grande del salotto, con un giornale o un fazzoletto rosso sopra la faccia, e subito cominciava a russare. Emma si portava in camera la sua favorita del momento per un riposino, il che significava un bel po' di manfrine fra loro due.

Emma Flegel aveva due sarte alle quali era permesso di venire nella casa per tagliare e provare gli abiti che le ragazze si ordinavano, e io cominciai a imparare a vestirmi. Era l'epoca in cui si portava il busto rigido, con le stecche di balena o di acciaio, ma non si portava più tutta quella roba pesante ch'era stata di moda fino a poco tempo prima.

Una delle due sarte era un'ex puttana che si era messa nell'abbigliamento, e fu lei a farmi il mio primo abito di velluto azzurro. Io avevo un debole per il velluto. Diceva che ero fortunata ad essere sfuggita alla moda che c'era stata fino a pochi anni prima. Sotto quelle lunghissime sottane una donna di società, o anche una puttana elegante, doveva portare una sottogonna di mussola bianca ornata di merletto, sotto questa un'altra sottogonna senza merletto, questa, altre due sottogonne di flanella con l'orlo lavorato, e per essere veramente all'ultimo grido, ancora un'altra sottogonna con un orlo di crine di cavallo o di paglia intrecciata, in modo che il tutto restasse gonfio come un pallone. E sotto a tutte queste gonne, mutande con l'orlo ricamato all'inglese. Guanti, calze, veli, cappelli, piume, scarpe alte di capretto, catene, orologi, spille, imbottiture, e riccioli, completavano l'abbigliamento. Un quintale di roba.

Alla mia epoca si portava ancora una sottoveste, sopra il busto, e sottogonne di mussolina inamidata, ma non tante come prima. La maglia di flanella era una maledizione per la signora elegante; era destinata ad assorbire il sudore, ed essendo praticamente a prova di pallottola, le evitava di prendere i raffreddori proteggendola dalle correnti d'aria. Qualche scema diceva anche che la flanella era molto salubre poiché la peluria, irritando la pelle, attivava la circolazione, e teneva la pelle pulita. Ma dato che i casini di prima classe erano forniti di bagni, noi facevamo a meno della maglia di flanella, tranne quando faceva molto freddo.

A me piacevano il tulle, i merletti, le sete, e i veli. Per farsi la figura a clessidra bisognava stringersi molto alla vita, schiacciando tutto, tranne le tette e il culo. Per le ragazze senza fianchi c'erano le imbottiture di crine di cavallo, chiamate « allegre illusioni », in modo che anche una ragazza magra come uno stecco poteva far credere di avere un culo meraviglioso.

Nelle ore di lavoro, da Flegel, portavamo indumenti ragionevolmente discinti, ma nei nostri giorni di uscita, una puttana ben vestita poteva far sembrare il cavallino favorito di Mrs. Astor un ronzino spelacchiato. Eravamo sempre vestite all'ultima moda come le signore più eleganti.

IX

IL COMMERCIO DELLA CARNE

Raccontare nei particolari la mia vita durante gli anni che passai a far marchette nel casino dei Flegel a Saint Louis, sarebbe una storia noiosa, una continua ripetizione delle stesse cose. Per la maggior parte del tempo, la vita in un magazzino di chiavate è altrettanto noiosa di quella di un marinaio, o di un macchinista delle ferrovie. Una volta ogni tanto, all'improvviso, può succedere qualcosa di grosso, ma ciò avviene raramente. L'incessante trascorrere delle ore si trasforma in giorni e giorni; nelle mie notti di lavoro, le settimane diventavano mesi, e, accidenti, ecco che d'un tratto, ero invecchiata di un altro anno. Un paio di migliaia di notti in salotto, diverse migliaia di volte nel letto.

La città si andava ingrandendo. V'erano fiere, raduni, elezioni, scandali. Casi di corruzione politica di cui certe volte venivamo a sapere i retroscena dagli stessi protagonisti. Il mondo esterno era immediatamente al di là delle tende del nostro salotto. Attraverso i pesanti drappeggi di casa Flegel a noi ne arrivava soltanto l'odore, soltanto gli echi. Ci appariva come se lo vedessimo di sbieco – ne sentivamo il sapore come se assaggiassimo le briciole di una torta che qualche altro stesse mangiando. A quell'epoca, ogni volta che uscivamo dalla casa, era come andare in un paese di indiani ostili, ma senza alcun pericolo.

I clienti più anziani morivano. I loro figli venivano a farci visita per farsi pistellare le birille, per abbandonare la loro verginità. Arrivavano nuovi uomini a fare strani discorsi nel salone del municipio, a parlare di soldi; forse le due parole, *potere* e *denaro*, sono la stessa cosa. Noi conoscevamo i gianni fuori della loro famiglia, e vedevamo le loro piccole cattive abitudini, i loro gesti, i loro atteggiamenti di dubbio, di scoraggiamento. Accidenti, come può essere depresso un milionario, un industriale di mobili, uno spedizioniere, un ricco commerciante di granaglie, con una puttana da venti dollari alle due del mattino, con la pioggia che batte sul tetto come piselli secchi, e lui deve alzarsi e andarsene a casa.

La moda cambiava, le sottogonne diminuivano di numero, diventavano più eleganti, i cappelli si portavano più calzati, la falda si allargava, ed era tutta piena di aigrettes e di penne dorate. Oppure la falda era più stretta, ornata di velluti e di nastri. Ogni ragazza aveva una collezione di ganci e di bottoni d'argento e d'oro, boccette di profumo, ritratti di qualche attore, o pugilatore, o capo politico, un qualche eroe, attaccati allo specchio, o sopra la toeletta. Era una vita regolare come il sorgere del sole; la gioia, le finzioni, le speranze, la mancanza di speranze, e le idee di suicidio, tutto regolare. E c'era anche uno scrollarsi di dosso il presente, e un'idea nebulosa dell'avvenire. Tra noi ci raccontavamo un sacco di storie a proposito del nostro futuro – alle altre e a noi stesse. Un giorno o l'altro sarebbe arrivato un qualche riccone di alta classe e ci avrebbe tirate fuori dal casino. Avremmo avuto un grande palazzo, una villa coperta di rampicanti, come quelle che erano disegnate sui fogli di musica sul pianoforte del salotto – dappertutto grandi e meravigliosi rosai, e in cielo la luna piena. Ma il sogno non aveva particolari, e nel mio intimo pensavo che l'idea di una casetta con le rose era deprimente come una giornata di nebbia. Era troppo somigliante alla cascina da cui ero venuta.

Io ero una puttana meravigliosa. Non vedo nessuna ragione di non ammetterlo adesso che i miei giorni e le mie notti di ragazza sono ormai lontani anni e anni. Napoleone o U.S. Grant certo non hanno mai detto di non essere dei meravigliosi generali. Non ho mai conosciuto un attore che non dicesse che era meraviglioso. Quanto poi ai magistrati, ai senatori, ai pezzi grossi della politica, tutti quanti, sia a letto, sia in salotto, mi hanno sempre dato l'impressione di sapere benissimo il loro valore, la loro posizione.

Ho sempre pensato che una puttana è in certo senso una specie di super-moglie. Almeno nella sfera della vita intima. È superiore a una moglie in quanto si situa in una dimensione drammatica, non costituisce una noiosa abitudine domestica. Sa come soddisfare sessualmente un uomo fino a farlo diventare un tremolante ammasso di gelatina. Lo adula, non lo critica mai, non lo diminuisce mai. Una puttana soddisfa l'amor proprio di un uomo, innalza l'idea che egli ha di se stesso, come persona importante, vitale, e piena di virilità. Un gaudente straordinario, uno stallone di prima forza, un gran bevitore, generoso nei regali, affascinante parlatore, un tipo spiritoso, e un uomo di mondo – un vero cronometro svizzero con sedici rubini.

Non ce ne frega niente se ha delle abitudini di sciattone, né chiediamo il suo consiglio sul come comportarci con una serva sgarbata, né ci lamentiamo con lui per il lavandino che perde. Una puttana non si fa mai vedere se non perfettamente lavata e profumata. Quando sta con un uomo, è sempre arricciata e truccata a dovere, si fa sempre vedere a lume di candela, in una luce romantica ben studiata. Non rifiuta mai il suo corpo, non dice che ha mal di testa né accusa l'uomo di avere brutte abitudini. Mai che gli usi le sue attenzioni di malavoglia, o lo accusi (« Avanti, per l'amor di Dio, vedi di spicciarti, bestione che non sei altro! ») di non pensare che a quello.

Noi ragazze ascoltavamo in tutti i particolari le storie di letto delle famiglie bene di Saint Louis – tra le braccia dei mariti che venivano da noi sia per scaricare i tubi sia per sfogare la loro afflizione e la loro noia.

Io ero molto attenta con gli uomini, e m'interessavano le loro abitudini. Avevo un cervello che funzionava piuttosto bene, intonato al mio corpo. Anche qui, non ho nessuna intenzione di darmi arie. Il cervello di ciascuno dipende da che tipo di nonni uno ha avuto, e bisogna risalire indietro un paio di centinaia d'anni. O almeno, così una volta mi disse un dottore di Berkeley, nudo, nella mia casa di San Francisco, spiegandomi perché lui non riusciva ad avere un'erezione troppo spesso. Nessuno della sua famiglia c'era mai riuscito gran che, dopo i trentacinque anni.

Ero ignorante, sapevo a malapena leggere e scrivere, ma facevo esercizi di calligrafia col pennino Spencer e una boccetta d'inchiostro turchino. Cercavo di copiare cose dai giornali e dalle riviste. Mi comprai un libro di calligrafia, e facevo esercizio di anellate, o disegnando a penna uccelli, nuvole e frutta, o tracciando delle *k* e delle *h* maiuscole. A suo tempo riuscii a scrivere una lettera con discreta calligrafia. Cercavo di parlare facendo sentire la desinenza in *g*, nelle parole che avevano la desinenza in *g*. Non sono mai riuscita a imparare la grammatica alla perfezione, ma ascoltando la gente più fine che frequentava i casini di lusso, col tempo riuscii a evitare molti degli errori più comuni. Preferirei essere arrestata, piuttosto che dire una smarronata – quasi. Ma non sono mai riuscita ad afferrare tutti i segreti della grammatica. Quanto alle parole difficili, io scrivo come parlo – voglio essere sicura del significato di ciò che dico.

In tutti quegli anni, non rimasi mai incinta. Emma Flegel c'insegnava alcuni trucchi, certi impacchi, certe irrigazioni, che ce lo evitavano. Nei rari casi in cui una di noi rimaneva incinta, si poteva comprare in qualunque farmacia una certa pillola nera che, presa per tre giorni, con dei bagni caldi, di solito metteva tutto a posto. Quando una ragazza aveva un ritardo nelle mestruazioni, dicevamo che era « caduta dal tetto ».

Nella nostra qualità di puttane, imparammo il modo di esaminare un gianni, senza farcene accorgere, per vedere se non era ammalato di Grosso Casino o di Piccolo Casino. Si diventava delle attrici eccellenti nel fingere il piacere sessuale, e lo stesso orgasmo, agitandoci, gridando parole d'amore, ruotando la testa. Per la maggior parte del tempo senza sentire nulla, e pensando magari che il baccalà a colazione era troppo salato, e chissà se gli stivaletti alti abbottonati erano adatti per la passeggiata nel parco, domenica? Il più grosso peccato, a letto, era quello di mandar vento, a meno che lui non scorreggiasse per primo.

Non già che non capitasse che con un qualche gianni preferito non ci lasciassimo andare anche noi. A quell'epoca, io ero una ragazza appassionata e piena di salute, e mi piaceva un uomo ben piantato, un bell'uomo, uno con i baffi arricciati o i favoriti, una bella testa di capelli, e un torace potente. Non troppo giovane, ma pienamente sviluppato, e ancora in età verde. Avevo diversi clienti che chiedevano sempre di Goldie, e corrispondevano al tipo che ho appena descritto. C'era un giocatore di professione che viaggiava sui treni dell'Ovest, in cerca di polli da spennare. Batteva anche le linee del Colorado e di San Francisco. C'era anche un industriale del legname che sfoltiva il Michigan dei suoi grandi alberi, e un allevatore di cavalli velocisti e trottatori. Tutti costoro avevano la mia piena attenzione. Non ne ero innamorata, ma mi piaceva andare a letto con loro, e sentire la loro vitalità, e facendo cose giuste per una donna, sentirmi io stessa così viva, così donna, appunto.

Facevamo ogni sorta di giochi pazzi. Lanciavamo delle bottiglie di vino contro le pareti, cercavamo di assumere delle posizioni copiando quelle di certe cartoline, facevamo dei folli progetti, come quello di fuggire in Turchia, o a Parigi, o nel Sud America. Al mattino, il posto puzzava come alla prima messa dei campagnoli – di acquavite versata, di orinali strapieni, di catini pieni d'acqua sporca; c'erano bottiglie vuote dentro secchielli di ghiaccio sciolto, fumo di sigaro, e odore di carne stanca. Questo era il più forte – odore di corpi nudi, esausti e stremati. Non c'era nient'altro da fare che andarsene al terzo piano, nelle stanze pulite, buttarsi così come una era in un letto, e dormire. Ecco qual era la routine di una puttana – anni e anni senza alcun pensiero, senza alcuna riflessione, anni privi di senso e di significato. Del fatto che stavo passando gli anni della mia gioventù m'accorgevo appena, senza parlare del cambiamento.

Ma le notti di pazza baldoria come queste erano soltanto per un ristretto numero di clienti del tutto particolari. Per il resto del tempo era semplicemente una commedia. Una buona puttana non odia gli uomini, nonostante quello che si dice. In realtà, una puttana sente di avere effettivamente qualcosa da offrire a un uomo, e il saperlo far bene finisce per diventare un motivo d'orgoglio. Se non è così, una ragazza non è degna di una casa di prima classe. Non sto parlando delle passeggiatrici, o di quelle che lavorano nelle case di infimo rango, poveri animali che in una notte si prendono dai trenta ai cinquanta puzzolenti fiumaroli. In simili condizioni, non durano a lungo.

In quegli anni dai Flegel, appresi che il sesso occupa circa l'ottanta per cento dei pensieri e dell'occhio del maschio. Se viene privato delle donne a causa di un lungo viaggio per mare, o dalle pareti di una prigione, oppure da una troppo lunga fedeltà a una moglie inaridita, si costruisce mentalmente immagini che sbalordirebbero un giovane sultano. Il sesso, per la maggior parte degli uomini, è fantasia. Leggete i cosiddetti 'libri sporchi', sia i classici, sia quella roba che viene venduta sottobanco. Tutti scritti da uomini. Pure fantasie, impossibili da realizzare, e ridicole, nei loro giochi e nelle loro pazze pretese. Quando un uomo va con una puttana, è tutto speranzoso di realizzare qualcuna di queste fantasie. Ma non succede mai. Non può succedere. Potrà essere eccitato, provocato, succhiato, manipolato, ma la maggior parte delle cose che ha in testa non si realizza mai. È compito di una brava ragazza di casino fargli godere una bella serie di giochi, una forte eccitazione delle terminazioni nervose, e infine una bella eiaculazione del suo sperma. Se tutto questo suona poco romantico, la verità è che il sesso non ha niente di romantico. È una cosa reale, fatta di corpi reali; è un imperioso bisogno di rilassamento, come la molla caricata di un orologio. È un piacere animale, una grande delizia. Quando si parla di sesso romantico, lo si confonde con l'amore. E a tempo e luogo cercherò di mostrare la differenza, e anche come il sesso e l'amore possano andare in coppia come una pariglia attaccata alla stessa carrozza. Tutta quella pappa che scrivono i poeti non è che un modo elegante di masturbarsi e nient'altro.

I più vecchi e più assidui frequentatori dei Flegel sapevano bene che le fantasie sul sesso non sono altro che fantasie. Venivano al casino come in un club. Il vino e il whisky erano della migliore qualità, la musica buona, la gente elegante, e il servizio inappuntabile. Ogni loro desiderio veniva soddisfatto. Con qualche bicchiere, qualche pasticcino, un po' di buon prosciutto affumicato, del pane cotto alla perfezione, vino ben ghiacciato, e un'ultima tirata a un buon avana, che cosa c'era di meglio, per finire una serata, che andare in camera con una ragazza premurosa e sorridente, col didietro e le tette così morbidi e caldi al confronto di ciò che si aveva in casa, seppure si aveva qualcosa? Zig diceva sempre: « Quando scompariranno i buoni casini, la bella vita americana perderà il suo meglio ». E adesso, mentre scrivo, i buoni casini sono quasi del tutto scomparsi.

Il sesso, per quei clienti che la sapevano lunga, era

come un bagno riposante, una canzone, una mezz'ora di allegria e di chiavate con una ragazza che sapeva di buono. E a quell'epoca, le ascelle non rasate suggerivano i piaceri di altre parti. Non c'era nessun bisogno di fantasie, dai Flegel.

Col passar del tempo, le mode cambiavano, nella società, e spesso era proprio nei migliori casini che s'iniziava una nuova moda. Ho già detto come le cortigiane fossero state le prime a portare mutande, grossi indumenti gonfi con uno spacco dietro e uno davanti per i bisogni naturali di una femmina. Furono sempre loro che resero popolari le calze a strisce, e le ciprie per la faccia e per il corpo. L'abitudine di radersi le ascelle fu anche questa un'innovazione di casino. A me non è mai piaciuta. E neanche alla maggior parte degli uomini. V'è qualcosa di sensuale nella peluria fine e piccante di un'ascella. Ma a quanto pare la moda è più forte della tradizione, e l'abitudine di radersi diventò normale. Perfino la peluria del pube veniva spuntata con le forbici e aggiustata col rasoio. Zig personalmente radeva le gambe alle ragazze che ne avessero bisogno. Non voleva saperne delle ragazze un po' picchiate o depresse, perché il suicidio è sempre un'ombra che incombe in tutti i casini. Lui teneva i suoi rasoi sotto chiave.

Le stagioni di vacanze, le previsioni di guerra, gli eventi politici, erano sempre tempi buoni per i casini. Quando i giovani tornavano dal *college*, o verso la fine dell'estate, v'era sempre un aumento di afflusso nei nostri salotti, e nelle stanze di sopra. A Natale erano tempi grassi. La notte di Capodanno, i gianni scapoli e i loro ospiti facevano il giro del quartiere, fermandosi nelle loro case favorite, portando bottiglie, piccoli regali, con le carrozze private o da nolo che aspettavano fuori, i cavalli fumanti che battevano lo zoccolo sul selciato. Gli ospiti arrivavano impellicciati e col cilindro in testa, il fiato freddo e il naso rosso. Si facevano sempre diverse nottate, in quei periodi di vacanza, e per la nottata i gianni pagavano un supplemento. Al terzo piano, di solito, si organizzava una catena margherita, un gruppo formato in egual numero di ragazze e di uomini, quattro, o sei, o otto, che festeggiavano il nuovo anno. Mi ricordo di sei coppie che passarono quella notte in varie combinazioni sessuali, come una fila di vagoni merci, accoppiati e non.

Zig non era molto entusiasta di queste catene margherita, che di solito finivano con grossi danni ai letti e alla mobilia. I partecipanti perdevano facilmente il controllo. Ricordo una catena margherita, un Capodanno, sul tetto, con gli uomini e le donne tutti nudi che roteavano bottiglie e cantavano a squarciagola. Due ragazze caddero attraverso il lucernario, e per poco non ci lasciarono la pelle.

La casa dei Flegel non era situata in uno di quei quartieri che vengono chiamati 'delle luci rosse', ma nella zona dei casini più eleganti. E pertanto Zig fu semplicemente ammonito dalla polizia a essere prudente. Fu quella la prima volta che udii la vecchia battuta: « Signore, la vostra insegna si è spenta ».

La denominazione di 'quartiere delle luci rosse', nel gergo popolare indica le luci rosse che sono accese fuori di un casino. In realtà, non ricordo di aver visto molte luci rosse fuori di un casino, nemmeno a Storyville di New Orleans, dove un casino era legalmente riconosciuto e poteva far pubblicità. Il vero inizio della storia delle luci rosse risale ai primi tempi delle ferrovie, a Kansas City, dove i treni merci restavano fermi negli scali ferroviari per tutta la notte. I frenatori, che portavano una lanterna rossa, spesso andavano a visitare i casini vicino agli scali Kaycee, e appendevano le loro lanterne accese fuori della porta. Era compito del capostazione mandare i ragazzi a chiamare i frenatori nei posti in cui vi fosse una luce rossa, per avvertirli che il loro treno stava per partire. L'idea di una luce rossa come segno di riconoscimento di un casino cominciò di lì.

D'estate, a Saint Louis, faceva un caldo soffocante.

Il fiume rendeva l'atmosfera molto umida, e quasi ci si poteva strizzare come una spugna. A luglio e agosto, Zig e Emma di solito facevano un viaggio attraverso il paese, visitando altre case, oppure andavano a comprare dei mobili nell'Est, o a cercare qualche ragazza da ingaggiare. Frenchy, d'estate, di solito andava a trovare i suoi parenti a Pittsburgh, portando dei regali. Le ragazze tedesche andavano nella fattoria dei Flegel, a prendere uova, verdura, o semplicemente per starsene tranquillamente sdraiate in un'amaca, a guardar le nuvole con aria tonta. Belle e io per un paio d'anni andammo ai laghi, a Winnibigoshish, nel Minnesota, un posto allora molto di moda, e alloggiavamo in qualche buon albergo, dove nessuno faceva caso se un paio di zoccole si davano arie di vere signore. I migliori alberghi non ci accettavano. Ma altri, anche buoni e allegri, non facevano tante storie. Noi ci comportavamo in modo molto fine, mangiavamo educatamente, e ci scolavamo qualche bottiglia. Dovevo sorvegliare Belle, poiché alzare il gomito le piaceva troppo. Quanto a me, ero anch'io una discreta bevitrice, ma non ero certo schiava della bottiglia. Più tardi, finii per non bere quasi più affatto.

Dicevamo di essere modiste; di solito, a quell'epoca, le modiste erano considerate delle puttane dilettanti, o almeno delle ragazze piuttosto facili. Se ci pungeva la voglia, ci caricavamo qualche gianni, qualche immigrato del Kansas, o qualche impiegato delle ferrovie, gli facevamo l'occhio di triglia, e salivamo sulla loro carrozza per una passeggiata, oppure andavamo con loro in qualche casa da gioco. Se erano tipi decenti, finivamo a letto con loro.

Ci fu un giovane vice presidente della Banca di Duluth e un suo amico, un fabbricante di carne in conserva di Chicago, con i quali passammo la notte in un elegante albergo del lungolago. Ci portarono la prima colazione in camera, e tutto sembrava andare per il meglio. Poi il fabbricante di carne in conserva, un vero tanghero calzato e vestito, mise due monete da venti dollari sopra la caminiera di marmo. Belle, che aveva il mal di testa per la nottata, alzò gli occhi, andò alla caminiera, prese le due monete, e se le fece ballare in mano.

« Per chi diavolo ci avete preso, puzzapiedi che non siete altro, per delle puttane? Vi abbiamo forse chiesto qualcosa? Vi abbiamo chiesto la marchetta come due zoccole di lago? ». Fumava come una locomotiva, e gli lanciò addosso le monete, e quei due si misero a scappare, e Belle a inseguirli attraverso il vestibolo, in mezzo ai clienti esterrefatti, raccogliendo le monete e lanciandogliele di nuovo addosso, mentre continuava a urlare « luridi figli di puttana, per chi ci avete preso, per un paio di zoccole fottute? ».

Il direttore, con gli occhi fuori e i favoriti tremolanti, ci disse di far su la nostra roba e sparire entro dieci minuti.

Per la maggior parte delle estati dei primi anni dai Flegel trascorsi due mesi tranquilli nella loro fattoria a dieci miglia dalla città. Era una grande fattoria, tenuta in perfetto ordine tedesco. C'erano vitelli, cavalli, maiali, l'intera maledetta arca di Noè che si trova in una fattoria. Ma era un posto ben diverso dalla pidocchiosa cascina di mio padre. C'erano magazzini pieni di zangole di panna per fare il burro, e grosse forme di formaggio. V'era un affumicatoio, pieno di prosciutti messi ad affumicare a un fuoco di hickory, oche tenute in gabbia, e nutrite con pinte di grano che gli facevano ingozzare a forza per mezzo di un tubo infilato nel becco, per farle ingrassare e gonfiargli il fegato per fare il patè.

L'odore del letame e del grano mietuto mi dava malinconia. Per quanto si possa andare lontano, non si riesce mai a sfuggire ai ricordi degli anni dell'infanzia. I due bambini dei Flegel erano spesso lì attorno. Grossi bambini bianchi e paffuti. Un maschietto e una bambina, pallidi come un panino malcotto. Troppo vestiti, troppo curati, vivevano nel grande edificio bianco della fattoria. Noi puttane stavamo nella casetta di mattoni dei contadini, una coppia danese che non sapeva neanche una parola di inglese; erano entrambi sopra i settanta, stavano tutto il giorno a sfaccendare, anche se la moglie era piegata in due dai reumatismi. V'erano delle amache appese ai castagni. Io mi stendevo su un'amaca, a guardare le riviste di moda, a sbadigliare, a grattarmi, a sorseggiare limonate, e ad ascoltare le puttane tedesche. Ve n'erano sempre due o tre, qui, e non facevano che ciarlare della loro vecchia patria, e dei loro vecchi genitori, mentre lavoravano all'uncinetto, o ricamavano boccioli di rosa sulla seta.

Io non sferruzzavo, né ricamavo. Non facevo altro che riposarmi, come un gatto. Oppure guardavo i due grossi bambini Flegel che passavano lì davanti col loro calessino di vimini tirato da un grasso pony che sventolava la coda e lasciava cadere grosse polpette sul viale selciato. Guardavo quei due ragazzini supernutriti – ai quali non era permesso di rivolgerci la parola – passare lì davanti tutti agghindati, e pensavo a quando io avevo la loro età, e mi maledicevo, piantala di commiserarti, Goldie Brown, mi dicevo, piantala di affliggerti, Goldie Brown.

Progettavo di andare a vedere le lapidi che avevo fatto mettere sulla tomba di zia Letty e di mia madre. Ma non ci andai mai. Pensavo al viaggio fino al capoluogo della contea, e poi la discesa fino al crocevia, pensavo alle carreggiate sulla strada del cimitero, e mi ritrovavo tutta in sudore, aprivo la bocca e mi mettevo ad ansimare. Mi sentivo tutta sottosopra, dentro, al pensiero di tornare a casa. Alla fine mi dicevo: l'anno prossimo, l'anno prossimo, e mi accendevo una sigaretta turca, mi dondolavo nell'amaca, e scacciavo le mosche. Non riuscii mai a raccogliere abbastanza coraggio per ritornare a casa.

Mi sentivo meglio quando Zig mandava una carrozza a prendermi per ritornare in città a intrattenere qualche cliente. Un'estate, vennero a Saint Louis due senatori degli Stati Uniti con alcuni capoccioni delle ferrovie californiane. A Flegel era stato chiesto di collaborare per divertirli, loro e i loro amici. Si stavano raccogliendo i fondi per un'elezione presidenziale. In certo senso, fui io a dare la prima spinta alla ruota andando a letto col presidente.

Melanconica com'ero al pensiero della vecchia cascina, era bello essere di nuovo sul lavoro. Mi sentivo arzilla come un gatto strofinato con la trementina. In me si stava verificando un cambiamento. Stavo mostrando i primi segni di una buona puttana che comincia a rovinarsi; mi domandavo che diavolo di avvenire avessi davanti a me. Potevo forse andare avanti così per sempre? Questo tipo di pensieri ha rovinato più puttane di quante non ne abbiano rovinate il whisky, le droghe, i papponi, o la sifilide. Una si sveglia la mattina, e non ti piace il tempo che fa, non ti piace il sole, la roba che mangi ti sa di cattivo, ti trovi una pustola sulla guancia. Trovi che tutto il mondo sta camminando col piede sbagliato, e tu prendi una cosa e la rompi. Non può essere il cambiamento fisico: sei troppo giovane.

E allora? Avevo dei soldi. Zig mi teneva i libretti della banca sui quali era scritto che avevo un bel gruzzolo in diversi posti. Avevo un guardaroba che mi costava più di quanto valesse, ma ad ogni modo, pensavo, certi anelli e orologi e braccialetti valevano un barile di dollari d'argento. Ero più richiesta che mai. Mi ero arrotondata ben bene dappertutto, e avevo appena superato i vent'anni. Una donna, a quei tempi, aveva una figura molto ampia. Avevo denti perfetti, a parte un paio di capsule d'oro che mi aveva messe un piccolo dentista vicino al municipio, che aveva un trapano a pedale, e che mentre lavorava mi tastava le tette; avevo una salute ottima, una digestione perfetta, non ero nemmeno afflitta dal disturbo professionale di cui soffrono quasi tutte le puttane, la stitichezza. La maggior parte delle puttane, quando fanno un pompino, ingoiano giù tutto come prevenzione contro la tisi galoppante. Io non ci ho mai creduto.

Pensavo che v'erano tre modi, per una puttana in

gamba, di riuscire. Poteva sposarsi. Io avevo avuto diverse offerte da parte di signori che non ne avevano nessuna intenzione. Alcune offerte sincere – una da un commerciante di legname, e due da giocatori di professione, che erano anche, ne ero più che sicura, due pappa. Un'offerta di matrimonio me la fece un giornalista del giornale tedesco di Mister Pulitzer a Saint Louis. Disse che io ero una ragazza del Reno e mi citò Heine; ma aveva letteralmente il culo fuori dei suoi calzoni di tweed, e le sue scarpe rotte avevano bisogno di una risuolatura. Era pieno di aria fritta e di poesia, e perciò continuavo a rispondergli: « Sciò, gallinella, sciò! ».

No, non mi sarei sposata. Non ero innamorata. E non sapevo nemmeno se lo sarei mai stata. Pur giovane com'ero, ero una ragazza dura, piena di autentico orgoglio, furba, e mi ero fatta una sorta di corazza protettiva come re Artù, sul tipo di quelle che si vedono nei musei, fatte di una camicia di ferro e di calzoni di ferro. La mia era fatta di amor proprio, e nell'evitare di scoprire il mio vero io. Naturalmente non sapevo affatto che cosa fosse, il mio vero io, ma lo proteggevo lo stesso.

Diverse puttane di mia conoscenza si erano sposate bene. Qualche altra, invece, no. Avevano lasciato il marito, si erano messe a bere, battevano il marciapiede, o si davano alla droga, finivano in qualche corsia d'ospedale, piene di malattie, e il loro corpo veniva poi sezionato nelle scuole di medicina. Una ragazza di Chicago che conoscevo si sposò con un fabbricante di carrozze e si diceva che il loro figlio fosse diventato uno scrittore piuttosto conosciuto.

Paul Dressler, un autore di canzoni assai popolare verso la fine del secolo, una volta mi chiese di sposarlo. Era un gran puttaniere. Fu lui, credo, che compose *La mia ragazza Sal*, e *Sulle rive del Wabash*. Era un tipo grosso come un orso, sempre allegro, che mangiava e beveva e portava le ragazze in camera. Non credo parlasse molto seriamente, e magari aveva una moglie o due nascoste in qualche posto. Aveva anche un fratello che diventò scrittore, sotto un altro nome. A New Orleans, nel 1912, un cliente mi diede un libro di questo fratello, *Sister Carry* [sic], che era una cannonata. La protagonista era molto vera, almeno per uno scrittore maschio. Gli uomini scrivono sempre una quantità di scemenze sulle donne. Di uomini come quel direttore di locale notturno del romanzo, che era scappato con la cassaforte, ne avevo conosciuti personalmente. E la ragazza avrei potuto benissimo essere io stessa, se non fossi stata una puttana.

Una delle due tonte ragazze tedesche di Flegel sposò un commerciante di carne suina, che mise su un'industria di carne affumicata e inscatolata, che spediva con vagoni frigoriferi ed ebbero un branco di grassi ragazzetti senza collo; sembravano tutti quanti dei piccoli commercianti di maiali, quando li vidi, un'estate, in un posto di acque termali. Adesso sono una famiglia piuttosto importante del Middle West. Ma in generale, le puttane si sposano male, e quando si sposano male, dopo un po' cominciano a domandarsi perché diavolo devono darsi gratis a un tincone che non gli dà altro che guai e nessun divertimento. Di solito cominciano a metter su un piccolo commercetto per conto loro, al pomeriggio – e poi si legge sul giornale che un marito ha sparato a una coppia sorpresa in camera sua.

Il secondo modo di risolvere il problema, per una puttana, è di diventare la mantenuta di un tipo abbastanza ricco, che la vuole tutta per sé, e la sistema in un appartamento, o in un villino in un quartiere non male, con carrozza e cavalli, o, più tardi, con un'automobile. C'è sempre una cameriera o una cuoca, e un cocchiere o giardiniere. Ne ho visti, appartamenti di questo genere. Cristalleria di Tiffany, bel mobilio con dorature, un pianoforte a coda, e magari un cane chow-chow con la lingua viola – molto di classe. A ogni onomastico e Natale, un filo di perle, un braccialetto d'oro, orecchini con brillanti, e un po' di azioni nella cassaforte di una banca.

Mantenere una donna, a Saint Louis, non era una cosa facile, per un uomo importante. Là, non c'era quella disinvoltura che c'era a New York e a Chicago, dove un uomo importante poteva mantenere tranquillamente una ragazza o un'attrice del varietà. Con tutto ciò, v'erano almeno un paio di dozzine di mantenute, a Saint Louis, di fabbricanti di birra, di editori, di armatori, di industriali di calzature, di ricchi industriali di carne in scatola e gente del genere.

Un grosso svantaggo era l'isolamento. L'unica compagnia di una mantenuta erano le altre mantenute e qualche attrice. I ristoranti alla moda le conoscevano, ma le mettevano negli angoli bui o in un salottino riservato. Sulla testa del vostro amico era sempre sospeso il pericolo del ricatto. In qualsiasi momento qualcuno poteva mandare una lettera anonima, far scoppiare uno scandalo, e il *ménage* andava all'aria, e l'amico pagatore partiva con sua moglie e i bambini per Bar Harbor, o per l'Europa, per farsi perdonare, perdonare, perdonare. Spesso le mogli scoprivano tutto; se erano intelligenti, non facevano troppo chiasso, anzi, se non potevano sopportare il sesso, erano magari sollevate. Le sceme, a volte, facevano il diavolo a quattro, e alla fine, chi ci andava per le peste era la ragazza. Nelle migliori famiglie, il divorzio era pressoché ignorato. Anche se noi sapevamo che il mozzo di stalla faceva sessantanove con la padrona, e che quella tale signora era frigida o lesbica, i matrimoni erano fatti in cemento armato, e facevano fronte a tutte le situazioni. Quel paio di uomini che sposarono le loro mantenute dovettero lasciare la città; uno uccise la ragazza, e l'altro si suicidò nel Texas.

La terza soluzione era quella a cui miravo dentro di me. Diventare la tenutaria di una buona casa, e dirigerla in modo da mantenerla sempre sul tono più alto. Forse oggi, dopo la Grande Guerra, questa può sembrare un'attività bassa e ignobile. Ma non era stato così dal 1849 fino al 1917, quando v'erano case di alta classe in ogni cittadina, e almeno una buona dozzina in una grande città. Erano protette, e frequentate dalla crema, dall'aristocrazia, come un'istituzione tradizionale, sì che andare al casino, da New York a Chicago, da New Orleans a una cinquantina di altre città, faceva parte della vita normale di un uomo di mondo. Anche se, naturalmente, non ne parlavano in compagnia mista, la maggior parte degli uomini non hanno mai negato l'esistenza dei casini. In compagnia maschile, parlavano allegramente della Liberty Hall o di Mahogany Hall, o della House of All Nations. Le avevano frequentate in gioventù, e magari le frequentavano ancora.

Zig diceva sempre, seriamente e con fierezza, che ci voleva altrettanto cervello per dirigere una buona casa, mantenere o procurarsi le protezioni, tenere i contatti, provvedere all'arredamento, alle ragazze, al personale, al vitto, ai vini, e alla musica, soddisfare i clienti nel modo migliore, tenere le ragazze al loro meglio, quanto ce ne vuole per dirigere una compagnia ferroviaria, un impero commerciale, e magari, sissignore, una compagnia di navigazione.

Non esagerava gran che. Sarei mai riuscita, io, a dirigere un'organizzazione così complessa?

X

GLI ORECCHINI DEL GIOCATORE

La mia prima esperienza intima con un avventuriero di professione, cioè un uomo che viveva delle sue abilità e invenzioni invece di lavorare come gli altri uomini, fu con un giocatore di professione noto in città col nome di Vuotatasche. Era un uomo sui trentacinque anni con una sorta di bellezza sciupata e inespressiva, aveva un naso sottile, capelli neri che cominciavano a diradarsi, lucidi di brillantina, e una faccia pallida come la pancia di un pesce. Era sempre elegantissimo, un vero dandy, le sue mani sembravano dotate di vita propria, in continuo movimento, indicando, scrollandosi, facendo piccoli gesti come di testa loro. Era un giocatore di alta classe, sapeva distribuire le carte indifferentemente sia da sopra sia da sotto il mazzo, far pacchetto, segnare le carte con la punta dell'unghia o piegandone un angolo. Sapeva tirar fuori gli assi, diceva, dove gli assi non erano mai cresciuti. Ma per la maggior parte del tempo giocava onestamente, poiché la gente dedita al gioco è spietata con chi cerca di barare. Vuotatasche era un bravissimo giocatore di poker, di faro, di red dog, di whist, e di qualsiasi altro gioco di carte. Aveva occhi e faccia impassibili come quelli di un becchino.

Vuotatasche era uno di quegli uomini che a letto usano una donna come una medicina. Per lui né il piacere, né il sentimento, né l'amore, nessuna di queste cose aveva a che fare con la fornicazione. Non gli sarebbe mai venuto in testa. Quando era a terra, logoro, stremato, eccitato da tre giorni di perdite incessanti, o teso come una corda di banjo dopo una settimana di vincite, di perdite, e poi di vincite, veniva dai Flegel, tremante, con gli occhi cerchiati, impregnato di odore di whisky, di sudore, e di sigaro – veniva da noi, si portava una ragazza in camera, e si calmava i nervi con lunghe e ripetute chiavate, finché cadeva in un profondo sonno. Solo allora riusciva a respirare liberamente, e, raccontava poi, durante il sonno non sognava nemmeno. In qualche modo, lo spasmo finale del suo corpo, quando veniva, stretto tra le braccia di una puttana, era come allentare il freno che l'aveva tenuto così teso, estenuandolo nel tempo stesso, tanto che avrebbe lasciato cadere un bicchiere, se uno non glielo metteva proprio in mano. La mattina dopo, si svegliava, sbadigliava, se ne stava a mollo per un'ora in una vasca piena d'acqua calda, e indossava della biancheria pulita che teneva in una valigia depositata in permanenza nella casa. Poi, si faceva mandare un barbiere negro, si faceva rasare, profumare, incipriare, facendo risuonare le monete nella tasca dei suoi pantaloni di taglio inglese, scendeva di sotto, a pranzare con Zig e Emma e qualcuna delle ragazze già sveglie. Io lo affascinavo: diceva che avevo i capelli del colore delle monete d'oro.

Dava il buongiorno a tutti con quella cortese disinvoltura che hanno la maggior parte dei giocatori di professione: « Gran bella giornata », e si metteva a mangiare fette di prosciutto, biscotti, e beveva della birra scura con Zig, raccontando episodi di gioco, delle sue vincite e delle sue perdite. Di come fosse sfuggito, terrorizzato, a una folla che voleva linciarlo, di come si fosse salvata la pelle con la sua furberia, in una qualche città dell'Ovest, con dei delinquenti che giocavano a carte ma non sapevano contare, o da qualche pirata di fiume che mirava alla sua borsa.

Vuotatasche si metteva a manipolare le carte, ci faceva vedere come sapeva tirar fuori dal mazzo qualunque carta, a sua volontà, ed eseguiva tutti i trucchi della sua arte. Tutti quanti avevamo gran simpatia per lui. Quando era calmo e beveva, non aveva nessun bisogno di donne – e diceva di noi tutto il male possibile, con un lieve sorriso sulla sua faccia da pokerista.

« Una donna vale l'altra. Una fessura in mezzo a un paio di gambe è uguale a qualsiasi altra, non è tanto diversa dal buco di una serratura o da una bottiglia vuota ». E continuava su questo tono, manifestando il suo disgusto per le donne, come esseri umani, come compagne, come mogli, e del loro fallimento come puttane. Noi ci limitavamo a sorridere – era un tipo che spendeva senza badare al centesimo. Come tanti uomini che avrei incontrato in seguito, e che usavano le donne come semplici oggetti per un qualche pazzo ragionamento o un loro intimo bisogno, lui non avrebbe mai ammesso che l'atto sessuale, una volta che l'aveva calmato, in realtà lo rivoltava. I casini d'America conoscono bene questo tipo d'uomo, e sanno come servirlo, come prendergli i suoi soldi, e poi scrollarselo di dosso come un disgraziato bastardo.

A Vuotatasche io piacevo poiché non mi risentivo di tutti i suoi sproloquii contro le donne e contro l'atto sessuale. Mi limitavo a sorridere. E lui mi passava le mani tra i capelli, e diceva: « Goldie, i tuoi capelli, a farli analizzare, risulterebbero d'oro a 24 carati. Brillano come una pila di monete d'oro alla luce di una lampada ».

Le notti in cui aveva bisogno della sua medicina sessuale, veniva da me, mi portava di sopra, ed eseguiva la sua danza orizzontale, rotolandosi, contorcendosi, digrignando i denti, sbattendo il suo corpo contro il mio, nel furioso desiderio di qualcosa – un poker d'assi di rilassamento – che sperava di trovare per mio mezzo.

Una notte, dopo una partita con certi esportatori di bestiame, durata quattro giorni in un albergo del lungofiume, arrivò dai Flegel fumando un enorme sigaro, il cilindro inclinato sopra l'occhio destro. Ballonzolava, schioccando le dita, le code del suo abito color tabacco sventolanti; riuscì a malapena a calmarsi a sufficienza da accettare un bicchiere del brandy di Zig.

Quattro interi giorni al tavolo da gioco, con le persiane abbassate, le lampade accese, alzandosi soltanto per pisciare o cacare, per fare un sonnellino di mezz'ora una volta ogni tanto, buttar giù un uovo all'ostrica con un bicchiere di vino. Su e giù, su e giù. Poi, un'infilata di mani buone. Gli assi gli entravano al momento giusto. Scala reale, mai vista una mano simile, mi è fiorita in mano come una rosa. Ho battuto per due volte tre donne con tre re, e tutto onestamente, anche. Da bere, Zig, da bere per tutti. Goldie, tesoro mio, Goldie piccolina bella, alza il tuo bel sedere e andiamo su, vieni col tuo giocatore fortunato.

Era talmente teso, aveva un'aria così disfatta, nonostante parlasse e si muovesse con tanta vivacità, che mi domandai se non sarebbe cascato morto prima di riuscire a entrare in letto con me.

Strappandosi via la camicia, calandosi i pantaloni, mostrando le sue gambe lucide senza un pelo, salì sul letto tenendo un orecchino in ciascuna mano.

« Hai mai visto qualcosa di più sfavillante, tesorino? ».

« Cosa sono? ».

« Smeraldi, com'è vero che son qui. Ecco che cosa ha detto che erano quel rognoso messicano. Li ho vinti contro un piatto di quattromila dollari, dopo che l'avevo ripulito di tutto il suo denaro contante. Fino all'ultimo soldo che teneva nei suoi calzoni fantasia ».

La maggior parte delle puttane avrebbe detto: « Oh, sono per me? ».

Ma qualche volta anch'io giocavo il mio piccolo poker. « Non sembrano poi un gran che ».

« Ah! ». Li accostò alle mie orecchie. « Qua, guardati nello specchio! ».

Vidi un uomo magro mezzo nudo, e una ragazza nuda del tutto. E due orecchini accostati alla mia testa. « Niente male » dissi.

« Voglio dirti una cosa, Goldie. Sei stata tu a portarmi fortuna in questa stagione. Sono tuoi. Te li darò appena ti sarai fatta forare le orecchie per metterli ».

« Nessun giocatore riuscirebbe a tenerli così a lungo, anche se mi facessi forare le orecchie domattina. Ascolta una cosa, tesoro, tu mi fori le orecchie adesso, subito, e me li metti ».

Lui fece una risata che sembrava il gracchiare di un corvo. Era ancora molto caricato, come un orologio da un dollaro, per quella partita di quattro giorni. Aveva gli occhi gonfi, il mento tutto cosparso di spuntoni di barba. Barcollando, alzò gli orecchini. « Mi pigli un colpo se tu non sei proprio la pollastra più adatta per portarli ».

Io presi uno spillone dal mio cestino da lavoro, e lo tenni sulla fiamma della candela finché non venne quasi troppo rovente per tenerlo in mano. Lo pulii ben bene, e poi glielo diedi. « Avanti, Vuotatasche, forami le orecchie ».

« Se davvero hai tutto questo fegato, a me non manca di sicuro. Mai rifiutata una sfida, se le armi erano pari ».

« Bene in mezzo al lobo ».

« Ti farò male, Goldie, ti avverto ».

« Non mi farà male quando porterò quegli smeraldi ».

« Cristo » disse lui a bassa voce, e versò due bicchierini di whisky. Li buttammo giù, e poi io accostai il mio orecchio sinistro verso la lampada più forte. Sentii il suo respiro affannato, mentre chiudevo gli occhi. Anch'io, a quell'epoca, ero un tipo un po' pazzo. Provai un dolore, come la puntura di una vespa, e mi morsi il labbro. Sentii l'orecchino penetrarmi nel lobo, e allora voltai la testa, e di nuovo sentii quel dolore lancinante, e poi il fermaglio dell'orecchino infilarmisi nel buco. Aprii gli occhi, e mi vidi nello specchio, pallida, con un sorriso tirato, e qualche goccia di sangue, come piccoli petali di rosa, mi cadeva ai lati del collo, colandomi sulle spalle. Il dolore era passato; dietro di me, la faccia di Vuotatasche fissava gli orecchini. Sorrise. « Vorrei che tu mi stessi dietro, durante una partita con la banda dei James, o dei Cole, o degli Younger, con le pistole sul tavolo ».

Cominciò a baciarmi il sangue sul collo, mentre mi portava a letto. Io mi sentivo pazza come lui, presa dalla stessa frenesia. Tra una chiavata e l'altra, lui si alzava dal letto e buttava giù un bicchierino di whisky, poi tornava, e ricominciava la giostra. Quando il suo birillo non ce la fece più, il guanciale era punteggiato del mio sangue.

Mi svegliai, e disteso al mio fianco vidi Vuotatasche che dormiva come un bambino. Mi toccai le orecchie. Non mi facevano nemmeno più male, e non sanguinavano più. Infilai la vestaglia e scesi di sotto. Erano circa le due del pomeriggio. Dissi alla cuoca di prepararmi un sandwich con la frittata e la cipolla cruda tagliata fine, come piace ai giocatori, e mi feci dare una caffettiera piena di caffè forte. Presi anche un bel bicchiere di acquavite vecchia di sette anni, della riserva privata di Zig. Emma Flegel e Frenchy stavano mangiando una zuppa col pane fritto. Frenchy disse: « Guarda la duchessa. Il duca le ha dato i gioielli di famiglia ».

Emma disse: « Però... ».

« Vetro » disse Frenchy. « Fondi di bottiglia ».

Emma si sporse avanti, snasò, mi palpeggiò le orecchie. « Niente affatto, roba autentica. *Ja*, molto belli, Goldie. Ma lavati le orecchie con la tintura di jodio, per disinfettarti ».

Di sopra, feci buttar giù l'acquavite a Vuotatasche e gli diedi una tazza di caffè. Ma non riuscì a mangiare.

« Fammi riempire la vasca. Puzzo come una faina.

Fai venire il barbiere negro; la camicia e le mutande, bruciale. Chi ti ha dato quegli orecchini? Chi? Io? Io, ho dato a una puttana tutto quel ghiaccio verde? Be', se lo dici tu, sarà così. Voi ragazze vi credete chissà chi, come se la cosina che avete non fosse comune come piscio di balena ».

Gli dissi di andare a impiccarsi e si mise a ridere. Vuotatasche era di nuovo lui. Tenni quegli orecchini per tre mesi, poi, durante un periodo di scalogna, Vuotatasche me li chiese in prestito, li perse, e non li rividi mai più.

La maggior parte delle puttane conoscono gli uomini solo come clienti da servire. A me interessavano anche come cittadini, come individui, con le loro vanità e i loro fallimenti. In alcuni si stava verificando quel cambiamento di vita cui vanno soggetti i maschi e di cui ho già parlato, il senso sempre più chiaro che questa era l'ultima riva, al di là della quale non vi sarebbe stato altro che decadenza e squallore, e sarebbero divenuti dei vecchi capponi, nostalgici dei piaceri che avrebbero potuto avere e non avevano avuto. Prima o poi quest'idea colpisce la maggior parte degli uomini, anche se ad alcuni non viene mai in mente. Conoscevo un giudice federale che, a 76 anni, veniva a trovare le ragazze due volte la settimana e lavorava il materasso mica male. E ci sono invece dei giovanotti tra i venti e i trenta che non valgono più di un manzo castrato. Vengono in casino per ragioni sociali, per dimostrare ai loro amici che sono dei veri uomini, e alcuni risultano invece delle mezze cartucce. Ma in salotto, di fronte a testimoni, gli dicevate: « Tesoro, tu, una ragazza, la riduci uno straccio ».

Ma l'uomo medio, è tra i quarantacinque e i sessant'anni che comincia a preoccuparsi della sua potenza, della sua virilità, delle sue forze in declino. Si preoccupa della sua fermezza, delle sue attrattive sempre minori, della sua mancanza di fiato; d'estate, per la strada, mangia con gli occhi le ragazze che salgono su una carrozza o sulla piattaforma di un tram. Per lui, ormai, sono frutti proibiti. Comincia a notare le caviglie, valuta al passaggio, con occhio abile, le tette delle ragazze. Guarda una donna sconosciuta e si domanda come sarebbe infilarla, se i suoi capelli veri sono di quel colore, e i seni, così eretti e potenti, sono tenuti su dal reggiseno. E le chiappe, sotto l'abito di seta, sono proprio le sue, o è l'imbottitura del vestito? Loro stessi mi dicevano che non riuscivano a togliersi le donne dalla testa, non facevano che annusarle e spiarle.

In un certo senso, è triste che la natura abbia dato agli uomini un bisogno e un timore nello stesso tempo. I loro figli stanno crescendo, o sono già grandi; e adesso, come un vecchio bue al pascolo, loro sono diventati grassi, e le giunture gli si sono un po' irrigidite. Ma col cervello, mi raccontavano, continuavano ancora a pensare ai piaceri di una volta. Il loro ego li afferrava ai coglioni, e gli dava l'antico prurito di provarci con una puttana veramente di alta classe, qualcosa di speciale, nel casino di Zig Flegel. Ecco come va la faccenda per un mucchio di uomini.

A differenza dei clienti più giovani, o dei vecchi scapoli incalliti e dei vitaioli dell'alta società, questi clienti sconfitti e mortificati si trasformavano d'un tratto in edonisti (che bel suono ha questa parola, anche se l'ho imparata da un libro); ed erano mortalmente seri, mai un'oncia di umorismo, a parte qualche vecchia barzelletta. Spesso versavano il loro seme solo per aver giocherellato un po', e per troppa serietà, prima di arrivare al servizio completo.

Col tempo, alcuni dei guardoni e dei flanellisti diventavano regolari clienti, altrettanto allegri e chiassoni degli altri frequentatori. Davano pacche sulle chiappe delle ragazze, se le facevano sedere sulle ginocchia, gli pizzicavano le tette, esattamente come i partecipanti a un'orgia romana. Un'orgia come quella del quadro che Zig teneva appeso a una parete del salottino particolare. Uomini avvolti in lenzuoli, con delle foglie nei capelli, ragazze danzanti che mordevano grappoli d'uva, tutti sdraiati su divani, e degli schiavi giovinetti che portavano su un vassoio una testa di cinghiale, mentre in distanza un vulcano fumava a tutta forza; mai nessuno di questi quadri che rappresentasse i romani mentre facevano l'amore. Nei primi tempi che stavo nella casa, studiavo quel quadro, e mi chiedevo se c'erano le camere al piano di sopra, o se si mettevano a trombare o a fare la catena margherita, lì, nella sala da pranzo stessa.

Un mucchio di clienti di Flegel si mettevano davanti a quel quadro a studiarlo, certuni con un triste sorriso, forse si domandavano che effetto avrebbero fatto loro stessi con dei pampini di vite sulla testa. O, più probabilmente, si domandavano che cosa stessero facendo lì, in un casino di Saint Louis, con delle ragazze che potevano essere loro figlie. Che senso aveva fare stupidi giochi in posizioni ridicole, sfidando le loro forze, e sottoponendo a gravi sforzi il cuore e le ghiandole? A che scopo? Uno dei miei gianni, un albergatore, quando la mattina si rivestiva, diceva sempre: « Accidenti, Goldie. Tutto questo per un po' di su e giù? Be', ci resterò secco, una volta o l'altra, e qui succederà un finimondo. Cercate di far uscire il mio corpo dalla porta di dietro, Goldie. Tu sei una bella ragazza, ma mi ammazzi ».

Non rimase secco in un casino, dopo tutto. Fu fatto secco, durante una partita di caccia al cervo, dal suo migliore amico, che lo prese per un cervo che si muoveva nella boscaglia. Con me, non si era mai preso un colpo di calibro 12 a distanza ravvicinata.

Per un uomo maturo, v'è una gran dose di tenerezza, di sentimento della morte, nei semplici atti sessuali. V'è anche del calore, in un posto come quello di Zig e Emma, un senso di solidarietà; in un casino vengono messe a nudo certe cose che nel mondo esterno vengono tenute coperte. Il giudice di cui ho parlato prima, diceva sempre: « Qui, le uniche bugie che ci diciamo sono che siamo belli, virili, generosi, e gentili. Qui siamo affrancati da tutte le altre schifose ipocrisie, da tutti i falsi valori della società ».

Credo che la casa dei Flegel sia stata una sorta di scuola, per me. Là dentro mi istruii in molti modi, ascoltando, ponendo domande, conoscendo la gente in un modo che ben pochi conoscono. Gli importanti personaggi che venivano da Zig erano piuttosto nauseati del mondo, del loro mondo, fatto di ipocrisie e di lotte spietate coi propri simili.

Gli avvocati deformavano le cose a proprio vantaggio, la scena politica era completamente marcia, dovunque corruzione, favoritismi, illeciti guadagni. Parlavano di tutti gli imbrogli, nel mercato dell'oro, nel mercato immobiliare, nei territori indiani, in campo ferroviario – Hill, Harriman, Gould, Huntington – delle speculazioni illecite nello zucchero, nell'acciaio, nelle granaglie. Mi sembrava di stare di nuovo in campagna; v'era qualcosa di follemente sbagliato in questa gente che adorava Gesù, ma solo a parole, e poi non aveva scrupolo di spellare il prossimo. Non arrivai a questa conclusione immediatamente, ma alla fine mi convinsi che la maggior parte dei discorsi pieni di pietà religiosa non erano altro che ipocrisie.

Cominciavo anche a rendermi conto della bontà di tanta gente, di come tanti con le mani callose fossero semplicemente della brava gente, lavorando duramente, sudando e faticando per cercare di mantenersi onesti, e di guadagnarsi un posticino al sole. La gente che credeva veramente nell'uomo, e voleva veramente esser buona. Lo vedevo perfino in un casino. Il vecchio che veniva a portarci il ghiaccio, un reduce della Guerra Civile, con una gamba di legno, che ci portava a noi ragazze dei fiori che coltivava lui stesso, e mai che ci desse neanche un pizzicotto; la vecchia cuoca che aveva un marito malato, fannullone e sbornione, un figlio idiota, e lei stessa con i piedi più piatti e più gonfi che avessi mai visto. Ma lavorava duramente, sempre allegra, senza mai lamentarsi, gridando soltanto quando qualcuno le pestava i calli. Era bello sapere che c'era gente così, perché il resto del mondo era schifoso e vile.

Zig e Emma Flegel erano duri, esigenti, rapaci, e tuttavia non privi di sentimento, pieni di una sorta di calore familiare. Non respingevano mai i mendicanti intirizziti in una sera di gennaio, in cerca di qualche angolo dove dormire. Piangevano sulle immagini natalizie con la finta neve, o sulle cartoline pasquali coi pulcini vestiti come bambini. Con tutta la loro durezza e la loro astuzia, esercitando un mestiere illegale, regalavano tutti gli avanzi del cibo, gli abiti usati, i mobili vecchi, alle famiglie povere del lungofiume. Per la maggior parte erano dei disgraziati bianchi con una dozzina di mocciosi, le donne sempre con la pancia grossa in attesa di un altro figlio. Arrivavano con sacchi e con borse, e se li portavano via pieni di pezzi di pane, di meloni, di pezzi d'aragosta, di patate lesse, e di ali di pollo, il tutto mescolato con cenere di tabacco, o ossi mezzo rosicchiati. Non ho mai capito come i poveri possano essere onesti o saggi, miseri e disperati come sono.

Guardando quelle disgraziate che grufolavano nelle nostre immondizie, Frenchy rabbrividiva. « Guardale, Goldie! Sposate a dei fannulloni sempre arrapati, ingravidate ogni nove mesi, colle tette flosce per una dozzina di piccoli bastardi che ci si attaccano coi denti. Cristo, alcune di loro da ragazze sarebbero diventate delle brave puttane, ci scommetto ».

Zig, che era luterano, sia pure ben poco osservante, la minacciava col dito. « Non nominare il Signore, e non fare questi discorsi sulle donne rispettabili. I poveri ci saranno sempre. *Eine Hand wascht die Andere.* E noi ci prenderemo cura di loro. Che cosa ne può sapere, una puttana? ».

Frenchy, una volta che aveva la luna storta, gli rispose: « Vai a prendertelo nella giacca. Ti domandi mai come guadagni i tuoi soldi? Tra le nostre gambe ».

Fosse stata un'altra, a rispondergli a quel modo, Zig le avrebbe mollato uno schiaffo. Ma Frenchy era la specialista della casa per quei gianni a cui piacevano attenzioni extra-esotiche. E Zig, come il giocatore Vuotatasche gli disse una sera, « Zig, tu sei un uomo che prende le cose per il loro verso. Tu assecondi la natura, e metti da parte i soldi come un bravo cittadino. Sei la spina dorsale del paese, il sale della terra ». E infatti, era proprio così, Zig era un bravo cittadino. Dava soldi a entrambi i partiti politici, non sgarrava mai nei pagamenti per la protezione, e teneva i suoi figli lontano dal casino. Li allevava come ragazzini di buona famiglia, e oggi sono persone rispettabili. Molto tempo dopo, quando Frenchy era già morta da anni, tornavo col pensiero a tutta quella gente della migliore società di Saint Louis, che faceva una bella vita in grazia di ciò che noi puttane avevamo avuto tra le gambe per i loro nonni.

E una puttana che pensa, spesso è una puttana triste. Per una ragazza di casino che si senta giù di corda, ancor meglio del whisky, è fare una bella cantatina. Un gruppo riunito intorno a un suonatore di banjo, o a un pianoforte, poteva far passare le malinconie a una ragazza meglio di una pinta di Old Crow, e con molto meno danno. Si cantava di solito Stephen Foster, e quando veniva fuori qualche nuova canzone, tutti la provavano. Ben poche canzonacce, come potreste pensare. Il sentimento era all'ordine del giorno, e i clienti e le ragazze cantavano a gran voce *Old Rosin the Bear*, *Nelly Bly* e *The Hunters of Kentucky*. Ricordo ancora certe canzoni che nessuno oramai canta più, *My Old Aunt Sally*, *Root, Hog and Die*. E certe altre che ancora capita di sentire, *My Long Blue Tail*, *Wait for the Wagon*, *Come Where My Love Lies Dreaming*.

Oggi, alcune delle canzoni che cantavamo intorno al pianoforte di Zig potranno apparire ridicole e sentimentali. *'Tis but a Little Faded Flower*, *Mollie Darling*, *Grandfather's Clock*. Ce n'erano anche alcune lacrimevoli. *Rose of Killarney* faceva sempre piangere i bastardi politicanti irlandesi che rubavano nelle casse dello Stato; come pure *Write Me a Letter from Home*, per cui bisognava poi rallegrare l'atmosfera con *Shoo Fly*, o *Don't Bother me*. Bevendo e cantando, tutti allacciati l'uno all'altro, mentre il banjo suonava a più non posso, e il pianista pigiava sui bassi, non era difficile rallegrare la serata, il che portava a rapporti più intimi e a gite al piano di sopra.

Zig amava molto le nostalgiche arie tedesche che parlavano di foreste e di orsi, e le canzoni studentesche da birreria. Suonava anche un po' di musica seria, e certe antiche danze. Non so se fosse un buon pianista o no. La musica, a parte qualche ballata popolare, non ha mai significato molto per me. Non ho mai avuto sufficiente preparazione, immagino, per capire la musica veramente buona. Ero praticamente rimasta alla musica campagnola, e in seguito mi piacquero i rag-times e la musica da operetta. Quando ero a Storyville, a New Orleans, avevo tre suonatori negri. Prendevano un paio di dollari per notte ciascuno, e mangiare a volontà. Suonavano quello che sarebbe diventato, o forse già era, jazz. Per me, al confronto della musica di Stephen Foster, era come un pugno al bassoventre.

XI

MI SISTEMO COME MANTENUTA

Si era nel 1876 quando cominciai a pensare seriamente all'avvenire. Avevo ventidue anni. La casa dei Flegel non era più quella di una volta. Nel giro di pochi anni si era prodotto un cambiamento, o meglio, una serie di piccoli cambiamenti. E questi, tranne che per alcuni vecchi fedeli clienti, consistevano in nuove case più moderne, e ragazze nuove per Saint Louis. Tutto ciò aveva fatto diventare la casa di piacere di Zig e Emma Flegel un luogo tradizionale, magari un po' noioso. La verità era che i Flegel erano ormai ricchi, anzi, ricchissimi. I loro figli stavano crescendo, e la cosa a cui essi aspiravano, adesso, era un alone di rispettabilità.

Emma continuava a portarsi a letto qualche nuova ragazza, e la cotta le durava un anno o giù di lì, dopodiché si cercava una nuova favorita. Io ero stata la sua cocca per circa sei mesi, nei primi tempi che ero nella casa. Mi dava le fragole più belle, mi baciava e mi vezzeggiava negli angolini, e mi portava a letto, dove mi abbracciava, mi stringeva, e mi pacioccava come un cagnolino troppo carino per non essere vezzeggiato. Non avevo mai sentito parlare di lesbismo – quando seppi cos'era, la parola mi parve più stupida dei giochi che significava.

Non me ne importava nulla e, più che altro, non ne sapevo nulla. Abbracciarsi e baciarsi con una donna sembrava facesse parte del modo di vivere nel posto che io avevo in questo mondo. Un po' di sfregatine alla clitoride, un po' di leccatine ai capezzoli, se alla signora faceva piacere, io non avevo nulla in contrario, erano cose che servivano a non far sbilanciare la barca del casino. La tenutaria poteva rendere un inferno la vita di una ragazza che avesse la lingua troppo lunga, o cercasse di andare contro le consuetudini della casa. Se la natura permetteva queste cose, non vedevo alcuna ragione di resistervi.

Io non durai a lungo, come favorita, il che mi andò benissimo, poiché mi metteva contro le altre ragazze, che mi davano pizzicotti da lasciarmi il segno, mi sferravano calci con le pantofole, e mi davano nomi di cui non conoscevo neanche il significato.

Tutto ciò che sapevo, era che facevo una buona vita, e talvolta nei giorni di uscita andavo con Frenchy in qualche casino di basso rango, dove lei aveva delle amiche. Frenchy proveniva da uno di quei lupanari, « e ne sono venuta fuori solo per la mia bravura », diceva.

Questi orrendi bordelli di Saint Louis si trovavano in case mezzo diroccate, nelle zone più affollate della città; il puzzo di cesso e di muri marci, di whisky, e di sputi di tabacco, era così forte che quasi non si poteva respirare. Le puttane erano vecchie, sempre ingrugnate, con grosse teste di capelli che si grattavano continuamente. Erano pesantemente truccate, ma mezzo sdentate, e vestite malamente. Se per caso una ragazza giovane capitava in uno di questi posti doveva subito passare in una casa migliore, se aveva un'oncia di cervello. Ma una quantità vi rimanevano finché non si ammalavano, oppure venivano picchiate, o ammazzate, oppure si mettevano con qualche delinquente e finivano in prigione, o all'ospizio, se non al manicomio. Ce n'erano però anche parecchie, più di quante immaginiate, che diventavano rispettabili, sposando un qualche tanghero. Non si può mai avere un'idea precisa, a proposito delle puttane, e attenervisi. Sono persone come le altre, vere persone, non oggetti; e trovo sempre straordinario tutto il loro agitarsi, la capacità di cacciarsi continuamente nei guai e di uscirne, di passarsela bene e di peste, il carattere e la combattività che dimostrano. Tutti hanno delle idee, a proposito delle puttane, ma non ne hanno mai una vera immagine.

Un gradino più in su di quei lupanari erano le case per i borghesi medi, per i lavoratori a giornata, per gli operai della città, per tutti coloro che contano i soldi prima di spenderli. Gli impiegati, i carrettieri, i mariti insoddisfatti della propria moglie, potevano venir qui a inzuppare il biscottino – un'espressione popolare in quei locali piccolo-borghesi.

Frenchy aveva una cugina che lavorava in uno di questi posti. Era un ambiente abbastanza ordinario, con la carta da parati in discreto stato, dei divani decorosi, e in salotto un suonatore di banjo. La tenutaria e la maggior parte delle ragazze erano gente del posto, ragazze e donne di campagna del Kansas, provenienti da qualche cascina andata in malora, o da piccoli allevamenti di bestiame. Qualcuna era stata piantata dal marito, un frenatore delle ferrovie o un falegname, che se n'era andato lasciandola senza un soldo.

Se ne stavano sedute nella sala, in sottoveste o in vestaglia, a bere birra, e a fare un mucchio di chiacchiere campagnole, e si sentivano a loro agio con i clienti, tipi semplici e ignoranti, che arrivavano lì con le scarpe impolverate e la bombetta sporca. In questi posti c'era una moralità che rispecchiava il mondo delle puttane e dei loro clienti. Costoro erano dei fottitori casalinghi, che lo facevano alla maniera tradizionale americana a cui erano abituati. Far l'amore alla francese era una cosa di cui si parlava o si scherzava, ma ben di rado qualcuno lo chiedeva o lo offriva. La Maniera Italiana, entrare per didietro, era una specie di scherzo che facevano i ragazzi di campagna, sperimentandolo su se stessi o tra loro, ma era considerato un segno di depravazione cittadina. I ricordi delle lezioni sulla Bibbia, e delle prediche su Babilonia e sul fuoco infernale ascoltate nelle loro chiese di campagna, ancora aleggiavano in questi casini di mezza tacca.

Era soltanto nei posti più infimi, o nelle case di lusso come quella dei Flegel, che ci si spogliava della morale corrente, ci si spogliava della sessualità tradizionale americana come un serpente si spoglia della sua pelle. L'idea di farsi fustigare per godere, di farsi calpestare coi tacchi alti, o di fare una catena margherita, in un casino piccolo-borghese sarebbe stato come sputare sulla bandiera, o disegnare un paio di baffi sul ritratto di Martha Washington. La cugina di Frenchy raccontò che un cliente del suo casino aveva accoppato un altro con una sputacchiera, quando gli aveva sentito chiedere a una puttana se succhiava. Ma questi posti piccolo-borghesi, più che altro erano al margine di Saint Louis, mi dissero. Se ne esistessero altrove, di quel tipo, non l'ho mai indagato.

Dai Flegel, la vecchia compagnia si stava disperdendo. Belle, la nostra splendida e selvaggia puttana, sposò un capitano della marina fluviale, e galleggiò via con la corrente, ubriaca fradicia, il giorno del matrimonio, urlando che adesso era diventata « una donna fottutamente rispettabile ». Frenchy litigò con Emma Flegel, e la sbatté a terra con un manrovescio, dopodiché fece le valigie e se ne andò in fretta e furia, prima che arrivasse Zig a punirla. A Zig non piaceva punire una ragazza, ma se proprio vi era costretto, si toglieva i gemelli dai polsini, si rimboccava le maniche, tirava un gran sospiro, e poi, a mano piatta, bang bang, su tutte e due le guance, con la velocità di una mitragliatrice. Una dozzina di schiaffi come quelli ti buttavano a terra senza nemmeno lasciarti un graffio. Io le presi due volte, a quel modo. Frenchy se ne andò in tutta fretta. Io rimasi lì, sola, depressa, senza saper che fare. La maggior parte dei miei migliori clienti fissi, che sempre chiedevano di me, avevano cambiato città, oppure erano andati in villeggiatura. Le ragazze nuove erano tipi disparati. C'era un'ebrea polacca dai capelli rossi, che non sapeva una parola d'inglese, parlava solo a gesti, accennando con la testa o indicando col dito. E poi c'era il solito mazzo di tonte tedesche, ma anche una ragazza bruna, con una faccia volpina, e l'abitudine di snasare e di strofinarsi il naso, come se le prudesse continuamente. I tipi come lei, oramai, li riconoscevo subito. Era una cocainomane. Quando i Flegel la presero, mi resi conto che ormai a loro non importava più di niente.

Fu in questo stato d'animo che conobbi Konrad Ritcher – qui lo chiamerò con questo nome; la sua famiglia è ancora molto in vista a Saint Louis. Venne per la prima volta nella casa nel 1877, portato da un amico, un fabbricante di mobili che si era messo a produrre scatole di cedro da sigari per Ritcher, il quale era proprietario di tre prospere fabbriche di sigari nel Middle West. Ritcher fabbricava buoni sigari per diverse ditte che li vendevano sotto la loro marca. Ma ne produceva anche di una qualità cui aveva dato orgogliosamente il nome di Golden Clares: sull'etichetta, incisa in nero rosso e blu, c'era un pezzo di donna grassa che reggeva delle foglie e un mazzo di sigari, e il nome era scritto con una calligrafia antiquata, molto grossa e piena di svolazzi. I sigari erano a due punte, e molto forti.

La prima volta che lo vidi, nel salotto dei Flegel, Konrad Ritcher aveva quarantadue anni, un tipo solido e tarchiato, non alto ma ben fatto, la faccia perfettamente rasata, e i capelli castani, fitti e ricciuti, con la riga nel mezzo. Portava un panciotto a quadretti, e il solito orologio con la catena d'oro, con diversi pendagli. Appariva molto allegro, beveva vino del Reno, e lo offriva alle ragazze e agli altri due clienti, sembrava una specie di cane domestico che volesse rendersi gradito, e forse era anche un po' preoccupato che qualcuno, invece, gli avrebbe dato un calcio. Quando un cliente è un po' troppo allegro, un po' troppo vivace, si vede benissimo lo sforzo, e si capisce subito che non è abituato a frequentare i casini.

Venne verso di me e mi sedette accanto, senza però darmi pizzicotti o allungare subito la mano sui miei seni. Si asciugò il sudore con un fazzoletto di seta, sulla faccia, e sotto l'alto colletto aperto davanti. Sorrise, e mi disse con voce molto bassa: « Devi aiutarmi, carina. Non sono mai entrato in un posto come questo. È la prima volta ».

Io gli feci subito il mio sorriso 'che pezzo d'uomo!', e passai il mio braccio sotto il suo.

« Andrà tutto benissimo, vedrete. Un bell'uomo come voi. Scommetto che siete un diavolo, con una ragazza ».

« Sei una donna bellissima ».

I nuovi dicevano sempre questa frase. Dissi che aveva l'aria di un tipo molto virile, che era un pezzo d'uomo, che era molto uomo. Questo parve calmarlo un poco, ma continuava a sudare a gronde. Emma mi fece segno di portarlo di sopra. Mi alzai e gli domandai se non avrebbe avuto piacere di vedere la mia stanza. Dai Flegel, i clienti pagavano al momento di andarsene, per cui non c'era mai nessuna contrattazione. Lo precedetti su per le scale, passando davanti ai quadri di paesaggi, agli scaffali coi vecchi boccali di birra, al gruppo marmoreo delle donne nude che mangiavano frutta, mentre uomini con le gambe di capra le afferravano in abbracci da orso. Di solito, i clienti erano impressionati dalle nostre opere d'arte.

Konrad era molto silenzioso, quando entrammo nella stanza. Io gli disfeci la cravatta, gli tolsi il suo alto colletto, e gli aprii il panciotto. Per tutto il tempo facevo le fusa come una gatta, e gli sussurravo in un orecchio com'era bello avere un uomo come lui, una volta tanto, e di come fossi impaziente di essere a letto con lui. Niente di troppo audace, e nemmeno un'ombra di volgarità. La prima volta, i gianni possono essere presi dal panico e scappare con la cravatta e il colletto in mano.

Konrad aveva proprio l'età giusta, appena al di sopra dei quaranta, magari era sposato da vent'anni, fedele, con bambini, e sentiva il tempo che passava, sentiva che forse c'era qualcosa di meglio, di più giovane, di più piacevole, che non una moglie annoiata, per la quale chiavare ormai non aveva più nulla di stuzzicante, non era più che abitudine e dovere.

Spogliato, Konrad mostrò uno splendido corpo muscoloso, con una bella peluria gialla sul petto e sulle parti, e uno stupendo birillo eretto, che stava a dimostrare fino a che punto, con tutta la sua timidezza, fosse interessato a me. E il fatto stesso che fosse venuto qui col fabbricante di mobili, dimostrava che era in cerca di avventure, di qualcosa di diverso, una speranza... Il mio amico giornalista diceva sempre che la speranza è l'unico peccato.

Lo presi tra le braccia, cominciai a toccarlo qua e là, e ben presto fummo in posizione orizzontale, io tutta larga e offerta come una pietanza appetitosa, e lui mi venne sopra dicendo: « Come sei bella, come sei bella! ». Lo guidai dentro di me, e lui si accartocciò e diede un grido, come fosse stato colpito da un fulmine. Mi resi conto immediatamente che non gli era mai successo di entrare in una vagina prensile come la mia.

Venne quasi subito, e io con lui. Immagino fosse per il piacere di dare tanto piacere a un uomo che non era mai stato in un casino – intendo un uomo come Konrad Ritcher, che non era un moccioso ragazzetto di scuola venuto qua per la sua prima chiavata, o qualche disgraziato ormai talmente atrofizzato che col suo va e vieni era come segasse una donna in due, e bisognava incoraggiarlo e stimolarlo, al punto che era come frustare un mulo perché facesse qualcosa che non aveva nessuna voglia di fare.

Konrad era un uomo fresco, quasi un adolescente, e insieme un uomo più che virile. Rimase sopra di me, senza ritirarsi, e io continuavo a fargli sentire la pressione del mio muscolo. Dopo un po', senz'aver detto una parola, ricominciammo. Lui rimase tutta la notte, fece quella che si chiamava 'la nottata'. Se ne andò all'alba, senza far colazione, col colletto un po' storto, la cravatta annodata alla meglio; sussurrò all'orecchio di Zig, e gli diede una moneta d'oro da dieci dollari per me.

Zig mi spiegò che persona distinta e importante fosse Mister Ritcher, quanto fosse eminente la famiglia di sua moglie, quanto fossero in gamba i loro cinque figli, e quanto buoni i sigari Golden Clares. Io ero molto stanca, ma contenta – non avevo fatto nessuna commedia, quella notte, ero stata sincera e autentica, ogni volta che avevamo ricominciato, su, in camera. Avevo la sensazione che la mia intera vita stava per cambiare, non avrei saputo dire come.

Dormii otto ore filate, e quando mi svegliai udii che la casa si stava preparando per la serata, secchielli, casse di bottiglie venivano portati nel salotto, udivo il chiacchierio delle ragazze che si pettinavano, o che si lagnavano di qualcosa con Emma Flegel. Udii l'ultimo fruscio dei tappeti ripuliti e rimessi a posto. Sbadigliai, mi stirai, mi strizzai l'occhio allo specchio. Mi sentivo pigra, piena di benessere; mi sentivo nelle vene una sorta di vino, di un tipo che non c'è nelle bottiglie. Il ticchettio dei tacchi alti delle domestiche – quei tacchi che esse odiavano, ma Zig insisteva perché li portassero – mi svegliò del tutto. Le domestiche stavano portando nelle stanze catini, brocche d'acqua, e asciugamani. Rimasi distesa sul letto, con un braccio sopra gli occhi, pensando alla notte passata, pensando a cose pratiche, niente di sentimentale né di romantico. Non ero innamorata di Konrad Ritcher. Ma mi era sembrato così buono, così sciocco, così contento di me. Lui non era un cliente annoiato, un gianni che vuol provare cose folli sul tuo corpo, o un qualche libidinoso che ti stava a guardare mentre ti spogliavi, come un gatto che guarda il topo che tiene fra i suoi artigli.

Speravo che sarebbe tornato. Naturalmente, mi era già capitato altre volte di provare un interesse speciale per qualche cliente. A una ragazza piace piacere, essere vezzeggiata, accarezzata, chiamata gattino, amore, tesoro, piccola venere, dolce come il miele. In ogni puttana v'è il desiderio di non essere considerata un semplice pezzo di carne. Si potrebbe dire che vi sia una sorta di bisogno di essere accettata come essere umano. E non, come diceva Frenchy, semplicemente « un paio di libbre di roba ben cucinata per il cane, un buco nella parete, un posto per sgravarsi le palle ». Sentivo molto la mancanza di Frenchy; era allegra e piena di umorismo.

Le puttane hanno più bisogno di comprensione che non la maggior parte delle donne, poiché in molti casi si sentono delle disgraziate. Si sentono guardate dall'alto in basso da quelli che intrattengono la notte. Vedono le altre donne attraversare la strada, quando le incontrano. Si afferrano sempre alla speranza di poter essere accettate come esseri umani, ed è questo che rende le puttane sempre così tristi. Quanto a me, non me ne importava un accidente di che cosa le mogli dei miei gianni pensassero di me, o, quando andavo per i negozi, di che cosa c'era dietro il sorriso untuoso del negoziante quando prendeva i miei soldi per quello che mi aveva venduto. Quando andavamo per i negozi, Belle di solito suggeriva al padrone di venire a letto con noi come pagamento. Io mi sono sempre sentita malissimo quando dovevo far pari con qualche negoziante. Una puttana non dovrebbe avere i suoi giorni di svendita.

Konrad non mi aveva vista semplicemente come una puttana, ma come una scoperta. Certo, era stato un po' scosso, ma anche deliziato – come a certuni può capitare guardando un quadro di un cervo nella foresta, o una bistecca di Kansas City. O un diamante grosso come una noce. Come fosse stato uno di quei miracoli che a te non pensavi sarebbero mai capitati. Come se nella tua vita si fosse introdotto qualcosa di sacro, per cui daresti qualunque cosa entro i limiti della ragione. In seguito, parlandone con Konrad, scoprii ch'era stato pressappoco questo, che aveva sentito.

Due sere dopo era di nuovo lì, tutto fremente, disse Emma, in attesa ch'io fossi libera e scendessi di sotto. Saliti in camera, aprì una scatolina di felpa rossa, e mi mostrò due orecchini con piccole perle messe a corona intorno a un rubino.

« Con tutti i miei ringraziamenti, Goldie ».

Io dissi che erano molto belli, ma erano per me? Sapevo benissimo che erano per me. Me ne rimasi lì, nuda, davanti allo specchio grande, e gli dissi di mettermeli. Mi ero fatta forare le orecchie diversi anni prima, quando Vuotatasche mi aveva regalato gli smeraldi. Konrad infilò gli orecchini nei piccoli fori che avevo mantenuti aperti con dei cerchietti d'oro.

Tremava tutto, e mi baciava le spalle nude, e io mi accostavo a lui all'indietro, provocandolo, stimolandolo un poco. Lui disse: « Io non so, io non so, Goldie, non so quello che farò ».

Io dissi che lo sapevo. Lui disse no, no, e intendeva dire che mai in vita sua aveva perso la testa per nessuna cosa, né per gli affari, né per la politica, né per i problemi familiari. Anche per i suoi investimenti, una cosa per la quale molta gente perde la testa, lui era sempre stato freddo, compassato, fermo. Continuava a ripetere « fermo » e mi mostrava come gli tremava la mano. Io lo portai a letto, e tutto fu come prima, anzi, ancora più forte. Non poteva fermarsi per la nottata. L'altra sera era stato un inferno, per tutte le spiegazioni che aveva dovuto dare. Ma sarebbe tornato tra due giorni. Facemmo un po' di giochi, un po' dei vecchi giochi, che per lui, però, erano del tutto nuovi. Cominciò a parlarmi di sua moglie, ma io gli dissi di tenerla fuori dai nostri discorsi, non volevo saperne niente della signora Ritcher. Perché rovinare l'atmosfera? gli dissi. Quando se ne andò, mi diede il suo spuntasigari d'oro. E promise a Zig un paio di scatole dei migliori avana.

Un gianni infatuato è una tentazione, per una puttana. Me ne era già capitato qualche altro, di tipi come

Ritcher; ma Zig Flegel si atteneva strettamente alla regola che un cliente, nella sua casa, era al sicuro. Non accettava di essere tramite di regali più importanti di una boccetta di profumo, o, nei casi estremi, di un paio di giarrettiere, o di calze di seta.

Io non avevo mai cercato di approfittare di un cliente infatuato di me. Mi ero sempre meravigliata, e perfino un po' impaurita, del potere che esercitano le ghiandole sessuali sulla mente, accendendo nel corpo di un uomo un fuoco così ardente da fargli perdere il senso delle proporzioni, ogni senso del luogo, e della buona società a cui appartiene. In quell'epoca, vedevo la buona società come una gran massa di gente vestita in abiti eleganti, con bei cappelli, che abitavano in grandi case, con i cavalli e le carrozze più belle; che facevano discorsi elevati, governavano il paese, e riempivano le chiese. Mi sembrava che questa società facesse un mondo più bello e più pulito per tutti gli altri. A Natale, li vedevo portare cesti con tacchini e altre cose ai poveri, e con le loro maniere educate far sì che anche gli altri fossero più educati. Sapevano le risposte di tutte le domande, e il modo appropriato di dire e di fare ogni cosa. In seguito aprii gli occhi, ma a quell'epoca, li chiamavo la *gente di qualità*, l'*aristocrazia.* Non erano altro che un mucchio di stronzi.

In seguito mi resi conto che la buona società, l'aristocrazia, non era affatto diversa da noi, o dai poveri diavoli delle classi medie o basse. La buona società aveva gli stessi desideri, le stesse pazzie, le stesse miserie, la stessa rapacità – soltanto, su un livello più elevato. La loro vita era colorata dal denaro, e da qualcosa che veniva chiamato la « famiglia ». La forma del naso di sua nonna, o chi era venuto, o quando, dalla vecchia patria. Quando Mister Pulitzer si sposò, e non disse alla sua sposa che era ebreo, fu un grande colpo, per la buona società. Erano queste le cose che li rendevano diversi dal resto di noi. Ma più che altro, era una questione di denaro. Vedevo benissimo come i Flegel stavano entrando a poco a poco nella cerchia di quel mondo...

Oggi i loro nipoti ne fanno parte, anzi, ne sono alla cima. Sareste sorpresi se vi dicessi chi sono.

Ma quando Konrad Ritcher venne a trovarmi, non sapevo tutte queste cose come le so adesso. Credevo ancora che fosse gente veramente speciale, più elevata, più bella, più elegante, gente che vedeva tutto e sapeva tutto. E, in confronto a loro, noialtri eravamo soltanto immondizia. Questo stato d'animo durò in tutto il paese fino alla Grande Guerra, fino al 1917. Poi tutto saltò in aria, con le sbornie nei locali clandestini, con le puttane dilettanti, i contrabbandieri di alcool, e le chiavate sul sedile posteriore delle Marmon, delle Pierce Arrows, e delle Buick. Le ragazze dei circoli eleganti la davano via liberamente, e gratis. Fu allora che i casini di lusso cominciarono a declinare, e anche la protezione cominciò a costare troppo, poiché le autorità e la polizia non potevano più dare piena protezione, in questo nuovo tipo di società. La marmaglia cambiò i modelli di vita americani, e le campagne moralizzatrici fecero chiudere una quantità di casini.

In quegli anni, a Saint Louis, la buona società m'intimidiva, ma quando diventai tenutaria a mia volta, avevo ormai cominciato a conoscerla. La buona società dettava le regole, ma anche le infrangeva, e poi si diceva che questa era la moda, questo era lo stile. Perciò, era quasi rispettabile chiavare negli alberghetti di campagna, pomiciare dentro le auto, passare il finesettimana con la moglie di un altro, o mantenere una zoccola di Broadway in un appartamento, anche se tutti lo sapevano. Tutto andava a briglia sciolta. Nidi d'amore, li chiamavano i giornali. La buona società scese dal suo piedistallo e si mescolò con i gangsters, con gli artisti, le cantanti e le mantenute. Tutta la morale che il vecchio mondo nel quale ero vissuta aveva mantenuto con tanta attenzione era andata a catafascio.

Se scrivo qui queste cose, così come me le ricordo, è perché a quell'epoca io desideravo un mondo migliore e tempi migliori. Il mondo di Konrad Ritcher, con le sue buone maniere, con le sue regole morali, costituiva per me la rispettabilità. La sua paura del peccato, credo fosse proprio questo a metterlo in imbarazzo; il piacere poteva essere un peccato, ma si poteva goderlo lo stesso, anche se v'era sempre la spiacevole sensazione di andare contro la morale del gruppo al quale si apparteneva. Togliete quest'idea del peccato, e avrete l'epoca successiva, *dopo* la Grande Guerra, quando l'idea del peccato scomparve, e con essa anche una parte del piacere, poiché certa gente diceva che era una cosa naturale, una cosa normale. Non c'era nessun peccato. Konrad, me ne accorsi ben presto, credeva nel peccato, ed era questo che l'attraeva nella nostra relazione.

Ben presto mi resi conto che tutto diventa normale quando diventa una regola. Tutto è male ed è sbagliato se quelli che creano e impongono le regole dicono che non si può fare. Insomma, questa era la situazione in cui mi trovavo, mi stavo svegliando, sentivo che forse la mia vita stava imboccando un altro binario. E il piacere di Konrad, con la sua idea del peccato, era il mio biglietto per un mondo diverso.

Mi era già venuta l'idea di mettermi io stessa a fare la tenutaria, ma non avevo ancora da parte il denaro necessario. Pur comprandomi roba e abiti, ero riuscita a mettere insieme quasi diecimila dollari. Una somma non ancora sufficiente, o almeno, non per una casa di lusso come io volevo. Con le condutture interne, bagni di marmo, satin alle pareti, e perfino tappezzerie, di cui si parlava tanto, ma che ancora non sapevo che cosa fossero. Volevo mobili in tek e in mogano, un pianoforte intarsiato di madreperla, e vasi cinesi in quantità. Un casino di lusso doveva avere bicchieri di cristallo, un angolo arredato alla turca, con cuscini, vassoi di rame, e spade damaschinate appese al muro. Una stanza ben imbottita per le feste di gruppo e le catene margherita. Sognavo uno scalone, ragazze in abito da sera, con pellicce, aigrettes, e penne di pavone, e un grosso cane San Bernardo che girasse per la casa e il cortile. Una buona tenutaria doveva anche possedere una bella pariglia di bai nella rimessa sul retro, avere un cocchiere col cilindro ben lucido e una carrozza aperta con alte molle. Il costo della protezione poteva essere molto alto. Non ero ancora in grado di sistemarmi come tenutaria. Inoltre, ero ancora troppo giovane, di gran lunga troppo giovane per aver il rispetto delle ragazze, delle autorità municipali, della polizia, e dei fornitori.

Cominciai a pensare a Konrad, e quanto più l'idea di lui mi ronzava per la testa, tanto più lui mi piaceva. Sapevo che c'era il pericolo che m'innamorassi di lui. Ma continuavo a pensare che sarei riuscita a evitarlo. Innamorarsi di un uomo sposato, a Saint Louis, verso la fine dell' '800, voleva dire soltanto pene e afflizioni. Una cosa come questa era già stata causa di diversi assassini molto interessanti. Anche se per la maggior parte erano stati messi a tacere. Ricordo ancora la storia del generale Sickles. Zig ci aveva raccontato che la moglie del generale, a Washington, aveva avuto una storia con un cugino di quel tale che aveva scritto *Star Spangled Banner*, e il generale l'aveva ammazzato con un colpo di pistola, a sangue freddo, in mezzo alla strada, ed era stato salutato come un eroe, e subito liberato. L'amore, in una relazione con un uomo sposato, bisognava assolutamente evitarlo. Io ero giovane e dura, a quei tempi, ed ero sicura di poter controllare il lato emotivo di una relazione.

Decisi di fare in modo che Konrad mi offrisse una sistemazione in città. Lo ammiravo, e a letto mi piaceva molto. Era un allievo molto dotato, e aveva una vera vocazione per quelle cose che sua moglie aveva respinto come rivoltanti sciocchezze maschili.

XII

PER UN SOLO UOMO

Non dovetti fare molte manovre, né assumere arie tragiche, per persuadere Konrad a sistemarmi come sua mantenuta. Fu lui stesso ad averne l'idea, una notte. Stavamo bevendo gin e soda a letto. Era quasi l'alba. Ce la prendevamo comoda, e i rumori della notte si stavano cambiando in rumori del mattino. Io mi sentivo tutta calda e piena di benessere. Konrad era un uomo tenero, e con lui potevo parlare liberamente. Come la maggior parte degli uomini, mi aveva domandato in che modo fossi diventata una puttana. Non gli raccontai le solite bugie che piacciono agli uomini, di virtù brutalmente profanate, di verginità calpestata. O il vecchio ritornello dell'orrore di essere una reietta della società. Le puttane, in queste circostanze, raccontano sempre delle storie talmente logore che nessuna persona che abbia il buon senso appena sufficiente da saper spalmare il burro sul pane potrebbe mai crederle. Gli descrissi la cascina, la dura vita che si faceva nei campi invasi dalle erbacce, e tutte le faccende che dovevo sbrigare prima dell'alba, al lume della lanterna. Gli parlai di una vacca che si era rotta una gamba, degli inverni di gran freddo, quando tutt'intorno è così triste, grigio, e gelato, dei nostri pasti di tritello e carne affumicata finché non arrivava la primavera, quando cominciavano a spuntare le prime verdure. Del cigolio dei carretti che passavano per strada, e dell'urlo della segheria, giù in basso, e i viaggi al mulino, e all'emporio del crocevia. Gli raccontai di Charlie. Dopo tutti gli anni che erano passati da quando mi aveva piantata in mezzo alla strada, il pensiero di Charlie mi faceva ancora bollire di rabbia.

Erano anni che non parlavo di queste cose, e adesso le stavo tirando fuori tutte, in un letto di casino, con un uomo col quale mezz'ora prima avevo fatto i giochi più strani... Comunque, così era; e mi tornarono tutti i ricordi dell'infanzia e adolescenza, la caccia ai procioni, di notte, con le trappole e le lanterne, le carpe e i lucci che mangiavamo in quei tempi duri, i sacchi che ci portavamo sulle spalle di ritorno dal mulino, le corse a piedi scalzi tutti morsicati dagli insetti, o quando ce ne stavamo a sedere nella nostra malandata veranda, istupiditi, senza far niente. Niente sarebbe mai cambiato, pensavo, niente avrebbe mai avuto nessuna importanza. Avremmo continuato a mangiare il grasso della padella, e a rimanere degli zotici di campagna per tutto il resto del mondo. Avrei potuto andare avanti con quelle chiacchiere chissà per quanto.

Konrad si alzò su a sedere, si strofinò il petto nudo, e allungò la mano per prendere un sigaro dal suo portasigari di cuoio posato sul lavabo. Io stavo pensando al grande scalone e al salone dei ricevimenti del Southern Hotel di Walnut Street – un posto dove lui non avrebbe mai osato portarmi. E se mi avesse portato a White Sulphur Springs?... No, vi sarebbe stata troppa gente della buona società di Saint Louis.

« Mi piacerebbe sistemarti in qualche posto un po' meglio di questo, Goldie ».

Avevo già ascoltato questo tipo di discorsi un sacco di volte, da una quantità di sfaccendati e spacconi, che proprio con questi discorsi pensavano di ottenere da me qualcosa di veramente extra. Io non dissi una parola, ma aspettai, per vedere fino a che punto si sarebbe spinto sulla strada delle promesse.

« Ho una mezza idea, Goldie, che tu mi vuoi un pochino bene ».

« Lo sai benissimo. Tu sei un uomo piuttosto straordinario, Kon ». Questa era una cosa che si diceva sempre a un qualche gianni favorito, o comunque a un cliente gentile che voleva sapere che cosa pensavate di lui. E aggiunsi: « Dico sul serio, Kon. Non hai nessun bisogno di farmi delle promesse ».

« No, no. Stavo pensando a una casetta, in una piccola strada tranquilla, dalle parti di Fallon Park. Ho in magazzino un po' di mobili di mia madre. Roba buona, solida; ci metteremmo tutto quello di cui hai bisogno. A due isolati di distanza c'è un noleggio di carrozze e cavalli, in modo che potrai farti mandare una carrozza ogni volta che ne avrai bisogno ».

Credo che a questo punto lo guardai con gli occhi di fuori. Capii che stava parlando sul serio, come soltanto un tedesco può parlare. « Mi stai prendendo in giro? ».

« No. Quanto alla domestica, c'è una ragazza polacca che ha bisogno di un posto. Sua madre lavora in una delle mie fabbriche di sigari. Vuoi venire a vedere la casa? La prossima volta che non... che non lavori? ».

Gli accesi il sigaro con molta diligenza. Accendere il sigaro a un uomo è un'arte, bisogna tenere la fiamma alla distanza giusta, mentre lui lo rigira lentamente tra le labbra, senza bruciacchiare più del dovuto l'involucro dell'avana. Lui si mise a mandare sbuffi di fumo verso il soffitto. Spensi il fiammifero. Avevo il cervello in movimento come il gomito di un violinista – sì o no? sì o no? « E perché no? » dissi.

Fu così che diventai una mantenuta.

Zig Flegel non fece molta resistenza. Stava invecchiando, soffriva di disturbi di fegato, e i suoi occhi sembravano due uova sode. Il fatto è che beveva troppo.

Perciò si limitò a sospirare: « Tu sei una ragazza

d'oro, Goldie, e sei anche una di pelle dura, *nein*? La vita potrà darti magari dei calci in culo, ma tu glieli sai restituire. Konrad è un tipo a posto, un vero *Graf*. Si occupa di titoli e di beni immobili. Può darsi che sia ricco, e può anche darsi che sia soltanto apparenza. Ma per te, Goldie, si è tirato fuori il cuore e l'ha messo sotto i tuoi piedi ».

Quando era pieno di *schnapps*, Zig poteva andare avanti con queste chiacchiere chissà per quanto, continuando a sorseggiare all'infinito. Emma Flegel fu più pratica. « A questi tipi che vogliono farsi un nido per conto loro, l'amore gli passa presto. A un certo punto si stancano, e tornano dalla mamma e dai *Kinder*, e tu puoi andare a giocare con l'aquilone, mia bella colomba. Tu lo sai, Goldie, non c'è nessun uomo che sia costante, è la sua natura, vogliono un nuovo paio di gambe intorno al collo, una nuova purilla con cui giocare alle bambole. Ascolta il mio consiglio, Goldie, fatti dichiarare il suo amore con dei gioielli, e se la casa è di sua proprietà, fattela intestare a tuo nome. Ho visto troppe scervellate piantare un buon lavoro in una buona casa, e tornare indietro ridotte un cencio, un rottame, dopo che un uomo le aveva trattate come uno zerbino per pulirsi i piedi. Vuoi un consiglio? fatti mettere incinta al più presto possibile. Dagli un bambino. È una cosa legale alla quale non potrà sfuggire, per quanto possa agitarsi. È qualcosa che tu e lui avete fatto insieme. Quando gli passa la caldana, e vuol tagliare la corda, *ach*, il bambino cementerà le cose, e lui non andrà lontano. Tienigli pure il guinzaglio lento, ma metti l'altro capo nella mano del bambino. *Ja* ».

Tutto quest'interesse da parte di Emma Flegel mi sorprese. Non già il suo consiglio. Era elementare buonsenso da casino. Non c'era un'oncia di cuore, in casino, niente chiacchiere sull'amore, sul cuore e sulle rose. Era la vita, senz'amore né fiducia. A quell'epoca, non conoscevo altro.

Emma mi abbracciò forte, mi baciò leggermente sulla bocca, mi diede un piccolo pizzicotto sul seno, e poi mi spinse via, « Su, su, vattene ». E aggiunse un vecchio detto tedesco per augurare buona fortuna: « Vatti a rompere una gamba ».

Ormai che Frenchy e Belle non c'erano più, alle altre ragazze non ebbi da fare lunghi addii. Diedi via una quantità di cianfrusaglie che non mi servivano più a niente, riempii due bauli. Zig si sarebbe occupato del mio denaro. « Se le cose cambiano, qui ci sarà sempre un letto per te » mi disse.

Konrad mi aveva trovato una bella casetta. In stile « gotico cittadino » come diceva lui. Era una casa a due piani, in un buon quartiere, in una stradina secondaria che, come indirizzo elegante, stava andando un po' giù, cosicché la gente andava e veniva, e nessuno faceva gran che attenzione agli altri. La casa era posta un po' indietro rispetto agli olmi che fiancheggiavano la strada, ed era circondata da un'alta siepe, in modo che Konrad poteva entrare con la carrozza senza che nessuno lo vedesse. Sul davanti v'era un salotto e dietro di esso la stanza da pranzo, e dietro ancora la cucina; le tubazioni erano interne; v'era un gabinetto con una vasca da bagno di zinco, che si vuotava in un pozzo nero sul retro, e nel seminterrato una stanza per la domestica e la vasca per lavare. Lampade a petrolio e lampadari a gas, e una scala in noce che portava alle due stanze da letto al piano di sopra. Il tetto era in lavagna, e la stanza d'angolo aveva un vasto *bow-window*. I mobili della mamma di Konrad non erano male, e quelli che vi aggiungemmo mi davano un senso di comodità e di solidità, come se ci fossi nata, lì dentro. A quell'epoca non usava mettere molti colori, in una casa, e io mi limitai a coprire alcuni mobili con degli scialli spagnoli, e comprai dei tegami di rame per la cucina. Vecchi servizi di cristallo, non ritenuti abbastanza belli per la signora Ritcher, andarono benissimo per me, anzi, al principio, non riuscivo ad abituarmici: io, in una casa mia, con roba di cristallo autentico!

Ermi era una grossa e tozza ragazza polacca, appena

arrivata dalla campagna dove la tenevano i suoi genitori. Sapeva solo poche parole d'inglese, per il resto bisognava aiutarsi a gesti, a spinte, e a colpi. Era ignorante, ridanciana, aveva una faccia rossa, e faceva di tutto per rendersi bene accetta. Sapeva cucinare bene – alla maniera polacca e campagnola, e io le insegnai come cucinare una bistecca per un signore, e come condire un'insalata. Konrad cucinava il pesce e le aragoste che arrivavano confezionati nel ghiaccio coi treni dell'Est. Nel cellario v'era un barilotto di birra e uno di chiaretto, del Porto, e del vino del Reno. La cassa del ghiaccio, nella veranda posteriore, conteneva fino a venti libbre di ghiaccio. Dovetti insegnare a Ermi a usare il gabinetto – aveva continuato a pisciare nei cespugli, finché non le dissi di smetterla.

Al piano di sopra v'era un grande letto di ottone, tutto pieno di ricci e di volute, e lo inaugurammo a dovere il pomeriggio stesso in cui mi trasferii. Konrad, tutto eccitato, mi prese tirandomi su le sottane e slacciando qua e là. Spogliare una donna, a quei tempi, non era una cosa presto fatta. Bottoni, lacci, ganci, metri e metri di sottovesti, scarpe alte, e l'allacciatura del busto. Fu una sorta di delizioso stupro di una *Hausfrau*, e io ridevo e scalciavo, ancora con le calze infilate, e dopo un po' ci sedemmo sul letto e ci guardammo. Vidi che lui era proprio innamorato di me. Aveva quell'aria « da levriero stitico », come diceva Frenchy, dell'uomo innamorato.

Io lo ammiravo, lo rispettavo, e godevo di lui. Ecco qual era il mio stato d'animo nei suoi riguardi. Lui lo sapeva, ma non pretendeva l'impossibile, si limitava ad essere gentile con me, e cercava di farmi delle sorprese. Mi portava piccoli regali e grossi regali, nelle festività, e in quelli che lui chiamava i « nostri anniversari ». Io non ero avida, ma stavo mettendo da parte per il futuro, quando che fosse. Una puttana che abbia un po' di testa, pensa al futuro – spesso si limita a pensarci.

Konrad mi consigliò di investire il denaro che tenevo presso Zig in azioni ferroviarie, che, diceva, mi avrebbero dato una rendita più alta. Io non avevo nessuna fiducia nelle azioni, né avevo fiducia nelle obbligazioni, nelle banche e nei banchieri. Ero stata a letto con troppi uomini che si occupavano di finanza o avevano importanti relazioni d'affari con le banche. V'era qualcosa di volpino, di lupesco, nei banchieri. Ricordo che da ragazza avevo visto uno degli ultimi grossi lupi della foresta, ch'era stato ucciso vicino alla nostra cascina, l'avevamo appeso alla porta della stalla, nel freddo gelido dell'inverno, la testa lucida di sangue gelato, gli occhi morti, ma spalancati. Aveva dei denti gialli e aguzzi, e un lungo muso appuntito; mi pareva che stesse ridendo, di un riso astuto e crudele, anche morto e inchiodato alla porta della stalla. Ho sempre visto quel sorriso astuto e crudele su certi clienti che maneggiavano denaro. Ma lasciai che Konrad investisse i miei soldi in azioni ferroviarie.

In certo modo stavo cambiando. Vedevo che al mondo v'era gente buona e onesta più di quanto non avessi ammesso fin allora. Della buona gente anche in quel mondo cittadino impregnato di politica e di rapacità. Vuotatasche, il giocatore, una volta mi aveva spiegato le cose, in un periodo in cui si stava nascondendo in casino per sfuggire a certa gente che gli aveva imprestato dei soldi che lui aveva perduto al gioco, e che adesso lo cercava per farseli ridare o per spaccargli la faccia. « Tesoro, » mi disse « il mondo è diviso tra furbi e fessi. Tientelo bene in testa e avrai il mondo in pugno. La maggior parte della gente sono dei fessi. Dei fessi nati, molli e testoni, operai, lavoratori, risparmiatori. Sopra di loro ci sono i furbi, quelli che pigliano tutto, gl'imbroglioni, i bugiardi, i tagliaborse, tutti questi si mangiano i fessi in insalata. I furbi da quattro soldi finiscono in prigione. I furbi in grande fanno dollari a carrettate, pasteggiano ad aragoste e champagne, e ficcano i biglietti da cinquanta dollari sotto le giarrettiere delle attrici. Ecco come va il mondo, tesoro. Furbi e fessi. Il furbo da quattro soldi fa il borsaiuolo o il lestofante da marciapiede; invece il furbo in grande diventa senatore o giudice o Charlie lo spendaccione con le tasche piene di soldi. Fatti furba, tesoro, e non giocare mai contro qualcuno che abbia una mano piena di assi, o che sappia tirar fuori gli assi dalla manica. Furbi e fessi, ecco com'è il mondo, Goldie».

Vuotatasche era un po' in ritardo. Avevo già capito da me che la gente buona e onesta era come un mucchio di conigli dentro una gabbia con la porta sgangherata dove un furetto o una donnola possono entrare e prenderli per la gola quando vogliono. Ma al Castello del Reno, come Konrad chiamava la nostra casa (i tedeschi di una certa classe vanno pazzi per i castelli), scoprii alcune cose a proposito della gente buona. Cominciai a vedere che c'era gente che viveva comodamente, con moglie e figli. Facevano pasti regolari, avevano regolari abitudini, e perfino cani e gatti, e ponies per i bambini, e un bel prato per passeggiare e per appendere la biancheria ad asciugare.

Io non potevo vivere isolata. Mi misi a recitare una parte. Feci correre la voce che ero la vedova di un capitano di marina scomparso in mare. Ero in lutto, e mio cugino veniva a consolarmi. Se qualcuno ci cascò, vuol dire che era più scemo di quanto pensassi. Accanto a me, da una parte abitava un artista, un vero artista che faceva disegni per libri e giornali, e manifesti, e libretti illustrati. Era un tipo magro, che sembrava un Lincoln senza barba, beveva sherry, sua moglie si truccava, portava gonne con le margherite, e cucinava pietanze al formaggio in pentole di coccio, avevano un gruppo di amici allegri che venivano a trovarli il sabato pomeriggio, e leggevano poesie, parlavano di musica, facevano discussioni, e snobbavano quelli che chiamavano i filistei borghesi. Conoscevo abbastanza la Bibbia per capire che cosa intendessero.

Non avevo nessuna difficoltà a difendermi dai tentativi degli uomini, e non avevo nessuna preoccupazione che qualcuno di loro fosse stato da Flegel; non era gente abbastanza ricca, e in generale andavano a letto con le mogli dei loro amici. Venivano a farsi imprestare del ghiaccio, e così andai anch'io a qualcuna delle loro riunioni. Mi trovai in ottima compagnia, e anche abbastanza innocente, nonostante tutte le chiacchiere che si fanno su di loro – sugli scrittori, i musicisti, i compositori, e gli artisti di ogni qualità. Tra l'altro, le fantasie sessuali degli scrittori sono qualcosa d'incredibile, ma i migliori chiavatori sono i musicisti, veri mandrilli. Gli scrittori parlano meglio di quanto non chiavino.

Sull'altro lato, c'era un grosso dirigente delle ferrovie in ritiro; aveva avuto un'importante posizione nella Compagnia ferroviaria Chicago-Denver, ma adesso era a riposo. Aveva una moglie di trent'anni più giovane di lui, una che si dava un mucchio di arie. Verso il tramonto portava a passeggio il cane, e aveva un cappello a secchio, con la veletta. Una sera, Konrad e io, tornando da una birreria, la vedemmo che stava abbracciando e baciando un giovanotto con un mantello da sera, che guidava un carrozzino. Dopo questo, quando ci incontravamo, sorrideva, come a dire: tu mi capisci! Comunque la cosa non mi interessava affatto. Il marito morì sei mesi dopo, e il giovanotto venne ad aiutarla a traslocare, lei, il suo cane, e tutto il resto. Al suo posto venne una famiglia con due ragazzine e un ragazzo, che fischiavano e cantavano tutto il giorno; il padre fabbricava mobili nella rimessa, e una calda sera d'estate mi mandò un melone ben ghiacciato, al di sopra della siepe di divisione.

Cercavano di risparmiare poiché non se la passavano troppo bene, ma avevano una domestica, che sembrava sorda e muta. Io gli mandavo a volte dell'arrosto avanzato, o dei pezzi di torta per i ragazzi, per mezzo di Ermi. Mi piaceva avere per vicini una famiglia come quella. Mi mettevo a discorrere con la moglie attraverso la siepe – una donnetta rotonda – ma non accettai mai i loro inviti a cena, né li invitammo al Castello sul Reno. Konrad era un uomo troppo conosciuto in città, e anche un po' snob.

Mi piaceva molto quella casetta, e la vita che vi

conducevo, dopo tanti anni passati dai Flegel, dove non potevo avere un minimo di intimità. Sei ragazze in una casa, sotto l'occhio di Emma, e ogni cosa che volevi tenerti per te dovevi metterla sotto chiave.

Konrad non si stancò affatto di me.

Un inglese che lavorava per una casa di spedizioni di Chicago, e scriveva il testo dei loro cataloghi, e che frequentava Flegel, una volta mi disse: « Vi sono tre qualità che rendono una donna perfetta a letto. Grazia, varietà, e competenza ». Io non dimenticai mai questa frase, dopo aver guardato sul dizionario che cosa voleva dire competenza. Dopo qualche bicchiere, l'inglese aveva aggiunto: « Tu, Goldie, sei perfetta, tranne un piccolo difetto. Non partecipi mai interamente. Te ne stai da una parte, e guardi quello che sta succedendo come se fossi semplicemente una spettatrice ».

Può darsi che fosse così qualche volta, o per la maggior parte del tempo. Il sesso, insisté l'inglese, va praticato in piena comodità, e nei particolari. Come la maggior parte di quelli che parlano molto bene, lui non era poi un gran che, a letto.

A Konrad fui io che dovetti insegnare la varietà e la competenza. Non so se abbia mai veramente imparato la grazia. Era troppo serio, troppo assorto nel godere, soffiando e grugnendo; l'istinto della raffinatezza gli mancava. Era un buon allievo. Il sessantanove lo mandava in visibilio; prima di conoscermi, non aveva mai provato la Maniera Italiana, ma poi finì per prendere un gran gusto al didietro. Gli insegnai a prender tempo, a fermarsi e a riposarsi un poco, immediatamente prima di venire. Gl'insegnai a stimolare le sue terminazioni nervose, a prolungare i momenti in cui rimaneva nella stretta della mia vagina, un'esperienza che pochi uomini hanno provato in tutta la loro vita.

Io non sono mai stata in Europa, né ho viaggiato in Asia o in Africa, e perciò non so se ciò che dice la gente a proposito di altri popoli, che sono migliori o peggiori fornicatori degli americani, sia vero o no. Di americani ne ho conosciuti molti nella mia carriera di puttana, di tenutaria, di mantenuta, e di moglie, e posso dire che il maschio americano è maledettamente frettoloso, e poco esperto. Può darsi che i francesi siano meglio, più violinisti, e considerino il corpo di una ragazza come un violino ben accordato. Può darsi che gli inglesi, con il loro gusto di fustigare, i loro giochi e le loro idee magiche, ce l'abbiano moscio per tutto il tempo. I francesi e gli inglesi che ho conosciuto io sembravano più diretti e disinvolti, pratici, e senza tante storie. Ma non si può generalizzare. Ho conosciuto ogni sorta di uomini, buoni e cattivi, nel senso di godere e saperci fare a letto, o di fallire e affliggersene. Potrei dire che l'americano può essere migliorato, se riesce a liberarsi dell'idea che Dio annota uno per uno tutti i suoi peccati. E anche se si riesce a liberarlo dalla sua fissazione della mamma. È straordinario e sorprendente il numero degli uomini che si mettono a parlare della loro mamma e a cantarne le lodi mentre chiavano. Anche la moglie è castratrice, e scogliona un uomo in una quantità di casi.

Può darsi sia l'alto rispetto in cui sono tenute le donne americane, in quanto l'idea della loro verginità è sacra, come la bandiera, o U.S. Grant. Le donne sono troppo ignoranti, se è vero quello che mi hanno detto i loro mariti. Si vergognano, per esempio, della loro nudità. Io smisi ben presto di tenere il conto di tutti gli uomini che mi dicevano che con la moglie usavano svestirsi al buio, e perfino fornicavano in camicia da notte, e mai che si vedessero pelle contro pelle in una stanza illuminata. Naturalmente, so bene che gli uomini tendono sempre a esagerare un po', in un casino, e cercano di scaricarsi una parte di colpa sostenendo che la loro moglie è fredda e indifferente come un pezzo di ghiaccio, e non gli permette di far questo, o non accetta di far quest'altro.

Io credo che di solito la colpa sia dell'uomo. È lui che ritiene di cattivo gusto essere un po' deciso con sua moglie, quando chiava, di tenerla al suo posto, a letto, con una pacca o un ordine. Ci sarebbero più matrimoni felici se il marito usasse le mani sulla moglie e insistesse per essere obbedito. Non voglio dire che si debba comportare come un mandrillo ubriaco, e assalirla con violenza, ma qualche sberla ben piazzata avrebbe il suo effetto. Con tutto il loro orgoglio, alle donne piace essere dominate da un maschio. Se la moglie si rifiuta ancora di accondiscendere a ragionevoli esigenze sessuali, il matrimonio non è che peggiori per questo. È semplicemente una combinazione che non funziona. La gente dovrebbe essere sessualmente ben appaiata, e un uomo dovrebbe baciare l'ombelico di sua moglie ogni giorno. I deboli, i sessualmente indifferenti, possono essere felicissimi lo stesso standosene a far la calza o a giocare a scacchi. Ma la coppia media può godere il letto come un buon pranzo domenicale, e le coppie veramente bene assortite possono spassarsela chiavando come furetti senza nessun male, e con gran gusto. È meglio prendersi un partner che vada bene, piuttosto che far un buon matrimonio dal punto di vista del denaro o della posizione sociale. Si è anche molto più felici.

Mi vengono in mente tutti questi pensieri quando ripenso alla vita miserevole che faceva Konrad in casa sua, e nel suo letto matrimoniale. Faceva una ben brutta vita, lì, compiendo il suo dovere coniugale forse un paio di volte al mese, in camicia da notte, e col berretto da notte in testa, al buio; niente baci sui seni, mai suonare la chitarrina, niente lavoro di lingua, un semplice bacio sulla guancia, e, naturalmente, appena qualche gocciolina, invece di un vero e pieno orgasmo. L'inferno, ho sempre pensato, è lastricato non già di buone intenzioni ma di cattivi matrimoni.

Una volta che mi ebbe sistemata nella casetta, Konrad sembrò fiorire a nuova vita, gridava dalla gioia. E anch'io mi lasciavo andare con lui. Konrad mi piaceva molto; e gli ero anche grata di avermi liberata dal casino; adesso ero padrona di me stessa, avevo un mucchio di tempo libero, mangiavo bene, avevo una cameriera tutta per me, stavo in una strada tranquilla, avevo buone lampade e del buon vino. Potevo starmene seduta al cesso a leggermi le riviste finché volevo, senza che nessuna puttana venisse a bussare alla porta e dirmi di fare in fretta.

Cominciai a concentrarmi sui piaceri del letto. Cominciai a studiare e a sperimentare dei mezzi per prolungare le due o tre ore nel letto con Konrad. Scoprii adesso ciò che aveva inteso dire l'inglese. Adesso non me ne stavo più da parte a osservare. Partecipavo con tutta me stessa. Cominciai a urlare quando avevo l'orgasmo. Non avevo più bisogno di fingere, le grida, le agitazioni, i gemiti, e il grande urlo finale, quando venivo contemporaneamente a Konrad.

Naturalmente, si dicono un mucchio di storie a proposito dell'orgasmo. Io non ho mai letto gran che i professori e le testeforti che scrivono libri sull'argomento. Ma vedendo le loro fotografie sui giornali, i loro solenni baffoni, non ho mai capito che cosa potessero saperne loro. Quale fichetta in gamba si farebbe accostare da un tipo così, a meno di un miglio di distanza? La verità è che l'orgasmo è solo la vetta finale del piacere; è il viaggio che si fa per arrivarci, sono le piccole gioie e i piccoli giochi, che fanno le delizie dell'amore. Un mucchio di gente non arriva mai fino al culmine, non fa crollare i muri, e tuttavia il sesso può essere ugualmente un piacere, una delizia, e combinato con l'amore può rendere la vita a due un modo assai notevole di esser vivi. Si può perdere una gran parte del panorama se si mira soltanto a far centro.

Quando certi uomini non riuscivano ad arrivare all'orgasmo, quando si arrovellavano, e poi se ne andavano tutti vergognosi, capivo che erano attaccati a un mito; come se per loro, ciò che contava fossero soltanto quei pochi secondi. Konrad, a volte, si dava molto da fare, con la sua volontà prussiana, per arrivare a quell'orgasmo che lo faceva urlare. E perciò, naturalmente, mancava tutti i piaceri del viaggio, e a volte perfino non riusciva a venire. Spesso addirittura non riusciva a farselo venir duro, io dovevo esercitare tutte le mie arti per farglielo rizzare. Quel povero, caro bastardo, lo prendeva come se fosse un compito, e non qualcosa che sorgeva dal cervello, dalle terminazioni nervose, dall'ambiente, dalla compagnia. Ci volle del tempo per educarlo. Avemmo due anni.

Io mi lasciavo talmente andare, durante l'orgasmo, che la moglie dell'artista della casa accanto mi domandò se mio cugino mi picchiava. Me lo disse ridendo, e perciò pensai che non valeva la pena che fingessi di non aver capito a che cosa voleva alludere. A volte, nel pomeriggio, tre o quattro signore del vicinato, me compresa, ci riunivamo a prendere il caffè e pasticcini svedesi o danesi o tedeschi. E mi sembrava proprio di essere tornata fra le puttane di Flegel. Chiacchiere, discorsi di sesso, sogni. Dopo aver parlato dei bambini, della domestica linguacciuta, e di che cosa aveva detto l'uomo del ghiaccio, si mettevano decise a parlare di letto e delle abitudini degli uomini, confrontando le loro esperienze chiavatorie. Io personalmente non dicevo gran che, ma gli davo qualche consiglio quando mi pareva opportuno. La moglie dell'artista era insoddisfatta. Suo marito si limitava a saltarle addosso, dava due o tre colpi, godeva, « e poi rotolava via, scorreggiando e ruttando ». Raccontavano un po' di balle su quante volte il loro marito riusciva a farlo. C'era una poveretta che diceva che sarebbe impazzita, perché suo marito insisteva a versare il suo seme in un posto del suo corpo dove non l'avrebbe fecondata. Non faceva che citare il Vecchio Testamento, e che gran peccato era versare il seme in un ano.

Tutte queste chiacchiere mi davano un'idea della vita matrimoniale dei borghesi americani, un'idea che non mi entusiasmava gran che, ma nemmeno mi rattristava. Certuni sembravano far le cose in modo naturale, altri erano degli inetti, ma costoro, molto probabilmente, erano degli inetti in qualsiasi altra cosa facessero.

La gente che fallisce nella vita sessuale, spesso fallisce in tutto il resto, a meno che sostituisca il sesso con la smania del potere. Prendete il vostro grand'uomo, pezzo grosso della politica, o del petrolio, o delle ferrovie, e sarà una chiavata schifosa. Ne ho conosciuti un mucchio, professionalmente, di gente come questa. Il potere è la loro chiavata, il denaro è la loro copula. A volte, questi padreterni usano il sesso come un mezzo per rilassarsi. Non appena abbiano formato un trust, o si siano impadroniti di una compagnia ferroviaria, abbiano estinto una grossa ipoteca, o abbiano fregato un rivale politico, subito devono saltare sopra una donna e distendersi i nervi, come un cavallo da corsa a cui siano stati appena tolti i finimenti. Ma questo tipo di sesso non è sesso, è una medicina. E uno spreco del prodotto.

Rimasi con Konrad due anni. Due anni buoni, di buona vita. A volte Konrad si ubriacava un po'. Se ne stava disteso nel letto con me, facendo discorsi pazzi, su noi due che prendevamo una nave per il Sud America, discorsi sul tipo di quelli di Charlie Owens, tanti anni fa, quando voleva andare nelle Amazzoni, e poi mi piantò in asso e se ne andò via da solo. Oppure si metteva a parlare di Baden Baden, di famose stazioni termali in Europa, di famose cortigiane di Parigi, che andavano in carrozza con i duchi e i re. Parlava di fare il giro del mondo con me – noi due soli, con uno yacht. Sono i sogni che gli uomini fanno sempre la notte, quando se ne stanno al calduccio, a letto con una donna, e devono alzarsi, vestirsi, e andare a casa. Di solito, verso le due e mezzo del mattino.

« Dico sul serio, Goldie, magari tra qualche anno, quando i bambini saranno un po' più grandi, prenderemo un transatlantico per Southhampton. Ti mostrerò i luoghi d'origine della mia famiglia, le nostre vecchie serre dove mettevamo a seccare il tabacco, e vedremo Venezia, che ha le strade tutte piene d'acqua. Ci sono stato quando ero studente. Noi due soli, come sarà bello! ». Mi dava dei colpetti sul sedere, e io lo baciavo su un orecchio. Conoscevo bene il sogno dell'uomo di mezza età legato a una famiglia, al lavoro, ai figli, e agli affari, e che invece vede se stesso come un libero uomo di mondo, con una donna tanto diversa da sua moglie quanto si può esserlo. Ma sempre con la paura di far tardi, di restare tra le tue braccia oltre la mezzanotte e mezzo perché sua moglie gli domanderà come mai ha fatto così tardi, e annuserà il tuo profumo rimasto sul corpo di lui.

XIII

ULTIMI GIORNI CON KONRAD

Nel 1878 avevo ventiquattro anni, e da due anni vivevo come mantenuta di Konrad Ritcher. Per quanto tempo sarei potuta andare avanti così, non so. Magari avrei potuto morire lì, di vecchiaia, ed essere sepolta al cimitero di Bellefontaine, se non si fossero verificati alcuni piccoli fatti. Da cosa nasce cosa, niente d'importante, ma tutte queste cose legate insieme formano una specie di catena, e il cielo comincia a crollare, o almeno quella parte di cielo sotto la quale stai tu.

Il primo segno di cambiamento si ebbe un giorno che ero andata a far compere, cosa che facevo spessissimo, per passare il tempo, visitando negozi eleganti, bazar, negozi di tessuti, e così via. La maggior parte delle donne che non avevano molto da fare, e con una posizione sociale che non permetteva nessuna vera attività, andavano moltissimo per i negozi. Ordinavano che gli venisse mandato a casa qualcosa, e poi, abbastanza spesso, magari lo rimandavano indietro. Ciò manteneva in attività i commessi, e per noi faceva passare il tempo.

Stavo cercando un merletto grigio scuro, per guarnire un abito che una sarta mi stava facendo. Stavo esaminando diversi merletti in un negozio assai buono, e udii il commesso che diceva: « Sono da lei tra un attimo, signora Ritcher ».

Io mi sentii gelare tutta, e poi il sangue salirmi alla faccia. La frase non era rivolta a me. Dovetti abbassare gli occhi, e chissà perché, trattenni il fiato. C'era un grande specchio sopra la mostra dei guanti. Guardai, e vidi una donna di mezza età, scarna, anzi, dovrei dire ossuta, vestita molto bene, di blu scuro, ma non elegante; v'è una differenza che una donna coglie immediatamente, il cappello non si adattava al viso, benché fosse un bel viso, a parte il mento, che mancava quasi del tutto. Aveva una bocca molto forte, con l'angolo destro ripiegato amaramente all'ingiù. Non la sottovalutai.

Tutto questo lo colsi con una sola lunga occhiata nello specchio; poi mi voltai, fingendo di esaminare dei guanti neri di capretto, a mezza lunghezza. La donna disse al commesso: « Torno tra poco. Prima voglio comprare una palla a Eric ».

Eric era un bambino sui dieci anni, grasso, grazioso ma imbronciato, coi capelli lunghi per un'età in cui dovrebbero averli più corti. Se ne andarono. Io provai un malessere... mi sentivo uno zero. Per un momento mi sentii come se fossi tutta a pezzi, poi trassi un gran sospiro e irrigidii la spina dorsale sotto il busto.

A Saint Louis v'erano due signore Ritcher, la madre di Konrad era una vecchia signora, perciò questa doveva essere sua moglie. Era come se mi avessero pugnalata nel petto, e per tenermi in piedi dovetti afferrarmi all'orlo del banco. Credo fosse il primo vero senso di colpa o di vergogna che avessi mai provato in tutta la mia vita di puttana. Ero arrabbiata con me stessa perché provavo questo sentimento con tanta forza. Perché diavolo dovevo sentirmi in colpa per un matrimonio fallito? continuavo a domandarmi per tutta la strada di ritorno. Non avevo preso niente alla signora Ritcher, niente che lei volesse tenersi. Lei aveva i soldi, il nome, l'orgoglio di essere la signora Ritcher. Continuavo a ripetermi che ero proprio una cretina per aver avuto quel momento di panico e quel senso di colpa.

Arrivata a casa, buttai giù un bel bicchiere di whisky, e sgridai la polacca perché non aveva pulito bene lo zerbino. Rimasi di cattivo umore per tutto il pomeriggio. Mi sentivo odiosa, una schifosa puttana, e Konrad era un miserabile bastardo. Ancora oggi non riesco a spiegarmi come mai mi fosse precipitato addosso tutto questo senso di colpa, ma non c'era niente da fare.

Quando, quella sera alle nove, la carrozza di Konrad entrò nel cancello, mi sentivo meglio, e risi di me stessa, davanti allo specchio del corridoio; stavo lì davanti allo specchio, e mi deridevo. Quando udii la sua chiave nella porta laterale, mi presentai a lui nel mio kimono giapponese rosa e azzurro, fredda, calma, e tenera, come a lui piaceva. Per un attimo la sua vista mi riuscì odiosa, ma poi lo abbracciai forte.

Ormai lui era diventato molto bravo, a letto, aveva perso ogni incertezza, e aveva un robusto appetito. Io non riuscivo a nascondere a sufficienza la mia irritazione. Quando ci sedemmo vicini presso la finestra semiaperta, per prendere la fresca arietta notturna, lui disse: « Che succede, Goldie? C'è qualcosa che ti rode ».

Risposi che non avevo proprio nulla, e lui disse che non era vero. Io gli chiesi se non ero stata soddisfacente a letto, e lui disse che questo non bastava. Gli domandai di sua moglie, e si buttò a parlare a briglia sciolta. Disse che era vecchia, bisbetica, meschina, e brutta.

« Non è affatto vero, Kon. L'ho vista oggi al Bon Ton ».

« Non raccontare storie ».

Io dissi che non era affatto la vecchia cornacchia che lui aveva descritto. Gli domandai: « Continui ancora a inzuppare il biscottino, con lei? ». E certo fu una frase un po' cruda, da dire in quel momento.

Lui fece per abbracciarmi. Io mi strappai da lui, e con mia sorpresa si mise a piangere. Se c'è una cosa che non sopporto, è veder piangere un uomo adulto. Rimasi lì ad aspettare – con un'espressione cattiva – e quando ebbe finito, dissi che per me la cosa non aveva nessuna importanza. Lui disse che non capiva come potessi essere così crudele. Lui aveva messo a repentaglio la sua reputazione, la sua posizione sociale, e il suo avvenire, per avermi tutta per sé. Avrebbe fatto tutto questo se avesse avuto un qualche interesse per sua moglie « in quel senso »? come pudicamente si espresse.

Ci riconciliammo, prima che se ne andasse, alle dodici e mezzo, una riconciliazione veramente intensa e violenta. Spesso è un'ottima cosa andare a letto dopo una litigata. C'è gente che si sbrana letteralmente, e poi va a letto e scopre che sono proprio fatti l'uno per l'altra.

Ma io non mi sentivo affatto tranquilla. Sentivo avvicinarsi una tempesta, come se l'avessi letto nelle foglie del tè. Naturalmente, doveva essere stato un momento di malumore, a farmi litigare così. Da un pezzo, ormai, facevo quella vita, con un mucchio di tempo libero. Ero giovane, e le mie giornate erano fatte di ozio, seduta nel mio salotto, e un paio di volte alla settimana, una notte di follia. Poi ricominciava l'attesa, sgridando la domestica, provando i vestiti e i soprabiti dalla sarta, girando per i negozi; poi di nuovo il letto, e poi ciao ciao, ci vediamo fra due giorni.

Francamente, stavo diventando maledettamente femminile. In casino, bisognava sempre recitare, in quanto là dentro, in realtà, si è come schiave, e non si può mettere il broncio, e tanto meno gridare, sbattere, e così via. Adesso ero diventata una nuova Goldie Brown. Ero cupa e annoiata. Konrad mi piaceva, ma non lo amavo. Mi piaceva avere dei mobili, dei gioielli, una carrozza da nolo, ma ciò non bastava. D'un tratto, al solo vedere la signora Ritcher ero stata presa dal panico. La verità è che forse ero maturata. Ero in grado di pensare di più, di sentire di più; avevo letto un po', e avevo parlato molto con uomini intelligenti che venivano da Flegel. Ma in quel momento, non mi rendevo conto fino a che punto fossi cambiata. Ero impaziente di un mutamento.

Desideravo qualcosa, anche se non riuscivo a dargli un nome più di quanto non sarei riuscita ad arrampicarmi su un muro. D'un tratto, la mia casa mi era venuta a noia. Trovavo Konrad pomposo e sciocco, perfino quando era nudo. Lo mettevo in croce, ma non osavo piantarlo. Io ero per professione una donna da letto. Mi sentivo ancora estranea al mondo esterno, nel quale irrompevo con una sorta di apprensione, vestita il più elegantemente possibile, per far compere, per vedere, o per sfoggiare la mia eleganza di fronte alla moglie dell'artista della casa accanto. Ma poi rientravo sempre nel mio guscio. Non ero ancora veramente in grado di uscire allo scoperto; come un ex galeotto non potrà mai spiegare perché deve sempre ritornare in prigione. La mia morale continuava ad essere la morale del casino, il mio codice di comportamento quello del lestofante che prende ciò che può senza riguardo per la gente a cui ruba.

Ero già profondamente scettica, e se fossi rimasta con Konrad sarei diventata una cinica. Un cinico, per me, è qualcuno che crede che nulla abbia un qualche valore; uno scettico crede per lo meno al valore di se stesso, e ha abbastanza buonsenso per non diventare un cinico. Se non è così, comunque quest'opinione mi ha servito per un mucchio di anni.

Circa tre mesi dopo quell'incontro con la signora Ritcher, Konrad arrivò una sera tutto tremante. Era una serata piovosa, e lui portava un ombrello, e si dimenticò di chiuderlo, tanto era agitato. Disse: « Non hai notato niente di strano? ».

« Io noto sempre una quantità di cose. Ma a che cosa alludi? ».

« Credo di essere stato seguìto, in questi ultimi giorni ».

Io dissi che la maggior parte dei mariti che corrono la cavallina avevano quest'impressione. Ma poi gli passava.

Lui disse che molto probabilmente era così, e alzò un

angolino della persiana e guardò fuori. Anch'io guardai, e tutto ciò che vedemmo fu una strada bagnata, la luce di un lampione che vi si rifletteva, e uno stalliere che camminava lungo il viale conducendo alla stalla un cavallo tutto bagnato. Nient'altro. Quando posai una mano sulla spalla di Konrad sentii che stava tremando.

Due giorni dopo, un uomo con grossi dentoni e un giornale sotto il braccio sembrava materializzarsi accanto a ogni negozio in cui entravo, e se ne restava in piedi lì fuori a leggere il giornale mentre io maneggiavo nastri e cose del genere. Non dissi niente a Konrad. Mandai un biglietto a un certo ufficiale di polizia chiamato Bob, che adesso era sposato, ma quando era ancora scapolo godeva il privilegio di far marchette gratis dai Flegel. Due giorni dopo, venne a trovarmi il capitano di polizia di Bohunk, Willy. Lo conoscevo come la persona che ritirava le bustarelle per le autorità. Gli offrii un bicchierino in salotto, e lui si sedette di fronte a me. Un pezzo d'uomo dai movimenti lenti, ma molto sveglio, e se ne stava lì a rigirarsi il bicchierino di cristallo fra le dita.

« Dunque, Miss Goldie, Bob mi ha dato il suo biglietto. Lei sa che non riscuote più la tangente per la protezione, e mi sono sentito in dovere di informarla come stanno le cose ».

« C'è qualcuno che mi fa sorvegliare? ».

« Esatto. Vi sono dei detectives privati che la sorvegliano. Non sono dipendenti comunali. Poliziotti privati. Io li ho convocati e li ho fatti cantare un po' ».

« È la signora Ritcher? ».

« Non mi chieda dei nomi. Qualche volta, un onesto poliziotto deve chiudere gli occhi su certi nomi e su certi fatti. Diciamo che la moglie di un ricco signore della città li ha incaricati di scoprire dove suo marito passa due o tre serate ogni settimana – quando non è alla fabbrica di sigari, dove dice di andare. E inoltre, in quale casa e in quale strada si trova. Chi incontra in questa casa, perché gli paga l'affitto, noleggia le carrozze, e paga i regali. Lei sa come vanno queste cose,

Miss Goldie. Ora, io sono un vecchio amico di Zig, e perciò... ».

« Che cosa avrà in mente di fare? ». Il grosso poliziotto alzò il suo bicchiere e io tornai a riempirglielo. Non lo bevve; si limitò a fissarlo, con la fronte corrugata. « Secondo me, la signora non farà scoppiare nessuno scandalo. Sono gente importante. Sia la famiglia di lui che quella di lei. Miss Goldie, lei ha forse paura di riceversi una bottiglia d'acido in faccia, di essere presa a frustate in mezzo alla strada? No, non credo che la signora abbia quest'intenzione. Secondo me, sbatterà in faccia al marito i rapporti dei detectives privati, e gli farà una gran scenata. Lo costringerà ad ammettere. Ecco cosa penso io ».

Ringraziai il capitano Willy e decisi di lasciare a Konrad di sistemare la cosa. Quella sera non arrivò, e nemmeno la sera dopo. Alle nove del mattino seguente, lo vidi comparire, un po' spettinato, con un bottone della camicia mancante, con l'aria di un cane in chiesa. Entrò, e abbassò tutte le avvolgibili.

« Goldie, non son potuto venire di sera. Sono seguìto ».

« Avresti potuto mandarmi un biglietto ».

« Non ho osato, non ho osato. Hilda sa tutto ».

« Avrei potuto dirtelo diversi giorni fa ».

« Sa tutto, capisci? *Tutto!* Una cosa rivoltante. Hanno perfino ascoltato fuori della finestra, si sono arrampicati sulla veranda. È tutto scritto sul rapporto – quello che dicevamo, quello che... Oh, Signore, che vergogna, che vergogna! Hai mai visto queste cose scritte sulla carta? ».

Io dissi di no. Si era messo a passeggiare lì attorno, sul piccolo tappeto arabo che mi aveva regalato a Natale. Mi si fermò di fronte. « Ma è stata lei a costringermi a questo, col suo carattere. Non le basta la casa, il mio nome, ha tutto, tutto! Volevo soltanto un po' d'amore, qualche momento d'amore ».

Tutto questo era bellissimo, ma di me non parlava affatto. Vidi che gli restavano soltanto due strade, o rompere con me, oppure dire a sua moglie di andare all'inferno, e affrontare la situazione, se voleva conservarmi. Avremmo potuto andarcene via insieme. Guardandolo, non riuscivo a capire se anche lui vedeva la situazione con tanta chiarezza.

Gli domandai: « Kon, che cosa vuole tua moglie? ».

« Tu cosa pensi? Vuole che tutto ritorni com'era prima che ti conoscessi ».

« Non gliene importa che abbiamo chiavato come mandrilli, qui? ». Era una frase piuttosto forte, ma non volevo certo parlare di angolini romantici. Queste cose vanno benissimo per gli uomini. Ma io ero una donna, e dovevo affrontare la realtà così com'era.

« Ha detto che quello che è stato è stato. Una pagina della mia vita che ora bisogna voltare. E, accidenti, Goldie, che cos'altro poteva dire? ».

« È una puttana! » dissi. « Ma una puttana disonesta. Lei vuol farsi pagare le marchette senza farti chiavare. E tu hai intenzione di lasciarmi? ».

« Solo per un po' di tempo, e poi le cose si calmeranno. Hilda cambierà idea ».

E io, dissi, avrei cambiato idea? Avrei tirato dritto come se niente fosse, mentre intorno a me tutti sussurravano, tutti m'indicavano a dito? Non già che io fossi particolarmente sensibile, in proposito, ma anch'io avevo il mio orgoglio, anch'io ero un essere umano. Gliene dissi un sacco e una sporta. Non m'importava un fico secco di quello che lui e sua moglie avrebbero deciso, o di che genere di accordo avrebbero finito per raggiungere. Io non ero qualcosa a cui ci si dovesse rassegnare come avere i topi in solaio o un buco sul tetto.

Credo che Konrad non mi avesse mai vista in quello stato. Per lui, io non ero altro che una bella puttana di cui si era innamorato, e che lui manteneva, ecco quello che ero per lui. Un bel pezzo di carne, un oggetto per i suoi giochi e i suoi spassi sessuali. Io lo stimolavo, qualche volta lo facevo anche vergognare. Ero qualcosa con cui si poteva stare allegri, e con cui fare delle porcate.

Poi, a casa dalla mamma, con le candele accese sul tavolo da pranzo, i quattro bambini, e i vecchi ritratti di famiglia... Io ero chiusa fuori dalla sua vera vita; una fica nell'armadio, invece dello scheletro.

Quella sera, dopo che se ne fu andato – senz'aver deciso niente – mi venne un mal di testa della malora, e buttai giù una quantità di bicchieri, ma senza riuscire a ubriacarmi. Konrad non aveva una spina dorsale altrettanto dura del suo cazzo. Non avrebbe mai affrontato sua moglie, non avrebbe mai lottato per me.

Quando mi addormentai era quasi giorno; mi alzai a mezzogiorno e andai a casa dell'artista, in vestaglia. Sua moglie stava dipingendo delle tazze da tè, che decorava con fiori azzurri e gialli. Guadagnava un po' di soldi a quel modo. Stava fumando una sigaretta fatta a mano, e ne fece una anche per me. Io le dissi che ero a terra. Mi domandò se avevo dei guai con mio 'cugino'. Continuavamo a chiamarlo così, ridendoci sopra. Dissi che sua moglie stava facendo il diavolo a quattro. Che, probabilmente, presto avrei dovuto sloggiare. Che cos'altro avrei potuto fare?

Lei fece qualche altra sigaretta per tutt'e due, e mi disse: « Senti, Brownie, mi pare che lui sia un riccone. E per come ti ha sistemata dimostra chiaramente che a te ci tiene. Forse adesso pensa che a casa, con la moglie disposta a perdonare e a dimenticare, si sta benissimo. Ma tu non fargliela passar liscia. Gli hai dato dei buoni anni. Fallo pagare ».

Io dissi che non stavo pensando a questo. Intendevo che non sapevo gran che, non avevo nessuna istruzione, ma volevo uscirne fuori. Non volevo finire come una zotica campagnola. Io volevo essere parte del mondo. Capisci, dissi, come la gente normale.

Non avrei saputo dirlo meglio, a quell'epoca, e nemmeno adesso. La moglie dell'artista scosse la testa. « Potrai trovarti un altro signore. Puoi sposarti. Hai un mucchio di possibilità. Non sei come me, che dipingo dei maledetti fiorellini sulle tazze e i piattini per dodici centesimi la dozzina. Ma senza denaro, niente bistecche, soltanto pane ». Capii benissimo che lei non pensava ad altre possibilità, da parte mia, fuorché quelle proprie del mio modo di vivere. Disse che anche lei avrebbe fatto la puttana, se non avesse amato suo marito. E loro erano incastrati lì. Nessun avvenire. Appena il necessario per mangiare.

« Perciò, se puoi farti dare dei soldi da tuo cugino, non rinunciarci ».

Restammo ancora un po' lì, a fumare, a parlare delle donne, a compiangerci, e poi me ne tornai a casa ad aspettare quello che sarebbe successo.

Quello che sarebbe successo me lo figuravo abbastanza bene. La signora Ritcher stava cercando di farmi espellere dalla città. Da Flegel non avrei potuto tornare; lei avrebbe piantato un tale baccano che la polizia, nonostante tutta la protezione di cui Zig godeva, sarebbe stata costretta a far chiudere la casa. Nessun'altra casa mi avrebbe presa, con tutta la buona società cittadina che mi abbaiava alle calcagna. E, in verità, io non avevo nessuna intenzione di tornare in casino. Possedevo un po' di azioni ferroviarie che Zig e Konrad avevano comprato per mio conto, e un po' di gioielli, del cui valore non avevo alcun'idea. La casa era soltanto in affitto, e per quanto tempo ancora era pagata la pigione? Potevo ritrovarmi sul lastrico da un momento all'altro. Non sapevo dove sbattere la testa. Ero io la donna scarlatta di cui parlavano i giornali. Ero una distruttrice di focolari, ai loro occhi, l'equivalente di un assassino, di un delinquente, di uno scassinatore, di un incendiario. Io attentavo all'integrità di una società che non ammetteva l'esistenza dei casini e delle puttane. E che i loro uomini, mariti, figli, padri, si dedicassero a giochi sessuali a pagamento, veniva considerato adulterio, perversione, degenerazione con diverse centinaia di donne come me nascoste nella città.

Una mattina, un ometto dai capelli color sabbia, con grandi mani che si strofinava continuamente, e un paio d'occhiali cerchiati d'argento, bussò alla mia porta. Disse che apparteneva allo studio legale di Mister Ritcher, e mi pregava di riceverlo, ché aveva da parlarmi. Io dissi: Naturalmente!, e andammo a sederci in salotto. Aveva l'aria di un giovane affabile, portava un colletto alto e una cravatta a fiorami con infilzata una spilla con rubino.

Prima di tutto, disse, si presentava come legale, e nelle più amichevoli disposizioni. Il signor Ritcher era *sicurissimo* che io avrei capito. Il signor Ritcher era *molto* preoccupato per me, e intendeva fare in modo che io non fossi troppo infelice per come si erano messe le cose. Parlò a lungo su questo tono, mentre io me ne stavo lì ad aspettare, senza sorridere e senza accigliarmi. Avevo imparato da un pezzo il trucco di fissare una persona in mezzo agli occhi, senza guardare nient'altro, e ben presto la persona smetteva di esser dura, o severa, o minacciosa. Dopo un po' smise di parlare e si asciugò la fronte col fazzoletto che tirò fuori dal taschino.

Io guardai il biglietto che mi aveva consegnato. Lo apostrofai per nome. « Roy, veniamo al sodo ».

Lui sorrise. « Ci veniamo, signora Brown. Si tratta di questo: se lei leva le tende e lascia Saint Louis, io sono autorizzato a consegnarle la somma di diecimila dollari in azioni di alcune buone società, e mille dollari in contanti ».

« È Mister Ritcher che vuole questo? Che io me ne vada dalla città? ».

« Sì. In più, lui farà scrivere delle lettere da certi amici suoi a certa gente che conosce a New Orleans ». Tossicchiò nella mano. « Ciò potrà aiutarla a impiantare in quella città un'azienda per conto suo. Il signor Ritcher ricorda che lei una volta gli manifestò un progetto di questo genere ».

Oh, fratello, parlava in un modo davvero fine; Konrad mi ricompensava dandomi i mezzi per diventare la tenutaria di un casino. Dissi « *Bene* ». Bene è sempre un'ottima parola per guadagnar tempo e riflettere. « Bene, dica al signor Ritcher che accetto la sua generosità. Che azioni sono? ».

Lui disse che erano azioni delle ferrovie del Missouri e del Kansas. Roba di prim'ordine. E che io mi comportavo in maniera davvero intelligente. L'affitto della casa sarebbe scaduto tra tre settimane. Mi era sufficiente? Io domandai: « Devo firmare qualche carta? ».

« Oh, no ». Disse una frase in latino, credo, e aggiunse che si trattava di un accordo puramente verbale. E che il signor Ritcher non avrebbe mai avanzato nessuna pretesa sui miei beni, sulle mie gioie, eccetera eccetera. Né io avrei avanzato nessuna pretesa nei suoi riguardi, per protezione, assistenza, e per qualunque fatto privato inerente alla nostra relazione.

« Tutto questo è molto gentile, Roy » dissi, e la visita ebbe termine, e Roy mi strinse la mano. Se fosse stato un membro anziano dell'ufficio legale, un po' più vecchio e con una rendita più alta, credo che avrei potuto avere in lui un nuovo protettore. Ma ero depressa. Non vedevo che senso avrebbe avuto mettermi in una nuova versione di una vecchia situazione. Volevo soltanto scuotere dalle mie sottane la polvere di Saint Louis.

Le azioni arrivarono, portate da un fattorino, insieme con alcune lettere di presentazione di certi funzionari che davano protezione contro pagamento, e che avevano una specie di organizzazione ramificata in altre città. Costoro avrebbero fatto in modo che le parti interessate entrassero in contatto e si conoscessero. Doveva essere stato Zig a procurare queste lettere. Konrad non vi era mai menzionato. E non una riga da lui. Non avevo nemmeno una lettera, un biglietto scritto di suo pugno. Era stato molto prudente, in proposito. Era un uomo generoso, e credo che dipendesse dal fatto che era arrivato tardi nella vita a ciò che continuava a chiamare il peccato e il vizio. Non si era mai abituato veramente all'idea di mantenere una donna fuori di casa sua. Era semplicemente una vittima dei genitali. Non provavo nessun rancore verso di lui. Essendo com'era, non avrebbe potuto agire in altro modo.

Forse, qualche volta, aveva pensato seriamente di

scappare con me, ma erano idee romantiche. I suoi beni non erano in denaro liquido; consistevano in fabbriche, in attrezzature, in beni immobili, in azioni che non sarebbe stato questo il momento giusto di vendere. Inoltre, aveva dei grossi fardelli sulle spalle, una moglie, quattro figli, una madre, un vasto parentado, un banco in chiesa, un posto al circolo, ed era ben sistemato nella sua vita di ricco signore. Era un uomo considerato, rispettato, consultato. Era l'anima di alcune organizzazioni sociali tedesco-americane, e un fervente repubblicano. Adesso si era reso conto che io ero stata un passo falso, per lui. Abbandonare tutto questo, per che cosa? Per una puttana di ventiquattr'anni che era andata a letto con centinaia di uomini, che doveva ancora imparare a riconoscere la forchetta per il pesce, che stava appena smettendo di scrivere in stampatello, e non distingueva un avverbio da un verbo? Continuai per tutto il giorno a pensare nuove giustificazioni per Konrad. Immaginiamo che fossimo fuggiti. Non avrebbe certo potuto portarmi all'Est, dai suoi amici di New York, di Newport, di Saratoga, di Boston, di Hot Springs o di Lakewood. Avremmo dovuto vivere come fuggiaschi, anche se nessuna legge avrebbe potuto toccarci. Sua moglie, la sua famiglia, gli avvocati, l'avrebbero spogliato di tutti i suoi averi. E Konrad stava invecchiando assai rapidamente. Fra pochi anni sarebbe stato un vecchio, senza più alcun interesse per le gioie del letto, né capacità di godere ciò che aveva goduto con me. Non c'è niente di più triste di un maschio logorato, che può soltanto starsene lì col suo gingillo penzolante a pensare com'era bello una volta, quando gli si rizzava glorioso e trionfante. Pure, con tutte queste scuse che immaginavo, speravo, scioccamente, che da un momento all'altro arrivasse come una furia e mi chiedesse di fuggire con lui.

Scrivo tutto questo, cercando di vedere ogni lato della situazione, dopo tutti questi anni. Mi sentivo davvero molto giù. Feci le valigie, vendetti o diedi via un mucchio di cose che non potevo portarmi con me. Presi un biglietto per Chicago. Volevo vedere una vera grande città. Là avrei riflettuto sul progetto di New Orleans.

Quella sera presi il treno delle undici. C'era una carrozza col mantice alzato, accostata a un muro, e una mano guantata mi salutò mentre salivo sulla piccola piattaforma che il facchino negro aveva accostato per farmi salire sul treno. Dentro, con le mie valigie, trovai un mazzo di viole avvolto in una carta crespata con l'orlo merlettato. Il treno diede uno scossone, sfiatò, cominciò a muoversi e ad acquistare velocità. Le lampade a petrolio dondolavano. Presi i fiori. Non c'era nessun biglietto.

PARTE TERZA

LE DUE FACCE DEL MONDO

XIV

LA VERA MALAVITA

Prima di proseguire nella mia storia, devo fare una precisazione. Tranne che nel gergo legale di alcuni legislatori, una puttana non è una criminale. Non ruba, non rapina, non scassina, non falsifica, non aggredisce con violenza, non assassina. Ma se tiene gli occhi e le orecchie bene aperti, sa che esiste quella che i giornali chiamano la malavita. Sa come in essa vengano progettati, organizzati, e attuati i delitti. I criminali dai gusti raffinati, quando sono in soldi, frequentano i casini di lusso, e a volte, se la tenutaria è abbastanza scema, li usano perfino come nascondigli per sfuggire alla polizia. Denaro facile, denaro sporco, o denaro senza nessun aggettivo, per il proprietario di una casa di piacere è esattamente lo stesso... Lui personalmente, di solito, si astiene dalla delinquenza, a parte l'infrazione delle leggi contro la prostituzione, o di quelle che proibiscono di concedere locali per incontri sessuali dietro pagamento.

Il legame più stretto che un casino può avere con la criminalità è definito da quella vecchia e stupida espressione: la 'tratta delle bianche'. Questa, contrariamente alle comuni dicerie e alle predicazioni dei preti, non è quella piaga che si dice che sia. La maggior parte delle donne e delle ragazze americane che diventano puttane lo fanno di loro libera volontà, e ve ne sono molte che cercano di entrare nel giro ma ne sono respinte per diverse ragioni: età, condizioni mentali, mancanza di capacità, di attrattive fisiche, o di attitudine al lavoro. Nell'Est, vi sono, o forse vi erano (è molto tempo, ormai, che sono fuori del giro) organizzazioni italiane della Mano Nera, e bande dell'Europa Orientale, che fanno la tratta delle bianche. Obbligano le ragazze a prostituirsi. Hanno un'organizzazione per trasportare clandestinamente le ragazze da un bordello all'altro, dove devono restare per forza, e sono quasi violentate. Ma queste organizzazioni non hanno, o almeno non avevano, una parte rilevante, quando io ero nel giro, e il tipo di ragazze che procurano è più che altro destinato alle case più infime, i lupanari, i posti più schifosi e più degradati. La banda di Al Capone, che s'impadronì di intere città e di interi Stati, era composta di veri negrieri, ma venne dopo l'epoca mia.

Le migliori case d'America nella seconda metà dell' '800 e nei primi vent'anni di questo secolo – a parte il quartiere cinese di Frisco – reclutavano più che altro ragazze volontarie, raccomandate, merce di qualità superiore – per dirla in parole povere. Erano lì di loro libera volontà, lavoravano quando volevano, e se ne andavano quando volevano. Naturalmente, molte si indebitavano, si mantenevano un amante, o venivano agganciate da qualche sfruttatore, e naturalmente, una volta cadute in mano a un uomo che sapeva fargliela fina, la loro condotta non era più del tutto libera.

La ragazza violata, trattata brutalmente, picchiata, fa parte di un mito – tranne che nei quartieri cinesi. Non voglio dire con questo che la violenza e la crudeltà non esistano, ma non hanno una parte così rilevante come la gente pensa. Le puttane sono spesso delle gran fanfarone e raccontano grandi balle.

Il delinquente che frequenta le case di lusso è trattato

come qualsiasi altro cliente, fintanto che ha soldi in tasca. Seppure tanto lui quanto la tenutaria siano entrambi respinti dalla società e considerati dei fuorilegge, v'è fra loro una grande differenza. Non pretendo né di difendere né di condannare le case di piacere – voglio solo spiegare qualcosa che ha bisogno di una spiegazione. Lasciando da parte la morale – che è sempre stata un fattore di confusione, nel commercio sessuale, da centinaia d'anni – l'elemento criminale nella gestione di una casa di buona reputazione è assai tenue. I delinquenti non sono buoni organizzatori, né sanno intrattenere la gente altolocata.

Ma ogni puttana conosce l'esistenza della malavita. Sa che v'è un secondo governo, sotto quello in vista di tutti. Il crimine, spesso, è gestito dalle autorità; il bottino viene diviso con personaggi altamente rispettabili. Dopo la Grande Guerra, a Chicago e a New York, criminalità e politica erano quasi la stessa cosa.

La verità è che il crimine non esiste senza una qualche forma di protezione, o addirittura di controllo dall'alto. La maggior parte delle grandi città hanno dipartimenti di polizia dove si riconosce che certi crimini e certe classi di criminali fanno parte del sistema. A New York non era un segreto che nella circoscrizione denominata il Tenderloin, i criminali potevano operare indisturbati se pagavano la protezione della polizia, non invadevano i quartieri rispettabili, e non creavano disordini. Nella maggior parte delle città la polizia non dà alcun fastidio a un criminale di alto bordo, se promette che non lavorerà durante la sua permanenza nella loro città, in vacanza, per riposarsi, o per studiare qualche colpo.

Tutti diranno sempre che questo non è vero, ma è vero. In certi luoghi di cura, di acque termali, o di corse di cavalli, si permette a dei criminali ben relazionati di combinarne di ogni colore, di andare a puttane, di organizzare orge, e di spendere come vogliono i loro soldi. In certe parti del Paese la polizia ha il controllo del gioco d'azzardo, e in Louisiana, a tutt'oggi, è la polizia che concede, dietro pagamento, il permesso di aprire casini, o case da gioco, e arriva perfino a prendere delle percentuali sui guadagni. In ogni città che si rispetti c'è un gruppo di abili e rapaci ufficiali di polizia e di dirigenti politici che esigono la tangente. Le ondate moralizzatrici vanno e vengono ciclicamente. Ma la gente perbene non è così costante come i criminali e i politici – né altrettanto paziente.

Ogni casa di prostituzione, ogni banda di delinquenti, potrebbe essere eliminata in un solo giorno, se fossero dati ordini opportuni in proposito. Ma la polizia, i tribunali, gli avvocati, i lestofanti in libertà provvisoria, le organizzazioni antisciopero, sono talmente coinvolti tutti insieme nei loro rapporti criminali e nell'alta finanza, che sarebbe contrario alla natura umana aspettarsi una comunità pienamente onesta e rispettosa delle leggi. La verità sulla situazione viene a galla soltanto in occasione di qualche clamoroso assassinio, o quando la corruzione in alto loco incide troppo profondamente nella pace e nella coscienza di una comunità. Un grande scandalo pubblico è come un clistere. Qualche grosso imbroglio negli appalti o nelle concessioni di linee tranviarie, o per ricettazione di titoli, o la collusione tra il mondo degli affari e quello del crimine, possono arrivare al pubblico e spingerlo all'azione. Come risultato, i giornali vendono più copie, e si fa un gran parlare della necessità di una moralizzazione.

Il mondo del crimine è suddiviso in caste, e v'è un tale snobismo, che fa crepare dal ridere vedere come i farabuttelli più scalcagnati si prosternano davanti ai caporioni. Come tra i polli in un cortile, c'è un capo che becca tutti quanti, ma nessuno becca lui, e così giù giù da quelli che beccano e vengono beccati, fino a quelli che vengono soltanto beccati e non beccano nessuno, i vagabondi, gli accattoni, gli scippatori.

L'aristocrazia del crimine sono gli scassinatori di casseforti, quelli che fanno saltare le stanze blindate e aprono le cassette di sicurezza; che usano dinamite o nitroglicerina. È un vero mondo, e con un suo proprio gergo. Sono capaci di sventrare le stanze blindate di grosse banche, grandi come piccole case. Sono tipi veramente in gamba, lavorano soltanto in certe stagioni dell'anno, con i loro aiutanti che eseguono il lavoro materiale, con piante, carte topografiche, e disegni accurati. Sono capaci di confezionare speciali cariche di dinamite, di polvere esplosiva, e di nitroglicerina. Sono degli esperti nelle serrature più complicate, conoscono ogni segreto dei cilindri di qualsiasi marca. Si associano con criminali minori solo in caso di bisogno, per eseguire la parte grossolana e violenta di un lavoro. Viaggiano molto. Alcuni possiedono un'istruzione, e hanno letto molto. Vestono bene, ma non in modo chiassoso. Questi uomini sono considerati la crema del mondo del crimine.

Anche i truffatori godono di molto rispetto. Non già i piccoli imbroglioni che vendono mattoni d'oro o il ponte di Brooklyn, ma quei facili e straordinari parlatori che vendono azioni di società inesistenti, di piantagioni nell'America del Sud, di spiagge in Florida, di carichi di navi mai viste. Inoltre, spacciano denaro falso, si portano in tasca delle pepite d'oro, che rifilano allo zoticone avido di fare un buon affare, un tanghero che non ha paura di far qualcosa d'illegale. I truffatori sono dei parlatori straordinari, togliendo agli avidi, prendono ai ricchi un soprappiù di cui questi non risentiranno mai la mancanza.

Ma il truffatore ha anche una sottospecie, che sottrae alla vedova i suoi ultimi cento dollari col trucco del sacchetto di carta, o alleggerisce di mille dollari lo zotico avido di arricchire, vendendogli una macchina che trasforma la carta bianca in autentici biglietti di banca. Gli spacciatori di banconote false sono sempre in movimento, ma il loro è un gioco pericoloso, perché la polizia gli è sempre alle calcagna. Ne conoscevo uno che, in tempi duri, firmava *Abraham Lincoln* su certi vecchi libri giuridici per negozi d'antiquariato della Fifth Avenue.

Lo spacciatore di biglietti falsi, il falsario, il falsificatore di assegni, sono di solito ben vestiti, parlano bene, sono capaci di farsi dare il resto di un assegno di cinquanta dollari acquistando un oggetto da dieci dollari. Sono in grado di falsificare qualunque firma.

I delinquenti di second'ordine, i rapinatori, gli assaltatori di treni, gli scippatori, sono solitamente stupidi.

I poveri sono soltanto la parte più meschina del mondo del crimine. Ho conosciuto dei figli di pastori che erano degli stupratori, e dei delinquenti che appartenevano alle migliori famiglie.

Quanto alle puttane – a volte sono figlie di buona famiglia che vendono la passera soltanto per una presa di cocaina o un bicchiere di whisky bruciabudella. Ho conosciuto qualcuno di quelli che sono chiamati dei « degenerati depravati » della peggiore specie, dal tipo che strappa la testa con un morso ai polli vivi, in qualche locale di spettacoli clandestini, fino al mostro che sventra una donna. Tuttavia, li ho visti in altri momenti, quando erano umani, troppo maledettamente umani, per quanto pazzi o miserabili potessero essere. Falsificare biglietti di banca, saccheggiare i treni merci, è forse peggio che vendere carne marcia o infetta nelle fabbriche di Chicago, che frodare la città nei suoi diritti di approvvigionamento idrico, o nei trasporti pubblici? Se fossi una moralista, direi che questi sono delitti più gravi.

Così pure, se io fossi un onesto legislatore, il che non sono, in quanto ineleggibile, studierei i maneggi di coloro che si prendono una parte del bottino di un criminale, e che lo incoraggiano, sia col peculato, sia impadronendosi di cose di proprietà pubblica.

Tutti questi discorsi e spiegazioni sul mondo del crimine quale io l'ho conosciuto, li ho fatti per arrivare a uno scopo. Non certo per cercare delle scuse. Non mi sono mai scusata di niente. Come ho già detto, ho dei rimpianti, mai dei rimorsi.

Il fatto è che m'innamorai di uno svaligiatore di banche, di uno scassinatore di stanze blindate, e per diversi anni vissi nell'ambiente della malavita. M'innamorai sul serio, voglio dire. Quella cosa antiquata, sciocca, con gli occhi stellati. Non l'ho mai rimpianto. E guardandomi adesso, vecchia come sono, con le giunture irrigidite, con la tosse e il catarro, il pensiero di quanto fui felice in quei tre anni che vissi con Monte, mi tiene caldo, la notte. Furono i tempi più felici della mia vita, dopo ch'ebbi lasciato Saint Louis, i più belli che abbia mai vissuto, quelli che più avevo desiderato. Non ero certo una tremante verginella, né ero una donna col cervello imbottito di sogni, che credeva nelle cose che dicevano le canzoni d'amore, o che sono scritte nei romanzetti rosa.

Io non ho mai confuso il chiavare con l'amore, esattamente come sapevo che una buona parte dell'amore dipende dal sesso. Mi ero costruita una specie di compartimento stagno, come quelli del *Titanic*, tra il contatto dei corpi e qualcosa di diverso, anche se molto vicino ad esso.

Conobbi Monte in un casino di Chicago vicino al lungolago. Non è che fossi veramente tornata a far vita di casino. Stavo sostituendo una governante ammalata. Ma, naturalmente, i gianni insistevano perché anch'io andassi in salotto.

Monte usava diversi nomi. Nelle case di piacere era conosciuto come Monte Smith, un nome facile e breve, ma più che altro come Monte, il Re degli scassinatori. Il suo nome vero, durante il mio rapporto con lui, lo usò soltanto una volta. Era quello di una buona famiglia, di vecchia stirpe americana, di cui egli era la pecora nera. Non sto cercando di dargli dell'importanza. È solo un fatto. Monte aveva una figura alta e distinta; slanciato e asciutto com'era, sembrava più alto del suo metro e settantacinque. Aveva una testa un po' oblunga, e gli occhi tra il grigio e il verde, secondo la luce. Potevano esser freddi come il veleno di un serpente. Una volta lo vidi fissare un uomo finché questi fu costretto ad abbassare i suoi, senza dire una parola. Il resto della sua faccia era regolare, con un che di astuto, ma con la testa stretta, e i lineamenti regolari, era la faccia di un purosangue. Monte andava molto fiero delle sue mani affusolate, che teneva di solito inguantate. Aveva una vera mania per i guanti, tutti finissimi, di vari colori e della pelle più morbida. Aveva anche un bell'assortimento di bastoni, uno dei quali animato, che peraltro, a quanto so, non dovette mai usare. I suoi piedi non potevano sopportare scarpe pesanti. Portava sempre calzature di pelle molto leggera, col tacco un po' più alto del normale; prediligeva quelle col gambaletto di scamoscio grigio.

Monte non vestiva mai in modo sgargiante. Preferiva toni smorzati, sul marrone o sul bruciato, una bombetta a cupola alta, nera o blu scuro. Non gli piaceva farsi notare.

I soli gioielli che portava erano delle spille da cravatta, e possedeva un bell'assortimento di gemelli. Gli piacevano le pietre azzurre o grigie, ambre molto trasparenti, e giade color erba. Il suo unico tic era di allungarsi i polsini e di toccarsi i gemelli, quando s'ingolfava in qualche discorso importante. Aveva sempre un'aria piuttosto remota – distante da tutto e da tutti.

A volte portava sottili baffi alla cinese, altre volte se li lasciava crescere lunghi e spessi: « Molto britannici e irsuti » diceva lui. Era vissuto in Inghilterra, e a volte chiamava una ragazza una *bint*. Monte era diventato un delinquente da giovane, quando era stato impiegato come esperto in una fabbrica di serrature e di casseforti e aveva imparato tutti i segreti delle serrature, delle chiavi, e dei cilindri. Aveva cominciato ad aprire casseforti e porte blindate per conto proprio, e aveva scoperto che gli piaceva fare questi lavori da solo. In quella fabbrica di casseforti aveva imparato tutto sulle serrature, sulle combinazioni e sulle stanze blindate; aveva imparato ad aprirne alcune senza violenza, altre trapanandole, altre ancora facendole saltare.

Dopo ogni lavoro, Monte si metteva subito in viaggio da solo, dopo aver dato la loro parte ai suoi aiutanti, e sotterrato i suoi strumenti in una fattoria che conosceva solo lui. Faceva la bella vita, ma senza dar nell'occhio, per tre o sei mesi, col bottino, mettendone da parte un poco e mangiandosi il resto; aveva la passione del gioco. Vivendo come un aristocratico, vestendosi bene, ma senza lussi stravaganti. Il gioco era il suo punto debole. Le perdite al gioco, per anni e anni, e il frequentare puttane di lusso, dilapidavano in fretta i suoi bottini, ed era per questo che non riusciva mai a mettere insieme un grosso peculio.

La prima volta che vidi Monte, se ne stava seduto nel salotto di quel casino di Chicago, bevendo whisky scozzese, che era il suo preferito. Vidi un uomo slanciato ed elegante, con belle mani, e scarpe a punta lucidissime, che ascoltava la grassona, il pagliaccio della casa, che stava raccontando una barzelletta irlandese. Lui si limitò a fare un sorrisetto, come se la barzelletta l'avesse urtato. Posò il bicchiere, venne verso di me, e disse:

« Stavo per andarmene, ma adesso rimango ».

« Io mi chiamo Goldie. Che cos'è che vi ha fatto andare la luna per traverso, mister? ».

Parlammo per qualche minuto, poi Monte si volse alla tenutaria e disse: « Manda su una bottiglia di whisky, per favore ».

« Certo, Monte! » disse la madama. « Sii gentile con lui, Goldie. Hai vinto il vitello d'oro, stasera ».

Una frase che non diceva gran che, poiché lei la ripeteva a proposito di ogni cliente.

Di sopra, Monte era molto serio e calmo. Se ne stava seduto a bere, e a osservarmi mentre uscivo dalla mia vestaglia e restavo dinanzi a lui con una mano sul mio boschetto. Chissà perché, e non riuscivo proprio a capirlo, questo gianni m'intimidiva un po'. Con un gesto m'invitò a sedermi sulle sue ginocchia. Si era tolto la giacca. Mi sedetti, passandogli un braccio attorno al collo, e lui mi circondò i fianchi. Tutto molto corretto.

Disse che era stanco, molto stanco, e aveva voglia di

far due chiacchiere. Mi domandò se avevo mai letto Mister Dickens, il che mi fece dare un balzo. Risposi in tono casuale che non ero una gran lettrice. Lui disse che leggeva sempre Mister Dickens. Provai a passargli le dita tra i capelli, che erano tagliati corti, scuri, con un ciuffo sulla fronte, e lui disse che non gli piaceva gli si toccassero i capelli, con un tono, quasi come dicesse che non gli piaceva essere toccato addirittura. Facevo solo finta di ascoltarlo, mentre mi parlava dei libri che aveva letto, e delle spiagge dei grandi laghi, e di com'era schifoso viaggiare in treno in questo paese, al confronto dell'Inghilterra.

Gli domandai se non aveva voglia di mettersi un po' giù. Lui si tolse le scarpe e i calzoni, che ripiegò con cura, e posò sopra una sedia. Andammo a letto, e io allungai una mano verso il suo birillo. Lui disse no, voleva dormire, perché era molto stanco, mi dispiaceva? Io dissi di no, qualunque cosa lui volesse, per me andava bene. Mi domandai con che razza di tipo fossi capitata.

Lui cadde in un sonno molto nervoso, mi stringeva forte, e ogni tanto era scosso da un sussulto, e le braccia e le gambe erano come percorse da un brivido, ma non si svegliava. Da parte mia, mi assopii – ancora non ero abituata agli usi di Chicago.

Lo sentii svegliarsi d'un tratto. Aprii gli occhi – la luce del sole colpiva il letto attraverso uno spiraglio tra le tende. Balzò su come un gatto, di colpo sveglissimo, senza uno sbadiglio, uno stiramento. Io rimasi tranquillamente con la testa sul cuscino a osservarlo.

Disse che voleva lavarsi e fare un po' di colazione. Io scesi di sotto, e dissi che il mio ospite si sarebbe fermato per la giornata. La tenutaria in persona sorvegliò la cuoca che preparava il vassoio. « Sei tu che hai vinto il premio della lotteria, Goldie. Monte è il più grande scassinatore di banche del mondo. Se si è preso una cotta per te, ti coprirà di brillanti fino agli occhi ».

Fu quella la prima volta che seppi che era un delinquente. Di sopra, si lavò nel catino, bevve due tazze di caffè, e mangiò un mezzo toast. Mi guardò con quell'aria distante che avrei imparato a conoscere così bene, e sorrise.

« Sei una ragazza meravigliosa per dormirci insieme ».

« Come fai a saperlo? ».

« Per dormirci, ho detto; con gli occhi chiusi. Semplicemente dormire. Non mi sono mai sentito così bene; così al sicuro. Ero stanco come un cane. Tre giorni di treno, e... ». Fece un gesto come a scartare il resto. « Mi piaci molto. Tu sei la mia ragazza ».

« Sono qui per questo, Monte ». Giocavo come mi venivano su le carte, ma ero sconcertata. Era diverso da qualunque altro cliente avessi mai avuto.

Lui scosse la testa. « Non farmi discorsi da casino, tesoro ».

Andammo a letto, e cominciammo lentamente, accarezzandoci e sentendoci, poi cominciammo a baciarci, e ad eccitarci a poco a poco. La sentivamo crescere dentro di noi quella passione che nei casini, per la maggior parte del tempo, è finta, o costruita artificialmente con giochi morbosi. Adesso sembrava sorgere naturalmente e facilmente, senza pressioni, ma al momento giusto e nei posti giusti. Era bellissimo, e ce ne rendevamo conto, e nessuno dei due chiedeva niente all'altro.

Lui mi venne sopra e mi penetrò. Io gridai come scottata, ma di piacere; e lui mi guardò da sopra, sempre così serio, mentre aumentava il va-e-vieni – la sua faccia calma sopra la mia, con quel sorriso serio, e la bocca dischiusa. Cominciò a baciarmi e a leccarmi, e venne con un brivido e un sospiro. Rimase sopra di me come morto, una sensazione meravigliosa, il suo peso sopra di me, e avrei voluto che quel momento non finisse mai. Non sentire nient'altro, non sapere nient'altro. Era stato maledettamente bello, come lui disse dopo.

Avrei dovuto accorgermi che mi ero innamorata. Ma non avevo mai avuto un'esperienza simile, non sapevo come un atto potesse diventare un sentimento e una follia che sconvolgeva e annullava tutto il mio vivere, tutte le mie difese per proteggermi. Tutto era liquefatto, come fossi fatta di zucchero e mi stessi sciogliendo dentro una vasca da bagno. Ero una giovane puttana piena di confusione che in quel momento desiderava l'amore come avrebbe desiderato un'altra testa.

XV

DIVENTO UNA MOGLIE

Quattro giorni dopo ci sposammo. Un vero e regolare matrimonio, in una piccola città con un ponte bianco, una chiesa bianca, e un Indian House Hotel. Ci sposò un pastore un po' balbuziente. Monte firmò il certificato di matrimonio con il suo nome vero, e mi consegnò il documento. Per anni lo tenni in una cassetta di sicurezza di una banca di San Francisco. Sia il documento che la banca finirono bruciati nel grande incendio del 1906.

Eravamo scivolati fuori del casino in un grigio mattino di Chicago, col vento che spazzava il lago. Avevamo fatto i nostri saluti alla tenutaria la sera prima. Andammo alla stazione principale con le nostre due valigie, allegri come cince (non ho mai saputo che cosa sia una cincia).

Monte mi sposò perché diceva che la notte, con me, aveva pace, perché amava il mio corpo, e lo usava con bravura, con forza, e con soddisfazione. Mi amava perché non ero una ragazza nervosa, non ridacchiavo, e non facevo domande. Da anni e anni non riusciva a dormire più di un'ora di seguito. Con me poteva dormire un'intera nottata senza interruzione. Vidi anche

che si fidava di me. Soffriva di solitudine, e con me aveva acquistato il senso di poter vivere e respirare, di essere un uomo. Capii anche che, prima di conoscermi, Monte non aveva avuto una vita sessuale troppo attiva né soddisfacente. Come lui diceva: con me non era più « un ciondolone, ma stava a testa alta ».

Quanto a me, fu la liquidazione completa di tutto ciò che avevo fatto della mia vita. Mi squagliai semplicemente, come si squaglia un pezzo di lardo gettato in una pentola di zuppa bollente. Presi l'amore così come mi veniva da Monte. Allungavo le mie antenne, e queste mi dicevano che ero felice e soddisfatta. Non me ne importava un fico se ciò fosse bene o male per me. Io appartenevo a Monte. Quello era l'amore, la rovina di una buona puttana; diventare moglie di qualcuno, e amare un solo uomo. Naturalmente, a quel tempo, non mettevo tutto questo in parole, come sto facendo ora, e quanto a Monte, non parlava gran che. I buoni criminali professionisti non parlano molto. Lui era un aristocratico, tra i fuorilegge, al vertice del mondo del crimine. Ma come essere umano, era Monte, e contro la società organizzata, camminava con passo leggero, attento, cauto, esperto; in passato incapace di dormire e di chiavare gran che, e che continuava a dilapidare i suoi guadagni, come sempre, nelle sale da gioco.

I professori e gli Herr Doktor, immagino, sapranno le ragioni per le quali noi due c'innamorammo. Perché ciascuno di noi due dava all'altro qualcosa di cui aveva bisogno. Ma sarebbe come tagliare a fette un fiore per vedere la ragione per cui è bello. Si scopre come è fatto, ma il fiore non esiste più, soltanto un gambo verde, e uno scempio di petali, e così via. A quell'epoca non ero molto incline ad andare al fondo delle cose. Ho sempre pensato che se si va troppo in là con le domande, finisce che sulla ruota viene un doppio zero. Ho sempre considerato la vita come qualcosa che io vivo come viene, ed è l'unica vita che avrò mai. Avevo un principio, un modo di attuare l'idea che il fatto di essere umani è qualcosa di unico, per quanto brutto sia il mondo, e quali che siano le sue usanze e le sue leggi. Non andavo troppo a fondo nell'esplorare che cosa fosse l'amore, né strappavo i petali al mio fiore.

Ci stabilimmo in una cittadina del New Jersey, a circa venti miglia da New York, in una casetta ammobiliata che avevamo preso in affitto. Monte andava a New York due volte la settimana. Al vicinato avevamo fatto credere che era un chimico. In realtà, in una stanza stava preparando una qualche forte mistura esplosiva. Quando andavo con lui a New York, tutto mi sembrava straordinario, la folla, i ristoranti, gli alberghi di lusso, le pensiline davanti a quelli ultraeleganti. Il traffico delle diligenze, delle carrozze e dei tiri a quattro era così intenso che era difficile circolare. Per me era una gran confusione. Conobbi diversi tipi della malavita. Monte era molto rispettato, tra loro.

Per la maggior parte del tempo ce ne stavamo nella nostra casetta nel Jersey, poiché Monte, sotto altri nomi, era sospettato di essere la mente, l'organizzatore di diversi svaligiamenti di banche. La polizia non aveva nessun ritratto di Monte, ma c'erano state delle soffiate, e correvano delle voci sul suo conto. Perciò non si esponeva troppo nella vita allegra e criminale di New York. Aveva la straordinaria abilità di dissolversi nell'aria grigia, di diventare una parte di qualsiasi strada percorresse, rendendosi quasi invisibile. Vedevo come Monte fosse considerato nella élite del crimine. Mi accorsi che anche gli svaligiatori di negozi si rendevano conto della sua classe. Monte aveva un gran disprezzo per le bande dell'Ovest, i James, i Cole, gli Younger, e tutti gli altri, erano poco più che macellai, dei vaccari a cavallo, gentaglia da poco, tangheri ignoranti. Di solito finivano con una sventagliata di pallottole in qualche imboscata della polizia, oppure si ammazzavano tra loro. I libretti da un nichelino, e più tardi il cinema, diedero a questi banditi dell'Ovest un'importanza assai maggiore di quanta ne godessero allora tra la malavita seria.

Osservavo questo mondo del crimine, per me nuovo. La categoria più bassa, al di sotto perfino degli ubriaconi e degli assistiti dalle missioni, sono i borsaioli che viaggiano da una città all'altra. È gente nervosa, irrequieta, abile nello sfilarti il portafogli, ma poco migliore degli scippatori, o degli imbonitori delle sale da bigliardo.

Vi sono gli specializzati che rubano i bagagli nelle stazioni ferroviarie o nelle banchine dei porti, e spesso sono organizzati dai sindacati dei portuali e dai capi delle organizzazioni operaie. Milioni vengono rubati in questo modo nelle stazioni e nelle navi da carico da questi ragazzi, che di solito dividono il loro bottino con le guardie ferroviarie, la polizia portuale, e i capi dei sindacati del porto.

A suo tempo, venni a sapere qualcosa a proposito della delinquenza femminile. Le donne che vivono in mezzo ai criminali non sono molte. Le puttane che lavorano nel campo dell'adescamento, portandosi un uomo nella loro stanza, e poi viene fuori un 'marito' arrabbiato, e punta la pistola sul cliente, per farsi dare i soldi. Poi c'è il sistema del pannello scorrevole, col quale un uomo viene derubato attraverso un pannello che scorre dietro una parete, mentre lui è a letto con una puttana, o drogato, o ubriaco. Vi sono delle puttane che attirano gli uomini in qualche vicoletto, dove il cliente viene poi aggredito e spogliato di tutto. Ma questa è bassa delinquenza, e vi sono coinvolte soltanto donne della peggiore specie, sbornione o drogate.

Credo che l'unica criminale che abbia un po' di cervello, se non di morale, è quella che vende la chiave. Ci sono delle donne belle e ben vestite, che frequentano i buoni alberghi, e i campi di corse, come il Kentucky Derby o Saratoga. Costoro vendono la chiave della loro stanza a un qualche gianni ardente e credulone per un centinaio di dollari, forse inventando la storia che suo marito è fuori, e lei si sente così sola, e ha bisogno di denaro per pagare le sue perdite al gioco. Una buona venditrice di chiavi può darne via anche una dozzina al giorno. Naturalmente, poi, le chiavi non si adattano a nessuna serratura di nessun albergo scritto sulla targhetta.

Quanto agli assassini, ne so ben poco. Molti omicidi, chiamati delitti passionali, non hanno niente a che fare con la delinquenza. Sono semplicemente opera di stupidi che ammazzano, non già per amore o passione, o per « causa d'onore », come dicono i giornali. No, la maggior parte degli omicidi familiari, credo dipendano semplicemente da un'offesa all'amor proprio, un colpo inferto alla vanità dell'uomo. Non sopportano l'idea che una donna abbia potuto essere infedele proprio a *lui*! Anche quando è travolto dall'ira, è per mantenere il rispetto di se stesso, che un uomo uccide una donna.

So di assassini professionisti, ma non credo di averne mai conosciuti. Le uccisioni durante i furti sono incidenti sul lavoro, e di solito vengono commessi da stupidi o vigliacchi. I buoni criminali professionisti cercano di evitare l'omicidio. Alcuni non portano nemmeno armi. Monte diceva: « Le armi ti pregano di spararle ».

Vi sono uomini che nascono delinquenti senza nessuna ragione, omicidi senza valvole di sicurezza; e quanto prima la società gli mette le mani sopra, meglio è. Oggigiorno si dice tanto che è l'ambiente che fa il delinquente, che sono le sue origini a spingerlo al delitto. Be', questo è un discorso stupido, che io prendo con molte riserve. Il vero assassino brutale, il delinquente senza speranza, pericoloso in ogni sua azione, quasi sempre è così dalla nascita. Allo stesso modo che un vitello nasce con cinque gambe o con due code, o come certi nascono col palato bucato, o con gli occhi azzurri. Qualcosa andò per storto mentre stavano ancora nella pancia della madre. Forse ancora prima. Appartengono a una stirpe sbagliata, e i riformatori di cuore tenero perdono il loro tempo a occuparsi di costoro. Per loro, la prigione è come una porta girevole –

entrano e escono continuamente, per tutta la loro vita.

Quanto al resto dei delinquenti, per i contatti che ebbi con loro, la maggior parte si erano posti al di fuori della società a causa dei facili guadagni, e il delitto *paga*, credete a me. È un modo di vita, di facili guadagni e di ancor più facili spese. Molti delinquenti pensano che il mondo è uno schifo, come l'idea di Vuotatasche che la società era fatta di furbi e di fessi, ed era meglio essere dalla parte dei lupi anziché correre spaventati come conigli. Non ho nessuna intenzione di aggiungere alcun commento moralistico a tutto questo, di dire chi ha ragione e chi ha torto. Mi limito a osservare, e a dire le cose come le vedo. Può darsi che i miei punti di vista siano antiquati, e che i miei valori siano quelli che mi convengono. Non lo nego.

L'unico desiderio di Monte, tra un colpo e l'altro, era di non attirare l'attenzione, e con la gente comune ci riusciva benissimo. Eppure, non aveva certo un aspetto comune. Quando viaggiava, con i suoi occhi semichiusi, il suo aspetto elegante, era come un attore che sapesse muoversi con grande disinvoltura in una parte che recitava soltanto in pubblico.

Eravamo felici, in campagna, ci lasciavamo semplicemente vivere. A Monte piaceva starsene seduto a fumare la sua pipa di schiuma con l'orlo d'oro, leggendo qualche libro di Mister Dickens. Non si offerse mai di leggere ad alta voce, né io glielo chiedevo. In seguito, scoprii che aveva passato sette anni in una fredda prigione inglese in mezzo a una palude, quasi senza parlare con nessuno, un mucchio di tempo in cella d'isolamento attaccato a una catena, perché cercavano di indurlo a parlare di una qualche banda europea che l'aveva chiamato in Inghilterra per un colpo importante in una banca. Non seppi mai i particolari, ma era stato lì che aveva preso l'abitudine alla lettura. Il cappellano gli dava un libro di Mister Dickens alla settimana, e Monte per fargli piacere, si era convertito alla Chiesa d'Inghilterra. Diceva che se Cristo avesse veramente conosciuto gl'inglesi che dirigono le prigioni, sarebbe subito tornato sulla croce.

A differenza di me, Monte aveva una ragionevole fede in Dio, e in un mondo futuro – della natura divina di Cristo. Diceva che la notte vedeva i morti, in particolare vedeva spesso un suo compagno morto, un esperto di esplosivi che componeva delle miscele per le bande, ed era saltato in aria una volta che una miscela gli era venuta sbagliata. Dato che io non ero obbligata a vedere gli spiriti, non me ne importava se Monte li vedeva.

Vivevamo come una qualsiasi altra coppia con un po' di soldi da parte; avevamo noleggiato una carrozza, e facevamo dei brevi viaggi nella zona, a Elizabeth, a New Brunswick, e a Princeton, dove Monte s'incontrava con certi tali con cui voleva mantenersi in contatto. Passavamo la notte in piccoli alberghi, ancora chiamati locande; la Locanda del Leone Rosso, la Locanda del Re. Quando veniva l'estate, andavamo sull'oceano ad Asbury Park, a Long Branch, e a Red Bank, dove le ruote della nostra carrozza si coprivano della polvere rossa di quelle parti. Passeggiavamo, guardando le vecchie case in stile coloniale, e ci chiedevamo se la gente che vi abitava si scaldava d'inverno soltanto coi caminetti. Per le sue letture di Mister Dickens, Monte aveva un certo interesse per i vecchi posti.

Monte non fu mai quello che si suol chiamare un galletto, un mandrillo. Facevamo l'amore una volta o due la settimana, con gran piacere, con gran serietà, e con bellissime godute. Ma Monte, come in tutte le cose della sua vita, sapeva tener a freno i suoi istinti. Non aveva particolare inclinazione per i giochetti e gli atletismi erotici, né una particolare passione per ciò che si suol dire *outré*. Mi amava molto, dormendo si abbracciava a me strettamente, mormorando parole che non riuscivo a capire bene, e anche rabbrividendo un poco, ma senza svegliarsi. Riposava con la testa affondata tra i miei seni, e le gambe attorcigliate alle mie; era questo il suo modo di dormire la notte.

Monte era un marito eccellente. Diceva: « La cosa necessaria è la tolleranza reciproca, tesoro, sopportare i nostri piccoli difetti ». Ripensandoci, mi è sempre sembrato giusto – le piccole cose possono rovinare un matrimonio quanto le grandi.

Io diventai una donna di casa, le mie vecchie colleghe di casino ne sarebbero rimaste sorprese. Non avevamo nessun contatto con gente di casino, naturalmente, non ne vedevamo mai, nemmeno a New York, che ci era così vicina. Monte vedeva poca gente. Diceva: « Io sono una specie di monaco, ecco che cosa sono, tesoro. Lo sono sempre stato. Per il mio lavoro, devo essere così ».

Non aveva nessuno scrupolo di fare lo svaligiatore di banche – un grande svaligiatore di banche – e io accettavo la cosa, come se facesse l'idraulico o il banchiere. Gli cucinavo i pasti, gli tenevo in ordine la roba, e facevo sì che la sua vita scorresse facilmente e senza noie. Non entravo se non di rado nella stanza dove lavorava ai suoi campioni di serrature, con lime, con martelli, con stampi, e una piccola forgia a carbone. Si fabbricava da sé la maggior parte dei suoi utensili. Io me ne stavo alla larga, entravo solo per un momento per dirgli di venire a tavola, o domandargli se gradiva un bicchierino, verso sera. Aveva diverse valigette speciali, nere, che avevano esattamente l'aspetto di quelle di un commesso viaggiatore. Quando le si apriva, si vedeva che erano piene di strumenti – un robusto trapano ad aria compressa, leve, chiavi inglesi, sonde, e certi arnesi sottili di cui non so il nome. Monte inventava lui stesso una quantità di strumenti, e modificava quelli che comprava in vari negozi di ferramenta lontani da casa nostra.

All'epoca del nostro matrimonio, Monte era a corto di quattrini. Un colpo in una banca non era riuscito secondo le speranze, poiché quando era stata aperta la cassaforte, non c'era ciò che ci si era aspettato. Il suo informatore era stato inesatto. Monte, inoltre, aveva giocato, e come sempre aveva perso, e aveva dovuto firmare degli impegni che adesso doveva onorare.

Una cosa che bisogna tener presente, a proposito dei criminali di alta classe, è il loro senso dell'onore, secondo particolari princìpi. Pagano i loro debiti, tengono fede alla loro parola, tengono la bocca chiusa. O almeno così era negli anni '80, e anche più tardi. Fino a quando sorsero le bande di italiani, quando venne il proibizionismo, e i guadagni cominciarono a calcolarsi nell'ordine di milioni di dollari. Tutto questo cambiò il criminale originario americano.

Non sto facendo l'apologia del fuorilegge locale o del delinquente americano al confronto della Mano Nera, e dei componenti della banda di Capone a Chicago, che vennero dopo. Ma è un fatto che esisteva un certo tipo di delinquenza locale, e poi, dopo il 1918, ne sorse un'altra, diversa. E nemmeno è un lamento nostalgico per i tempi di Monte e del suo mondo. Erano dei delinquenti, e depredavano la società con l'aiuto di protezioni pagate. Dico semplicemente le cose come stavano.

A volte Monte riceveva delle visite, più che altro a notte fatta. Stava mettendo insieme un gruppo di collaboratori per il colpo che progettava, in una banca nel nord dello Stato di New York. Aveva un metodo personale. Prima mandava avanti un informatore, quasi sempre dopo aver comprato una pianta da qualcuno che si era preso il disturbo di disegnarla; si facevano le carte, si annotavano i tempi e i movimenti degli impiegati, le loro abitudini, e i loro percorsi. Veniva anche stabilito il percorso dell'andata e quello del ritorno. In alcuni casi veniva corrotto un impiegato, qualche poliziotto avrebbe voltato la testa dall'altra parte. Monte mi raccontò che una volta, il presidente di una banca, che aveva sottratto quasi un milione di dollari, l'aveva pagato perché si introducesse nella banca, in modo da simulare un furto. Ma il presidente cercò di bruciare il paglione prima del colpo, e venne quasi accoppato da un duro della banda, contro il parere di Monte. « Se gli altri sono più in gamba di noi, bisogna stare più attenti un'altra volta ».

La mia più grande preoccupazione – una grossa, nera nube di preoccupazione – era che Monte potesse essere ucciso, catturato, o ferito gravemente. Sognavo che fosse costretto a fuggire così in fretta che non avrei potuto raggiungerlo. Non me ne importava un accidente delle banche e dei loro soldi, né mi importava niente della società. Come Monte, io ero sola, e proteggevo soltanto me stessa e mio marito. Io vivevo al di fuori della vita professionale di Monte.

XVI

LA MIA VITA CON MONTE

Per quanto mi riguarda, non ho mai rubato una spilla, non mi è mai venuta voglia di rubare, e, come ho già detto, ho sempre pensato che la maggior parte dei delinquenti o erano nati a quel modo, o si erano sviati per qualche ragione. Ma non mi sono mai sentita superiore alla maggior parte dei delinquenti. Dopotutto, vivevo dei colpi che faceva Monte. Per me, i delinquenti non erano che uno dei tanti aspetti dello stato di cose del mondo che non capivo tanto bene. Comunque, esistevano, e io li accettavo, come più tardi, quando divenni tenutaria, pagavo le autorità per la protezione. Non avevo nulla a che fare col crimine direttamente, se non per il fatto che in certo senso contribuivo a mantenerlo. Con mio marito ero una moglie, e pensavo, e continuo a pensare, che la moglie divenga parte dell'uomo, parte del corpo e della mente di suo marito. È lui che decide il loro modo di vivere. Se ogni donna seguisse questo consiglio, ci sarebbero molti più matrimoni felici, mentre adesso ve ne sono migliaia e migliaia di infelici. Il mio consiglio non è una medicina, ma per me funzionò.

Monte aveva deciso che per il suo prossimo colpo avrebbero dovuto essere in quattro. Dei tre che lo avrebbero aiutato, due li aveva già impiegati diverse volte. Io li conoscevo soltanto col soprannome, ed era meglio così. Il Professore era l'informatore, un ometto mal messo, dagli occhi biancastri e una barbetta alla zio Sam, una giacca a quadretti, e le mani sporche, con dei pollici molto grossi. Aveva l'abitudine di strizzar l'occhio senza nessuna ragione: era un tic. Sapeva disegnare piante di banche, di vie, di strade di campagna, di orologi di controllo, degli interni di sotterranei blindati e di casseforti. Monte diceva che i suoi disegni erano eccellenti, e da parte sua vi aggiungeva dei segni. Lui e il Professore erano vecchi colleghi, e se fosse riuscito a indurre il Professore a fare un bagno, non avrei avuto niente in contrario che venisse a farci visita. Artie, l'altro aiutante, era un pugilatore dal naso rotto, un pezzo d'uomo, con una voce alta e stridula. Artie era tutto muscoli. Aveva una collezione di manganelli, di pugni di ferro e una Colt di tipo speciale. Aveva anche l'abitudine di farsi scrocchiare le nocche. Andava pazzo per i dolci, che gli avevano rovinato tutti i denti. Ricordo che aveva il vezzo di acchiappar le mosche con un rapido gesto della sua mano grossa come un prosciutto. Corpulento com'era, era molto delicato per il mangiare, e prendeva cartine di polveri digestive per i suoi maldistomaco e le sue flatulenze.

Il terzo, che avrebbe lavorato con Monte per la prima volta, era il palo, l'uomo che anche avrebbe provveduto a trasportarli attraverso vie secondarie, e che in collaborazione con Artie avrebbe protetto il lavoro con una doppietta calibro 12, caricata con proiettili per la caccia al cervo. Lo chiamavano Unghie, forse perché stava sempre a spuntarsi le unghie e poi a lucidarsele sulla manica. Era un tipo assai bello – bruno, molto elegante, ma un po' troppo chiassoso, per i gusti di Monte. Era vanitoso come un attore applaudito. Scoppiava improvvisamente in grandi risate. Forse aveva una rotella fuori posto, e pensavo che una volta o l'altra sarebbe ammattito addirittura.

Mentre loro mettevano a punto il piano, in casa nostra, io servivo il caffè, liquori, e pasticcini. Una volta cucinai un tacchino, che venne buonissimo, ma il ripieno era un po' troppo asciutto. Chiesi a Monte di portare anche me, sul lavoro, ma Monte disse che non era neanche da pensarci. La mattina che partirono, muniti delle loro valigette nere, il tempo era freddo e umido. Cadeva una pioggerella, e loro avevano la giacca inzuppata. Monte disse che era proprio il tempo che ci voleva per fare un colpo in una banca. Ci sarebbero stati meno ficcanasi in giro. « I più furbi se ne staranno attaccati alla stufa ».

Lo baciai, e lui disse: « Adesso, non aspettarti notizie, tesoro. O torno, o non torno. Ma vedrai che torno ».

Io dissi: « Certo, che tornerai ».

« E poi, non sei sola. C'è Mae che ti fa compagnia ».

Mae era la moglie di Artie, una vecchia zoccola coi capelli bianchi, gli occhiali cerchiati di ferro, e un'insaziabile sete di gin. Diceva che era stata nel balletto del *Black Crook* – probabilmente una balla – e che da giovane era stata un'attiva donna-esca sulla Costa occidentale, attirando gli uomini nella sua stanza, e poi, quando lei e il suo cliente erano a letto nudi, saltavano fuori Artie e un suo amico. Era il vecchio trucco per far sborsare al merlo fino all'ultimo centesimo che aveva indosso, per salvarsi dalla vendetta di un marito geloso e violento.

Mae era rotta a tutto. Prese la partenza del marito con molta calma. Diede una scrollata di spalle, e tornò alla sua bottiglia di gin. Aveva una di quelle voci del Kansas che non si possono dimenticare – e nemmeno si può abituarcisi – come la ruota non ingrassata di un carretto.

« Non possiamo far altro che starcene qui ad aspettare, carina mia. I ragazzi sanno il fatto loro. Monte ha la testa sul collo, ed è sensibile come un termometro. È inutile star qui a torcersi le mani pensando a quello che può succedere. Li ho visti partire e magari per un mese non saperne più nulla, e una volta Artie aveva una pallottola esplosiva in corpo. E poi, un giorno, arriva un messaggio, o si sente una bussata alla porta, e ricominciano i tempi felici, si ride e non si fa niente finché durano i soldi. Artie, quella vecchia carogna, è stato un po' dentro, qua o là, ma niente di serio, tu mi capisci, cara. È solo un gran ragazzone, e se me la fa sporca, gli faccio saltar via la testa. È come giocare a nascondino. Bisogna stare sempre sul chi vive, con le valigie fatte, pronti a svignarsela; star sempre a incoraggiare i ragazzi, e poi a calmarli quando ritornano. Nervosi come pidocchi, sono, finché non si comincia a spendere, e allora si sentono tutti allegri e spensierati fino al prossimo colpo. È una vita allegra, ogni tanto un calcio in culo. Ma non c'è che fare. Sempre meglio che sfilar via il portafogli a qualche merlo, o sussultare ogni volta che qualcuno suona alla porta, non è così? ».

Aspettavo, aspettavo; ormai conoscevo a memoria i monologhi di Mae. Mae era una vivace parlatrice, e per i sei giorni seguenti parlò molto, e buttò giù una quantità di gin. Era tutta bruciata dal gin e dalla vitaccia che aveva fatto. Pure, tutta grigia com'era, mezzo cieca, zoppa da un gamba, aveva il senso del comico e il senso della vita. Al diavolo il futuro, e al diavolo ciò che c'era al di là dell'ultimo colpo. Dopo un po', si azzittiva, e se ne stava lì seduta, a fissare il tappeto, con un sorriso vago, troppo ubriaca per muoversi, troppo anchilosata per alzarsi. Io la lasciavo lì, sulla sedia a dondolo, e andavo a letto, domandandomi se Monte era morto in qualche vicolo, o saltato in aria con le sue miscele esplosive. Oppure era freddo cadavere sul marmo di qualche obitorio. Mi domandavo come sarebbe stato esser moglie di un uomo per il quale ti preoccupavi soltanto se non aveva preso l'ombrello, o se si sarebbe ricordato di portare a casa mezzo chilo di bistecche. Mae mi raccontò tutta la storia della sua vita, e io la ascoltavo, e stavo in pena.

Una mattina arrivò un telegramma che mi diceva di raggiungere Mister Brown in un albergo di Filadelfia. Feci la valigia, svegliai Mae con uno scrollone, e riuscii a farle capire che partivo. Presi un treno locale. Quando arrivai in quella stanza d'albergo, trovai Monte seduto, che guardava una via piovosa e un cielo piovoso. La gente camminava riparandosi con l'ombrello, passavano cavalli bagnati e carri bagnati. Lui stava fumando la sua pipa, e come entrai si voltò. Non aveva nemmeno chiuso la porta a chiave. Dopo i suoi anni di prigione in Inghilterra, non poteva sopportare le porte chiuse a chiave.

« Ciao, tesoro ».

Lo baciai e lo abbracciai, e lui continuava a dire: « Buona, tesoro, buona » – come se fossi un cavallino bizzoso. Aveva più o meno il suo solito aspetto. Non vidi nessuna valigetta nera, soltanto una valigia di paglia posata sul letto. « Stai bene? » dissi. « Com'è andata? ».

« Liscio come la seta. Ho bisogno di dormire un po'. Non ho potuto dormire mai in tutto questo tempo ».

Ci spogliammo, entrammo nel letto, e lui si avvinghiò stretto a me, tremando un poco, si addormentò subito, e dormì per dodici ore filate. Davvero non doveva aver dormito gran che, negli ultimi giorni. Era bello essere con lui. Pensavo: supponi che fosse stato ucciso, e fossi rimasta completamente sola!

Facemmo un gran pranzo, un po' d'amore, e poi lui scese per andare dal barbiere, e alle due del pomeriggio prendemmo un treno locale diretto all'Ovest. Monte pensava che far le cose troppo in fretta, e prendere i direttissimi poteva essere un rischio, piccolo, sia pure, ma lui era sempre prudentissimo. Non parlò gran che, ma disse che i ragazzi erano stati tutti pagati, e che il bottino era al sicuro.

A Columbus, Ohio, all'albergo ci firmammo Signore e Signora Brown. Lui aveva adottato il cognome di Goldie Brown. Naturalmente, io l'avevo preso da zia Letty.

Non uscivamo gran che, non facevamo sfoggio di

denaro. Facevamo semplicemente una vita comoda. Una settimana dopo proseguimmo per Kansas City, dove certi tali vennero a trovare Monte, e lui gli vendette per contanti dei titoli ricevuti nel frattempo. Proseguimmo per Arkansas Hot Springs. Monte cominciò a giocare come se il giorno dopo fosse stato il Giorno del Giudizio. Vinceva, perdeva, vinceva, perdeva. Dopo un po', mi diede un piccolo pacco di banconote, che io distribuii nel busto e ve le cucii dentro.

Incontrammo diversi altri svaligiatori di banche e truffatori. Ascoltavo molti discorsi di lavoro. Certuni mi dissero che Monte era il più grande scassinatore di banche, più in gamba di George Leonidas Leslie, che i giornali chiamavano il Re degli Svaligiatori di Banche. Leslie si era fatto conoscere come tale, ed era molto fiero di questo titolo. Alla fine, ricordo, Leslie fu assassinato sopra una donna, intorno al 1884.

Monte diceva che, secondo le voci che correvano, almeno il 70 % degli svaligiamenti di banche erano attribuiti a Leslie e ai suoi uomini. « Davano sempre la colpa a lui, anche per i colpi che facevo io. Si prenda pure tutto il merito. Oh, è uno che ci sa fare. Alcuni dicono che ha preso dieci milioni di dollari. Be', la polizia esagera sempre un po' le cifre, e anche le banche dicono bugie. Comunque, è davvero molto bravo, ha aperto le casseforti della Ocean National Bank e della Manhattan Savings di Bleecker Street... Io ero lì vicino, quando entrarono nella South Kensington National a Philly, e alla Saratoga Bank a Waterford. Ma Leslie aveva troppi uomini, dava via troppi soldi. Ricettava titoli con Marm Mandelbaum e con altri. No, non è intelligente, è semplicemente un bravo scassinatore, e un vitaiolo che non bada a spese. I tipi veramente in gamba non vanno in giro coi campanelli appesi addosso ».

Monte stesso ammetteva che era stato proprio da Leslie che aveva imparato una quantità di segreti per scassinare le casseforti e i sotterranei blindati delle banche. Monte aveva delle capacità meccaniche veramente straordinarie; tutti quelli che mi parlavano di lui lo ammettevano. Conosceva in tutti i particolari i meccanismi di qualunque marca di cassaforte e di tutti i blindaggi costruiti negli Stati Uniti. A volte riusciva perfino ad aprirli introducendo un filo d'acciaio nei cilindri, dopo che li aveva messi allo scoperto facendo dei buchi col trapano.

Monte aveva un grande assortimento di attrezzi, molti dei quali, come ho già detto, si fabbricava da sé. Pinze, punte di diamante, miscele esplosive. Nella maggior parte dei casi, nel suo lavoro usava la dinamite o la nitroglicerina. Si faceva da sé le mazze di piombo, le leve, e i piè di porco. Anni dopo vidi la valigetta di un chirurgo, e mi ricordò l'armamentario che Monte teneva nella sua valigetta nera. Tutte cose dalle forme strane, e tenute in perfetto ordine.

In estate, vidi Monte lavorare a due piccole serrature che aveva comprato come modelli per un qualche grosso colpo che stava studiando. Trattava quelle due serrature come fossero suoi figlioletti, o un qualche sacro elefante bianco. Studiava i congegni, fumando la sua pipa bianca, e mi disse che stava cercando di far combaciare i cilindri in modo da poter aprire lo sportello. Ricordo una versione in piccolo di una cassaforte Valentine & Butler, alla quale lavorava nella cantina di una casa che abitammo per un certo periodo. Era il modello di una serratura più grossa, che avrebbe dovuto attaccare in una banca. Praticò dei buchi grossi un quarto di pollice al di sopra e al di sotto delle manopole, e io stavo a guardarlo come stesse preparando una torta. Lavorò con un trapano con punta di diamante allo sportello d'acciaio durissimo. E poi infilò in un buco un sottilissimo filo d'acciaio e cominciò a girare. « Cerco di lavorare sui cilindri, tesoro, per allinearli ».

Monte usava nitroglicerina o dinamite, quando il trapano e i fili d'acciaio non bastavano. Preferiva non spaccare i vetri spessi delle finestre, e cercava di evitare le esplosioni. Alla fine, per poter lavorare con comodo, si portò la cassaforte in cantina, scombinando la combinazione, e poi lavorando ai cilindri con la sua sonda.

Monte diceva che gli piaceva molto lavorare anche tre ore su una cassaforte con i suoi trapani e le sue sonde. Ma contro certi acciai inattaccabili, doveva darsi per vinto. A volte riusciva a comporre la combinazione in due cilindri, ma non nel terzo. Allora era costretto a far saltare lo sportello. Nelle casseforti delle banche, mi spiegava, gran parte del bottino è in biglietti di banca, ma anche in titoli negoziabili, azioni e obbligazioni, e queste le vendeva a tipi come Marm Mandelbaum.

Conobbi un certo numero di svaligiatori di banche, che venivano a casa nostra per cercare di interessare Monte a qualche grosso colpo che stavano progettando, e avevano bisogno del miglior scassinatore sul mercato; Shang Draper, Johnny Dolbs, Worcester Sam, sono alcuni dei nomi che ricordo. Ve n'erano anche altri che non ricordo più. Per la maggior parte furono ammazzati o morirono in prigione.

Una domenica da Lakewood, New Jersey, andammo a New York, e conobbi Marm Mandelbaum, che ricettava gran parte dei titoli rubati nei colpi alle banche. In seguito l'avrei conosciuta abbastanza bene. Monte non poteva sopportare i ricettatori. « Si prendono la fetta più grossa e non corrono nessun rischio ».

Non sapevo mai quanto perdeva al gioco, né quanto avesse preso nel suo ultimo colpo.

Verso la fine dell'estate ci stabilimmo in una casa sulle dune sabbiose nei dintorni di Chicago. A Monte piaceva passeggiare sulla spiaggia, e guardare le onde del lago che s'infrangevano. Era una vita solitaria e isolata; avevamo fatto delle provviste di roba in scatola e di bevande, e quando venne l'autunno, e poi l'inverno, accendevamo il fuoco, mentre intorno soffiava il vento, poi vennero le giornate grigie, e con esse la neve. Non uscivamo quasi mai, ce ne stavamo al caldo, infagottati, dormendo abbracciati stretti, ben protetti dalle spesse pareti della casa. Era magnifico, una vita veramente di famiglia. A volte il tempo era buono, e ce ne uscivamo fuori, nella neve, e arrivavamo fino al villaggio, a comprare roba da mangiare, giornali e riviste. Io migliorai la mia lettura e la mia scrittura. Monte rileggeva il romanzo *Le due città*. Io mi cucivo degli abiti, e mi feci delle camicie da notte molto vaporose. Imparai a cucinare bene con l'aiuto del Libro di Cucina di Boston. Ero talmente felice che mi domandavo perché, dato che in realtà era una vita noiosa.

Monte non era un gran buongustaio. Una bistecca con le cipolle, e una buona tazza di caffè forte, non chiedeva altro. Non lo vidi mai mangiare un frutto, o della verdura, di qualsiasi specie. Diceva che lui era un uomo da carne – sempre con patate fritte o arrosto, tagliate a fettine, o a tocchetti. Era tutto ciò che chiedeva. Il pesce lo mangiava solo se insistevo, quando non riuscivo più a ingoiare la carne. Ma in generale si limitava alla carne con patate, in tutti i modi io avessi imparato a cucinarle.

Che periodo felice, fu quello, con mio marito vicino, un marito che mi amava e che amavo. Un mucchio di donne, magari, sarebbero ammattite, a fare quella vita così isolata, col tempo cattivo, ogni giorno uguale all'altro, con appena una passeggiatina lungo le rive gelate, quando il tempo lo permetteva. L'aria gelata, il lago melanconico lì davanti, e la sabbia che cigolava sotto i piedi come fosse metallo. Tutti gli uccelli erano emigrati verso sud; dalle case sulle dune si levava un filo di fumo. E sempre quelle onde pesanti color piombo, sul lago. Tutto era gelato. Perfino la piscia nell'orinale, gelava, o il latte nella bottiglia. La mattina, per lavarmi, dovevo rompere il ghiaccio nel catino.

Con tutto ciò, fu un periodo bellissimo. L'unica vera pace che io abbia goduto in vita mia, libera da ogni problema. Felicità, una parola che avevo sempre considerata con sospetto. Ma questa volta, proprio di felicità si trattava. Non era sesso. Monte, come ho detto, non era un gran che, come chiavatore. Faceva l'amore una volta o due alla settimana, in accessi rapidi e frenetici. Non parlavamo di cose serie e importanti, né ce ne importava un accidente di quello che stava succedendo fuori, in un altro mondo. Il ghiaccio faceva delle strane figure sui vetri delle finestre; non ci prendemmo neanche un raffreddore in tutto l'inverno. Il lago, al largo, era gelato. Vedevamo una nave imprigionata dai ghiacci, a qualche miglio dalla riva, in una nebbia grigio-azzurra, col fumaiolo che fumava, come uno scarabocchio di matita cancellato dal vento. La mattina, per prima cosa, andavo a vedere se la nave era sempre là.

Arrivò la primavera, e Monte tirò fuori certe carte, andava più spesso al villaggio, e cominciò a tracciare delle mappe. Se ne stava per ore a studiare degli appunti che arrivavano per posta indirizzati a lui all'emporio del villaggio. Ben presto gli uccelli cominciarono a passare diretti verso nord, il ghiaccio si ruppe, e non c'era più la nave da guardare, la mattina. Eravamo tutti e due molto pallidi. Era arrivato il disgelo, e riprendemmo le nostre passeggiate. Monte stava lavorando a un nuovo colpo. Se ne stava a riflettere e a studiare le sue carte, la sera, sotto la lampada a petrolio col paralume rosa.

Io non facevo domande. Arrivò maggio, e lui mi disse di fare le valigie. Facemmo venire un carrozzino dal villaggio, e ci portò a una stazione di campagna dove prendemmo il treno per Denver. C'era un tempo bellissimo, e l'aria era limpida e fredda. Artie ci stava aspettando con Mae. Disse che il Professore era morto di calcoli al fegato. Unghie era in prigione nell'Oregon, per un furto di cavalli, figurarsi! Monte disse che avrebbe dovuto assumere due uomini nuovi per il colpo che stava progettando in una banca del Sud-Ovest, alla quale arrivavano grosse somme in denaro liquido per i salari dei minatori, che volevano essere pagati in denaro contante.

I due anni successivi furono simili a questo. Altri tre grossi colpi, e sempre in movimento. Fummo a Memphis, a Richmond, salimmo fino a Boston, a Buffalo, a Churchill Downs, e a Saratoga per le corse. Monte giocava come un pazzo, per un po' vinceva, e alla fine perdeva, e io andavo in giro col busto imbottito di biglietti di banca ben cuciti. Un anno ritirai tutto il denaro che avevo da parte, e le azioni che Zig teneva in deposito per mio conto. Quell'anno, il poker quasi ci rovinò completamente. Le mie azioni erano in ribasso, e non valeva la pena di venderle. Ma Monte aveva in mente un colpo nel Sud. Un sotterraneo blindato per un qualche presidente sudamericano che se n'era venuto su in esilio con un bel bottino. Non conobbi mai i particolari, ma la preparazione del colpo ci tenne molto in movimento per un certo tempo. Alberghi, pensioni, alberghi di lusso, alberghetti, un appartamentino, una casa d'affitto. Ricordo più di tutti un villino a Lakewood nel New Jersey dove tenevamo il nostro guardaroba, e lì vicino gli arnesi di lavoro di Monte. Tornammo là una quantità di volte. Artie morì in un incidente ferroviario. Mae fu colpita dal *delirium tremens*, e non la vidi mai più. Adesso, ogni volta che Monte mi lasciava per andare a fare un colpo, il gruppo era formato da tutte facce nuove. Aveva cominciato a portare gli occhiali, e somigliava a Franz Schubert, lo scrittore di musica di cui una volta avevo visto il ritratto. Anche i capelli gli si erano fatti sale e pepe.

« Com'è il gruzzolo, tesoro? » domandava.

« Piccolo, molto piccolo ».

« Ancora un paio di colpi, e poi smetterò di giocare. Comincio a sentirmi vecchio. Ho intenzione di comprare una certa fattoria sul fiume Columbia. Tanti alberi, laghetti, e molto verde. Si va a pesca e a caccia. Comincio anche a sentirmi stanco ». Alzò una mano, e vidi che gli tremava un poco. Dissi tra me: non ha ancora cinquant'anni, cos'è questo discorso che « comincia a sentirsi vecchio »? ma mi limitai a rispondere: « Mi piacerebbe. I boschi, la campagna. Sempre a coltivare le rose sulla cancellata del villino ».

« Niente villino. Una bella vecchia casa di mattoni, e una vista sul fiume da farti uscire gli occhi dalla testa ».

Partì per fare un grosso colpo, con tre uomini nuovi. Io, il mattino dopo cominciai a sentirmi male, avevo avuto un paio di mancanze, ultimamente. Speravo proprio di essere incinta.

Monte morì sotto la piattaforma di una stazione ferroviaria di una piccola città del Sud. Si era trascinato là sotto, tutto massacrato, con tre pallottole in corpo. Non seppi mai né come né perché, forse il colpo era andato male, o forse erano stati i suoi uomini a farlo fuori per fregarsi tutto il malloppo. Ebbi la notizia da una lettera di Unghie, che non aveva partecipato al colpo, ma aveva saputo la cosa attraverso il telegrafo senza fili della malavita. Quando lo seppi io, il corpo di Monte, non reclamato da nessuno, era già stato mandato a una scuola di medicina.

XVII

TEMPI DURI

I guai mi si rovesciarono addosso come una mano cattiva alle carte. Avevo proprio vinto il piatto della sfortuna. Monte era morto, o assassinato dai suoi compagni, o abbattuto a colpi di pistola da qualche piedipiatti o sceriffo. Io ero incinta. Anzi incintissima, e vomitavo tutta la mattina. Ero giù di corda assai, veramente giù, e quando mi mettevo a pensare al futuro ero presa dal panico al punto che mi mettevo a boccheggiare, e mi sentivo dolere tutto dentro. Mi mettevo a camminare in tondo come un uccello cieco, finché mi riprendevo, e cercavo di riflettere seriamente sul modo di uscire dai guai.

Lakewood non era un posto dove rimanere piantata, nelle mie condizioni e con le mie risorse. Mi erano rimasti nel busto duecentoundici dollari. Avevo qualche anello, e qualche braccialetto che avrei potuto impegnare, e farci qualche dollaro, non molti. Avevo l'orologino di zia Letty. Avevo due valigie piene di abiti di Monte; quattro paia delle sue scarpe, sei bastoni, l'orologio d'argento delle ferrovie, la sua pipa di schiuma e un po' di monete cinesi e spagnole che non valevano niente. Alcuni volumi di Mister Dickens, e un bambino che andava crescendo dentro di me.

Avevo diversi ottimi capi di vestiario, tre paia di scarpe, quattro cappelli, e un po' d'indumenti che mi ero fatta da me. Speravo di morire, di crepare, di chiudere semplicemente gli occhi e cascare morta sul colpo, e così farla finita. Ma l'idea di essere morta, di diventare per sempre come un pezzo di legno, mi faceva balzare in piedi, e mi mettevo a fare altri progetti. Le azioni che mi aveva mandato Roy, l'avvocato di Konrad, ormai non valevano quasi più nulla. Gliele rimandai indietro, dicendogli che Konrad cercasse di mandarmi in denaro contante ciò che mi aveva promesso. Ricevetti in risposta una lettera su una carta di lusso, che mentre la leggevi cricchiava tra le dita. I tempi erano duri – diceva proprio così, *duri* – anche per Mister Ritcher, il quale, però, sperava di poter vendere certi terreni sul lungofiume, e allora avrebbe fatto fronte ai suoi obblighi. Pensai che una lettera come quella e cinque cents mi avrebbero dato il diritto a una tazza di caffè. Dovevo fare qualcosa, e in fretta. Ma dove potevo rivolgermi per aiuto?

Pensai di tornare a Saint Louis, nella casa di Zig e Emma Flegel. Ma ciò avrebbe significato la rottura del mio accordo con Konrad, e avrei perso ogni possibilità di avere il denaro per andare a New Orleans. Inoltre, c'era la signora Ritcher, che avrebbe sicuramente scoperto tutto, e le sarebbe bastato alzare un dito per far chiudere il casino dei Flegel. Mi sentivo come un gatto dentro un sacco, pronto per essere gettato nel fiume. Mi mettevo a passeggiare per la casa, di cui stava per scadere l'affitto; mi sentivo male, e vomitavo... Come trovare una via di uscita?

Pregare Dio non potevo. Avevo una religione, una religione personale, ma era la religione della vita, dei corpi vivi e funzionanti; questo era tutto il dogma che io avevo. E nessuna risposta finale. Non credevo nel paradiso e nell'inferno. Pensavo che li abbiamo qui, sulla terra, soprattutto l'inferno, e mi sembrava che non c'era alcun bisogno di duplicati, al di là della tomba. Il mio credo era che sopravvivere è tutto. E ciò significava che quello gnocco di gelatina dentro la mia pancia che stava per diventare il bambino di Monte e mio aveva bisogno di protezione, un posto dove stare, e del buon cibo da mandar giù. Avevamo fatto questo bambino insieme, e io volevo che mi rimanesse qualcosa di Monte per il resto della mia vita.

Sentivo la mancanza di quello strano, silenzioso uomo dal guscio duro, che se ne stava a leggere il suo libro, fumando la sua pipa, progettando i suoi colpi, e che dormiva abbracciandosi a me. Così vivo dentro, con quegli occhi così penetranti, dandomi il suo benessere e la sua sicurezza. Non c'era più. Io non ho mai trovato che ci sia molto senso nel venerare i morti, quel sacco vuoto di una persona seppellita. La fiamma vitale ormai spenta. L'essere che ti stava vicino, col quale passeggiavi, parlavi, pensavi, facevi l'amore, non c'è più, se n'è andato per sempre.

Non crollai; non completamente. Per diversi giorni fui in uno stato spaventoso, trascinando la vestaglia sul pavimento, tutta spettinata, buttando giù una quantità di bicchieri di whisky, urlando verso il soffitto accidenti, accidenti, maledizione! Ma non piangevo. Mi trattenevo dal piangere, sentendo che se aprivo le cateratte, ero fregata. Penso che fu il mio carattere ribelle, a farmi resistere, a farmi lottare. Ma più che altro, al mattino, dopo una bella serie di conati, me ne stavo distesa sul letto, a pensare a Monte, sempre a Monte. Certe volte mi aspettavo, come una bambina idiota, di sentire la sua voce, che mi diceva, da chissà dove: « Tesoro, tesoro ». Ma, naturalmente, non successe mai. Non ho mai avuto nessun segno da nessuno dei miei morti.

Che cosa potevo fare? Pensavo che avrei dovuto trovarmi un qualche lavoro, ma quale? Incinta com'ero? Come sarta di campagna ero abbastanza brava, ma tra me e una vera sarta, ci poteva passare un carro di fieno.

Sapevo cucinare, ma non abbastanza da poter avere un posto di cuoca in qualsiasi casa decente. E chi avrebbe preso una cuoca con la pancia grossa, che si faceva sempre più grossa? Sarei potuta andare in qualche casino a Trenton, ancora per qualche mese, ma mi sembrava indecente inquinare lo sborro di Monte con tutti gli scolaticci dei tangheri che frequentavano i lupanari di Trenton. Volevo che il mio bambino venisse perfetto e normale. Sognavo che sarebbe somigliato a un angelo delle cartoline di Natale. Un Monte in miniatura, che fumava la pipa bianca e leggeva un libro. Alto come una colonna. La notte mi svegliavo all'udire il fischio dei treni merci al di là degli alberi, che svaniva in distanza. Era un suono maledettamente triste e scoraggiante. Ben presto si udiva la sirena di qualche fabbrica. Me ne restavo distesa a letto, sentendomi pesante una tonnellata, aspettando che il mondo finisse. Ma non finiva. Non finisce mai quando uno vorrebbe che finisca.

Lasciai il villino di Lakewood. Vendetti degli indumenti che non mi servivano, nonché tutte le cose di Monte, a Newark. La sua pipa e i suoi bastoni li diedi all'uomo che mi fece il trasloco in una pensioncina fuori del villaggio, dove un mucchio di poveri vecchi aspettavano la morte respirando l'aria buona della pineta, tossendo, sputando, curvi e tremanti. Non era certo un bel posto per nascere.

Un giorno, in primavera, sentii le doglie del parto farsi sempre più frequenti, era come se il diavolo mi afferrasse le viscere e cercasse di strapparmele come un cacciatore sventra un coniglio. Nancy, la vecchia cuoca negra della pensione, era anche levatrice, o almeno così diceva, ma a me non importava niente se lo fosse davvero o no.

Quando i dolori si fecero molto frequenti, le urlai di venire da me. Lei legò un asciugamano al pomo in fondo al letto, e mi diede l'altro capo. « Tu spingi, bambina, spingi sempre, ogni volta che ti vengono i dolori.

E cerca di fare uscire un po' fuori quel marmocchio. È stufo di star là dentro ».

Io ero tutta in sudore, urlavo e imprecavo. La cosa non voleva saperne di uscir fuori, nemmeno dopo che mi si ruppero le acque. Io spingevo e Nancy mi asciugava la faccia sudata e diceva: « Spingi e premi, spingi e premi ». Io mi sentivo come se tutto il dolore del mondo mi si fosse arrotolato dentro e non volesse uscir fuori di dove tanti erano entrati e tante volte. Per quanto possa sembrare idiota, maledicevo Eva per quel pomo, e Adamo per essere stato così scemo da averlo mangiato, e avermi portata a questo punto, a me, qui, completamente sola, a parte quella grassona di negra tutta lucida di sudore, e buona, e onesta, e piena di compassione per me. Ma non è che mi fosse di grande aiuto. La pancia non era mica la sua.

Poi venne un grosso grumo di dolore tutto in una volta. Pensai che mi stavo spaccando fino all'ombelico e mi tornò in mente un vecchio detto di casino: « È come la bocca di un mulo, si può allargare per un miglio, prima di rompersi ». E allora uscì fuori qualcosa. La cuoca lo afferrò e tirò fuori una roba informe. Io rimasi lì distesa, ansimante. Dopo un po' udii un debole lamento, e mi fu presentato qualcosa dentro un asciugamano, una specie di gatto scorticato, tutto roseo e rossastro, come bollito. Gli tremavano le gambe e la bocca aperta era tutta gengive.

« Eccolo qua, un bel maschione tutto a posto, col birillo e tutto ».

La verità è che mi faceva senso, tutto sporco e rosso, con quelle zampette di pollo, la faccia paonazza, e come spellato, sembrava una ferita. Ma quando ebbi secondato, e la cuoca gli legò per bene l'ombelico, e l'ebbe lavato e avvolto in un mezzo lenzuolo, mi sembrò un po' meglio. Ma non sentii niente per lui. Monte era morto e lui era vivo. Avessi potuto, avrei fatto il cambio senza pensarci un momento.

La cuoca disse: « Farai meglio a dargli la tetta ».

Mezzo cieco com'era, anzi, probabilmente, cieco del tutto, lui sembrava saper benissimo dove puntare, e appena me lo accostai si attaccò alla tetta e cominciò a succhiare come se non avesse mai fatto altro. Non era niente, qualche libbra di roba per il cane, mi dissi. Poi cominciai a guardarlo meglio; un pennello di capelli neri gettati in avanti, il sopra del piccolo cranio aperto, sotto la pelle, così che si poteva vedere il cervello pulsare come lui succhiava. Ero talmente stanca, e mi sentivo talmente a pezzi, che chiusi gli occhi. La cuoca prese il bambino e lo mise dentro una cassetta di sapone Pear, accanto al letto.

Ecco come nacque Sonny. Io gli misi nome Monte, ma non lo chiamai mai altro che Sonny, senza nessuna fantasia, come viene naturale chiamare un cane Fido. Nonostante tutti i miei guai e le mie preoccupazioni, ero piena di salute, e dopo un paio di giorni ero già in piedi. Sonny aveva preso un colore migliore, e la sua fronte non sembrava così bassa e piatta, e aveva le unghie più microscopiche che avessi mai visto, e degli occhi azzurri che in seguito presero un tono grigioverde. Piangeva quando aveva fame, e io tiravo fuori la tetta e gliela davo, e lui ci si attaccava, grugnendo e succhiando. Si sporcava e pisciava continuamente, e se ne stava nel letto, e muoveva un po' la testina in qua e in là. Nancy, la cuoca, gli fece un ciucciotto con della roba dolce inzuppata fatta su in una pallottola e legata con un laccio, e lui si metteva a succhiarla. In seguito, quando fu un po' più grande, dormiva a pancia sotto, col sederino in aria. La notte lo prendevo a letto con me, ma avendo cura di rimetterlo nella sua cassetta prima di addormentarmi, per paura che rivoltandomi nel letto potessi schiacciarlo, come una vecchia scrofa con la sua figliata.

Dovevo trovare un modo per guadagnar da vivere per me e per il bambino. Nella campagna intorno a Lakewood non c'era niente ch'io potessi fare. Mi rimanevano cinquantatré dollari e pochi centesimi. Con due valigie e Sonny di sei settimane, presi un treno per il

Nord. A Jersey City presi il ferry per New York, viaggiando accanto a furgoni di birra, calessi, carri da trasporto, e un carico di vitelli destinati al mattatoio.

Avevo in mente di cercare qualche amico di Monte e farmi prestare un po' di soldi. E Marm Mandelbaum aveva un po' di suoi titoli da vendere. Non avevo nessuna intenzione di diventare una delinquente a mia volta. Non è che avessi più di tanti altri i princìpi morali che proteggono la società. Avevo semplicemente dell'orgoglio. Io ero un'onesta ex puttana, ecco come mi qualificavo dentro di me. Ma non mi sarei messa a fare la donna-esca, attirando dei clienti nei vicoletti, o in stanze dove sarebbero stati aggrediti. E non avevo nessun desiderio di tornare a lavorare in un casino.

Presi una stanza in una pensione di Canal Street, gestita da una certa signora Moore. Era una donnona irlandese, allegra, che scherzava sempre – « scherzi della vecchia isola », diceva. Quando scoprì che ero cattolica, disse: « Vergine santissima, che bellezza! », che fossi venuta in casa sua per quattro dollari la settimana col piccolino. Era già battezzato? Io dissi di no, non ancora. Una mattina lo portammo giù da Padre O'Hara, e Sonny fu battezzato Patrick Monte Brown, che era un buon nome come un altro, e io dicevo, oh, sì! a ogni cosa che Padre O'Hara mi domandasse, mentre annusava tabacco e si soffiava il naso con un fazzolettone azzurro. Sternutiva, ed era così intrigante, così ficcanaso, che feci in modo di andarmene al più presto, senza troppi discorsi sullo stato di grazia, quanto tempo era che non mi confessavo, e cose del genere.

Comprai una crocetta da dieci centesimi, per dimostrare alla signora Moore che ero una donna pia. La signora Moore, come mio padre, anche se lui in un modo tutto suo, vedeva il mondo intero, tranne quelli come lei, bruciare per sempre all'inferno; sì, anche i bambini dovevano arrostire se non erano battezzati. Tenni la bocca chiusa. Ero già in arretrato di due settimane col pagamento della pensione. Non era il momento di fare gli schizzinosi.

Cercai di lavorare a una macchina da cucire per un laboratorio di Houston Street che faceva abiti per bambini, ma m'infilai l'ago in un dito. Cercai di fare delle asole sulle giacche, ma il greco che mi dava il lavoro voleva che gli facessi un pompino nel magazzino. La signora Moore mi guardava Sonny, gli dava da mangiare zuppa di pane, e gli cambiava i pannolini. Il signor Moore, che era grosso quanto sua moglie, se ne stava a bere la sua birra, senza mai dire una parola. Nessuno dei due Moore sapeva leggere troppo bene. Erano venuti dall'Irlanda una diecina d'anni prima. Il signor Moore era quasi sempre sporco e unto per certi macchinari ai quali lavorava la notte, infatti era un buon meccanico, benché autodidatta. Dormiva di giorno, e si alzava verso le sette di sera, quando cominciava a far buio, e mandava qualche ragazzino di strada all'osteria all'angolo a comprargli un barattolo di birra. Un boccale alla svelta, diceva il signor Moore. Il ragazzo tornava indietro con un barattolo di birra da un quarto, e il signor Moore lo sorseggiava direttamente dal barattolo, si asciugava i baffi, e diceva: « Ah! », e questo è tutto ciò che ricordo di avergli sentito dire.

Quando fui in arretrato di tre settimane, dissi alla signora Moore che avrei preso qualunque lavoro, e lei si ricordò di un suo ex pensionante, a nome Solly, che era proprietario di diversi baracconi a Coney. Mi procurò un passaggio su un furgone di birra che arrivava fin là per consegnare dei fusti.

A quell'epoca, Coney Island non era ciò che divenne più tardi. Era ancora frequentata dalla gente elegante; gl'impianti di divertimento e di giochi erano appena agli inizi, e la folla non era ancora troppo fitta. Ma il posto era già popolare, e v'erano birrerie all'aperto lungo la spiaggia, e baracconi, ruote della fortuna, giostre, e ogni sorta di giochi; e gl'imbonitori urlavano tutto il giorno per attirare clienti.

Solly era un ragazzo ebreo con un lungo naso, i capelli rossi, e uno stuzzicadenti o un fiammifero sempre piantato in un angolo della bocca. Era proprietario di diverse baracche lungo la spiaggia. « Per lei, signora Brown, ho il gioco del Disco Rosso. Un dollaro al giorno, se riesce a far giocare un bel mazzo di burini ».

Io dissi che accettavo, qualunque gioco fosse.

Solly disse: « Io non rubo sul resto, non ubriaco i clienti per poi dargli un colpo in testa per fregargli il portafogli. I miei sono tutti giochi di abilità e di fortuna ».

Io dissi che anch'io ero onesta, e Solly mi condusse in un padiglione, e tirò su la copertura di tela. C'era un banco di metallo bianco, con un grosso disco rosso nel mezzo. Lui prese tre dischi di latta, più piccoli, verniciati di rosso.

« Guardino, signori! Attenzione! » disse Solly, facendo la scena solo a mio beneficio. « Questo è un gioco di pura abilità, per vincere premi di gran valore. Vedete questi tre dischi rossi? Guardate bene, guardate da vicino, guardate com'è facile vincere. Si tratta di lanciare questi tre dischi piccoli sopra il disco grande in modo da coprirlo completamente ». Così dicendo, aveva lanciato i tre dischi, e aveva coperto interamente quello grande.

Mi consegnò i tre dischi. « Anche un bambino ci riesce, piccola signora. Chiunque riesce a coprire il disco rosso. Ha visto come si fa, no? per cinque centesimi può vincere un premio di valore. Avanti! ».

Io lanciai i tre dischi, ma in un modo o nell'altro il disco grande rimaneva sempre scoperto da qualche parte. Comunque li lanciassi, per quanto vi arrivassi vicino, non riuscivo mai a coprire interamente il disco grande. Solly si riprese i tre dischi piccoli, e m'indicò un lato di quello grande. « Qui, il disco non è perfettamente rotondo. Fa una piccola pancia, appena un po'. Prima deve coprire questa parte, vede? così. Una volta fatto questo, è facile coprire tutto il resto. E adesso lei si metta lì dietro il banco, e si pieghi un po' in avanti, sorrida ai burini, e si metta a parlare alla folla. Si metta una blusa molto scollata, in modo che le gustose quasi le scappino fuori ».

« Le *cosa*? ».

« Mi scusi, signora Brown. Le tette, volevo dire. Lei ha le più belle tette che io abbia mai visto. No, non si preoccupi. Io sono un uomo sposato. Non vado dietro alle sottane. Insomma, il gioco è tutto qui. Il burino starà a guardare quelle tette con gli occhi di fuori, e non farà nessuna attenzione a dove getta i dischi. Non farà che guardare lei ».

« È tutto qui? ».

« È tutto qui, signora Brown. Lei si metta una cintura ben stretta, in modo che le tette le sporgano fuori al massimo. E lo stand del Disco Rosso è in mano sua ».

« E se riescono a coprirlo? ».

« Allora lei gli consegna, se un tal miracolo succede, qualcuna di queste scemenze qui, spille da cravatta, fermagli da cravatta, un paio di gemelli. Ma chi vuole che pensi a vincere, se possono guardare lei che si sporge in avanti, signora Brown? ».

Feci in modo di farmi dare cinque dollari di anticipo, sul mio dollaro e mezzo al giorno che riuscii a farmi promettere. Avevo insistito sui quattro nichelini in più. Nel banco c'era una fessura e sotto di essa una scatola di metallo chiusa a chiave, e Solly mi avvertì che se non sentiva il nichelino cascare dentro la cassetta, sarei stata io ad avere i dischi rossi sulla faccia.

Andai a prendere Sonny, e mi trasferii in una stanza vicino alla spiaggia di Coney, mi misi su come si deve, ed entrai nel mio più bel vestito di seta come nella buccia di una prugna, con un po' di merletto intorno alla scollatura. Feci un po' d'esercizio, piegandomi in avanti ed esponendo le mie tette entro quello che pensavo fosse il limite legale, ammesso che ci fosse una legge in proposito.

Ben presto mi impadronii del meccanismo, dopo che Solly ebbe giocato alcune partite vincendosi qualcuno di quegli stupidi premi. Poi, al mazzo di gentaglia che se ne stava a guardare lì davanti, alcuni sgranocchiando granturco dolce, dissi: « Tutti quanti avete visto questo signore che si è portato via dei magnifici premi di valore! Tutti quanti potete fare altrettanto. Avanti signori, avanti, avvicinatevi, venite più vicino, più vicino! ». Piegata in avanti, lanciai con lentezza i tre dischi, coprendo perfettamente il disco grosso. Sempre piegata in avanti, proseguii: « Venite più vicino, amici. Qui, qui davanti a me. Vincerete un premio di valore. Voi, là! ». E porsi i tre dischi a un polentone che mi stava ad ascoltare a bocca aperta, gli occhi fissi sulle mie tette, e col pomo d'Adamo che gli andava su e giù.

Continuando a inghiottire l'acquolina, mi porse cinque nichelini, e non vide nemmeno dove lanciava i dischi. Andai avanti così per tutto il giorno, tranne qualche minuto per riposarmi i piedi. Solly mi portò una zuppa di cozze, e una fetta di carne in scatola all'avena. Disse: « Lei è uno spettacolo naturale, signora Brown. Ha proprio le tette che ci vogliono. Metterò su una pensilina perché il sole non gliele scotti ».

Ero ancora nel commercio della carne.

XVIII

DELINQUENTI DI NEW YORK

L'estate passò in fretta, fin troppo in fretta. Con l'inverno, i parchi di divertimento di Coney Island si chiusero, e io dovetti cercarmi un altro lavoro.

Nel tentativo di recuperare una parte del denaro che Marm Mandelbaum doveva a Monte, feci una certa amicizia con costei, e conobbi diversi ladri, e diversi ambienti della malavita di New York. V'erano certi negozietti, o piccoli uffici, dietro i quali si nascondevano i ricettatori, che ricompravano oggetti rubati, spesso per milioni di dollari. Trattavano qualunque cosa, da una pelliccia rubata, al contenuto delle casseforti delle banche, e un gran numero di titoli e di azioni. Quello che c'è da dire a proposito del negozio di Marm Mandelbaum e di altri negozi di quel genere, è che il loro commercio era soltanto una facciata, e si sarebbero trovati in un grosso imbarazzo, se qualcuno fosse entrato per comprare la roba che aveva visto in vetrina.

I ricettatori più importanti avevano la protezione di pezzi grossi politici di Tammany Hall, e di funzionari corrotti della polizia. Per vedere i delinquenti al lavoro bastava spingersi fino all'Ottava Circoscrizione, vicino a

Broadway e Houston, in un posto chiamato la Borsa dei Ladri. Qui, su bicchieri di whisky e di birra, i delinquenti tiravano fuori di tasca o da fagotti, orologi, pezze di seta, monete rare, piatti d'argento, gioielli, e li offrivano all'esame di eventuali compratori. Il più grosso concorrente di Marm Mandelbaum era uno strano tipo chiamato Traveling Mike – credo che il suo vero nome fosse Grady. Costui si faceva passare per rivendugliolo di mercerie, aghi e filo, ma di solito era carico di gioielli e di altra refurtiva. Portava sempre con sé un rotolo di banconote « da strozzare un cavallo ». Mi mise in guardia contro Marm. « Non ti darà certo gran che di quanto doveva a Monte. Comunque, stalle dietro, alla vecchia puttana. Magari riuscirai a farle scucire qualcosa ».

Traveling Mike era un meschino e miserabile avaro. Sporco, mal messo, ma in gamba, stava sempre a contare le sue monete d'oro, di cui teneva nel suo ufficio diverse borse piene. Come non sia mai stato ammazzato, non so. Era tutto vestito di cenci, portava pantofole di pezza per la strada. M'indicò una grossa cassaforte nel suo ufficio alla Borsa dei Ladri, dicendo: « Quella, nemmeno Monte riuscirebbe ad aprirla ». Era una stanzetta schifosa, con una finestrella sporca, una candela sempre accesa, e un odore di gente vecchia. Smisi di andare a trovare Traveling Mike quando scoprii che nemmeno lui mi avrebbe mai dato quello che doveva a Monte.

Andavo più d'accordo con Marm Mandelbaum, a patto che non le chiedessi di restituirmi l'intero debito. Ogni tanto, quando andavo da lei a chiederle un aiuto, mi rifilava un paio di monete d'oro. « Non che io ti debba nulla, sia ben chiaro. È solo per il ragazzino, con quella faccia gialla, fa pensare che tu non gli dia abbastanza da mangiare ». Il vero nome di Marm era Fredricka, non Marm. Era una grossa vaccona che pesava a dir poco centoventi chili. Aveva un paio d'occhi affondati nel grasso, così piccoli che ci si domandava se fossero proprio fatti per lei, e una faccia sormontata da un paio di enormi sopracciglia nere, come due grossi bruchi pelosi. Aveva una fronte bassissima, e i capelli raccolti stretti in una pagnottella sulla quale era appollaiato un cappellino dalle penne sporche. Ecco com'era Marm, la più importante ricettatrice di tutto l'Est. Aveva il suo negozio in Clinton Street, all'angolo con Rivington, e sopra il suo lurido negozio con la sua lurida mercanzia abitava con i suoi tre figli e un marito silenzioso, che sembrava infischiarsene di quello che succedeva al piano di sotto. Mi ricordava ciò che avevo sentito a proposito del pianista di un casino, che era « talmente scemo che non sapeva quello che succedeva al piano di sopra ». Mister Mandelbaum, seppure sapeva quello che facevano al piano di sotto, non sembrava curarsene affatto.

Una volta fui invitata a salire di sopra, ad ascoltare uno dei bambini di Marm che recitava non so cosa. L'appartamento era pieno zeppo di bellissima roba, mobili ben lucidati e tende sfarzose. Marm disse: « Saresti sorpresa, se sapessi da quali magnifiche case del centro viene questa roba. Qui io offro pranzi a della gente che non ti aspetteresti mai. Non soltanto la crema della malavita, truffatori e ladri, ma anche dei ragazzi della polizia in divisa blu e, perché no, perfino giudici e gente del genere ».

Tutto questo non era di certo in carattere col malandato negozietto che dava sulla strada, pieno di polverosi colletti, di indumenti da uomo, di cappelli e di guanti – fondi di magazzino. A Marm piacevano le donne che, come lei diceva, « non buttano via la propria vita a fare la massaia ». Aveva conosciuto ed era stata amica di ladre, truffatrici, contrabbandiere, borsaiole, e ricattatrici. Donne come Kid Gloves Rosey, Blackie Lena Kleinschmidt, Little Annie, Big Mary e Ellen Clegg. Marm mi disse che aveva tenuto una scuola per scassinatori e truffatori. « Ma dovetti chiudere. Il giorno che arrivò addirittura il figlio del capo della polizia a chiedermi di dargli lezione ». Per me era tutto nuovo.

A Saint Louis, in realtà, non ero mai stata gomito a gomito con i ricettatori, i ladri, e i truffatori. Ma adesso avevo bisogno di denaro per Sonny e per me stessa. Dovevo cercare di recuperare i crediti di Monte. Ma, come mi aveva detto una volta l'ispettore di polizia Tommy Burns, e come io stessa avrei scoperto di persona, « tra i ladri non c'è onore ».

Marm era protetta anche dallo studio legale Howe & Hummell, come lo erano, a quanto pare, i più importanti capi della malavita. Alcuni anni dopo, quando non ero più in città, le fortune di Marm ebbero un duro colpo: un gruppo di moralizzatori la fece condannare per corruzione e per ricettazione. A trovarsi dietro un'inferriata si spaventò. Approfittò della libertà provvisoria su cauzione, e scappò in Canada, dove si stabilì. Si vociferava che ogni tanto veniva a New York, con diversi travestimenti. Ma mi è difficile credere che potesse mai riuscire a nascondere quelle sue forme di elefante, quelle guancione, quegli occhietti neri, e quella strana fronte, e sfuggire all'occhiuto procuratore distrettuale che l'aspettava al varco.

Cominciai a capire che Marm non mi avrebbe mai dato quanto mi doveva. Tutto ciò mi metteva di fronte a un problema. Come sopravvivere senza rimettermi a fare la puttana, o seguire il consiglio di Marm e diventare una ladra di negozi, o una truffatrice come Black Lena. Lena prosperò talmente, con i suoi colpi, e i suoi trucchi per derubare gli uomini, che riuscì a entrare nell'alta società del New Jersey e a diventare la signora Astor di Hackensack. Si manteneva in esercizio facendo ogni tanto delle gite a New York, borseggiando passanti o rubando nei negozi. Venni poi a sapere che aveva perso il suo posto come regina della buona società, quando una signora invitata a un suo pranzo vide che Black Lena portava l'anello di smeraldi che le era stato rubato. Non fui mai tentata di entrare in questo giro, non per paura o per ragioni morali. In verità, a me non piaceva la gente che faceva quella vita e ci s'ingrassava. Pensavo che per la maggior parte erano gentaglia, e i miei valori personali non erano quelli di una ladra. Per carattere, non volevo aver nulla per nulla. E se non fosse stato che mi trovavo nei guai, non fosse stato per Sonny, non avrei nemmeno cercato d'incassare i crediti di Monte.

Se c'era una persona che ammiravo, in quella città depredata dai politicanti di Tammany Hall – un'organizzazione di criminali e di farabutti – era l'ispettore di polizia Alexander Williams. Io sono sempre andata perfettamente d'accordo con la polizia, sia con quelli che venivano a riscuotere la tangente della protezione per i loro capi, sia con quelli che si limitavano a fare il loro lavoro. Tutto sommato, io sono una cittadina rispettosa delle leggi, a meno che non sia spinta a un punto tale da rischiare di morire di fame o di perdere mio figlio. Ho sempre pensato che rubare, o ammazzare, o rapinare, è stupido e pericoloso. Il cervello che bisogna usare per commettere un crimine, come sciaguratamente avevo visto nel caso di Monte, impiegato in un ufficio d'avvocato, o in un'agenzia immobiliare, ti farebbe guadagnare un patrimonio. Williams era un poliziotto duro come il cuoio lasciato alla pioggia e poi seccato al sole. Aveva un magnifico paio di baffi a manubrio, e manteneva l'ordine a Tenderloin. Pigliava a schiaffi e manganellava tutti i ladri su cui riusciva a mettere le mani, anche se poi gli sfuggivano in tribunale, dove Tammany Hall di solito li proteggeva. Era un gran manganellatore di delinquenti, e ho sempre pensato che quelle anime belle che trovano che questo non sta bene, non sono mai state trascinate in un vicolo dai ladri, prese a coltellate, e derubate, né sono mai state alleggerite di tutti i loro risparmi, non hanno mai visto il loro appartamento svaligiato, o non hanno mai ricevuto una scarica di botte da parte di uomini muscolosi che ti rompevano un braccio per un dollaro, una gamba per due dollari, e che con settantacinque dollari si potevano affittare per ammazzare un uomo. A questi animali Williams dava delle dure lezioni col suo manganello, e diceva: « C'è più legalità nel manganello di un poliziotto che nelle sentenze della Corte Suprema ».

Era un mondo schifoso, quello in cui ero intrappolata con Sonny. Non vedevo come uscirne se non tornando in qualche casino. Posti come quelli di Five Points o di Rotten Row, i tuguri della Ninth e della Tenth Avenue, le baracche dell'East River e sulla Dutch Hill, facevano rabbrividire. Tutto era a buon mercato, il whisky era a tre cents al bicchiere, una chiavata, da due nichelini in su.

I casini si assiepavano lungo Cherry Street, e ai due lati dell'East River. La Quarta Circoscrizione straripava di casini, di pappa, di ladri, e di tagliaborse. Le luci rosse pendevano liberamente fuori delle case, purché avessero pagato la tangente. Vicino all'angolo della Seventh Avenue con la West Twenty-fifth Avenue c'era il Vicolo delle Sorelle. Tutti parlavano di come una volta sette case di fila erano gestite da sette sorelle, dove la gente dell'alta società andava a trovare le puttane. La zona compresa tra la Fifth e la Seventh Avenue e la Twenty-first e Fortieth Street era chiamata il Circo di Satana. Sale da ballo, taverne, osterie, ogni sorta di trappole per i gonzi, lavoravano giorno e notte. La polizia si limitava a strizzare l'occhio, e a prendere i soldi. A differenza che a Saint Louis, qui tutto veniva fatto allo scoperto.

Il peggiore di tutti i locali malfamati era l'Haymarket, sotto la Sixth Avenue in Thirtieth Street. Era un grande locale, un posto straordinario per separare borse e portafogli dai loro legittimi possessori. Aveva cominciato come una specie di caffè-concerto ma, quando io andai a chiedervi un posto di cameriera, era diventato una sala da ballo, l'Haymarket Grande Soirée Dansant. Le zoccole avevano ingresso libero; gli uomini scucivano due nichelini per bere, ballare, e imbarcare. C'erano dei separé e dei salottini riservati, dove coppie o comitive potevano abbandonarsi a danze selvagge e a giochi sessuali. Era un posto schifoso, sempre pieno di fumo, di puzzo d'alcool versato, di vomito di ubriachi negli angoli. Puttane e borsaioli lavoravano la folla. Io fui assunta come cameriera, ma non ci durai molto, poiché non volevo prender parte agli spogliarelli, alle chiavate e ai pompinaggi che si svolgevano nei salottini riservati. Ero ancora immersa in una sorta di *trance* di purezza, allevavo Sonny, e speravo di trovare una via d'uscita in un mondo diverso. Immagino anche che la caduta dalle altezze di casa Flegel era stata troppo brusca.

La casa della tenutaria francese in Thirty-first Street non era niente di meglio. In apparenza era un ristorante, ma oltre al caffè e ai liquori, non c'era nient'altro da ingoiare. La tenutaria era una specie di mostro, con un paio di baffi e di basette degni di un carrettiere; era appollaiata sul suo sgabello di cassiera, sempre al corrente di tutto ciò che succedeva nella casa, mentre di sopra donne nude si facevano maneggiare, danzavano il can can, e organizzavano chiavate collettive, o spettacoli da circo per clienti che richiedevano roba sempre più eccitante. Lo Strand era ancora peggio. Il Cremorne era un locale sotterraneo, e il Ritrovo dei Marinai non era altro che un lupanare d'infimo rango. Erano locali privi di qualsiasi qualità, nulla che mi potesse interessare. Credo che io fossi una snob, in fatto di commercio della carne. Qualche anno in un posto come questi, e sarei finita una puttana tossicolosa, malata, sempre sbornia, e pronta per il 'campo del vasaio'.

Tutti questi locali erano ritrovi di borsaioli, di contrabbandieri d'alcool, di spacciatori di droga, di truffatori e ricattatori in cerca di un merlo. Gli imbroglioni e i venditori di patacche erano chiamati verdurai. Qua e là si formavano gruppetti per una rapida partita di baccarà o di Stuss. Per imbrogliare il cliente, venivano usate ogni sorta di carte segnate o di dadi falsati.

Un uomo riluttante a partecipare a una partita a carte, o a un'orgia, si usava drogarlo mettendogli dell'oppio nel vino. Ma più che altro veniva usato il cloralio. Quelli che usavano questi mezzi erano chiamati « pete », dal nome di un certo Peter Sawyer, che per primo aveva usato cocaina e oppio, e poi il cloralio, che spesso uccideva la gente, se la dose era troppo forte. Un cucchiaino di droga in un bicchiere di whisky, era sufficiente, e spesso il merlo non si svegliava più dal suo coma. Marm mi mise in guardia contro queste bande, poiché erano anche procacciatori di donne. Vendevano donne drogate alle case di piacere dell'Est. Io non vedevo nessun futuro per me, come schiava bianca.

Come ho già detto, tutta questa storia della schiavitù bianca è stata molto esagerata dai giornali. Ma a New York esisteva. Pur non essendovi mai penuria di ragazze e di donne intenzionate a far le puttane, sia per fame, sia per desiderio di far la vita allegra, o semplicemente per indifferenza, questa massa di volontarie doveva essere abbordata, corteggiata, attirata con regali. Perciò, quando le puttane volontarie scarseggiavano, i ruffiani e i procacciatori, usavano la droga. Costoro andavano nei piccoli villaggi di campagna, e facevano promesse di facili impieghi alle ragazze di campagna, posti di cameriera, di governante, e perfino piccole parti in teatro, come ballerine o attrici. Una volta arrivate in città, venivano ubriacate, drogate, e il giorno dopo si risvegliavano in un casino, stuprate, private dei loro vestiti, e se non andavano al lavoro o non accettavano tutti i clienti, venivano picchiate. Di fatto, le ragazze di città che venivano attirate nei casini, spesso erano già delle giovani puttane, o delle cameriere, giornalaie, fioraie, che già facevano la vita in proprio. Anche le adescatrici e le ricattatrici spesso venivano costrette a entrare in una casa.

Mi resi conto che dovevo andarmene dalla città al più presto possibile, o una volta o l'altra una banda di procacciatori mi avrebbe attirata in un vicolo, e poi portata a forza in una casa. Oppure qualcuno mi avrebbe fatto ingoiare della droga mentre cercavo un posto di cameriera, e il risultato sarebbe stato lo stesso. Una schiava bianca. Con Sonny da mantenere, dovevo guardarmi dai mali passi. Una volta rinchiusa in una casa controllata da una banda o protetta dalla polizia, avrei avuto ben poca speranza di sfuggire viva, o incolume. Mi avrebbero brutalizzata, e Sonny sarebbe finito in qualche colonia per bambini, o in qualche inferno di beneficenza.

Fu un'epoca disperata. Ero come un gatto affamato intrappolato dai ragazzini in un vicolo cieco e bersagliato con mattoni, che cerchi di salvarsi, pazzo di paura. Fu l'unico periodo della mia vita in cui, tanta era la disperazione, che le acque della baia di New York mi attiravano sempre di più. Non fosse stato per mio figlio, in certe fredde serate, quando ero in arretrato con la signora Moore per il pagamento della pensione, e Sonny era pallido e sciupato per una serie di raffreddori e di febbri, vi sarei saltata dentro. Sonny, la notte, mi si abbracciava stretto, e mi diceva di togliergli la *bua*, come chiamava i suoi mal di gola. Sopravvissi, immagino, perché ero dura e forte, e perché, con tutti i miei guai, avevo un'intensa voglia di vivere. Conservavo la mia buona salute, anche se ero dimagrita per mancanza di cibo. Se mi fossi abbattuta, se mi fossi drogata di autocommiserazione, sarei andata a pezzi.

XIX

RITORNO AL DISCO ROSSO

Venne la primavera, venne un maggio pieno di sole, e tornai a esporre le mie tette al gioco del Disco Rosso. Era una cosa innocua. Ed era vitto e alloggio per Sonny e per me. Quell'estate chiesi e ottenni due dollari al giorno. I raffreddori di Sonny erano finiti, e il bambino cresceva, e mangiava buona roba cucinata. Cominciava a dire qualche parola, scalciava, e lo mettevamo a prendere il sole nel cortile dietro la pensione di Coney. Ingrassava, e io gli mettevo il borotalco sul sederino, e me lo stringevo al petto. Mi pareva che avesse un pochino l'odore di Monte. Ma il ricordo di Monte andava impallidendo. Il dolore rimaneva, rimaneva il ricordo, ma adesso i contorni cominciavano a sfumarsi un poco. Quando uno è a culo nudo per la miseria non può permettersi il lusso di avere dei ricordi. Mangiavo, mettevo su peso, e una volta che Sonny fu di nuovo in perfetta salute, e non facevo più in tempo a tornare alla pensione, per mezzo dollaro al giorno, presi una ragazzina di dodici anni perché me lo guardasse.

Sonny costituiva un problema. Volevo tenerlo sempre con me. Certo non l'avrei mai mandato in una di quelle spaventose colonie per bambini di Long Island, dove i bambini morivano come le mosche al vento freddo. Avevo visto una di queste colonie una volta che ero andata con Mae a trovare un bambino di una sua amica che lavorava in teatro. C'era una fila di bambini e ragazzetti puzzolenti, dai tre anni in su. Occhi vuoti, piaghe, teste che sembravano teschi, pance gonfie, e certe gambe storte che non riuscivano nemmeno a tenerli su. Ci furono degli scandali, a proposito di queste colonie micidiali. Ma a nessuno importava gran che dei bambini delle donne senza marito, delle serve, delle passeggiatrici, ch'erano costrette a metterli qui; e se non si pagava puntualmente il miserabile mensile, i bambini venivano trascurati del tutto, e lasciati morir di fame. Quando sognavo che Sonny si trovava in una di queste colonie, mi risvegliavo tutta in tremore. Non avrei mai mandato Sonny in un posto come quelli. Verso la fine di agosto, il gioco del Disco Rosso andava ancora a gonfie vele. Un giorno arrivò la moglie di Solly con un cestino di roba da mangiare, e i loro quattro bambini. Mi vide per la prima volta al lavoro nello stand del Disco Rosso. Era una grossa donna scura che somigliava a un sanguinaccio. Aveva una voce stridula che feriva le orecchie, come una ruota non lubrificata. Il giorno dopo, Solly venne da me con la faccia piena di graffi.

« Mi dispiace, signora Brown, ma mia moglie Leah crede che noi due ce la intendiamo. Vede come mi ha ridotto? Mi dispiace, ma questo è il suo ultimo giorno di lavoro. Quando una moglie comincia a pensare che te la intendi con un'altra... ». Non continuò, si limitò ad agitare le mani in aria. E così, feci fagotto e me ne andai.

A fine estate, non mi trovavo mica tanto bene in finanze. Avevo speso molto per vestire e mantenere Sonny, e per pagare il medico quando lui aveva cominciato a starnutire, ad aver la febbre, e a boccheggiare. Dovevo prenderlo su per i piedi e tenerlo sopra il vapore di un olio di certi alberi della gomma australiani, finché riprendeva fiato. Insomma, mi ritrovavo anche peggio di prima. Avevo pagato gli arretrati alla signora Moore, e tornai da lei, in Canal Street.

L'autunno era freddo e ventoso. Me ne stavo a sedere tra le foglie morte al Battery Park, a guardare le navi a vapore e i ferry che passavano. Mi domandavo perché non rimanessi lì fino a notte, per poi buttarmi nella baia. Ma l'acqua era troppo sporca, per morirci; tutta quell'immondizia, quei vecchi pezzi di legno con chiodi arrugginiti, un gatto morto, e altra sporcizia qua e là. Nessuna donna con un minimo di rispetto per se stessa si sarebbe annegata in quel letamaio.

Un giorno, mentre me ne stavo seduta vicino all'acqua, *dopo* aver deciso che non mi sarei annegata, mi successe una cosa. Posso descriverlo solo riferendomi a certi santi di cui ho sentito parlare. Certi santi che avevano cominciato la loro vita mangiando e bevendo a crepapelle, andando a donne, facendo un mucchio di cose sconvenienti, e poi, d'un tratto, come se fossero stati colpiti in testa da una palla da cricket, tutto era pieno di luci e di voci. Si sentivano di colpo puri e santi. D'allora in poi non facevano che compiere buone azioni, e tutta la loro vita cambiava.

A me, nessuna palla mi colpì in testa, né vidi nessuna luce. Me ne stavo semplicemente andando a casa con una palla di gomma da tre soldi per Sonny, dopo aver cercato di farmi dare del lavoro da un laboratorio che confezionava impermeabili, e quest'idea mi colpì d'un tratto. Vidi che stavo vivendo una vita rispettabile, che non ero più una puttana. Che avrei dedicato la mia vita ad allevare Sonny. Mi sarei tenuta alla larga dai casini, e sarei diventata come tutte le altre madri che vedevo passeggiare per il centro, così fiere dei loro bambini, tutti puliti nelle loro eleganti carrozzine. E perché non anch'io? perché *no*?

Ero diventata davvero un'altra persona, tutta piena di quest'idea di essere cambiata. Forse avevo la testa un po' svanita dalla fame. Forse avevo il capogiro per aver salito tutte quelle scale. Non avevo grandi speranze. Sapevo anche questo. Avevo avuto una grande quantità di sporche proposte dai fannulloni fuori delle osterie, inviti a entrare in qualche banda o a fare qualche atto degenerato nel retro di un caffè. Le mie richieste di lavoro, di solito finivano col caporeparto che cercava di mettermi la mano sulla passera, o con una rapida chiavata sul divano dell'ufficio. Greci, ebrei, italiani, olandesi, tedeschi, padroni o capireparto che fossero, rendevano ben chiaro qual genere di lavoro il mio salario avrebbe incluso. Avevo rifilato calci nel bassoventre, e graffiato più d'una faccia. Adesso, tutto quello di cui avevo bisogno, era del denaro per il vitto e l'alloggio. Mandai un'altra lettera a Roy, a Saint Louis, dicendo che poteva scrivermi al Fermo Posta Centrale. E mi misi di nuovo a cercar lavoro.

I tempi del vero sfruttamento del lavoro a domicilio non erano ancora venuti, e tutti quei miserabili, quella povera gentaglia vestita di cenci, che si portavano a casa i loro fagotti, i loro piumini legati con corde, anche loro, erano ancora da venire.

Ma v'erano già alcuni laboratori, generalmente gestiti da tedeschi o da ebrei, in certi appartamenti gelati come l'acqua. Cercai di trovare del lavoro in posti come quelli. Si vedevano intere famiglie che si portavano a casa fagotti di abiti, di giacche, di panciotti, per cucirli a mano, per farvi le asole. Tutti quanti, dai bambini di otto anni fino alla nonna, si mettevano a lavorare sul fagotto, imbastendo, cucendo, e facendo asole, per pochi dollari alla settimana; le donne, di solito, incinte e con la pancia grossa, e gli uomini già sfiniti, senza giacca alle soglie dell'inverno.

In quel mio cretino stato d'animo santificato, volevo fare quella vita. Ma non mi riuscì. Da me, tutti quanti volevano il sesso, niente asole.

Ero in arretrato di sei settimane con la signora Moore, quando venni a sapere che in uno dei casini di Houston Street cercavano una governante. Avevo mangiato soltanto una salsiccia, che avevo arraffata da una cassa scaricata fuori di un piccolo negozio di alimentari. Un boccone prelibato. Rubavo continuamente tutte le cose da mangiare che mi capitavano a tiro, ma la maggior parte dei negozietti con le cassette fuori, per le consegne della mattina presto, le tenevano chiuse col lucchetto. C'era un mucchio di gente affamata come me, in giro.

Il casino era al terzo piano di un edificio malandato. Lo dirigeva una certa signora Mince. Era una donna alta e curva, con un rosso naso schiacciato e una brutta tosse – che nell'ambiente era chiamata la 'tosse di Denver'. L'appartamento puzzava di orinali, di corpi non lavati. La carta sui muri era piena di macchioline, nel punto in cui era stata schiacciata una cimice, e nel salotto v'erano quadri di navi da guerra, delle conchiglie giapponesi, e divani dal sedile sfondato.

Era un posto schifoso, un posto da marinai e venditori ambulanti di bibite, da scaricatori del porto, da ammaestratori di cani, e gentaglia del genere. Le puttane erano malmesse, la faccia impiastricciata di un trucco rancido, perfino alla luce del giorno, ed erano vecchie o logorate. I Mince avevano tre bambini, che scorrazzavano qua e là per l'appartamento, masticando del pane nero spalmato con grasso di pollo. Il signor Mince, piccolo e calvo, con le scarpe dalla punta scamosciata, venne fuori a vedermi, con la signora Mince. « C'è del lavoro per lei, signora Brown. È una buona casa da un dollaro. E a fine settimana due dollari. Noi prendiamo la metà; e addebitiamo gli asciugamani, il sapone, e la roba rotta. È una vera miniera d'oro, per una che ci sa fare ».

« Avete bisogno di una governante. La casa è tutta in disordine ».

« Lei mi piace » disse la signora Mince, rifilando uno schiaffone a uno dei bambini. « Lei ha bisogno di fare delle buone chiavate, non di contare gli asciugamani ».

Vidi benissimo che non era un posto per una governante. Sei stanze su un lungo corridoio, con dei bambini che piangevano, orinali pieni, e cesso in cortile. I letti avevano le lenzuola grigie, e in fondo era stesa una tela cerata nera; a volte, i clienti non si toglievano neanche le scarpe.

« Ci sono delle settimane buone, quando c'è la flotta a Brooklyn, » disse il signor Mince « che una ragazza in gamba come lei può farne trenta o quaranta per notte. Certo non è un posto chic ».

Dissi che questo lo vedevo a occhio nudo, e, attenta a non toccare i muri, scesi le scale e me ne andai. Dopo tutti gli anni che son passati, vedo ancora quella casa come l'avessi davanti agli occhi.

Avrei potuto andare nella zona elegante, e magari trovare una casa migliore, ma era chiaro che appena mi davano un'occhiata, e vedevano che avevo appena passati i venticinque, non mi avrebbero mai assunta come governante, mi avrebbero voluta in salotto, e in camera. E di questo, nel mio nuovo pazzo stato d'animo di santità, non volevo saperne.

A chi altri potevo rivolgermi? all'Esercito della Salvezza?

Avevo avuto diverse offerte di matrimonio. Il signor Collins, lo sbornione proprietario dell'osteria, col suo dente d'oro, i capelli unti, con la riga nel mezzo, e il suo naso rosso e spugnoso. Era vedovo con sei orfani mocciosi, che abitavano sopra l'osteria e avevano bisogno di una madre, e lui aveva bisogno di una moglie. No. C'era anche il conducente del furgone delle consegne dei Magazzini Stewart, nonché ladro, un pezzo di tanghero con una bocca che pareva quella di un pescecane. Ogni tanto rubava dei pacchi da altri furgoni, e mi portava una blusa, un paio di guanti, o un pacco di lana. Dopo Monte, uno stupido ladruncolo non mi poteva andare. Inoltre, un giorno venne acchiappato e spedito. V'erano anche diversi sporchi vecchi con soldi, fatti col banco di pegni, o col mercato del pesce, nonché un galoppino elettorale di Tammany, che puzzava di sigari spenti e di biancheria mai cambiata. Sposare un orso, o uno qualunque di costoro sarebbe stata la stessa cosa – semmai, l'avrei fatto solo per un rifugio, e una casa per Sonny.

Facevo dei sogni pazzi. Un gianni proveniente dai quartieri alti arrivava di carriera con la sua bella carrozza, scendeva, e mi portava via verso lussuosi palazzi e gioielli di famiglia. Oppure era un gentile vecchio milionario a prendermi con sé per sfuggire alla sua vita triste e solitaria in un palazzo sulla Fifth Avenue, e adottava Sonny come suo unico erede. Arrivavo lontano.

La verità è che eravamo disperati, e ben presto saremmo finiti sul lastrico. Cominciai a impegnare le mie ultime cose, tenendo per ultimo l'orologio di zia Letty. Poi se ne andò anche quello. Ma non vendetti il biglietto del pegno per cinquanta centesimi, come feci per altre cose che avevo impegnato. Mangiai sempre meno alla tavola della pensione, a mano a mano che rimanevo sempre più in arretrato col pagamento. V'erano giorni in cui non mangiavo niente addirittura.

Quell'estate il caldo fu terribile. Per le strade l'asfalto si scioglieva, e i bambini lo masticavano come fosse gomma. Sonny aveva di nuovo la febbre. Ottenni un posto in uno stand del Disco Rosso, per un tale di Long Branch nel New Jersey. Solly aveva parlato di me a costui, dicendogli che io avevo il più bel paio di tette che si potesse immaginare per quel gioco. Non mi piaceva affatto essere costretta a lasciare Sonny alla signora Moore. Ma non sapevo quanto mi sarebbe durato quel lavoro, e promisi a Sonny che l'avrei mandato a prendere non appena avessi guadagnato un po' di denaro, e il posto si fosse dimostrato abbastanza sicuro, e una volta pagato alla signora Moore tutto ciò che le dovevamo.

I parchi di divertimento sulla costa dell'Atlantico erano molto popolari, e il gioco del Disco Rosso sembrava una buona fabbrica di quattrini. Mi sentivo triste e sola, col rumore della risacca che veniva dalla spiaggia, e tutti i bulli e i bellimbusti che si davano al bel tempo sulla spiaggia con le loro ragazze. La gente più anziana se ne stava seduta in veranda, a digerire tutte le bistecche e le aragoste e i gelati che si erano portate. L'odore di alghe, di pesce, di patate arrosto, di acqua salata, mi riporta sempre a quell'estate. La gente che si spellava per aver preso troppo sole, gli omnibus degli alberghi che trasportavano i clienti ricchi, e tutti gli altri che arrivavano portandosi le proprie valigie, i fagotti, la biancheria da letto, e i ragazzini intorno che urlavano come tanti Apache.

Una mattina ricevetti un telegramma dalla signora Moore, che diceva che Sonny era molto malato, col mal di gola. Piantai quella manica di fessi che se ne stavano lì in fila per coprire il disco rosso, e tornai di corsa in città. Alla vista della pensione della signora Moore, come scesi dal tram a cavalli, mi sentii come una pugnalata nel petto, come se qualcosa mi dicesse, non entrare, non entrare! La signora Moore, con la testa china, stava piangendo sopra la tela cerata del tavolo da pranzo. Alzò la testa. « Oh, oh, non temere, figliola mia, ha ricevuto gli ultimi sacramenti! ».

Se mi avessero tagliata la testa, non avrei potuto sentirmi più morta. Lasciai cadere la mia borsa, e rimasi lì, in piedi, a bocca aperta, senza emettere un suono. La signora Moore si alzò e mi strinse al suo grosso petto, e la sentivo parlare, come fosse qualcuno lontanissimo, e non parlasse a me.

« Abbiamo scoperto che era difterite. In due giorni, quella povera animuccia se n'è andata ».

Io non riuscivo a emettere alcun suono. Se n'era andato. Sonny non riusciva più a respirare, e il dottore, chiamato all'ultimo momento, gli aveva messo un tubo di vetro giù per la gola, e aveva cercato di drenargli il petto con una pompetta. Sonny aveva boccheggiato, ed era spirato senza una parola. Padre O'Hara gli aveva dato gli ultimi sacramenti proprio un momento prima. Non so se avrei dovuto dirgli, dopo, che secondo me, Sonny non era veramente cattolico. Ma la signora Moore si sarebbe afflitta, lei che si era comportata con Sonny come fosse stato suo figlio. Se ne stava lì, seduta, con gli occhi bassi.

Alle pompe funebri, avevano messo Sonny in una piccola cassa bianca. Non mi fece nessuna impressione. Come quando morirono zia Letty e mia madre, e quando seppi che Monte era morto, sentii che ciò che rimaneva di loro non era più niente. Non c'era altro che una piccola cassa bianca, un po' di fiori stantii, e l'odore della cera per mobili, e anche peggio, lì, nel seminterrato delle pompe funebri.

Seppellimmo Sonny in uno di quei lontanissimi cimiteri di Brooklyn, un lungo tragitto in carrozza. C'erano la signora Moore e suo marito, e Solly, e una battona chiamata Flo, che regalava a Sonny certe caramelle a forma di cuore, e una volta gli aveva regalato una barchetta incisa in un dente di balena che le era stata regalata da un marinaio.

Nel cimitero c'era un'incredibile quantità di lapidi. I morti erano seppelliti stretti, l'uno accanto all'altro, e sulle tombe c'erano una quantità di statue e di sculture. Non me ne importava niente. Non vedevo quasi niente, di quello che stava succedendo.

Tornai nella stanza, ad occhi asciutti, come intontita, sentivo ancora l'odore di Sonny, nella stanza. Il suo odore di bambino piccolo. Un vago sentore di orina nel punto in cui aveva bagnato il letto. L'unica cosa che mi fece piangere fu la vista, sul davanzale della finestra, di un pezzo di dolce con il segno dei suoi denti.

Per come la vedevo in quel momento, la vita aveva di nuovo occhi di serpente, per me.

XX

SUL DELTA

Nel dicembre dell'anno in cui morì Sonny, viaggiavo su un direttissimo, un ottimo treno che arrivava fino a New Orleans, per aprire un casino e diventare una tenutaria. Mi sentivo come se avessi un milione di anni, seduta in quel treno, passando davanti alle stazioncine, con la gente che se ne stava lì a guardar passare il treno, coi loro muli che sventolavano la coda. Secondo il registro, ero ancora al di sotto dei trent'anni, ma questo non voleva dir niente, mi sentivo come quell'uomo quasi nudo che sostiene il mondo, una statua greca di Atlante che avevo visto una volta nella vetrina di un negozio.

Mi sentivo tutta secca dentro e, specchiandomi sul vetro del finestrino, mi vedevo una luce un po' pazza negli occhi. Non riuscivo a capacitarmi di come la vita di ognuno dipendesse dal caso. Appena due settimane dopo la morte di Sonny, avevo ricevuto una lettera dell'avvocato di Konrad Ritcher, in cui mi si diceva che era stata depositata a mio nome, in una banca di New Orleans, la somma di undicimila dollari. Konrad aveva mantenuto la parola. Ma non v'era nessun messaggio personale, non mi domandava né come stavo né cosa facevo. Dopo aver rifuso ai Moore le spese per il medico e per la sepoltura, mi venne uno di quei pensieri che ti passano per il cervello come un lampo: perché quei soldi non mi erano arrivati un mese prima? Magari Sonny sarebbe stato ancora vivo, se l'avessi portato fuori da quell'estate torrida, fuori da quella schifosa pensione, fuori da quella sporca città. Ma fu un pensiero che durò quanto uno schioccare di dita.

I tipi che cercano d'immaginarsi la ragione delle cose, perché succedono o non succedono in un certo modo, mi lasciano abbastanza indifferente. E perché, pensavo viaggiando su quel treno, la vita doveva essere così triste e così breve? Io non credo che ci sia una ragione, per tutto questo. Né che dietro ci sia un grande disegno. È semplicemente una serie di fatti che accadono spontaneamente – fanno crescere i fiori, fanno sì che gli animali si mangino tra loro. Fatti accidentali nati insieme con l'uomo; e l'uomo è un pasticcio terribile, e difettoso sotto molti aspetti.

Mentre facevo queste riflessioni, durante quel lungo viaggio, non potevo credere che fosse stato nessun Dio a uccidere Sonny, o, alla mia ora, che avrebbe ucciso me. Un uccisore dimostra la sua cattiveria in una quantità di modi, prima di uccidere, e io invece vedevo nella vita soltanto un mucchio d'indifferenza. Per me non ci fu mai niente, nella vita, che mostrasse che v'era una più alta ragione di essere, se non semplicemente essere... Un lungo viaggio in treno porta pensieri come questi. E da allora non ho cambiato le mie idee sul come e sul perché.

Il treno attraversava una piatta campagna, poi colline, montagne, e poi di nuovo campagna piatta, rive di fiume, e sempre il tran tran delle ruote sulle rotaie.

Dovevo progettare con cura ciò che dovevo fare a New Orleans. Ero vestita bene, avevo delle belle valigie, un regalo d'addio di Marm Mandelbaum. Avevo questi soldi depositati in banca da Konrad, lettere per le persone giuste, alti funzionari e uomini politici di New Orleans. Avevo anche delle lettere di presentazione per avvocati e per la polizia. Ciò che dovevo fare era trovare una casa, dei mobili, cristalleria, biancheria da letto, quadri. Da Zig e Emma Flegel ero stata un'eccellente allieva, ma adesso dovevo fare tutto da me. E senza molto denaro. Una buona casa, anche se non proprio di gran lusso, di buon livello, poteva venir a costare dai venti ai trentamila dollari, pensavo. Dovevo trovare del credito, per ingrandire il mio commercio.

New Orleans, negli anni '80, era una città in via di sviluppo, molto attiva e molto allegra; ed era anche caldissima, umida, e bassa, talmente bassa al di sotto del fiume, che temevo sempre che una volta o l'altra un'inondazione avrebbe annegato tutti. I morti non venivano sepolti sottoterra, nei cimiteri. V'erano dei posti in cui venivano seppelliti su piattaforme. Le strade non avevano tombini, le case non avevano cantina.

Mi stabilii in una « Pensione per Gentildonne » vicino al Municipio, presi una carrozza, e andai a trovare varie persone per le quali avevo lettere di presentazione. Era piacevole sapere che in questo paese potevi andare da una città all'altra e conoscere della gente che ti avrebbe venduto la sua protezione per una casa di piacere, che ti avrebbe ottenuto i permessi necessari, e ti avrebbe presentata ad altra gente che ti avrebbe venduto mobili e masserizie a credito, per lo meno in parte. E sarebbero venuti perfino alla serata d'inaugurazione, a bere il tuo vino e a pizzicare le tue ragazze. La maggior parte di costoro erano rispettabili padri di famiglia, eletti o nominati alle varie cariche. Veniva chiamato « onesto peculato ». La città aveva bisogno di puttane, le puttane avevano bisogno di case, l'esistenza delle case evitava che i giovanotti e i bruti gli violentassero le figlie, le sorelle, e le mogli. Le vergini della comunità erano al sicuro, gli uomini di mezza età con bisogni e piccole abitudini intime potevano – in un ambiente confortevole – far meno male, causare meno scandalo, se esistevano posti come quello che io avevo in mente di metter su. Anche se apparentemente potevano suscitare sdegno, in quanto luoghi diabolici. Chi era più ipocrita, io o la società?

Assunsi un nuovo nome, visitai diverse case. Un piccolo, sudato, allegro italiano soprannominato Roma, mi faceva da guida. Lui sapeva di una casa abbastanza ben arredata, in Basin Street, che era stata una specie di bordello e casa da gioco. Poiché vi si barava, era stata chiusa. Se io potevo rilevare una parte dell'arredamento, avrei potuto succedere nell'affitto. Risultò che diverse persone erano interessate all'affitto e all'arredamento, o magari era Roma stesso il vero proprietario, ma fingeva di esserne soltanto l'agente.

Mi trovai un giovane avvocato in gamba, Peter S. perché tenesse a bada Roma e tutelasse i miei interessi. Firmai le carte che mi mise davanti, e tirai fuori i miei soldi per comprare della bella biancheria da letto, letti eleganti, e una quantità di altra biancheria fine. Roma conosceva i fornitori degli altri casini. Litigavo sui prezzi, e svalutavo la roba. Ma la paura mi scendeva fino alle scarpe a gambaletto. Temevo che una mattina o l'altra, svegliandomi, avrei scoperto che tutti i miei soldi se n'erano andati, ed ero di nuovo nella pensione della signora Moore, e andavo in giro a cercarmi un posto da cameriera, o all'Haymarket per far marchette. Mi risvegliavo tutta in sudore, nel calore e nell'umidità di New Orleans, e per rimettermi in sesto mi occorrevano due tazze dello schifoso caffè che si faceva in quella città, e una buona sorsata di whisky. Una volta che si sia sentita la puzza della povertà, e si sia visto che il suicidio è una buona cosa, non si riesce più a dormire tranquilli.

Era una bella casa a tre piani, con belle ringhiere di ferro battuto, e una bella gradinata di pietra. Davanti, c'era un moretto in ferro battuto, che portava un anello per legarci i cavalli. Dietro, c'era una specie di giardino, con erbe spontanee e un lastricato su cui cresceva il muschio. V'era anche una rimessa e un canile. Presi un cane, un grosso cane dall'aria cattiva, che in realtà non era un gran che. Ma la sua aria, il suo modo di ringhiare e di abbaiare, tenevano alla larga la gente, e non la incoraggiavano a introdursi nella casa di frodo. E assunsi Harry.

Harry, che aveva servito nella Marina degli Stati Uniti per vent'anni, stava appunto finendo la sua ultima ferma. Era fatto di pietra dura, e la sua faccia color mattone era priva di qualsiasi espressione. Teneva sempre un morso di tabacco nascosto dentro una guancia, ma non era tatuato come lo sono di solito i marinai. Fu sempre per me un buon domestico, custode, e difensore dai disturbatori. Sapeva come calmare i maneschi, e su mio ordine prendeva a schiaffi una puttana che alzasse un po' troppo la cresta. Ciò potrà sembrare crudele, ma in realtà non lo è. Buttarla sul lastrico, quello sì che sarebbe stato crudele, e se non mantenevo la disciplina non sarei stata una buona tenutaria, e sarei andata in rovina.

Assunsi Lacey Belle, una stupenda cuoca negra, con più cervello di tanta gente bianca che ho conosciuto. Tutto quello che chiedeva era: « Non chiedetemi di fare piccole faccende, non chiedetemi di lavare le finestre, e non accetto insulti dalle puttane. Io sono una cuoca per gente su. Sono una che va in chiesa, sono una che è stata sposata da un prete. E ho dei figli in Georgia, e voglio dargli un'istruzione ».

Assunsi Lacey Belle, e non me ne pentii mai. A me piace una donna che abbia sangue nelle vene, e che sappia usare la lingua per parlare. Era una negra, va bene, ma non mi sono mai fidata di nessuno come mi son fidata di lei. C'è un mucchio di bianchi per i quali non avrei dato un soldo bucato, e perciò non avevo il minimo senso di colpa se mi piaceva o non mi piaceva un nero. Erano, per tanti aspetti, esattamente uguali a chiunque altro. Altrettanto in gamba, o altrettanto schifosi. Altrettanto buoni, o altrettanto cattivi.

Assunsi anche due domestiche, di un nero pallido. Comperai dei vini, del whisky e altra roba in bottiglia. Mi rifornii di argenteria, di cristalleria, e riempii la casa di tappeti rossi. Aggiunsi diversi quadri a olio, tutti entro cornici dorate, con una gran profusione di tette e di culi, e di tipi grassi occupati a mangiare, a bere, e a divertirsi. Non ho mai pensato che debba esserci troppa orgia, nei quadri, ma dovevano dare al cliente l'idea che non si trovava in una scuola domenicale.

Scrissi a Flegel, chiedendogli di cercarmi sei brave ragazze, giovani, belle, non bevitrici né drogate né lesbiche, puttane che non avessero uno sfruttatore o un amante da mantenere. Ricevetti in risposta una lettera di Emma Flegel che mi diceva che Zig era morto, da un anno e mezzo. Il cuore aveva ceduto. Negli ultimi tempi, aveva messo su un mucchio di carne floscia e cascante, e continuava a urlare che voleva tornare nella vecchia patria. Per di più, si era strapazzato a morte, a forza di trombare con una ragazza di panetteria che manteneva, in un posto giù dalle parti dell'Università. E così era morto, scriveva Emma. Zig mi aveva sempre tenuta in grande considerazione, aggiungeva. Lei mi avrebbe mandato cinque ragazze, se gli avessi pagato il viaggio. E avrebbe dato un'occhiata in giro, per trovarmene un'altra in gamba, che non desse guai. Mi consigliava di metter su una casa di prim'ordine, e di farmi una clientela fissa, evitando per quanto possibile la clientela di passaggio. Di stare sempre in buona con la polizia, e di fare attenzione alla biancheria. Perdere la biancheria, o avere una governante ladra, potevano mandare in rovina una casa.

Tutte queste cose, arredare la casa, assumere il personale, scrivere le lettere, mi presero molto tempo. Ma io non avevo fretta. La gente con cui avevo a che fare, non aveva fretta. Aprii una sera di marzo, con un piccolo pranzo per i capoccioni della polizia, alcuni esponenti politici, Roma, e i suoi amici altolocati. Servii del Pinot Chardonnay, del Rudeshcimer, del Klosterkiesel, champagne, brandy, e così via. Il mio avvocato sedeva a capotavola. Incassava i suoi onorari nel mio letto. Non avevo osato rifiutarglielo. Era lui che stava tra me e la gente con cui avevo a che fare. E se costoro mi avessero messo le mani sul collo, sarei stata, come diceva lui, « fottuta ». Andare a letto con lui, non è che mi entusiasmasse. Non mi lasciavo andare, o almeno, non ci riuscivo. Non fui mai più la stessa, dopo la morte di Monte e di Sonny. Non avevo più gran che interesse per i fremiti del sesso. Ero come quel calzolaio che faceva una quantità di scarpe, ma ormai preferiva andare scalzo.

Ricordo quel primo pranzo d'inaugurazione – il cocktail di gamberetti in salsa calda, il ragù alla coda di vaccina, la bistecca Orlando e le pernici col risotto. E tutti i vini, e la roba forte per i bevitori incalliti. Lacey Belle, in cucina, era gonfia di soddisfazione come un tacchino. Feci vestire le ragazze che mi aveva mandato Emma in modo molto semplice, ma con abiti attillati. Niente di puttanesco, nella loro tenuta, e avevo promesso una sberla sulle orecchie a quella che avesse pronunciato la prima parola sporca. « Aspettate che siano i signori a dare il tono alla conversazione ». Una ragazza s'era perduta per strada. Era scesa a Nashville, e non se n'era più saputo nulla. Io ero vestita in seta gialla, guanti lunghi fino al gomito, qualche piuma nera sui capelli, anelli, e un filo di perle imprestatomi da Roma.

Io sbocconcellai una tartina al patè, sorridendo a tutti, mentre le cameriere sparecchiavano, e portavano sigari e caraffe d'acquavite. Guardavo quelle caraffe di cristallo, e mi sentivo veramente una tenutaria. Luccicavano sotto i candelieri, e quel luccichio diceva: *sei una tenutaria, adesso*. Le ragazze sedevano sulle ginocchia degl'invitati, il fumo dei sigari era spesso, molto pungente, mescolato con l'odore dei cibi che avevamo mangiato. Le persiane erano chiuse, le tende tirate. Harry stava alla porta. Peccato che ancora non mi avessero consegnato il pianoforte.

A mano a mano che i sigari s'accorciavano, l'atmosfera si andava riscaldando. Quella notte, le ragazze fecero tre marchette ciascuna. C'era un mucchio di ospiti importanti, e avevo soltanto quattro puttane. Io personalmente mi rifiutai di andar di sopra, feci intendere chiaramente che sarei stata semplicemente la tenutaria. Naturalmente, nessuno dei clienti pagò. Il pranzo, le ragazze, la trombata, tutto a spese della casa. Io avrei contribuito alle entrate degli ospiti per parecchi anni con un mucchio di soldi per la protezione. E del Beau Séjour e del St. Emilion in abbondanza. Oggi le si chiamerebbero spese di rappresentanza. Io la chiamavo buona volontà. Gli ospiti avrebbero indirizzato alla mia casa una quantità di clienti fissi. Quando un attore importante, un campione di equitazione, un proprietario di miniere dell'Ovest, o un grande giocatore, erano in città, venivano consigliati di fare una visita alla mia casa.

Al principio non fu facile, per me. Era come governare una nuova barca a vela senza sapere esattamente come funzionano le vele, e quale sia il vento buono, quali corde tirare per alzar le vele e quali per mollarle. Finché non siate riusciti a conoscere la barca, le sue manovre, e le sue reazioni, e non vi siate fatti l'idea giusta di com'è costruita, per un pezzo continuate a rischiare di capovolgervi.

Così era per me, come tenutaria nuova in una città nuova. Cominciai a conoscere le altre tenutarie. Ci scambiavamo visite a mezzogiorno, nei nostri salotti, a bere un bicchierino d'acquavite o una bottiglia di Chianti Antinori, e parlavamo delle tangenti per la protezione, dei prezzi, e delle ragazze. Imparai il sistema di farsi dare da un cliente due monete d'oro da dieci dollari senza che ciò apparisse come la vendita del corpo di una puttana per il suo piacere. Sapevo sempre il modo di calmare un cliente troppo agitato, a meno che fosse un pazzo ubriaco. Avevo una lunga pratica nell'ascoltare un uomo che ti raccontava che tipo straordinario egli fosse, o che noia fosse chiavare sua moglie, come avesse dovuto lasciare la ragazza che amava, o come avesse dovuto sacrificare la sua vita, rinunciando a far l'artista o l'ingegnere, per occuparsi invece del commercio di famiglia, nel catrame, nel cotone, nelle spedizioni, o nel legname.

Dimagrii. Andare a letto con l'avvocato mi riusciva molto stancante, benché fosse un bel tipo di stallone, che avrebbe dovuto piacermi, ma non mi piaceva. Continuavo a sognare che in banca mi rimaneva pochissimo denaro ed ero piena di debiti fino agli occhi. Prima della fine di quell'anno l'avvocato si sposò e si trasferì a Los Angeles.

Dicevo a me stessa che non avevo nessun passato. Che non c'era più nessuno al mondo che avrei potuto amare. Che ero una donna d'affari, e dovevo essere dura come qualunque uomo d'affari, per poter riuscire. Dovevo dare roba di prima scelta e farmi pagare profumatamente. Avevo deciso di tenere una casa da venti dollari. In certi anni duri, quando nel mercato si diffondeva il panico, fu soltanto da dieci. Ma in generale fu sempre una casa da venti dollari. Qualche ragazza diede dei guai, alcune furono esattamente come io volevo. Nessuna era perfetta, ma nessuno lo è mai, trattandosi di esseri umani. E in un casino le ragazze devono essere perfette, o almeno comportarsi come se lo fossero.

Quando aprii la mia casa in Basin Street, all'inizio degli anni '80, c'era ancora della gente che si ricordava i tempi selvaggi in cui i casini erano installati nelle chiatte sul fiume e le puttane vivevano, dormivano, mangiavano e bevevano, sulla riva, in quella parte della città in cui le chiatte erano ormeggiate, lungo Tehoupitoulas Street. La Palude cominciava da Girod Street, a pochi isolati dal fiume, presso il cimitero protestante all'angolo di Cypress Street con South Liberty Street. La Palude era il posto favorito dei fiumaroli; quella, e Gallatin Street, sono sempre state le zone più spaventose di New Orleans.

I vecchi che mi facevano questi racconti avevano le lacrime agli occhi, quando mi descrivevano le meraviglie della Palude. Ogni settimana, c'erano dieci o dodici morti ammazzati, e nessuno che se ne fregasse, nessuno che chiamasse la polizia. Le autorità cittadine non se ne immischiavano. Tutto si svolgeva alla luce del sole. Nella Palude i poliziotti non mettevano piede; era una specie di legge non scritta, purché il vizio non ne uscisse fuori, e non contaminasse la parte rispettabile della città. A Girod Street, la legge non esisteva più di quanto esistesse in una qualsiasi città dell'Ovest prima che arrivassero gli sceriffi; e si combatteva con tutto, coi denti, col sacchetto di sabbia, con la pistola e col coltello, erano quelli i tuoi unici amici, nella Palude.

La Palude si estendeva per poco più di una dozzina di isolati, ma pullulava di casini, di alberghi che affittavano stanze a ore, di sale da gioco, e di sale da ballo in cui le ragazze portavano il coltello infilato nella giarrettiera, tenevano le tette fuori del vestito, e servivano i gianni strofinandoli in piedi. C'era un gran puzzo di letame, di cesso, e di pozzo nero. Le baracche erano fatte di vecchio fasciame di barca e di tavole di cipresso grezze.

Tutta la decorazione consisteva in una lanterna rossa, o magari una tenda; il banco del bar era una semplice tavola. Una vecchia zoccola che aveva battuto la Palude a quei tempi, vendendola, o facendo pompini, mi disse il prezzo di una donna: una sorsata di whisky e una nottata costavano da uno a due picayune (un picayune equivaleva a sei cents). Succedeva che degli uomini venissero manganellati, legati, colpiti con un sacchetto di sabbia, e perfino ammazzati e gettati nel fiume.

Il gioco è sempre stato il maggior concorrente delle puttane. Svia o trattiene gli uomini da una ragazza che vuol fare una marchetta. A quei tempi si giocava molto ai dadi, e quelli che se lo potevano permettere giocavano al faro, alla roulette, e con la palla d'avorio. Tutti i giochi erano truccati, e i dadi squilibrati per truffare i gonzi. Se capitava che qualcuno vincesse, non veniva pagato, con la scusa che aveva barato, oppure veniva seguito in strada, e accoppato con un colpo in testa. I posti peggiori erano la Casa di Riposo e il Barcaiolo Stanco. In questi locali, nemmeno una puttana era al sicuro. Più di una forte lavoratrice venne spogliata nuda e gettata in strada senza un filo addosso. C'erano poi le epidemie di febbre gialla, e la gente moriva come mosche. Quando arrivava la febbre gialla, succedeva un pandemonio. Per tutta la città si sentiva il rotolio dei furgoni mortuari, e la gente sembrava indiavolata. Nei casini, nelle sale da ballo e nelle sale da gioco si scatenava l'inferno. Le puttane, in camicia com'erano, scappavano dalla città a precipizio; molte si ubriacavano, irrompevano nelle taverne coi loro uomini o i loro pappa, e si scatenavano. I giocatori facevano fagotto; alcuni fatalisti rimanevano per veder voltarsi l'asso di picche, la carta della morte. In tempi come quelli, la natura umana ribolle, e viene fuori il lato infernale dell'esistenza.

Parlando con le tenutarie che ricordavano i tempi della febbre gialla, tutte quante dicevano che v'erano uomini e donne che sentendo di poter morire da un momento all'altro si buttavano a chiavare e non erano mai sazi. Le puttane non meno dei clienti, e quelle che non potevano andarsene dalla città, o non gli era permesso di partire, si ubriacavano, o si mettevano a chiavare con o senza pagamento, tanto che la tenutaria doveva metterle alla frusta, o fargli dare una lezione dal gorilla della casa per costringerle a comportarsi da puttane e non come quelle che la danno via sulla porta di casa. Erano tempi terribili, mi dicevano le tenutarie davanti a un bicchiere di gin-fizz. Durante le epidemie, i casini che rimanevano aperti non riuscivano a contentare tutta la clientela, gli uomini impazienti di inzuppare il biscottino rimanevano nella casa per tutta la notte. Ce n'era un mucchio che prendevano addirittura stanza stabile in casino, pensando che se dovevano lasciarci la pelle, era meglio che la morte li prendesse a letto con una puttana, mentre facevano ciò che a quanto pare l'uomo preferisce a ogni altra cosa, quando si sente alle calcagna la Brutta Bestia.

Quando c'è pericolo di guerra, come quando scoppiò il conflitto per Cuba, fuori dei casini c'era la fila, e in quelli più ordinari le ragazze facevano dalle venti alle cinquanta marchette per notte; io abbreviai il tempo concesso al cliente per usufruire delle attenzioni di una ragazza. Nel 1910, quando si temeva un conflitto in Cina, i signori clienti erano fitti come le mosche a Boston Street d'estate. Nel 1914, per noi tenutarie, tutto quel gran parlare che si faceva del Kaiser Bill, e della faccenda degli U-Boote, fu una vera manna. I giovanotti venivano più spesso, e quando anche noi entrammo in guerra sembrava che ci avessero dato una pala e ci avessero aperto le porte della zecca, dicendoci: prendete pure tutto ciò che potete. Ma poi ci ficcarono il naso i moralisti e dovemmo chiudere, perché si riteneva che mentre i ragazzi erano abbastanza grandi per crepare in guerra, non erano ancora in età da dimostrare ch'erano anche forniti degli organi maschili e volevano usarli secondo natura.

C'è qualcosa di folle nel rapporto sessuale tra uomini e donne in tempi eccezionali. Per quanto possiate cercare di mantenere la vostra casa su un certo tono, per quanto possiate ammonire le vostre ragazze a non essere linguacciute o volgari – se c'è un incendio, una guerra, un'epidemia, la casa diventa un pandemonio. E non è da credere che sia soltanto la gentaglia, i capiscarichi, o la gente della malavita. Era la crema della città, che arriva di nascosto, di notte, oppure sfacciatamente, per il portone principale, spesso portandosi la bottiglia d'acquavite e i sigari. Chiavare non è certo un prurito che risparmi una classe piuttosto di un'altra. È il gioco di tutti, e se uno non lo fa, non va molto avanti negli anni.

Ma anche quando non c'erano né guerre né epidemie, nelle case c'era un bel movimento lo stesso. Nella mia, io non andavo in camera, tranne che con qualche vecchio cliente. Trovavo disdicevole per la dignità della casa, che la tenutaria facesse marchette come una qualunque delle sue ragazze. Ma Kate Townsend, una famosa tenutaria che era continuamente imbenzinata, andava in camera con chiunque. Non ci teneva a mantenere la sua dignità. Nella sua casa, nel 1870, era stato commesso un assassinio, proprio davanti a lei, con coltello e pistola. Più tardi mi raccontò che lei teneva sempre a portata di mano quel coltello. Aveva una relazione con un certo Treville Sykes, un giovanotto di buona famiglia. Quando diventò troppo grassa e non si muoveva volentieri, veniva lui a trovarla nella casa. Kate aveva un gran brutto carattere, e gli faceva fare una vita d'inferno. Una volta quasi gli mozzò il naso col coltello dell'assassino. Era sempre in cerca di giovani stalloni, e a un certo momento si mise con un gaglioffo a nome McLean, il quale prese anche a spadroneggiare nella casa. Nel 1882 o '83, i litigi fra lei e Sykes si fecero ancora peggiori, e Kate portava sempre con sé quel coltellaccio. Sykes la ammazzò con quel coltello, infliggendole una dozzina di terribili ferite, e lei morì dopo una lunga agonia. Fu seppellita con un abito di seta da seicento dollari, dopo essere stata esposta nel salotto della sua casa, con champagne per tutti, ed era champagne di marca. Io ne bevvi tre bicchieri. Fu un funerale grandioso, la bara di bronzo costò cinquecento dollari, e due dozzine di carrozze seguirono il feretro fino al Metarie Cemetery. Nessuno dei signori suoi amici venne all'accompagno, ma del resto lei non avrebbe potuto aspettarseli. Per la stampa fu un colpo grosso. Conservo ancora un ritaglio:

TERRIBILE FATO DI KATE TOWNSEND
PER MANO DI TREVILLE SYKES
TRAFITTA A MORTE!
CON LA STRUMENTALITÀ
DI UN COLTELLO A SERRAMANICO
I SENI E LE SPALLE
LETTERALMENTE COPERTI DI PUGNALATE

Questo Sykes fu assolto, con la motivazione della legittima difesa. Lui presentò anzi un testamento che lo nominava erede del casino e di tutto il patrimonio di

Kate, valutato duecentomila dollari. Gli avvocati e i ragazzi del tribunale lavorarono attorno alla cosa per diversi anni, e alla fine rimasero trentatremila dollari. Gli azzeccagarbugli se ne presero trentamila per onorari, e poi ci furono molte spese. L'assassino, quando tutto fu finito, rimase con trentaquattro dollari.

C'erano degli uomini a cui piacevano i ragazzi, e anche loro venivano accontentati, ma non da me. Penso che questi invertiti, com'erano chiamati, fossero molti di più di quanto la gente s'immagina, ma il commercio dei ragazzi non mi ha mai interessato. Penso che qualunque cosa faccia la gente (che non sia matta) sia naturale ai suoi bisogni, e non c'è niente da riderne. Il fatto è che non ho mai pensato che un uomo possa trovare niente di più piacevole di una donna che sappia come maneggiarlo a letto.

XXI

CHIAMATELA STORYVILLE

Che esistessero rapporti sessuali tra uomini, doveva essere un segreto, o almeno tutti si comportavano come se la cosa non esistesse. Eppure, non era un fatto raro. A New Orleans, gli invertiti, gli oggetti della loro caccia, e la polizia, sapevano bene come andavano le cose. I finocchi avevano un bel da fare per trovarsi un partner. Mentre darselo in quel posto era un divertimento comune tra i ragazzi di campagna, e, insieme con l'incesto, era cosa ordinaria tra la bassa gente, nelle classi medie e alte, gli invertiti, per incontrarsi, dovevano cercare gli angoli bui, e mettere i loro segreti nelle mani di gentaglia che spesso li ricattava.

A Baronne Street, c'era una certa Miss Carol che procurava i ragazzi. Ragazzini negri di pelle chiara, o di 'pelle dorata', come si diceva, venivano spesso rovinati da gianni bianchi. Erano in gran parte ragazzi morti-di-fame, spesso senza genitori e senza casa. Alcuni, a suo tempo, diventavano ricattatori, e perciò spesso il finocchio bianco ci rimetteva ben più del pattuito. Miss Carol era comproprietaria di una casa di froci, la cui tenutaria era un uomo conosciuto col nome di Big Nellie – Miss Big Nellie. I ragazzi in sottana avevano nomi come Lady Richard, Lady Fresh, Chicago Belle, Toto, e altri nomi del genere che si vedono scritti sui muri. Facevano anche dei balli e delle feste, un mucchio di culattoni starnazzanti, vestiti di seta, di satin, coi tacchi alti, e il rossetto sulla faccia.

Io non ebbi mai molto a che fare con questa roba greca, e persi diversi clienti che impazzivano per quei balli e i costumi da donna. Ho sempre pensato che c'era qualche rotella fuori posto in un gianni che per farselo rizzare doveva guardare delle finte donne che se lo sfregavano a vicenda. L'unica volta che entrai da Big Nellie fu una notte in cui un mio vecchio cliente venne da me e mi disse che suo figlio, venuto giù da Yale, stava andando là con un suo amico scervellato, e aveva paura che si cacciasse in qualche guaio. Non osava andarci lui personalmente, per riportarsi a casa il ragazzo. Mi pregò di andarci io.

Cosa non si fa, per compiacere un vecchio cliente! Chiamai Harry, e andammo a Baronne Street, e Harry ci fece entrare per la porta di dietro. Erano le due del mattino, e si stava svolgendo un gran ballo di froci. Una cosa infernale. I ragazzi, per la maggior parte, si erano tolti la gonna, e alcuni degli uomini più rispettabili della città stavano facendo sessantanove per le scale, e nel salotto era in pieno svolgimento una catena margherita, una fila di uomini che s'inculavano in cerchio, e sembravano uno schifoso centopiedi. Qualcuno mi afferrò, ma appena si accorse che le mie tette erano vere mi lasciò andare. Harry acchiappò il ragazzo, era ubriaco morto e aveva la faccia tutta sporca di rossetto, ma non avemmo nessuna difficoltà a portarcelo via in carrozza. Big Nellie disse che non gliene importava niente. « Questo pollastro aveva talmente paura che non serviva proprio a niente, un peso morto, per la festa. È troppo schifosamente normale ».

Alcuni dei più importanti uomini d'affari della città, avvocati, medici, almeno un ministro, e uno scrittore, erano invertiti; per lo più tazze, e qualche mestolo.

Come donna d'affari, io ero contraria alle case per froci, perché davano un cattivo nome al quartiere, e poi ho sempre pensato che Dio non sia contento che un uomo volti le spalle a una donna, e vada invece con un altro uomo per la porta di dietro. Alcuni appartenenti alla confraternita dei finocchi frequentavano anche la mia casa, erano quelli bisessuali. Più tardi, costoro furono denominati AC e DC, come le correnti elettriche. Neanche alle ragazze, piacevano i froci. A volte, un gianni voleva un ragazzo e una ragazza insieme, per questo tipo di piacere, ma io non aderivo a questi gusti. Dirigevo un buon casino all'antica, e loro sapevano ciò che avevo da offrire, e se non gli piaceva così, potevano andarsene in un altro posto. Voglio solo dire che a New Orleans c'era un mucchio di posti dove potevano ottenere ciò che volevano.

Neanche alla polizia e alle autorità, piacevano queste cose. Cercavano di mantenere il commercio della carne su un livello di qualità. I lupanari e le battone vennero espulsi da Burgundy Street verso Conti Street, e le case d'appuntamento poterono lavorare in un'atmosfera migliore. Naturalmente, i prezzi aumentavano continuamente, e anche le tangenti. Alcune case ebbero dei guai. Ma la mia era ben amministrata; io non buttavo certo il denaro dove non serviva, e pertanto, in quel senso lì, non ebbi mai grossi guai. Inoltre, avevo dei protettori in alto loco che si prendevano quasi il cinquanta per cento dei guadagni della casa. Odiavo i debiti, e pagavo quasi sempre in contanti.

Le case si cacciavano nei guai quando non pagavano i conti e si coprivano di debiti. Il Ringrose Furniture Emporium fece causa a Carrie Freeman, a Mary O' Brien, a Mattie Marshall, a Nelly Williams e a Sally Levy, per 7.000 dollari di mobilio non pagato. Mattie era debitrice per 5.000 dollari, Carrie per 1.300. Noi tenutarie odiavamo gli accertamenti fiscali. Ma la maggior parte di quelle che avevano protezioni in alto non venivano mai molestate dall'agente delle tasse.

Nel gennaio del 1897, un assessore, Sidney Story, propose, con successo, che le case venissero riconosciute. Story era un agente di cambio che lavorava soprattutto sui futuri raccolti di cotone, di riso e di tabacco; disse che aveva compiuto uno studio approfondito della prostituzione e della sua regolamentazione nelle varie capitali d'Europa. Ci fu qualche bastardo che disse che nei suoi viaggi all'estero, Story era stato semplicemente un frequentatore di casini. Ma a me sembrò sincero, e un buon cittadino.

Ciò ch'egli proponeva era di emanare una delibera con cui veniva definita una zona del quartiere francese della città di New Orleans, nella quale puttane e tenutarie sarebbero state autorizzate a svolgere il loro lavoro. Non si trattava di una legalizzazione. Sarebbero state permesse, va bene, ma senza che ciò fosse stabilito da una legge. Strizzandoci l'occhio, cercava di tenerci sotto controllo, mentre diceva che in realtà noi non esistevamo.

Naturalmente, la cosa fece molto scalpore, si invocò Dio, si parlò di Sodoma e Gomorra, e della decadenza morale degli uomini del Sud. Bisognò tranquillizzare la polizia e i politici dicendogli che per loro ci sarebbe sempre stato da mangiare, poiché sarebbe stato approvato un regolamento, e a loro sarebbe stato affidato il compito di farlo rispettare. Nel luglio 1897, la proposta di Story fu approvata, e vennero definite due zone segregate, una nel quartiere francese, e l'altra al di sopra di Canal Street. La cosa passò senza intoppi. Conservo ancora il ritaglio dell'ordinanza:

> Il Consiglio Comunale della città di New Orleans ordina: la Sezione Prima dell'Ordinanza N. 13.032 C.S. viene con la presente emendata come segue: Dal 1° Ottobre 1897 sarà considerato illegale per una prostituta o una donna notoriamente di costumi licenziosi, occupare, abitare, dimorare, o dormire in qualsiasi casa, stanza, o ripostiglio, situati al di fuori dei seguenti limiti: dal lato sud di Customhouse Street fino

al lato nord di Saint Louis Street, e dal lato inferiore di North Basin Street al lato inferiore di Robertson Street; 2°: dal lato superiore di Perdido Street al lato inferiore di Gravier Street, e dal lungofiume di Franklin Street, al lato inferiore di Locust Street. Sarà considerato illegale aprire, gestire, esercire, qualsiasi cabaret, caffè-concerto, o pubblico locale dove vengano eseguiti can can, danze del ventre, o altre simili danze femminili o spettacoli a sensazione, al di fuori dei seguenti limiti: dal lato inferiore di N. Basin Street al lato superiore di N. Robertson Street, e dal lato sud di Customhouse Street, al lato nord di Saint Louis Street.

Per tenere tranquilli i funzionari e i politici che temevano di perdere le loro tangenti, venivano stabilite delle multe da cinque a venticinque dollari, e c'era la prigione fino a trenta giorni in caso di mancato pagamento per le eventuali violazioni dell'ordinanza. Perciò potevano chiudere qualsiasi casa che – come si leggeva sull'ordinanza – « potesse divenire pericolosa per la pubblica morale ». I funzionari potevano leggerla in qualunque modo, bastava un secchio della spazzatura troppo pieno, e ti potevano chiudere la casa – a meno che gli ungessi il palmo.

Le tenutarie passate e presenti, quando ero a New Orleans, formavano un gruppo molto assortito di donne d'affari: v'erano delle sbornione, delle pazze, e anche donne del tutto normali. Su di loro si è detto e si è scritto molto, dato che si trattava di New Orleans. Ma per la maggior parte erano come la gente che ho visto in qualsiasi altro posto. Alcune erano strambe a sufficienza da poter essere messe sotto chiave. Altre fingevano semplicemente di esserlo, perché era vantaggioso per il commercio.

Tengo ancora dei ritagli degli opuscoli, come il *Blue Book*, ch'erano venduti come guide alle case di New

Orleans. Certe tenutarie vi mettevano degli annunci che davano un'idea abbastanza precisa del loro stile:

MADAME EMMA JOHNSON

Meglio nota come la « Regina parigina d'America » non ha certo bisogno di presentazione in questo paese.

La « House of All Nations » di Emma Johnson, come viene comunemente chiamata, è un luogo di divertimento che non potete mancare, nella vostra visita al Quartiere.

Alla « House of All Nations », si fa di tutto. Piacere, è la parola d'ordine.

Negli ultimi tempi, i frequentatori della « House of All Nations » sono talmente aumentati che Madame Johnson ha dovuto occupare una « Dipendenza ». Emma non ha mai meno di venti belle donne di tutte le nazioni, che sapranno divertirvi con la massima abilità.

Ricordate questo nome: Emma Johnson
Aquí si habla Español.
Ici on parle francais.

telefono n° 331-333 N. Basin

LA « STAR MANSION » DI MISS RAY OWENS

1517 IBERVILLE STREET telefono 1793

La casa di piacere più bella e più moderna di tutta Crescent City. La sala turca di questo palazzo è la più bella del Sud, tutto l'arredamento e le decorazioni sono state importate dalla ditta Vantine di New York, espressamente per Miss Owens.
Le sue signore sono:

GEORGIE CUMMINGS
MADELINE ST. CLAIR
MILDRED ANDERSON
SADIE LUSHTER
GLADYS WALLACE

GOVERNANTE: PANSY MONTROSE

Una tenutaria spesso chiamava « signore » le sue puttane in quanto pensava che ciò facesse alzare il prezzo dei loro servizi.

Puttane e giocatori di professione sono sempre andati molto d'accordo, come il prosciutto con le uova. Parlo dei giocatori veri, non dei buoni a nulla, o dei pidocchiosi da quattro soldi. Di solito, lasciavano il loro malloppo o ai tavoli da gioco o nei casini. I giocatori, e io ne ho conosciuti almeno una dozzina tra i migliori, vivono sempre coi nervi tesi, sull'orlo del collasso. Magari non lo facevano vedere, ma io me ne accorgevo quando qualche grosso baro aveva fatto un grosso colpo; arrivava nella casa tutto rosso in faccia e con le dita che gli tremavano, si portava di sopra il suo culo favorito, o se questa era già impegnata con un cliente, qualunque ragazza disponibile. Si metteva a chiavare (mi raccontava la ragazza, dopo) come se dovesse segare la donna in due. Far l'amore forte e a lungo, era questo il modo in cui i giocatori si calmavano. In tempi fiacchi, arrivavano in casino e se ne stavano seduti qua e là, con una ragazza accanto, con la barba lunga, fumando sigaretti neri, con un mazzo di carte, distribuendo e tornando a distribuire, e andando in camera tre, quattro volte al giorno. Se poi arrivava una nave carica di turisti, o alcuni grossi proprietari terrieri che venivano in città per divertirsi, ecco che il giocatore si presentava tutto ben rasato, profumato, col suo vestito più elegante, e luccicante di brillanti gialli. I giorni successivi, praticamente non dormiva, non mangiava, non andava al cesso. Calmo, disinvolto, avreste detto che era fatto di pietra. Ma una volta spennato il pollo, o se la sfortuna gli era stata contro, eccolo di nuovo in casino, a darci dentro come se volesse far passare la ragazza attraverso il materasso. Immagino che i dottori sapranno spiegare questo fenomeno. Per noi tenutarie, era un guadagno sicuro.

A volte, i giocatori organizzavano delle partite in casino. Il gioco più diffuso era il poker, sia con lo scarto, sia a carte scoperte, ma si giocava anche al faro, al

21, al 7, al monte di 3 carte, e perfino al whist. Io non permisi mai ai giocatori di lavorare nella mia casa, ma spesso facevo una partita amichevole con qualche cliente.

Non ho mai preso molto sul serio la pubblicità delle case sulle guide – vedere una cosa stampata, non mi è mai parso che la rendesse migliore o peggiore.

La guida *Blue Book* era veramente elegante – c'era perfino una frase in latino:

HONI SOIT QUI MAL Y PENSE

Questa Guida al Quartiere dei Piaceri si è dimostrata preziosa in molte occasioni per informare la gente su quello che succedeva nella « zona allegra ».

PERCHÉ NEW ORLEANS
HA BISOGNO DI QUESTA GUIDA

Perché questo è l'unico quartiere del suo genere negli Stati Uniti che sia legalmente assegnato alle donne allegre.

Perché mette il forestiero sulla strada giusta e sicura affinché possa circolare tranquillo senza rischiare aggressioni o altri pericoli ai quali di solito va incontro.

Perché dà una regolamentazione alle donne assegnando loro un quartiere ad esse riservato, anziché essere sparpagliate per tutta la città, riempiendo le strade e i vicoli di passeggiatrici.

Fornisce inoltre i nomi delle donne impiegate nelle Sale da Ballo e nei Cabaret del Distretto.

Tra i vecchi vitaioli, chi ricorda ancora Kate Townsend, Fanny Sweet, Liz delle Luci Rosse (l'amante di Joe la Frusta, che si portava dietro un assortimento di fruste perché il cliente scegliesse quella che preferiva per farsi frustare), Nelly Gasper, Fanny Peel e le puttane Kidney Foot Jenny, Sal da un Occhio, Gallus Lu, Mary l'Indiavolata, che erano così note al Vicolo del Fumo, a Bienville Street, e a Conti Street? Ci si ricorda dei famosi cavalli da corsa, e dei vincitori delle corse di cani, ma di loro nessuno si ricorda.

Il capo della polizia D.S. Gaster calcolava che Storyville, nel suo periodo di splendore, aveva duecentotrenta case di piacere, trenta case d'appuntamento, e duemila puttane, tutte impegnate nel commercio della carne.

Per attirare clienti, una tenutaria doveva vantare qualche specialità. Certune usavano la storia e la letteratura come elemento di attrazione. Una giurava che era discendente della *squaw* del famoso poema di Longfellow, e nel suo salotto teneva un quadro con la dicitura: *Mr. e Mrs. Hiawatha, antenati di Minnie Haha.* Minnie aveva delle case sia in Union Street che in Basin Street. Per Kitty Johnson, un'altra tenutaria, due suoi amanti si batterono a duello sul marciapiede della casa, e il vincitore venne poi invitato a pranzo con le ragazze.

Nella casa di Josephine Killeen, c'erano Mollie Williams e la sua giovanissima figlia, che si potevano avere per cinquanta dollari. La polizia le arrestò, e la signora Killeen disse che non era giusto che « si portasse via una ragazza a una madre che aveva bisogno del suo aiuto ». Spesso, nei casini si trovavano delle ragazzine tra i dodici e i sedici anni, ed erano conosciute col nome di 'passera affamata'.

Quella che dava il tono a Basin Street era Kate Townsend. Aveva i più grossi seni di New Orleans, e vederla camminare con quei seni che la precedevano era un bel vedere. Kate era una forte bevitrice, e in politica era una potenza; la sua casa, al n. 40, era il più lussuoso casino d'America. Diceva che per arredare le sue stanze aveva speso quarantamila dollari. Tappeti arabi, caminiere di marmo, e le pareti erano foderate in noce massiccio. Si diceva che la sua *boîte à l'ordure* – il suo vaso da notte – fosse d'oro massiccio. Io credo che fosse semplicemente placcato. Conservo ancora un ritaglio a proposito della casa di Kate Townsend – tanto per dire quanto fosse elegante.

Il giornalista scriveva che v'era « una splendida *étagère*, sulla quale erano posate statuette, opere di rinomati artisti, e altri piccoli oggetti d'arte che tradivano buon gusto, sia per la scelta, sia per la disposizione. Lì accanto, un piccolo tavolo di marmo scolpito, e più avanti, uno splendido armadio a specchi, sui cui scaffali era disposta una pletora della più bella biancheria personale e da letto. Vicino all'armadio v'era un divano foderato di damasco, e sopra la caminiera v'era un prezioso specchio francese con la cornice d'argento. Sulla parete opposta al camino, vicino a una finestra, una grande credenza piena d'argenteria. Un altro armadio simile a quello descritto, un tavolo, e un letto, completavano l'arredamento della stanza, oltre alle poltrone, in gran numero, foderate in broccato e in damasco, con cuscini intonati. Le cortine del letto, e perfino la zanzariera, erano di pizzo, e dalla testiera del letto pendeva uno squisito cestino di fiori. Alle pareti attorno erano appesi casti e preziosi quadri a olio ».

Casti, una fava.

Kate Townsend teneva più di venti ragazze. Il vino lo metteva 15 dollari la bottiglia. La marchetta era 15 dollari, e per le ragazze molto conosciute, venti. Kate non disdegnava di andare in camera con un cliente, a 50 dollari al colpo.

Certe tenutarie aggiungevano attrazioni piccanti alla normale routine della casa. Io non ci tenevo gran che, agli spettacoli di negri che ballavano il voodoo, e quando qualche ricco cliente del Nord che ne aveva sentito parlare, mi chiedeva qualcosa di speciale, mi mettevo in contatto con Mae Malvina, e mi facevo mandare qualche danzatrice mezzo sangue, e li mandavo in camera al rullo del tamburo, e il cliente che voleva un pancia-a-pancia con un muso nero ne usciva sempre soddisfatto.

Le estati, a New Orleans, erano insopportabili – l'aria era rovente, e talmente umida che sembrava di respirare una minestra. Chiudevo la casa, e le ragazze se ne andavano al Nord, in qualche città di acque termali, per lavorare in qualche casino, o facevano un viaggio col loro amico, se ce l'avevano, per gettare i soldi dalla finestra, oppure se ne andavano a casa, se l'avevano, a trovare i parenti e fargli uscire gli occhi dalla testa pavoneggiandosi coi loro abiti e i loro regali. Non mi risulta che vi siano molte famiglie che abbiano voltato la schiena a un dollaro che puzzi di letto.

Io presi l'abitudine di andarmene nel Colorado – dove c'è una bell'aria fina, piacevolissima, dopo l'umidità del golfo. Lo stesso facevano una quantità di altre tenutarie, e ci incontravamo, pranzavamo insieme, e parlavamo di lavoro a Denver al vecchio Windsor, tutto specchi, dorature, e felpa rossa, come un casino di lusso; oppure affittavamo una bella carrozza e ce ne andavamo al Louie Dupuy's Hotel de Paris a Georgetown, alla Teller House a Central City, oppure allo Haw Tabor's Vendome Hotel a Leadville. Si mangiava bene, e io giocavo. Mi piaceva il poker, ma non al punto di rovinarmi. Di solito ero l'unica donna, al tavolo. Se mi sentivo in vena, arrivavo fino a Virginia City – sempre all'International House di C. Street, mi pare, dove venivo accolta dai vitaioli di Comstok e di Bonanza – vecchi clienti della mia casa – se erano soli. Imparai ad aspettare che fossero *loro* a farmi segno che ci conoscevamo.

La Florida mi piaceva, anche se d'estate faceva altrettanto caldo e umido che a New Orleans. Ma a volte, dopo un Natale e un Capodanno di duro lavoro, lasciavo la direzione della casa a Harry e alla governante e m'incontravo con qualche altra tenutaria al Royal Poinciana, oppure ce ne andavamo a Poland Springs, al Greenbrier. Mi piaceva mangiare in treno, il Seaboard, i pranzi eleganti della Costa orientale, i migliori locali della Costa atlantica.

Se andavo a New York, il Waldorf mi andava bene – ma odiavo la città, e ci andavo di rado. Mi tornava in mente quell'orrendo periodo di Sonny e di Monte, e mi sentivo male, e ne davo la colpa all'aragosta o alla cucina francese del ristorante. I ricordi possono avere una lunga coda, piena di ami. Un posto favorito per starmene tranquilla era il Grand Hotel Tulwiler, di Birmingham. Vi si respirava il passato ben ben imbalsamato in un buon servizio silenzioso.

Un paio di volte fui sul punto di prendere un transatlantico per vedermi un pezzo d'Europa, ma poi non lo feci mai. Facevo una vita tranquilla, così come veniva. Non ero infelice. Questo è pressoché il massimo che posso dire di me stessa per tutti questi anni. Cambiavano le mode, cambiava il secolo, per lo meno sul calendario. A mio modo, ero un'americana di successo, come Mr. Frick, Mr. Carnegie, Teddy Roosevelt, o Mrs. Astor.

PARTE QUARTA

VITA DI UNA TENUTARIA

XXII

GUAI NELLA CASA

Ho constatato che la vita si fa scialba, a mano a mano che diventa una routine, un'abitudine. Le giornate diventano noiose, e sembrano avanzare lentamente, facendosi strada verso la fine. Non ricordo certo tutte le frenetiche feste di Capodanno che celebrammo nella casa.

Solo un paio emergono alla memoria. Quella in cui un attore famoso perse la parte anteriore della sua bella dentiera di porcellana dentro il lavandino, e poi quel Capodanno in cui si sviluppò un incendio quando il *plum pudding* di Lacey Belle col cognac flambé appiccò fuoco alle tende, e lo spegnemmo con i sifoni di seltz.

Verso la fine degli anni '90, avevo cominciato a metter su peso, ma essendo alta, riuscivo a nasconderlo un poco, anche se qua e là la carne era un po' cascante. Ma ben stretta nel busto, che due cameriere mi aiutavano a stringere al massimo imprigionandomici dentro, avevo ancora, mi si diceva, un culo stupendo, e dei seni ancora ben eretti. Se vi piace la donna vecchio stile. Soltanto guardandomi da vicino mi si potevano vedere le rughe attorno agli occhi, e che i miei capelli rosso oro erano tinti. Avevo dei bei denti, e li curavo. Me ne infischiavo delle chiacchiere dei dentisti, secondo i quali era molto elegante avere un dente d'oro sul davanti. Digerivo benissimo, e non bevevo quanto certuni, ma nemmeno così poco come certi altri. Conoscevo i vini fin dai tempi di casa Flegel, e spesso mi scolavo una bottiglia di Borgogna bianco Clos du Chapitre.

Gli anni continuavano a correre come se avessero paura di farsi acchiappare. Avevo quarantaquattro anni, e me ne calavo qualcuno. Il 1898 fu un anno pieno; le agitazioni per la guerra di Cuba furono di molto vantaggio per la casa. Tutti sembravano dominati dalla simpatica idea di schiacciare gli spagnoli. A noi non importava niente di chi aveva fatto saltare la nave *Maine*, ma qualunque passante sembrava pronto ad afferrare un fucile e mettersi ad ammazzare gli spagnoli. Gli spagnoli che ho conosciuto mi sono sempre piaciuti – gente molto educata – e non vedevo perché si dovesse uccidere un uomo che mi vendeva un paio d'orecchini di brillanti, o che mi rimetteva un vetro rotto a una finestra perché ritenuto responsabile dell'affondamento del *Maine*. Io non sono mai stata una gran sventolatrice di bandiere. Per me, una bandiera non è altro che una cosa fatta di diversi pezzi di stoffa colorata cuciti insieme, anche se so bene che cosa vuol simboleggiare. Non ho mai confuso un paese col suo governo, i porconi che governano un paese con la bandiera di questo paese. Sapevo, dai contatti che avevo per la protezione, che un governo non è semplicemente una bandiera, o la sua storia passata, ma di solito è un gruppo di persone rapaci e schifose, chiamate uomini politici. Non pensavo nemmeno che fossero tutti cattivi. Abbiamo avuto alcuni grandi uomini – qualcuno a Washington. In ogni barile di mele marce, se ne può sempre trovare un paio buone.

No, non ho mai provato nessun interesse nel morire per una bandiera, o per la storia, o per i politici. Non mi è mai piaciuto veder sparare alla gente, veder ammazzare dei ragazzi per qualche frase altisonante, perché potesse avere altra terra la United Fruit o qualunque altra fabbrica di soldi. Avevo visto come i re degli ananas e i figli dei missionari avevano depredato le Hawaii.

Un re degli ananas – indirettamente – mi avrebbe fatta scappare dalla città per tre anni, chiudere la mia casa, e spedita sulla costa dell'Ovest. Questo re degli ananas non era altro che un grosso pezzo di tanghero, che vomitò in salotto, si pulì con la tovaglia, e voleva sparare al mio cane perché abbaiava. Harry dovette strappargli la pistola di mano.

Il vero guaio che quest'uomo causò fu d'insistere per portare nella mia casa un giovanotto suo amico, che chiamerò Frank P. (la sua famiglia è ancora importante a New Orleans). Frank era giovane, ma già alcolizzato, sempre sudato sotto i suoi abiti di lino bianco; prendeva le donne a sculacciate, e pizzicava il sedere alle cameriere nere. Aveva l'abitudine di tirar fuori un rotolo di soldi, dicendo « e a casa ne ho molti di più ». Apparteneva a quel genere di persone che credono che coi soldi si può comprare qualunque cosa. Non che io lo neghi in modo assoluto. Solo, credo che bisognerebbe farlo con un po' di buongusto. Frank era del tutto privo sia di buon gusto sia di educazione, ma era di una ricca famiglia che solo tre nonne prima erano stati dei morti di fame, ma durante la Guerra Civile avevano rubato tanta terra e cotone da diventare ricchissimi. Adesso si erano stabiliti in città, e avevano un mucchio di roba. Frank non mi piaceva, ma aveva delle conoscenze importanti, in città. Non volevo che la sua famiglia se la prendesse con me. Pensavano, mi disse Frank, che se lui si sfogava in un casino, a casa avrebbe bevuto un po' meno, e non avrebbe cercato di chiavare le signore perbene ospiti delle sue sorelle. Era un vero gioiellino del Sud.

Frank non piaceva nemmeno alle ragazze della casa. Non faceva che prenderle a schiaffi e a sculacciate. E quando arrivava ubriaco fradicio, non riusciva a farselo rizzare, e allora si metteva a tempestare sulle ragazze per eccitarsi. C'è gente a cui piace far male al prossimo, e quando falliscono in una cosa importante come il sesso, gli fanno male ancora di più.

L'avevo avvertito che gli avrei proibito l'ingresso nella mia casa se cercava di fare qualche brutto tiro alle mie ragazze. Fece un occhio nero a una ragazzina che lavorava da me, a nome Agnes, e la pagò cara. Agnes era la timida che ogni casa deve tenere per certi clienti timidi o paurosi. Sembrava sempre che fosse la prima volta che stava con un uomo. Si accartocciava tutta, come se avesse paura, come se volesse nascondersi al mondo. In realtà, Agnes era un po' picchiata nella testa. Credo che non avesse tutte le sue rotelle a posto, e che il mondo la spaventasse davvero. Era arrivata nella mia casa proveniente da Tampa, e apparteneva a una povera famiglia di bianchi morti di fame. Aveva incominciato a fare la puttana tra i raccoglitori di frutta e i pescatori di gamberi, fin dall'età di dodici anni. Se ne stava sempre zitta e tranquilla, e poi, d'un tratto, le girava la luna e si metteva a strillare per una sciocchezza qualunque, per un bottone rotto, o perché qualcuno aveva usato la sua tazza favorita. Oppure si chiudeva in se stessa tutta imbronciata, s'infilava due dita in bocca e si metteva a masticarle. La tenevo perché era il tipo adatto per i clienti a cui piace dominare una ragazza. Per Agnes, ogni chiavata era come uno stupro.

Frank cominciò a tormentare Agnes, se la faceva girare attorno, e quando vedeva che non riusciva a farcela le faceva delle pazze richieste. Quella disgraziata notte si portò in camera una bottiglia – una bottiglia d'acquavite, quanto c'era di peggio per lui – e si riempì fino agli occhi. Disse che si sarebbe eccitato se Agnes si fosse inzuppata d'acquavite la peluria del pube, e poi vi avesse dato fuoco! Voleva, disse, una *fica flambée*. Agnes cominciò a gridare, e Frank la incastrò in un angolo, e cominciò a picchiarla con la bottiglia. La bottiglia si ruppe, e la ferì alla guancia destra.

Con la faccia tutta piena di sangue, Agnes cercò

qualcosa per difendersi, e sul comodino trovò un paio di forbici. Mentre Frank stava per spaccarle la testa col troncone della bottiglia che gli era rimasto in mano, lei allungò il braccio alla cieca e gl'infilò le forbici chiuse nell'occhio destro, senza nemmeno vederlo. Ecco il racconto che lei mi fece dopo, e io le credetti.

Le forbici sottili e affilate, vibrate con forza, dovettero uccidere Frank nell'istante stesso in cui gli raggiunsero il cervello. Cadde come un sacco, con l'impugnatura delle forbici che gli usciva dall'occhio.

Io ero corsa di sopra al primo urlo di Agnes, e la vidi, nuda, sanguinante come un vitello sgozzato, e lui, in mutande, steso sul tappeto, con le forbici infilzate nella testa, e tutta la stanza che puzzava d'acquavite versata.

Chiamai la governante e le dissi di andar di sotto e annunciare che in una delle stanze un cliente aveva avuto un attacco di cuore. I clienti erano cortesemente pregati di andarsene prima che venisse chiamata l'ambulanza. L'annuncio ebbe l'effetto desiderato. Nessun cliente voleva farsi trovare in un casino dove si stava per stendere un verbale. Feci salire Harry e gli mostrai quello che era successo, e intanto cercavo di calmare Agnes. Le diedi una buona dose di laudano in un bicchiere di vino. Le bendai la testa con un asciugamano. Non era facile arrestare l'emorragia. Aveva una ferita profonda tre pollici.

Guardai Harry: « Va' a chiamare il capitano B. ».

« Sarà bene che chiami anche un dottore ».

« Spegni tutte le luci di sotto. Fa' andare le ragazze nelle loro stanze e chiudile dentro a chiave. Di' loro che non sanno niente... che dormivano ».

Harry se ne andò a eseguire questi ordini. Portai Agnes nella mia stanza, la misi a letto, e chiamai Lacey Belle – della quale potevo fidarmi – perché l'assistesse. Arrivò il medico. Era un medico andato in malora, che faceva abortire le puttane, curava la sifilide, e aveva perso da un pezzo l'autorizzazione a esercitare. Passava la sua vita, non troppo infelicemente, rimediando un po' di soldi per giocare alle corse. Tolse l'asciugamano che avevo messo intorno alla faccia di Agnes, e disse che le sarebbe rimasta una cicatrice spaventosa se non la ricuciva immediatamente. Lo lasciai con Harry e Lacey Belle perché tenessero Agnes, dopo che lui le ebbe dato qualche altra medicina per addormentarla un po' di più.

Quando mi trovo ad affrontare qualche problema grave mando sempre a chiamare un pezzo grosso della polizia. Il capitano B. era in salotto. Era un onesto poliziotto che faceva ciò che gli dicevano di fare quelli più in alto di lui. Prendeva la sua parte, non chiedeva mai una ragazza, e sapevo che era un buon chiavatore. Vide che tremavo, mentre ce ne stavamo a bere whisky in salotto. Gli raccontai l'accaduto come me l'aveva raccontato la ragazza.

Senza mostrare alcuna emozione, lui disse: « È sicura che sia morto? ».

« Venga su e guardi lei stesso ». Andammo di sopra e io aprii la stanza con la chiave. Il capitano B. si chinò sul corpo, senza toccarlo, e dopo un momento si tirò su e si pulì le mani. « Morto stecchito. La ragazza se la caverà? ».

« A meno che non si prenda un'infezione. C'è il dottore con lei. Lei non parlerà. Le ho detto di non dire niente ».

Il capitano B. abbassò lo sguardo su Frank, e con la punta della scarpa toccò la spalla nuda del morto. « Lei potrà sostenere la legittima difesa. Certo, la faccenda farà parecchio rumore. Delle sue ragazze, può fidarsi? ».

« Harry, lei lo conosce. Soltanto lui e io, abbiamo visto questa stanza, oltre alla ragazza ».

« Tornerò tra un'ora. Devo andare a parlare con diverse persone. Tenga le porte chiuse a chiave ».

Alle quattro del mattino, il corpo di Frank, avvolto in un telo da tenda, fu fatto uscire per la porta posteriore da Harry e dal capitano B., e portato via con un furgone a due cavalli con Harry a cassetta. Due giorni dopo fu trovato nell'acqua bassa del lago. Un incidente di barca. Doveva essersi ferito all'occhio urtando qualcosa di puntuto, e quindi era caduto fuori della barca. Non lo misero nemmeno sul giornale.

Io tenni la casa aperta, ma avevo fatto portar via il tappeto della stanza di Agnes, e l'avevo fatto bruciare. Agnes l'avevo mandata in una clinica a Baton Rouge. Me ne rimasi quieta ad aspettare gli eventi. Sapevo che sarebbe successo qualcosa. Tornò il capitano B. Andammo a parlare nella mia stanza. Lui si sedette di fronte a me, e mi diede dei colpetti sul ginocchio.

« Come lei sa bene, io sono un poliziotto che parla chiaro. Le dirò tutto francamente. Abbiamo dovuto dire al padre del ragazzo, che lui era ubriaco fradicio, che aveva lo stomaco pieno di alcool, e che era stata una ragazza, una puttana, spaventata, forse quasi morta dallo spavento. Non abbiamo neanche accennato che si trattava di un casino. Il tipo gettava fuoco, ma i capoccioni avevano già sistemato tutto. Non ci sarà nessuna indagine, ma hanno posto due condizioni ».

« E quali sarebbero? ».

« Se scoppiasse uno scandalo, probabilmente farebbero chiudere tutte le case. E le tangenti sfumerebbero. Lei deve chiudere la sua casa, e andarsene via dalla città per qualche anno, finché la cosa non sarà completamente sbollita. Io ho detto che di lei ci si poteva fidare, ma... Vogliono che lei chiuda la casa, e se ne vada via dalla città. E naturalmente, anche la ragazza dovrà venir via con lei, o dovunque vorrà, ma deve andarsene dalla città ».

« Non posso far niente? ».

« Assolutamente niente. Se rimane, chiuderemmo la casa d'autorità ».

« Sapete quanto denaro ho investito, qui? ».

Disse che lo sapeva, e che gli dispiaceva. Disse che dopo la mia partenza, e dopo che la casa fosse stata chiusa per due o tre mesi, avrei potuto affittarla ad altri, con l'arredamento e tutto, tramite Roma. Ma io non avrei dovuto aver niente a che fare con la gestione.

Io dissi che se non c'era altro modo avrei fatto così. Il capitano B. tirò fuori due lettere dalla tasca interna della giacca. « Qui ci sono delle lettere di presentazione per le persone adatte a San Francisco. Nel caso che lei voglia aprire una casa là ».

Avevo appunto pensato a San Francisco. Mi sentivo piuttosto a terra, per essere stata espulsa dalla città. D'altra parte, se Agnes fosse stata processata per assassinio, io sarei stata rovinata, e magari avrebbero potuto accusarmi di complicità. E, chissà, come conseguenza della faccenda, sarebbe stata ordinata la chiusura di tutte le case. E perciò, io dovevo esserne il capro espiatorio. Capivo benissimo che il capitano B. e tutti quelli che stavano sopra di lui avevano fatto del loro meglio. Sia per me sia per loro stessi. In tutte le statue, la Giustizia viene rappresentata con gli occhi bendati. Ho sempre sospettato che sia anche guercia da un occhio. Non ho mai voluto mettere alla prova questa mia teoria. Sistemai tutto, chiusi la casa, e portando con me Harry e Lacey Belle – le ragazze le avevo sistemate in altre case – presi il treno. Prima al Nord, per dare un'occhiata ai miei conti e ai miei investimenti che avevo imboscato a Saint Louis, e poi all'Ovest, verso la California. Fu un viaggio caldissimo e polveroso, fuliggine dappertutto, e una cuccetta che avrebbe avuto bisogno di essere sprimacciata. Ma sempre meglio dei treni omnibus che viaggiavano sulle linee per l'Ovest.

L'Ovest tutt'intorno a me, così come lo conoscevo attraverso le cartoline postali e dalle vedute da stereoscopio. I dirupi rossi, pianure a perdita d'occhio, e deserti spaventosi. Era difficile credere che dietro di me la gente viveva assiepata nelle città, lottava per avere le finestre sulla strada, mentre tutta questa terra era del tutto vuota, non c'era altro che sabbia, rocce, e qualche tisico cespuglio. Le Montagne Rocciose mi sbalordirono. Tutte quelle rocce ammonticchiate una sopra l'altra, e alcune coperte di neve.

Poi, c'ero io, tutta indolenzita, piena di fuliggine, con

lo stomaco in disordine, che stavo arrivando in California. Cominciai a rientrare in me stessa. Che cosa avrei fatto? Mi sarei messa a vivere in ozio? Dovevo aprire una casa?

Per notti e notti, distesa nella mia cuccetta, ascoltando il fischio del treno e il tran tran delle ruote, continuai a domandarmi che cosa avrei fatto. Non ero più giovane, non avevo un uomo, avevo soltanto delle carte che dicevano che possedevo un certo numero di titoli e avevo un conto in banca di una certa cifra. Pensai perfino a Monte e a Sonny. Ormai non mi tornavano più molto spesso alla mente. Scacciai il loro ricordo. Non volevo camminare attraverso la mia vita con una libbra di piombo sullo stomaco rievocando i ricordi. Ho sempre preferito pensare a una bevuta, a un buon pasto, a una giornata abbastanza allegra. A questo si aggiunga il piacere di una bella pariglia, di una buona chiacchierata in salotto, quando i clienti si conoscevano tutti e dicevano la loro su ogni cosa della vita. Avevo scoperto da un pezzo che la conversazione non è altro che pettegolezzo e informazione. Non risolve mai niente, e non deve esser presa sul serio. Per me, una buona conversazione è semplicemente istruzione senza fatica.

Avrei riavuto tutto? Provavo il rimpianto della mia vecchia casa, adesso tutta buia, chiusa, tutti i mobili coperti con le fodere, le tende abbassate, e la chiave in mano di qualche tirapiedi di Roma che mi avrebbe trovato qualcuno che l'avrebbe presa in affitto.

Sul ferry di Oakland guardai San Francisco, e decisi: perché no? Qui o in qualsiasi altro posto, io ero una tenutaria.

XXIII

I PIACERI DELLA PORTA D'ORO

Presi una buona stanza al Palace Hotel, e disfeci le mie valigie. Ricordavo a me stessa che avevo deciso per San Francisco perché avevo degli amici nell'ambiente, e la città era a mia disposizione. Mi erano state date lettere di presentazione di un giudice e di un grosso spedizioniere, per certi politici della Costa che mi avrebbero dato protezione, e avrebbero procurato di farmi aprire una bella casa senza nessuna noia, né da parte della polizia né della malavita. E tutti mi avevano detto che gli spendaccioni locali erano dei gran puttanieri.

Per tre anni, dal 1898 al 1901, gestii una casa di lusso per la clientela altolocata del quartiere elegante. E mai ebbi il minimo fastidio, a parte le normali rotture di vasellame, tre attacchi di cuore di altrettanti clienti anziani e troppo agitati, e la morte di due ragazze malate di polmoni. Ci fu anche quel principio d'incendio causato dal nipote di un costruttore di ferrovie, una notte di Capodanno, che appiccò fuoco alla mia casa e poi cercò di spegnerlo pisciando sulle fiamme. L'incendio non fece grandi danni, ma la sua famiglia pagò per le tende, la carta da parati, e l'abito di Monica. Le ragazze e io stessa viaggiammo per tutto il tempo con una tessera di libera circolazione, perché avevamo un mucchio di alti papaveri delle ferrovie come clienti fissi.

Per gestire una casa di alta classe bisogna essere sicuri delle proprie ragazze – che siano piacevoli, attive, fantasiose, ma non pazze; e l'ubicazione della casa deve essere rispettabile ma non troppo in vista. Ogni città che offra piaceri notturni ha un casino. E in una o più strade tra le più discrete, i migliori bordelli offrono ai gaudenti delle famiglie più in vista, ai più ricchi e più importanti vitaioli della politica, della legge e degli affari, divertimenti di letto in abbondanza. In queste cose, io non sono mai andata troppo a fondo alla morale di fabbricazione pretesca, ma se la natura non avesse voluto che i maschi di San Francisco andassero pazzi per le zoccole, non li avrebbe fatti così ben costruiti, e così attivi – fino ai settant'anni e oltre – per dimostrarlo. A mio vedere, io venivo incontro a un bisogno naturale e fondamentale. Sentivo che era mio dovere offrire un buon prodotto, mantenere i segreti di tutti, e aver riguardo per la salute e il benessere di tutti gli interessati. Facevo pagare tutto ciò che il cliente poteva pagare. Riceveva un whisky maledettamente buono – poiché, come a New Orleans, mi rifornivo del miglior bourbon del Kentucky e di buoni vini per coloro che se ne intendevano. L'arredamento di tutte le case che ho gestito era sempre altrettanto bello, e di solito migliore, di quello che il cliente aveva a casa sua. I letti erano in vero mogano, niente roba ordinaria impiallacciata, le catinelle erano in vera porcellana, gli specchi, le decorazioni, gli infissi, furono in seguito venduti come antichità in California Street.

Prima di tutto, dovetti prendere gli accordi e versare il denaro per la protezione. Cominciai col pagare il tenente di polizia che era passato a dare un saluto, l'ispettore di sanità, e gli avvocati della pia famiglia proprietaria dell'edificio. Dopodiché, la borsetta col denaro di mergenza, che tenevo appesa al collo con un laccio, ome fanno gli attori e altri, era quasi vuota.

Prima di tirare il chiavistello del vecchio portone di quercia lucidato a noce, studiai la storia della città e del commercio della carne. La vecchia Sugar Mary, che da me faceva la lavapiatti per guadagnarsi da vivere, e che era venuta qui con la prima ondata dei cercatori d'oro, e aveva gestito lupanari e bordelli, mi disse: « Credo di aver fatto la fortuna di cinquemila ragazze ». Se le davate una pinta di gin e un buon sigaro, si metteva a raccontare della vita nei primi bordelli della Costa. Da parte mia, pensavo che ogni città, dopo che si è fatto notte, ha le proprie abitudini e le proprie usanze, e San Francisco ne aveva alcune per certi aspetti simili alle altre, e per certi altri diverse.

In certo modo, San Francisco era diversa da qualunque altra città – era una città giovane, veramente giovane. E pertanto aveva più linfa, più vitalità, e più gente che aveva voglia di divertirsi, e gli spendaccioni scialacquavano più che altrove, ed erano più agitati a letto. « Venivano fuori dal Lloyd's Panamint, o dal Lone Pine Stage » diceva la vecchia puttana « col fumo che gli usciva dalle orecchie, carichi di depositi bancari com'erano ».

La vecchia Sugar Mary diceva che lei si ricordava i primi tempi del puttanesimo a San Francisco; era una cosa impressionante; il commercio si svolgeva nelle tende e nelle baracche delle puttane messicane e sudamericane, chiamate *Chilenos*. Lavoravano lungo il porto, e su per la lunga salita di Telegraph Hill. La domanda era continua, e il lavoro remunerativo, in quanto la concorrenza era rappresentata soltanto dalle negre e dalle squaw. Poi il *boom* aumentò sempre più, e con esso il valore del terreno, perfino Yerba Buena Cove si riempì di costruzioni, giurava Sugar Mary – non facevano che tagliare gli alberi delle navi, e poi li ricoprivano con fango, per allargare il porto. Il commercio della carne si trasferì sopra Portsmouth Square, ma nemmeno lì durò per molto, come posto di lavoro.

All'epoca in cui io arrivai a San Francisco, i ricchi puttanieri chiedevano eleganza. Gestire lupanari di quart'ordine non era il mio genere, e mai lo sarebbe stato. Si è bassi quanto sono basse le mete a cui aspirate. Non avrei mai gestito una casa sulla Costa dei Barbari, perché vi si faceva una vita troppo bassa e volgare per il tipo di case che io gestivo. Sugar Mary conosceva una tenutaria a nome Labrodet che aveva gestito una buona casa, negli anni '70, sopra Turk Street-Steiner Street, e io volevo una cosa speciale di quel genere. Non volevo aver niente a che fare con gli scannatoi tipo la Casa degli Splendori, che una vecchia gallina a nome Johanna Schrifin gestiva in Chestnut Street, vicino a Mason Street; tre o quattro case che lavoravano contemporaneamente, e dove le battone potevano portarsi i loro gianni e affittare una stanza a ore. Attorno a queste case circolava della gentaglia – pregiudicati, scassinatori, ladri, truffatori. La vecchia Sugar Mary raccontava che un ufficiale di polizia che era andato agli Splendori ad arrestare un ricercato, era stato alleggerito del berretto, della pistola, delle manette, e del manganello.

Dopo un mucchio di andate e venute, di incontri, di colloqui, decisi di aprire una casa di lusso nel quartiere dei divertimenti, lontano dalla Costa. Un quartiere dov'erano delle belle case da gioco, e donne di lusso nei locali e nei caffè-concerto. Era formato dalle strade Mason, Larkin, O'Farrell, Turk, e altre belle strade sotto il Market. V'erano dei bei teatri e splendidi ristoranti, dove gli uomini dell'alta società e le loro donne andavano a divertirsi. La vita notturna, lì, non era pericolosa, non era infettata dai tipacci che invece pullulavano sulla Costa. Era gente di classe, gente ricca, o almeno che voleva farsi passare per tale, e s'impara ben presto che quest'ultima categoria spesso spende più della prima, solo per dare l'impressione che essi appartengono ai Quattrocento, esattamente come il cavallo di Mrs. Astor.

La casa a tre piani che io aprii fu tra i posti più eleganti del quartiere. Avevo un occhio particolare per l'arredamento e la decorazione. V'era un piccolo hotel che stava chiudendo poiché l'edificio doveva essere abbattuto per costruirne uno nuovo, e comprai alcune belle cose che a quell'epoca non si trovavano già più. In una casa di prima classe la comodità non basta – i gianni devono sentirsi in un ambiente di lusso. Sistemai Lacey Belle in una bella cucina, e Harry mi comprò un bulldog inglese.

Conoscevo i vini, e diverse belle etichette eleganti per quelli che non li conoscevano. A San Francisco nessuno ne sapeva gran che del nuovo jazz, perciò assunsi un normale pianista – e Stephen Foster andava ancora bene, e un mucchio di canzoni di minatori che non avevo mai udito. Arredai le stanze in modo che un uomo poteva sbottonarsi, lì dentro, senza avere il minimo dubbio che stava per farsi una buona chiavata.

Non presi delle ragazze della Costa, ma le feci venire da Saint Louis e da New Orleans. Cominciai con otto ragazze, la nostra cuoca Lacey Belle, e Harry che aveva la mano dura per tenere le ragazze al loro posto. Queste si rendevano conto di essere di alta classe, lavorando così vicino a Market Street. Date a una puttana l'orgoglio di se stessa e dell'ambiente in cui lavora, e non solo avrete una ragazza più felice, ma riuscirà molto più piacevole ai gianni. Le ragazze, a volte, sono parecchio a terra. Molte vanno a pezzi, gli viene la malinconia, e qualcuna arriva addirittura al suicidio. La puttana sempre allegra, di cuor d'oro, che ride per tutto il tempo, l'ho vista solo a teatro, e più tardi nei film. Quando le attrici devono fare una parte di puttana in questi spettacoli, fanno ridere i polli, tanto sono lontane dalla verità. Al teatro o al cinema non ho mai visto un dente d'oro – e invece alla maggior parte delle puttane piace averne un paio nella testa.

Tenevo le ragazze in perfetto ordine, insistevo per la massima pulizia personale, e perché fossero curate nei capelli (non molte si pettinano) e negli abiti. Facevo sì che si presentassero sempre con belle vestaglie e con biancheria succinta, adatta per provocare gli specialisti. Offrivo quella che la gente chiamava « una semplice e bella chiavata d'altri tempi » – a volte con qualche abbellimento per compiacere qualche cliente speciale, come a New Orleans, ma non avevo molta simpatia per le perversioni. V'era una ragazza mezzo spagnola – Nina – che aveva un culo molto duro, e sapeva sopportare la frusta, o usarla, e all'ultimo piano c'era una stanza dove le ragazze potevano combinare un po' di giochetti per qualche riccone in vena di far festa. Non avevo nessuna inclinazione per i capricci degli omosessuali. La vecchia Sugar Mary diceva che perdevo un mucchio di soldi, a non accontentare le checche, e che in città c'erano dei posti che facevano barche di soldi con questo. Credo che all'epoca in cui io aprii la mia casa, alcuni dei primi cercatori d'oro erano ormai viziati, e cercavano qualcosa di più *outré*. Io continuavo a fornire un onesto articolo in un ambiente fine e lussuoso, e non avevo simpatia per le cose che piacciono agli arabi e agli inglesi. Ero una seria donna d'affari. Avrei gestito allo stesso modo una sala da tè, ma non vedevo nessuna possibilità di percentuali, sul tè. Stavo avanzando negli anni, e volevo un giorno lasciare gli affari con un bel gruzzolo da parte, in liquido e in titoli.

Conobbi le tenutarie locali, come sempre, alcune sapevano il fatto loro, altre brillavano per un poco e poi scomparivano dalla città. Una delle mie vicine del quartiere dei divertimenti era Tessy Wall, chiamata Miss Tessy. Era una bellezza piuttosto carnosa, ma dedita al vino, con uno stomaco che poteva contenerne un gallone per ogni seduta. Miss Tessy era un donnone avido e volgare.

Su di lei circolava una leggenda. Una volta, pranzando col suo amante, il giocatore Frankie Daroux, Tessy aveva bevuto ventidue bottiglie di vino senza mai alzarsi da tavola. Si sposarono, e al matrimonio v'erano più di cento invitati. In seguito seppi che Frankie voleva che Miss Tessy smettesse di fare la tenutaria, voleva portarla nella sua campagna, nella contea di San Mateo. Miss Tessy disse: « Preferirei essere un palo telegrafico a Powell Street, piuttosto che possedere tutta quella fottuta terra deserta ». Il giocatore la piantò, e si rifiutava di tornare con lei. Tessy si procurò una pistola. Incontrando il suo Frankie per la strada, tirò fuori la pistola e gli sparò tre volte, mirando alle palle, ma colpendolo lì vicino – non era una gran tiratrice. La polizia la sorprese piangente sopra Frankie steso a terra. « Gli ho sparato, a questo figlio di puttana, perché lo amo ».

Frankie guarì, e si trasferì a New York. A suo tempo, Miss Tessy si ritirò dagli affari portandosi nel suo appartamento in Eighteenth Street il letto d'oro che aveva usato nella sua casa. Ma tutto questo successe molto tempo dopo che io avevo lasciato San Francisco.

Quando dite che avete tenuto una casa a San Francisco, la gente pensa subito alla Costa dei Barbari, e non riuscite a convincerli che quel posto non era affatto così elegante, o almeno, non al punto da attirare la clientela veramente chic. Ormai ho rinunciato a cercar di spiegare che il quartiere dei divertimenti non era la Costa dei Barbari, né voleva esserlo. Senza dubbio, sui casini americani circolavano più leggende che non su Re Artù o su Giorgio Washington. Il fatto è che a San Francisco, nonostante la sua fama di città movimentata, la maggior parte dei cittadini conducevano una regolare vita di famiglia, ed erano soltanto i vitaioli e gli spendaccioni a darle la sua reputazione. Così, io mandavo avanti la mia casa, e lasciavo che fosse la Costa a prendersi tutto lo spazio sui giornali. Credo di non aver mai ingaggiato una ragazza proveniente di laggiù.

Mi piaceva tenere nella mia casa ragazze del Middle West e del Sud. Avevo rapporti con l'organizzazione che le importava dall'Inghilterra, dalla Francia, dall'Italia, o le assumeva dalle città di provincia, o da quelle del Middle West. Mi piacevano affamate, avide, e libere di andare e venire. Ben di rado andai a cercare una ragazza alla Costa, ma qualche volta, se ero a corto di un paio di ragazze, e le vacanze erano vicine, o c'era una guerra in vista – il che fa sempre aumentare la clientela nei casini – dovevo reclutarne qualcuna alla Costa. La vecchia Mary la conosceva bene, e mi raccontava un mucchio di cose. Le vecchie puttane, quando non diventano pie, e si prendono una cotta per Dio – non si può avere più un uomo, e non resta che quello – diventano molto ciarliere.

Conoscevo le tenutarie della Costa, e i lupanari da marinai, e le puttane del porto. E non posso dire che ci fosse niente di entusiasmante. Non parlo di morale – parlo delle condizioni in cui vivevano. Sulla Costa, era una vita da bestie, ma non al modo delle bestie di una stalla – come ragazza di campagna, conoscevo bene la vita delle bestie, e le cose succedevano perché così dovevano succedere. Sulla Costa, tutto era innaturale e schifoso. Triste, e pieno di bassezza. Una puttana, magari, è stupida, è morbosa, è triste, ma è umana. Non è che voglia darmi arie. Una ragazza in gamba sa valutare le proprie possibilità, ma le donne della Costa erano sporche, malate, e spesso nemmeno troppo belle.

Sulla Costa, v'erano tre tipi di puttane, la puttana da alveare, la puttana da capanna, e la puttana da casino. Un alveare poteva essere un edificio di tre o quattro piani, sul punto di crollare, con lunghi corridoi ai lati del quale v'erano dei piccoli stanzini. Ogni stanzino conteneva una donna; ne ho visitati alcuni dove erano al lavoro dalle duecentocinquanta alle trecento puttane. Il rumore, la puzza, le voci, le bestemmie, erano spesse come il fumo.

Nelle capanne lavoravano le ragazze schiave cinesi, come pure le negre e le bianche decadute dai casini e dagli alveari. Le capanne erano povere costruzioni, piccole, divise in due parti; nella parte davanti, la stanza d'esposizione, e dietro la stanza di lavoro. Nella stanza davanti c'era una sedia, e se la puttana era una messicana, o un'irlandese, c'era un altarino con un lumino acceso, e la Santa Vergine con la testa voltata dalla parte opposta alla stanza di lavoro. Le puttane molto degradate sono attratte da una religione con un uomo nudo come dio su una croce. La stanza di lavoro era appena sufficiente per contenere un piccolo letto in ferro o in ottone e un lavabo, qualche volta col piano di vero marmo, con la catinella di latta. C'era una stufa a petrolio con sopra una pentola d'acqua calda, un fiasco di permanganato per la disinfezione, qualche asciugamano, e una cassa con gli indumenti della puttana. Alle pareti erano appesi calendari, fogli di musica popolare, cartoline colorate, e sopra il letto, in un nido di rose stampate o altri fiori, il nome della puttana Ruthie, Mamie, Sadie, Dot, Daisy, Millie. Il letto non si può dire che fosse il più pulito del mondo, e in fondo c'era sempre una striscia di tela cerata rossa o gialla. Poiché il cliente da venti o da quaranta cents non si toglieva neanche le scarpe. Non gli era permesso di togliersi niente tranne il cappello, per dimostrare, come diceva Mary: « che aveva un certo rispetto per la puttana ».

Di queste capanne ve n'erano si può dire dappertutto – in Pacific Street, Washington Street, Montgomery Street, e Commercial Street, lungo la Broadway e la Grant Avenue. In quelle capanne, si poteva riconoscere il luogo di provenienza della ragazza solo dall'odore, l'odore di cucina intorno ai fornelli. La vecchia Mary diceva che a Stockton lei poteva riconoscere le capanne delle negre dall'odore di stufato o di sanguinacci, e le capanne delle ispano-messicane in Grant Avenue dal *chili*, e le puttane francesi di Commercial Street dal loro profumo. « Non si lavano, » diceva Mary « si danno solo una passata col profumo ».

Le ragazze attiravano i clienti dal davanzale imbottito della finestra. Tutte quante pretendevano di essere francesi. Bacon Place e Belden Place erano tutte piene di queste capanne. A volte ve n'erano fino a cinquanta, ed erano affittate alla ragazza per quattro dollari al giorno. In questi posti, a volte, facevano irruzione le società per la prevenzione del vizio, o gruppi religiosi. Ma la povera puttana, messa in fuga per un giorno, ritornava sempre, e ritrovava la sua capanna pronta ad aspettarla. I padroni di queste capanne erano spesso gente rispettabile, che sostenevano finanziariamente le associazioni contro il vizio, e poi facevano buoni affari affittando le capanne alle puttane. Io non ho mai preteso di essere un tipo rispettabile, e perciò non so che cosa sentissero veramente questi proprietari. Dopo un po', mi tenni alla larga dalla Costa. Mi riusciva deprimente. Pure, spesso organizzavo dei giri per i lupanari della Costa dei Barbari, per clienti forestieri. Ci sono uomini che si eccitano a vedere scene di bassa depravazione, e donne sporche. Il fondatore di un *college* della California veniva alla vista di biancheria sporca indosso a una puttana. La vecchia Sugar Mary ricordava quando Mouton Street era la più schifosa via di capanne, « ci lavorai per due anni, quando mi caddero tutti i denti. Era un continuo fottere e fottere per la peggior razza di miserabili porci in cerca di cose strane. I gianni più schifosi, e rivoltanti, pieni di idee pazze, che volevano sperimentare. Non si poteva chiamare un poliziotto, per proteggere una fica, solo se qualcuna era morta, o sbudellata da uno sventratore ».

Era una strada tremenda, diceva Mary, con le lanterne rosse sempre accese, gli ubriachi, e le puttane mezze nude alla finestra, con solo una vestaglia addosso. Imprecando e urlando in una dozzina di lingue e di dialetti, le puttane vocianti e gli ubriachi assaliti da altri ubriachi, le puttane che esponevano le tette e il culo alla finestra urlando le loro specialità e le loro offerte. Tutto questo in vista di Nob Hill. I ruffiani seguivano qualche cliente vistoso, e cercavano di attirarlo presso una finestra per un'occhiata o una tastata, e cercavano di farlo entrare per una fottuta. Una toccata costava un nichelino, il doppio per una strizzata aggiuntiva. In una notte di sabato, una ragazza poteva fare anche cento marchette. V'erano diverse tariffe a seconda del colore – per una messicana due nichelini. Una puttana negra, o cinese, o giapponese, chiedeva cinquanta cents. Tutte quelle che pretendevano di essere francesi, settantacinque. Una ragazza yankee costava un dollaro.

Non so chi sia stato il primo a mettere in giro la voce che le ragazze dai capelli rossi sono più calde e appassionate nel far l'amore, talmente pazze per l'uomo che a malapena riescono a trattenersi. E perciò una rossa guadagnava più della tariffa normale, « urlando come se avesse perso la testa dall'amore ». Un mucchio di ragazze si tingevano i capelli di rosso, o del più schifoso arancione che mai si fosse visto sulla Costa. E una ragazza ebrea dai capelli rossi passava addirittura per un tizzo acceso. In realtà, sono ben poche le puttane che provano una qualche reazione mentre chiavano.

La più importante tenutaria ebrea era Iodoform Kate, che in passato aveva fatto lei stessa la puttana nelle capanne della Costa. Adesso dirigeva una catena di almeno una ventina di capanne, ciascuna con un'autentica ebrea dai capelli rossi, che giurava che i suoi capelli erano di un rosso naturale, e tutte molto religiose, che risparmiavano il denaro che guadagnavano per far venire negli Stati Uniti il marito, o i genitori.

V'era Rotary Rosie, che a letto si muoveva ruotando come le sfere di un orologio, e poi al contrario. Era una gran lettrice di libri, una puttana istruita. Un laureato dell'università di California le diceva ch'era innamorato di lei. Le portava i compagni della sua associazione studentesca. Rotary Rosie si metteva a ruotare, e serviva gratis i compagni del suo amante. Questi la pagavano leggendole dei libri. Rosie diceva che sarebbe andata all'università. Si dice che, quando l'amante se ne andò dalla città, Rosy si sia suicidata. Dopotutto, i libri possono essere la rovina della gente.

I tre anni che passai a San Francisco furono tranquilli e abbastanza interessanti. Non m'innamorai di nessuno. Non ebbi per amante nessun re delle ferrovie. Badai agli affari. Prendevo sempre un'enorme percentuale sulle casse di birra che vendevo, e anche sul whisky e sul vino, ma per il vino americano dovevo fidarmi delle etichette, e non sempre era un sistema sicuro. Preferivo i migliori vini europei, che conoscevo bene. Non mi ubriacavo, come molte tenutarie. Durante il lavoro, bevevo soltanto caffè, e solo ogni tanto un bicchierino d'acquavite con qualche vecchio cliente.

Più tardi, a New Orleans, ebbi nella mia casa i primi e i migliori suonatori di jazz, ma prima di questo tenevo un pianista, di solito bianco, che suonava *ragtime* e le canzoni dolci e tristi di Stephen Foster; più tardi però vennero di moda i canti negri. A San Francisco, in un salotto avevo una pianola che mangiava monete da mezzo dollaro (nelle case più a buon mercato ve n'erano di quelle che mangiavano nichelini). Nel salotto particolare per i clienti specialissimi, avevo un grosso pianoforte nero, che veniva da una nave tedesca che si era arenata nei pressi di Seal Rock; un cliente mi disse che una volta quel pianoforte era appartenuto a un tale che si chiamava Brahms, ma io non ne fui mai sicura, anche dopo che seppi chi era Brahms. Avevo assunto un piccolo professore che in passato aveva suonato nei teatri di varietà del centro, finché una volta, dico sul serio, un acrobata gli cascò addosso e lo ferì alla schiena; dopo d'allora, cominciò ad aver paura degli spettacoli di acrobazia sul palcoscenico; si mise a frequentare le funzioni religiose, a fare dello spiritismo, e ad andare in trance, per cui non trovava più lavoro, finché non lo assunsi io. Conosceva qualunque musica un cliente gli chiedesse, e nel salotto particolare si tenevano dei veri concerti. I miei pezzi favoriti erano la « Marcia Turca », e certe cose dello Chopin. Quando il professore suonava il Valzer del Minuto, i clienti gli misuravano il tempo, e se riusciva a suonarlo entro il termine, gli portavano un bicchierino d'acquavite. Dovetti limitarlo a quattro Valzer del Minuto per notte.

A San Francisco, non prosperai come avrei dovuto. Gli affari andavano bene, avevo un buon conto in banca, e possedevo diverse obbligazioni municipali. Ma la polizia e i politici spremevano le case fino all'osso, con le loro tangenti. Pagavo una tassa fissa per ogni ragazza che avevo sul lavoro. Pagavo al Comune una tangente su tutti i liquori venduti. E fino a una cert'epoca (fino a quando feci curare il figlio di un grosso capoccione dello scolo che si era preso da una compagna d'università, mandandolo dal medico giusto) dovetti lasciare alla polizia tutte le monete della pianola. Non li criticavo – nelle grandi città, tutti vogliono tenere il muso nella greppia.

Comunque, io conoscevo alcuni giudici, e alti funzionari del Comune e del governo dello Stato, e perciò, pur pagando molto, non pagavo quanto tante altre tenutarie, agli ispettori di polizia, ai poliziotti, ai giudici del tribunale notturno, ai cronisti (alcuni venivano per la marchetta gratis), e ai pompieri. All'avidità umana sono abituata, come sono abituata all'uso che fanno delle loro cariche, o della loro posizione ufficiale, le autorità. Non ho mai conosciuto nessuno che fosse in politica – e nelle case che ho diretto ne ho conosciuti tanti, dal Vicepresidente in giù – che non volessero sempre maggior potere, sempre più denaro, e il diritto di approfittare della gente. E non si può dire che io abbia conosciuto soltanto i peggiori. Potrei darvi una lista di moralizzatori puri come un giglio, e di legislatori. Un mucchio di coloro che fanno strillare l'aquila per il loro amor di patria, ai picnic del Quattro Luglio, anche quelli volevano fare la loro marchetta gratis.

Dopo la mia partenza per far ritorno a New Orleans, le autorità municipali misero una tassa illegale e ufficiosa su tutti gli strumenti musicali di una casa. Una cosiddetta 'licenza' a una legge che non era mai stata approvata; il denaro percepito non arrivò mai nelle casse del Comune né in quelle dello Stato. Poi, a tutte le tenutarie fu ordinato di non tenere nessuno strumento musicale nelle case. La musica faceva troppo chiasso.

Fu lasciato intendere che una casa poteva avere della musica purché fosse suonata da una certa arpa meccanica di nuova invenzione. Si presentò un rappresentante che vendeva *proprio* quell'arpa, che era prodotta da una fabbrica di strumenti musicali di Cincinnati, il prezzo era di settecentocinquanta dollari. Il rappresentante aveva delle credenziali dei capoccioni politici. Il prezzo di listino di quell'arpa era di circa centocinquanta dollari, ma le tenutarie sapevano che era più saggio comprarla dal rappresentante, il quale avrebbe spartito la sua percentuale con le persone giuste.

I due eventi sensazionali che sconvolsero l'intera vita cittadina furono la scoperta dei filoni d'oro nel Klondike, e la guerra con la Spagna per Cuba. I cercatori cominciarono ad arrivare in città con grandi discorsi sui loro filoni e sui loro soldi. Per la maggior parte erano gente semplice, avida di tutto ciò che le era sempre mancato. E con dell'oro da spendere. E quando l'ammiraglio Dewey conquistò Manila, non chiudemmo il portone per tre giorni di seguito, lavorando giorno e notte. Le puttane venivano affondate più spesso delle navi spagnole.

XXIV

NEL COMMERCIO DELLA CARNE

I peggiori bastardi con le donne, ancora addirittura bambine, erano i cinesi. Portavano le ragazzine dentro gabbie come fossero polli. A volte la polizia faceva delle perquisizioni sulle navi. Una aveva un carico di quarantaquattro ragazze dagli otto ai tredici anni. Furono mandate alla Magdalen Home per essere istruite come cameriere, ma molte finirono nei casini cinesi. Le restrizioni all'immigrazione dei cinesi aumentò il valore di una schiava.

La mia lavandaia era un vecchio rottame a nome Lai Chow, ch'era stata in passato una schiava, portata in America per i puttanieri di Little China, come in origine si chiamava Chinatown. Costei mi raccontò che era arrivata con altre ragazze di dodici anni, due dozzine di ragazzine cacciate entro ceste imbottite, con l'etichetta « vasellame ». I doganieri venivano pagati per far passare queste ceste senza aprirle. Lai mi disse che quando era diventata tenutaria a sua volta, si faceva arrivare le ragazzine attraverso i porti del Canada, di dove le venivano poi inoltrate in diligenza. Non aveva mai avuto molti fastidi dalla legge, poiché quando la polizia faceva irruzione nella sua casa, durante qualche campagna moralizzatrice, aveva sempre dei camerieri cinesi che dicevano che le sue puttane erano le loro mogli.

Lai aveva conosciuto la famosa Ah Toy. Dal 1850 in poi, Toy aveva fatto la puttana a San Francisco e forse era stata la prima a farsi un nome come donna di piacere. Era una schiava, ma dopo che alcuni gianni pieni di soldi erano diventati suoi clienti abituali, si era pagata il suo riscatto, ed essendo un tipo in gamba, col bernoccolo degli affari, aveva incominciato a importare ragazze cinesi per conto suo. Lai era stata una di loro, e aveva lavorato per Madam Ah Toy per molti anni, in varie capanne e casini. Madam Toy faceva grossi affari vendendo ragazze in tutti gli Stati Uniti. Come mi disse Lai: « Hai sentito, tutte ragazze cinesi hanno fica che va est ovest, e non nord sud come ragazze bianche, hai sentito? ».

Io dissi che, certo, l'avevo sentito, che le ragazze cinesi avevano una vagina curiosa a quel modo, ma che io non ci avevo mai creduto, dato che io ero del Missouri – anzi, di Saint Louis, quanto a questo. Sapevo anche che avevano una tariffa per quelli che volevano constatarlo. « Una guardata, due nichelini, una tastata, quattro nichelini, una chiavata, sei nichelini ».

Lai ne convenne. « Tutta grossa bugia da marinai. Ma i bianchi vogliono assicurarsi. Così Madam Ah Toy faceva grossi affari vendendo ragazze cinesi. Aveva case in tutta Frisco, Sacramento, altri posti. Posti dove io mai tenuto case ».

Da parte mia, conobbi Selina, una zoccola cinese, la più bella che io abbia mai visto. Aveva un corpo splendido, slanciata, ma ben rotonda nei punti giusti, di fianchi e di seni, non ossuta come la maggior parte delle cinesi. Con un gianni sapeva parlare di argomenti artistici, a proposito di rotoli, di paraventi, e dare un senso di cultura, che a certi uomini piace, quando comprano il tempo di una donna e le danno in cambio la loro vitalità. Aveva un appartamentino, di tre stanze, in

Bartlett Alley, ed era: *Solo per Bianchi.* Durante le sue ore di lavoro non aveva mai a che fare con clienti cinesi. Sapeva usare la testa quanto sapeva usare quello su cui sedeva. I suoi clienti dovevano prenotarsi tre giorni prima, tanto era richiesta. E prendeva un dollaro tondo. Non la solita tariffa di settantacinque centesimi. Lei era anche una venditrice di *guardate*, si toglieva i vestiti per cinquanta centesimi, per cui il gianni poteva controllare con i suoi occhi – come mi disse Lai – che le sue parti sessuali andavano da nord a sud, come le ragazze bianche, e non est-ovest.

È straordinario che cosa non si può vendere a un uomo in fatto di sesso – pagherà per qualunque cosa, e anche se preso in giro, sentirà per lo meno di aver acquistato una certa conoscenza o esperienza.

Le ragazze cinesi si offrivano in salottini o in capanne. Una casa di salottini con ragazze cinesi la si poteva trovare in Grant Avenue, in Waverly Place, o in Ross Alley. Corrispondevano all'idea che un bianco si fa della Cina, tutto in legno di sandalo, in tek, tende di seta, idoli, rotoli e carte dipinte. Una casa di salottini teneva da sei a ventiquattro ragazze in costume orientale, coi capelli lucentissimi raccolti all'insù, e pronte a essere trattate come schiave o come giocattoli.

Nelle capanne che fiancheggiavano Jackson Street e Washington Street, e i vicoli Bartlett, China e Church, tutto era molto pratico e sbrigativo, non si facevano distinzioni di colore, venivano serviti uomini di tutte le tinte.

Le ragazze giapponesi insistevano perché il cliente si togliesse le scarpe che loro gli lucidavano. E, uscendo, il cliente riceveva in dono un sigaro giapponese.

Non tutte le ragazze di Chinatown erano cinesi. Ai ricchi cinesi piaceva attraversare il confine del colore. Ma io non lasciai mai entrare un orientale nelle case da me dirette. La verità è che loro cercavano sempre di legarsi la ragazza bianca facendole fumare l'oppio. Dopo di che la portavano via dalla casa, e se la tenevano come concubina, in qualche casino sotterraneo. Il cliente cinese ci tiene ad avere dieci o dodici donne sottomano, se se lo può permettere. E averne un paio bianche gli dà la sensazione di essere riuscito nella vita. L'unica volta che entrai in un casino bianco per cinesi, con Lai, non mi fece un'impressione troppo buona. Le donne avevano delle stanze piccolissime, con le sbarre alla finestra. Avevano un'aria avvilita e depressa, ma forse erano sotto l'effetto di una fumata d'oppio. La novità di avere una ragazza bianca appassisce ben presto, e il ricco cinese preferirà importare ragazze dal suo paese, per rivenderle quando se n'è stufato. Le ragazze bianche, a meno che non cadano in preda all'oppio, si ribellano, o diventano cattive. Ai cinesi piacciono le ragazze mansuete, che si comportano come in una pantomima, che quasi non osano alzare gli occhi sulla faccia del cliente, e che non se la prendono se ricevono un pugno o una sberla. Lai mi spiegò che una ragazza cinese rispetta l'uomo come essere superiore e come padrone. Dice che così insegna Confucio. Bene, vada a farsi fottere. Una volta che una puttana bianca abbia lavorato in un casino cinese, non vale più niente, per una casa come si deve. Ho potuto constatarlo almeno una dozzina di volte. Ha perduto tutto il suo spirito e la sua linfa, e c'è sempre il pericolo che si porti la sua pipa, o le sue pillole, e che trasmetta il vizio alle altre ragazze.

L'unica cosa che si può dire a proposito di San Francisco è che tutto vi si svolgeva alla luce del sole, con la protezione della polizia, e un uomo che avesse bisogno di scaricare i tubi poteva sempre trovare una fica all'altezza della sua borsa. Il casino di tipo medio era per il piacere di uomini che non pretendevano un ambiente troppo elegante. Un casino di alta classe poteva essere un vero palazzo di lusso, e una puttana che lavorasse in uno di questi si rendeva conto che era una donna arrivata, che era fuori delle capanne e dei lupanari. La maggior parte delle ragazze di casino erano belle, giovani, e fresche.

I ruffiani a me non sono mai piaciuti, ma in caso di bisogno vi ho fatto ricorso. Volevo una ragazza che mi era stata raccomandata da qualche tenutaria mia conoscente, di Cleveland, o di Chicago, o di Saint Louis. E pagavo il viaggio della ragazza, e dovevo provvedere ai suoi vestiti e alla sua biancheria. Ma questo, a San Francisco, non sempre era possibile. Bisognava stare attenti alla gente che aveva in mano il collocamento delle giovani puttane provenienti dalle città vicine e da tutta la penisola. Non assumevo ragazze drogate, né forti bevitrici, né ragazze piene di lividi. Una buona puttana deve *voler* essere una puttana, o altrimenti non è un buon acquisto per la casa. L'inconveniente delle ragazze che lo fanno per forza, è che di solito finiscono per creare guai. Inoltre, non vi è mai stata vera penuria di ragazze che intendevano fare la puttana di loro propria volontà. Tutte le storie che si raccontano a proposito delle schiave bianche sono per la maggior parte delle invenzioni. È vero che gli sfruttatori italiani e dell'Europa orientale hanno un'organizzazione clandestina per portare via le ragazze attirandole con promesse di lavori onesti, per poi farle entrare nel giro del commercio, ma con quella gente io non ho mai avuto molto a che fare. Per lo meno finché in città non venne la smania per le ragazze ebree dai capelli rossi. La maggior parte delle ragazze ebree erano bisbetiche, ma volenterose, e molte di loro ben presto diventavano tenutarie. Imparavano in fretta, e davano al cliente l'illusione che faceva loro una grande impressione, che le faceva impazzire con le sue bravure d'amatore. Ho sempre constatato che gli ebrei dànno ciò che promettono.

La maggior parte delle ragazze che finivano in casino si erano ritrovate in città affamate, senza lavoro, senza denaro per pagare l'alloggio, con gli abiti che andavano in malora. Ci sarà stato magari qualche pappa che le metteva su, che le attirava, ma non così spesso come voi pensate. Una ragazza capiva assai presto che cosa voleva dire lavorare in un casino. Non era molto difficile farle capire i vantaggi di una buona casa, di un onesto accordo. Tutto il resto son chiacchiere, sentimentalismi strappacuore di gente che non conosce le puttane. Non voglio dire, né ho mai detto, che fare la puttana sia il nonplusultra, ma è meglio che sguerciarsi a cucire in un laboratorio, o fare la sguattera in cucina per venti ore su ventiquattro, o la donna di casa, col marito, e i figli nel corridoio con la bottega aperta. I salari delle donne, in città, erano bassi, e nessuno aveva molto rispetto per una ragazza costretta a lavorare. A fare un mucchio di puttane, è la Brava Gente che sfrutta le ragazze povere, credete a me. Perciò, sotto molti aspetti, il casino aveva dei lati buoni per le ragazze, che vedevano e godevano cose diverse da quelle delle loro madri, chine tutto il giorno sui fornelli accesi, con una mezza dozzina di mocciosi attaccati alle sottane, con un marito che non si lavava mai, e che la trattava come una scrofa, finché, spesso e volentieri, cominciava a occhieggiare le figlie. Può darsi che questi miei discorsi siano scandalosi, ma ho vissuto molti anni con queste idee, e anche se non è stata una vita tappezzata di rose, sono viva e vegeta, non sono sulla via del ricovero di mendicità, o di morire in qualche ospedale di beneficenza prima della mia ora. Né faccio la vita bestiale di certe ragazze che ho conosciuto, che sposarono poveri contadini, giù dalle mie parti, e prima dei trent'anni erano ridotte un rottame, e a quaranta erano delle vecchie sdentate.

Una quantità di ragazze di casino erano state in passato cantanti, ballerine, artiste di varietà, ma non avevano le vere qualità per questo lavoro. E così erano scivolate facilmente in una casa, dove per tutto il tempo continuavano a baloccarsi con l'idea di uscirne presto, non appena avessero messo da parte abbastanza soldi per potersi comprare nuovi costumi e della musica. Ma ben poche vi riuscivano. Erano pigre, sognatrici, e sapevano che sul palcoscenico non sarebbero mai riuscite a combinar niente. Consideravano la loro vita una specie di commedia, ma non ammettevano mai di essere delle puttane a tempo pieno. Dato però che col cliente, mentre la maneggia, una puttana per la maggior parte del tempo recita, loro in certo modo si trovavano nel loro ambiente.

L'amore non c'entra gran che nel fatto di diventare una puttana. Per alcuni è un modo sentimentale di considerare la cosa: una ragazza che si è rovinata per amore di un giovinastro; ma nella maggior parte dei casi il punto di partenza è stato il desiderio di una vita facile, e anche un gesto di ribellione, un modo di mettersi contro la società ammantata di perbenismo. Di solito, tutto proviene da un fatto economico; un casino è un posto per guadagnarsi di che mangiare, di che vestirsi, e anche qualcosa in più per fare un po' di lusso. Non potrei dire che le puttane abbiano molta istruzione. Io non ne avevo. Molte erano delle testone, ignoranti come una panca, e per fare un'addizione di più di due cifre dovevano sudare quattro camicie. Ma ho anche conosciuto delle puttane istruite, che leggevano libri e suonavano opere sulla pianola, sapevano parlare a un gianni di pittura, e di robe come la Grecia, o di stampe giapponesi, o di Caruso o di John Drew. Queste donne intelligenti, di solito, erano molto infelici, e avevano una gran paura del mondo esterno. Gli piaceva starsene per conto proprio, chiuse in se stesse, come per proteggere la loro rispettabilità. Inoltre, bevevano parecchio, e alcune annusavano cocaina. Altre si davano ai giochi lesbici. Io non ero molto entusiasta, di questo, ma se lo facevano senza chiasso, e non rovinavano l'altra ragazza dal lato professionale lasciavo che si suonassero la chitarrina in santa pace. Nel mio mondo, non ci si sente mai né migliori né peggiori degli altri. Più in gamba, magari, nient'altro.

Una ragazza che non sia una scema, che non si mantenga un pappa o un ruffiano che la picchia o la inizia alla droga, una che non beva troppo, può durare in un buon casino una mezza dozzina d'anni. Io avevo una bella ragazza polacca, Reba, che rimase con me per dodici anni, e dopo diventò la tenutaria della migliore e più grossa casa di Easton, in Pennsylvania.

Ma una puttana che si metta a condurre una vita normale e felice, dopo essere stata per anni nel commercio, è una rara eccezione. Nel periodo che passai a San Francisco, solo due ragazze della mia casa (e credo d'averne avute almeno duecento) riuscirono a farsi una buona vita fuori del mio portone di quercia.

Mollie era figlia di un operaio che metteva le traversine delle ferrovie, e al principio era un'oca giuliva a tal punto che bisognava dirle di non cercare le sfoglie di granturco quando doveva pulirsi il culo. Ma imparò in fretta. I ricchi giovanotti dell'università chiedevano sempre di lei, e a lei piacevano. Dopo due anni, Mollie mi disse: « Voglio prender marito. Voglio tirarmi fuori da questa mia lercia vita ». Io le dissi che a una ragazza, una volta che si sia abituata piacevolmente ai ricchi gianni, giovani o vecchi che siano, poi non è facile sposarsi con qualche lurido e puzzolente scaricatore del porto. Nella sua giornata di uscita Mollie si metteva le sue cose più belle; era elegante, non troppo vistosa, benché avesse un debole per le piume. E perdeva i guanti sei o sette volte al giorno nel vestibolo dei più eleganti teatri del centro. A questo modo, attraverso i ritrovatori, aveva fatto conoscenza con diversi attori e suonatori d'orchestra. Ma conosceva il tipo, e quelli li lasciava perdere. Un giorno venne da me sgranando i suoi occhi azzurri ch'erano grandi come un dollaro d'argento. « L'ho trovato! Ricco, bello, e mi puoi credere se ti dico che avrò l'anello, il parroco, e tutto il resto ».

Io le dissi, sta' attenta che non sia piuttosto un venditore di patacche, o un ingaggiatore per i bordelli del Sud America. L'uomo risultò davvero quale Mollie l'aveva descritto, un tale che si occupava di spedizioni, e del commercio del legname, e di prodotti ortofrutticoli. Andarono a sposarsi alla chetichella – niente cerimonia solenne nella chiesa di lui a Pasadena, da dove chissà quanti diaconi erano venuti a San Francisco a farsi trastullare il biscotto da Mollie. Mollie fece una bella riuscita in società. Serviva il tè senza alzare il mignolo, ed ebbe una nidiata di bambini. Suo marito era una potenza politica dietro gli uomini di paglia che occupavano le cariche pubbliche in California. Col tempo, Mollie diventò la donna più in vista della società di Pasadena.

L'altra puttana che fece una bella riuscita era una ragazzetta piccola e nervosa che aveva sempre l'aria di una morta di fame (era debole di polmoni) e che sembrava più un ragazzo che una ragazza, e per questa ragione, immagino, attirava i gianni timidi, e quelli che volevano scaldarsi con l'idea di proteggere e di amare una bambina – tutt'e due le cose insieme. Emma non era neanche un gran che, fisicamente, ma aveva un gruppo di clienti assidui, che venivano soltanto per lei. Metteva i soldi da parte, e si comprò terreni e aree fabbricabili a Oakland, leggeva regolarmente le quotazioni di borsa, e so che in tre anni si era fatta un bel deposito in una banca italiana di Montgomery Street – non teneva i soldi in un sacchetto di tela, o in una valigia, come facevano la maggior parte delle ragazze. Se ne andò, lasciandomi per ricordo una spilla con un cammeo con delle teste romane incise, montato in oro e con delle perline attorno. Emma sposò un vecchio che era comproprietario delle miniere d'argento Panamint coi senatori William Stewart e John Percival Jones, e che morì lasciandole diversi milioni di dollari. Ormai proprietaria di diversi palazzi di uffici del centro, Emma partì per l'Europa, tutta elegante come per un funerale. Non tornò mai più in America. Ogni tanto ho sue notizie. Non è uscita del tutto dalla mia vita come le altre. Ricevo delle cartoline che dal bollo risultano provenire dall'Egitto, o da Lisbona, o da Oslo, o da Londra. Emma non aveva famiglia – non sapeva che farsene, della razza umana. Immagino che siano stati gatti e cani a godersi quei milioni. La gente che va pazza per gli animali vede la vita come un mucchio di stronzi di cani.

Due ragazze su almeno duecento, non è una media straordinaria. La maggior parte, dopo sei anni passati in una casa, finiscono per fare le battone, e agganciano i clienti prendendoli per un gomito e sussurrandogli proposte oscene. Una ragazza di casino può guadagnar bene e mettere da parte, ma di solito non lo fa. A me faceva piacere pagare a una ragazza la percentuale sui suoi guadagni – la metà di quanto pagava il gianni per la sua marchetta. Alcune case pagavano meno, e addebitavano fino a quaranta o cinquanta dollari alla settimana per il vitto, la stanza, la lavatura e la stiratura della biancheria, e alla ragazza rimaneva il resto. Era facile imbrogliarle in un modo o in un altro. E un mucchio di tenutarie lo facevano. Io preferivo il mio sistema. Certe case di bassa categoria pagavano alla ragazza un salario, mettiamo di venticinque dollari la settimana. Per una paga come questa non si può avere una puttana veramente buona. Vuol dire pagare semplicemente della carne – proprio ciò che la maggior parte dei clienti ha in casa e ne esce per avere qualcos'altro.

Certe case avevano nel corridoio un registratore di cassa, il cliente pagava in anticipo, e la ragazza riceveva una marchetta di ottone, che restituiva alla fine della settimana, per fare il conto di quante marchette aveva fatto. Niente di tutto questo nelle mie case. Anch'io chiedevo il pagamento anticipato – è un sistema che evita scene e contrattazioni – ma appuntavo semplicemente un nastrino azzurro sul chimono della ragazza, come un piccolo fiore, per una marchetta, oppure un nastrino giallo per la nottata, e un nastrino verde quando un cliente prendeva la stanza al terzo piano per il trattenimento esotico, per sé e i suoi amici. Era una cosa elegante e decorativa, e nessuna ragazza poteva falsificare i nastrini e fregarmi, poiché li importavo direttamente da Amburgo.

Non è solo una battuta – ciò che una ragazza vende, in verità, è un'illusione: l'idea che il suo cliente è un tipo straordinario, e che lei non è altro che un trastullo nelle sue mani. Io dicevo loro che quei nastri erano come decorazioni per i loro sforzi per migliorare.

Il vero guaio, nella vita delle ragazze, erano gli uomini ch'esse amavano, il pappa o il fannullone in giacchetta con la cintura e in bombetta marrone, che mantenevano a sigari, whisky, case da gioco e droghe. La ragazza aveva la sua giornata di libertà ogni settimana e usciva in una nube di cipria da bagno e di profumo, per andare a bere e a gavazzare col suo ganzo. Non le faceva nessun bene, e spesso tornava con un occhio nero, o con un dente di meno. La violenza fisica è una forma d'amore, immagino. Ogni notte se ne aveva la prova al terzo piano. Ma la giornata di libertà delle ragazze, era affar loro.

La maggior parte delle case facevano lavorare una ragazza da mezzogiorno fino al mattino. Ma nella mia casa, io non aprivo prima delle nove di sera, a meno che qualche cliente favorito volesse passare a farci una visitina dopo pranzo (come a quell'epoca si chiamava la colazione) oppure aveva da rimorchiare degli amici, e voleva un posto tranquillo per bere e guardare delle cose carine. Altrimenti, Harry non apriva il portone fino alle nove. Allora, Teeny, la cameriera negra, si metteva la sua crestina e andava ad aprire a chi bussava. Io non avevo luce rossa, né campanello, e se uno non veniva con persona conosciuta, non entrava.

Una ragazza di una buona casa poteva fare dai centocinquanta ai duecentocinquanta dollari la settimana. E la settimana dopo essere completamente a secco, se veniva spremuta dal suo ganzo. E per molte succedeva così. Le ragazze erano delle scimunite sentimentali. La maggior parte delle puttane lo sono, nella loro vita privata. Se non hanno uno, hanno il muso lungo, si sentono non desiderate. Di solito, sono sessualmente atrofizzate, o hanno perduto ogni vera sensibilità, se non con qualche schifoso pappa. È questo bisogno d'amore, anche al livello più degradato, che le fa rimanere donne, e non semplici animali.

XXV

UN'OSPITE D'ECCEZIONE

La vita in una casa ben organizzata è talmente piatta e priva di eventi – una volta che abbiate accettato che quello che succede nei letti e nelle stanze è semplicemente il vostro modo di fare gli affari – che vi sono ben pochi fatti eccezionali da ricordare. A meno che voi non crediate a tutte le storie che si raccontano sui casini. Alla maggior parte di queste storie, io non ho mai creduto. Di solito sono vecchie fandonie. C'è la storia di quel vitaiolo famoso per essere un gran puttaniere, che una notte, in un casino di Cleveland, andò in camera con una puttana di quattordici anni, e nelle loro chiacchiere di letto scoprì che era sua figlia. Lui aveva abbandonato lei e sua madre alcuni anni prima.

A volte il posto in cui l'episodio è avvenuto è Los Angeles, oppure Boston, oppure una cittadina di allevatori del Texas, oppure un villaggio di boscaioli nel Michigan. Ma la storia del padre e della figlia viene sempre raccontata come autentica. Poi c'è la storia del giovane studente di *college* tornato a casa per le vacanze, che viene portato in un casino da un amico. Rimane affascinato da una puttana piuttosto anziana, e nelle chiacchiere di letto scopre che è sua madre. Naturalmente, perché la storia risulti più sconvolgente, la scoperta viene sempre *dopo* che i due hanno fatto la loro chiavata.

Nella regione dei Grandi Laghi, nei casini si raccontava la storia della tenutaria di una casa di lusso, che la sera metteva in una borsa tutti gli avanzi della tavola, e la mattina dopo la dava a un vecchio vagabondo ridotto un rottame umano. Costui si diceva fosse stato un tempo un uomo ricchissimo, che l'aveva sedotta quando lei era ancora una ragazzina, e poi, per liberarsi di lei, l'aveva venduta a una banda della Mano Nera che faceva la tratta delle bianche. Adesso, caduto in miseria, malato, e mezzo morto di fame, povero come il tacchino di Giobbe, il seduttore era tornato da lei a mendicare un po' d'aiuto, e riceveva ogni giorno un sacchetto di avanzi.

Nei casini del Sud, circola invece la storia dell'orgoglioso aristocratico proprietario terriero (a volte è un sindaco o un giudice) che prende a schiaffi una grossa puttana mulatta, in una casa di gran lusso dei Bastioni. E la puttana gli dice che in realtà lui è figlio di una ragazza mulatta che un tempo abitava nel quartiere dei Bastioni di New Orleans, dove le ragazze di colore venivano mantenute dai ricchi giovanotti bianchi. Ed è lui stesso un mulatto, introdotto di nascosto in casa di suo padre e allevato come un bambino bianco. Di solito la storia finisce che l'uomo si suicida con un colpo di pistola, nella sua piantagione, o a casa sua, dopo aver dato un ultimo sguardo alla moglie bianca, di grande famiglia, e ai loro sei bambini meticci. A volte, lui uccide la puttana negra che gli aveva raccontato la storia, per poi suicidarsi. La versione che io preferivo era quella in cui lui impazzisce all'idea di essere un mezzo sangue, e si mette a vagabondare per la città – a volte Richmond, altre volte New Orleans – e si indica continuamente le unghie azzurrastre, che si dice dimostrino il sangue negro, gridando: « Io non sono altro che uno schifoso negro, solo un povero, lurido, disgraziato negro ».

Vi sono delle storie vere altrettanto interessanti.

Non ho mai raccontato una storia che mi successe quando gestivo la casa di San Francisco, una storia che, se l'avessi raccontata prima, in qualche versione più o meno deformata ormai farebbe il giro dei salotti. Questa è una storia vera, lo so perché io ci fui letteralmente in mezzo. Una storia altrettanto affascinante e sconvolgente di quelle che vengono raccontate in tutti i casini d'America.

Un anno dopo che ebbi aperta la mia casa nel quartiere dei divertimenti di San Francisco, ricevetti la visita di un bel signore di mezza età, spaventosamente distinto. Alto, ben fatto, con certi occhi neri e acuti come quelli di un cane da punta, e l'abitudine di guardare altrove quando gli parlavate. Non perché non reggesse il vostro sguardo, ma per un certo imbarazzo. Disse che si chiamava Henry Chandler, il che era una bugia – lo riconobbi da un articolo di giornale sulle grandi famiglie che avevano costruito la ferrovia Central Pacific, e altre linee, e con l'occasione si erano rubate metà dello Stato. Il signor Chandler non era uno degli originari Quattro Grandi. Di costoro, alcuni erano morti e gli altri erano vecchissimi. Huntington, Stanford, Hopkins, e Crocker. Tranne Crocker, credo che nessuno di loro avesse mai messo piede in un casino, a parte Huntington, che non chiavava, ma vendeva forniture ai casini di Hangtown e d'altri posti, e consegnava le merci di persona, perché non si fidava dei suoi impiegati.

Il signor Chandler apparteneva a un ramo d'una delle grandi famiglie, ma non era stato uno dei pionieri. I tempi si erano calmati, e lui aveva un'alta posizione nelle ferrovie, era un collezionista di quadri, e faceva discorsi. Perciò, sapevo bene che non era 'Henry Chandler'.

Io dissi semplicemente: « Che cosa posso fare per lei, signor Chandler? ». Erano le tre del pomeriggio, la casa si stava appena svegliando, e le ragazze sbadigliavano.

Ce ne stavamo nel salottino privato a bere piccoli whisky. (Ricordo l'attore John Drew che, rivolto a un mazzo di ragazze, esclamò: « Come diavolo osate offrirmi un *piccolo* whisky? »).

Il signor Chandler disse che io gli ero stata raccomandata come una discreta e onorevole professionista nel mio ramo. Lo ringraziai. Un'alta autorità politica di Sacramento gli aveva detto che di me ci si poteva fidare, che non ero un tipo che faceva pettegolezzi. Io dissi che, in confronto a me, un'ostrica era loquace come un fonografo. Stavo studiando il signor Chandler, e vedevo benissimo che era piuttosto nervoso, e nel tempo stesso pieno di una sorta di risoluzione, come avesse deciso di parlarmi e di aver fiducia in me. Dissi che nella mia casa doveva sentirsi completamente libero, non aveva bisogno di nascondere nulla; e *qualunque* cosa volesse – entro certi limiti, che soltanto un pazzo vorrebbe varcare – era a sua disposizione.

Si alzò, e cominciò a passeggiare per la stanza, con le mani intrecciate dietro la schiena, mordendosi le labbra. Era evidente che gli occorreva un grosso sforzo per venire al nocciolo della questione.

« Io sono un uomo molto noto, la mia famiglia ha una posizione che... be', lei forse ha immaginato chi sono. Sono sposato con una donna meravigliosa. Siamo innamoratissimi l'uno dell'altro eppure... be'... ».

Io azzardai un'ipotesi: « A letto, non andate tanto bene? ».

Lui spalancò gli occhi, come se gli avessi predetto tutti i cavalli vincenti di una giornata di corse. Era una facile supposizione. Perché, altrimenti, un uomo innamorato dovrebbe venire in un casino? Lui disse: « Sono dieci anni. E lei è ancora, be'... *intacto*. Già, io non posso compiere l'atto, ecco la verità. Non riesco a raggiungere uno stato di... ». Fece un gesto desolato.

« Non riesce a farselo rizzare, signor Chandler. Non si sente in grado di salirle sopra, e, diciamo così, di essere un marito che compie il suo dovere coniugale ».

« Sì, esattamente così. Lei è una donna molto in gamba, e capisce la mia situazione. Oh, è una cosa infernale! ». Si sedette, e si prese la testa fra le mani. Rimase un poco in silenzio. Io mi limitai ad ascoltare. Non sono un medico, e nemmeno uno specialista di svirgolati, ma storie di questo genere non mi erano affatto nuove. Lui alzò la testa e disse lentamente: « Sono anni e anni che nei miei viaggi vado con prostitute. E con loro non ho nessun problema. Tutto mi viene facile, e anzi ho forti impulsi animali. Due o tre volte in un pomeriggio o in una notte. Ma a casa, a Nob Hill... ». Fece un gesto come a dire: niente!

« Una delle nostre signorine sarà ben felice d'intrattenerla. Adesso è ancora presto. Venga a cena da noi, stasera, può prenotare questo salottino riservato... e... può contare sulla nostra discrezione ».

Lui si alzò di nuovo. « La mia richiesta le sembrerà folle. Non voglio una delle sue... signorine. Voglio che lei ammetta mia moglie tra il suo personale... Oh, una sola volta. La vesta, la istruisca come se fosse una professionista come le altre. La faccia sembrare... sì... una puttana. E poi lasci che io venga qui come un cliente qualsiasi, la scelga, e la porti di sopra. Mi trova completamente pazzo, no? ».

Io scossi la testa negativamente, e tornai a riempire i bicchierini. « Niente affatto, signor Chandler. Mi sembra un'ottima idea ».

A lui dissi così, ma dentro di me mi domandavo se non avesse qualche rotella fuori posto. Sua moglie proveniva da « una delle migliori e più vecchie famiglie del paese », come si suol dire (come se noialtri fossimo gente appena sfornata, e non avessimo nome). Era ricca, onorata, e in certo modo, perfino una famosa bellezza. Mi limitai a sorridere a suo marito: « C'è il problema della signora. Lei non ne vorrà sapere, immagino, di venir qui, di sottoporsi alle istruzioni, di lasciarsi vestire, insomma, di tutta la faccenda ».

« È qui che lei si sbaglia » disse lui. « Ne ho parlato a lungo con lei. Mi ama, vuol consumare il nostro matrimonio, avere bambini. Sì, è pronta a tutto. E io la pagherò bene ».

Su questo, ci poteva giurare. Però, introdurre una signora della società di Nob Hill nella mia casa, sia pure nel salottino riservato, e alla presenza del solo signor Chandler, non era roba da niente. Ma nel nostro lavoro, qualunque problema deve essere svalutato con un gesto, come a dire 'sciocchezze'. « Benissimo, signor Chandler » dissi. « Faccia venir qui la signora domani alle due del pomeriggio. La lasci con noi fino alle undici di sera. Riserverò questo salottino solo per lei. La farò venire qui con tre delle mie puttane ».

Lui si alzò, stringendosi le mani. « Benissimo. Benissimo. Ho piena fiducia in lei ». Tirò fuori il portafogli, e ne estrasse due biglietti da cento dollari, che mi mise in mano, verdi, cricchianti, nuovissimi. Io presi i pelle-di-rana e dissi: « Questi, in acconto. Buongiorno signor Chandler. Domani pomeriggio alle due ». Ci stringemmo perfino la mano.

Quando se ne fu andato, buttai giù un altro bicchierino. Mi era già capitato di avere un paio di signore della buona società di New Orleans, che in segreto facevano anche le puttane. O almeno, si comportavano come signore della buona società quando non chiavavano. Inoltre, mi era capitato di assumere un paio di giovani donne sposate – che avevano bisogno di soldi – per un po' di lavoro pomeridiano. Ma in generale preferivo ragazze volenterose, che facevano le puttane e nient'altro. È un lavoro da specialisti, di cui non molte mogli riescono a impadronirsi pienamente.

Feci preparare dalla governante una stanza sul retro, con uno specchio aggiuntivo, delle saponette profumate, e vi feci anche mettere due lampade in più. Mandai a chiamare la ragazza soprannominata 'la Contessa'. Si faceva passare per una cortigiana europea d'alta classe, ma in realtà era nata in una piccola città mineraria della Pennsylvania, e fuori servizio era conosciuta col nome di Philly.

Spiegai alla Contessa che sarebbe venuta una donna

per fare un servizio a un gianni particolare. Bisognava acconciarla come una puttana di alta classe.

« Se è il caso, arricciale anche la peluria. Falle fare un bagno di acqua di rose, falle anche una pettinatura un po' bizzarra, e insegnale a farsi il trucco da teatro. E poi, falle venire qualche buona idea su ciò che ci si può aspettare da lei a letto ».

La Contessa mi diede un'occhiata preoccupata. « Di che si tratta? Non voglio mica cacciarmi in qualche pasticcio che non sia kosher ».

Io le dissi che si sarebbe sicuramente cacciata in un pasticcio se non avesse fatto ciò che le dicevo. Ordinai che la Contessa, Mary-Mary e Baby Doll, andassero nel salottino alle undici con la ragazza nuova. Ma dovevano fare in modo che il gianni scegliesse la ragazza nuova, e facesse la sua scelta senza nessuna pressione.

La Contessa si leccò il labbro superiore con due centimetri di lingua e scrollò le spalle. « Non si preoccupi. Non ho nessuna voglia di andare in camera con un gianni che fa dei giochetti come questi ».

Il giorno dopo, alle due in punto, una carrozza si fermò alla porta laterale, e ne scesero due donne accompagnate dal signor Chandler. Le donne avevano la faccia coperta da lunghi veli. Harry li condusse nel salottino riservato, e io mi feci aspettare un poco. È una cosa che ti dà sempre un certo vantaggio, se fai aspettare gli altri e non sei tu ad aspettarli. Ho sentito dire che si può domare una tigre, se la si lascia aspettare abbastanza a lungo. Mi dispiaceva per quei due. Dovevano essere proprio disperati, per arrivare a una cosa come questa. La presenza dell'altra donna mi sconcertava. Domandai al signor Chandler chi fosse.

« È la cameriera personale della signora Chandler. Fidatissima. E non sa una parola di inglese ».

« La mandi via » dissi. « E perché la faccenda vada a buon fine, sarà meglio che vada via anche lei... e che ritorni stasera ». Ignoravo ostentatamente la donna alta che stava lì accanto, in attesa, con le mani intrecciate davanti a sé, finché il marito e la cameriera non furono andati via. Mi era simpatica. Era una donna di spirito. Aveva un'aria calmissima.

Mi accostai a lei e le alzai il velo sopra il cappello. Era assai più che graziosa, una vera bellezza. Aveva una pelle bianchissima, e occhi scurissimi. Dissi: « Siediti, mia cara. Come ti chiamavano da bambina? ».

Lei si sedette e sorrise, piena di dignità, ma fissandomi bene in faccia. « Poof, mi chiamavano. Semplicemente Poof! ».

« Bene. Qui sei Poof, ricordati. Niente signora Chandler. Sei semplicemente una puttana da venti dollari, e... ». Mi fermai. « Ma di chi è stata, questa pazza idea? ».

« Di mio marito ». Sorrise, senza alcuna timidezza. « Al principio, io ero un po' sconcertata, signorina...? ».

« Chiamami Madam. Sono io che dirigo questa casa. Tu lavori per me ».

« Madam. Al principio sembrava una cosa pazza. Ma lui pensa che potrà cambiare la nostra vita ».

Io dissi: « Dimmi la verità, sei ancora vergine? ».

Lei stornò gli occhi verso certe pastorelle di porcellana posate sulla caminiera. « No, ebbi una storia, prima di conoscere il signor Chandler ».

« E non gliel'hai mai detto? Brava. Adesso ti consegno a una delle mie ragazze. Ti farà fare tutta la trafila, il bagno, gli abiti, il trucco. E, se così posso dire, non avrà bisogno di insegnarti a fottere, no? ».

La parola la colpì come un pugno in mezzo agli occhi. Ma si riprese, e sorrise. « No, sono capace di... come lei dice... sì. Oh, pensa davvero che la cosa funzionerà? Mi pare una tale pagliacciata. È tutto così... ». E proseguì in un lungo discorso, usando certe parole così strane, di cui capivo benissimo il senso, ma che adesso non riesco a ricordare. La sostanza del discorso era che lei voleva aiutare suo marito ad avere il suo piacere a letto, e lei stessa desiderava una vita coniugale completa, e almeno un paio di bambini. Io le dissi che tutto sarebbe andato « più che bene » (una frase quanto mai caratteristica in una tenutaria). Feci venir giù la Contessa, e consegnai nelle sue mani la signora Chandler, o meglio Poof. Se ne andarono insieme, la Contessa parlando volubilmente, Poof in silenzio, e un po' scossa, adesso.

Io avevo molto da fare. Eravamo in attesa di una folla elegante, nel salotto principale, poiché in città c'era un qualche avvenimento sociale, e di solito gli uomini venivano a finire la notte in casino. Dopo la fine delle danze, e dopo aver accompagnato a casa le signore rispettabili.

Alle undici e dieci, il signor Chandler arrivò alla porta laterale, e Harry lo accompagnò nel salottino. Una delle ragazze stava suonando il mandolino, e tutt'e quattro le puttane stavano cantando *Prettie Red Wing*. Una di loro era un pezzo di donna ben piantata, con lunghe calze nere, grosse giarrettiere rosse, e una blusetta che le esponeva le tette, e i capelli pettinati all'insù, con delle piume. Mi prendesse un colpo se non era Poof. Non mi fu facile riconoscerla, con la faccia così incipriata, il rosso alle labbra, quelle belle gambe lunghe e le tette fuori.

Presentai il signor Chandler come un ospite particolare, e lui ordinò champagne per tutti. La Contessa disse che era un signore veramente generoso. Poof si mise a bere con gli altri, e a un segno di Mary-Mary, la « ragazza nuova » andò a sedersi sulle ginocchia del signor Chandler, e accostò la testa a quella di lui, mentre con l'altra mano teneva la coppa di champagne. Vidi che al signor Chandler tremavano le ginocchia. Poof era assai ben messa, soda, formosa e, nella sua acconciatura, molto sexy. Aveva dei seni che solo un vero conoscitore di donne poteva apprezzare in tutta la loro bellezza. Poof disse: « Non le piacerebbe portarmi di sopra? ».

Io posai una mano sulla sua spalla nuda: « Questa è una delle nostre signore più brave e più affascinanti. Con Poof non sbaglierebbe di certo ».

Vidi che il signor Chandler era ancora in dubbio, e aveva un'aria annuvolata. « Naturalmente, signore, se a lei piace una catena margherita, o una serata di gruppo, possiamo metterle a disposizione una sala più grande, e... ».

M'interruppi, e vidi Poof accennare con il mento. Il signor Chandler colse il messaggio, e si avviarono verso le scale sottobraccio. Chissà come sarebbero andate le cose, pensai. Dissi alle altre ragazze: « Voialtre, adesso, scendete giù nel salotto grande. E niente chiacchiere ». Metà delle stanze di sopra erano occupate, e perciò non potevo sapere di dove provenissero i gemiti e le esclamazioni di piacere. Avevo molto da fare. I salotti si stavano riempiendo, le ragazze dovevano fare marchette più brevi. La folla aumentava, i clienti andavano in camera, venivano serviti, se ne andavano. L'ultimo cliente non uscì che alle cinque e mezzo del mattino. Tutti quanti avevamo gli occhi stanchi, e non ci reggevamo in piedi. Due ragazze si erano ubriacate, una ebbe un attacco isterico. Le diedi del bromuro.

Stavo contando l'incasso della nottata nella mia stanza. Qualcuno bussò alla porta, e una voce disse: « Sono Harry ». Girai la chiave, e lui entrò seguìto dal grosso cane.

« Sono usciti tutti. Le ragazze dormono, o comunque sono a letto. Mary-Mary ha un occhio nero. Il grande vaso cinese del vestibolo è stato rotto. Oh, quei due nella stanza di Old Rose sono usciti verso le tre. Lui mi ha dato questo » e mi mostrò una moneta d'oro da dieci dollari.

« Questo è un buon segno, se n'è andato felice ».

Due giorni dopo ricevetti una busta con un biglietto da mille dollari (esistono, eccome!). E c'era anche un foglietto con soltanto le iniziali H. C. Tre giorni dopo ricevetti una borsetta da sera di perline, e una catena d'oro. Dentro la borsetta imbottita di carta velina, v'era anche un foglio di una lussuosa carta da lettere con un rigo scritto in inchiostro turchino: CARA SIGNORA, GRAZIE

DA POOF. Ecco tutto, nient'altro. Non mi ero aspettata che Poof avesse tanto spirito. Chissà perché, mi ero aspettata una donna piagnucolosa, preoccupata, sconcertata, e anche un po' rivoltata. Sconcertata, lo era stata di sicuro, ma era passata attraverso tutto quanto come un cavallo da corsa di buona razza.

Per qualche tempo, non saprei dire perché, pensai che un giorno o l'altro Poof sarebbe tornata, un pomeriggio, e si sarebbe portata in camera qualche cliente. Non seppi mai più nulla né di lei né del signor Chandler.

XXVI

LE SORELLE EVERLEIGH

Come ho già scritto, quando qualcosa o qualcuno fece saltare in aria la nave da guerra *Maine* nel porto dell'Avana, nel '98, il paese sembrò impazzire all'idea che stava per scoppiare una guerra. I reduci della Guerra Civile cominciavano ad arrugginirsi. E quando io mi fui sistemata a San Francisco, i ragazzi ebbero la loro guerra. La gente parlava dello Zar Reed, di Padron Hanna, le forze politiche spingevano il Presidente Mc Kinley a indirizzare un messaggio al Congresso, e in aprile il messaggio fu pronunciato. Per allora, i casini erano in festa, dovevano mandare indietro i clienti, e tutti maledicevano gli spagnoli. A maggio, l'Ammiraglio Dewey affondò quasi tutto il ferro galleggiante nella baia di Manila. Quando arrivò la notizia – come ho già detto – io dovetti chiudere il portone a catenaccio per impedire l'ingresso ad altri clienti. Non c'era più posto. A mano a mano che la guerra proseguiva, nel mio salotto echeggiavano nomi come El Canby, e San Juan Hill. Fu una guerra di appena dieci settimane, e dimostrò alle tenutarie che spesso le guerre portano tempi grassi per i casini. V'erano continue zuffe e sparatorie, un mucchio di ubriachi, e una quantità di roba andava fracassata; le puttane perdevano la testa, si drappeggiavano nella bandiera americana, facevano brindisi e si sborniavano, quando invece avrebbero dovuto lavorare.

Dopo quella guerra ve ne fu un'altra più seria, la guerra con le Filippine, quei piccoli indigeni scuri capirono che per loro si trattava soltanto di cambiar padrone, i soldati morivano di malaria, o di carne andata a male. La guerra si faceva sempre più brutta, e i soldati s'imbarcavano a San Francisco, tra gli applausi, dopo aver fottuto e bevuto a sbafo. Tornavano, per lo meno alcuni di loro, gialli di febbre; mi ricordo una notte, nel mio salotto, un gruppo di ufficiali, ospiti di un re dello zucchero, che cantavano:

Maledetti maledetti i filipinos!
Maledetti occhistorti ladrones!

La febbre dell'oro in Alaska portò alla città una quantità di denaro. E noi che avevamo da offrire il meglio vedemmo alcuni dei più fortunati. Non erano molti, e la maggior parte spendevano e spandevano senza risparmio. Molti finivano ben presto all'asciutto, e andavano mendicando un finanziamento, attrezzature ed equipaggiamenti per ritornare nel Klondike, nello Yukon, o alle White Horse Rapids, in tutte quelle regioni fredde, su al nord, per rimettersi a scavare. E partendo, una volta, uno mi disse sorridendo: « Non mi è rimasto un dollaro, ma è stata una scopata veramente mondiale, signora! ». Un altro mi disse: « Solo quando uno capisce che il denaro non è nulla se non si può trasformare in piacere, solo allora diventa maturo ».

Nella mia casa celebrammo il Capodanno del 1900 con una festa grandiosa. Qualcuno (fu un professore di Berkeley) disse che il secolo in realtà sarebbe cominciato la notte di Capodanno del 1901, e io dissi che l'anno prossimo avremmo fatto un'altra grande festa. L'uomo che aveva affittato l'intera casa per quella notte di Capodanno, era un ex cercatore d'oro a nome Gus. Era un uomo enorme, con dei grossi favoriti gialli, ma con pochi capelli in testa. Aveva le mani e i piedi grossi come prosciutti. Era stato un cercatore molto fortunato, ed era tornato indietro milionario « molte e molte volte », come diceva lui. Aveva perso le dita dei piedi per congelamento per essere stato bloccato dalla neve, un inverno, e quando aveva cercato di uscir fuori, per poco non era morto assiderato. Aveva una sorta di timidezza animale, tipica di coloro che sono vissuti troppo a lungo da soli, e poi si mettono a cercar di acchiappare tutto ciò che il denaro può comprare. E può comprare un mucchio di cose, scoprì Gus.

Gus era un uomo triste, anche quando offriva da bere, quando dava grandi feste, o affittava carrozze o provava qualche nuova automobile di recentissima invenzione. Possedeva una delle prime Panhard Levassor, che non era molto adatta alle strade scoscese di San Francisco. Io prendevo un paio delle mie ragazze, un po' di festaioli, indossavamo degli spolverini di cotone, ci legavamo il cappello con dei veli, e andavamo in gita con Gus per le strade polverose lungo la costa – quelle che c'erano. Affittavamo un intero piano di qualche albergo della costa, dopo di che si scatenava la buriana, un vero carnevale per le ragazze, i giovanotti, e i buontemponi locali.

Povero Gus. A volte, dopo una di queste gite, pagati tutti i conti, veniva nella mia stanza, e si metteva a sedere a bere un bicchierino di whisky, non molto, poiché aveva dei disturbi di stomaco, dopo tutti gli anni passati a mangiare roba stantia, carne di cane, o fagioli fradici, ai tempi in cui faceva il cercatore d'oro. Se ne stava lì, e scuoteva la testa, con quei baffi una volta tutti arruffati, e adesso ben spuntati alla principe di Galles.

« Sono un vecchio mulo spompato, oramai, e i filoni d'oro sono arrivati troppo tardi. Ho sessant'anni, e sono ridotto un rottame, se porto in camera una ragazza, non riesco a combinare più niente d'importante. Non posso bere, quelle pietanze complicate che tu servi mi fanno venire i bruciori di stomaco. Non è affatto come pensavo sarebbe stato quando trovai quel primo filone d'oro. Certo, fumo buoni sigari, do delle feste. Ma è troppo tardi, capisci? Per me è troppo tardi. Gesù, perché non è successo quando avevo venticinque o trent'anni, quando facevo il vaccaro, e poi il taglialegna... Ormai non sono più che un sacco di budella ».

Io non sapevo che cosa dirgli, per consolarlo. Gli dicevo che adesso poteva vestirsi bene, farsi spuntare i baffi, vivere con eleganza, conoscere della gente. Ma lui di tutto questo non se ne faceva un accidente. Avrebbe voluto sposarmi, ma io gli dissi di no. Che non avevo nessuna intenzione di sposarmi, in quel momento. Non mi facevano nemmeno gola i suoi soldi. E del resto, non pensavo che gli sarebbero durati a lungo, con tutto il gran giocare che faceva, ai cavalli, alle carte, con la vita dispendiosa, affittando vagoni riservati sui treni, con gli yacht e le ville eleganti che si comprava, per poi viverci solo per poco tempo. E con tutte quelle sanguisughe umane che gli si attaccavano ai fianchi, facendogli comprare, facendogli investire, nominandolo presidente del consiglio d'amministrazione di società che non combinavano niente. I suoi avvocati erano dei lestofanti che si riempivano le tasche a sue spese. Come diceva lui: « Quando si dice 'un avvocato e un onest'uomo' si parla di due persone diverse ».

Gus si offrì di comprarmi la mia casa. Io gli dissi che non avrei mai lavorato in una casa che non fosse di mia proprietà, e che, se voleva, poteva metter su una casa per conto suo. Ci voleva esperienza, e bisognava occuparsene a orario pieno. Lui, allora, mi propose di far società, e di trasferire l'intera azienda in Alaska, letti, tappeti, quadri, pianoforte – e lui avrebbe messo su il casino più grande e più elegante del mondo. « Il più gran casino del mondo, con un banco di tek lungo un miglio, e importeremo ragazze da tutte le parti del globo. Ti metterò su la più elegante fabbrica di chiavate a sud del Circolo Polare Artico. Cosa ne dici? ».

Mi pareva un'ottima cosa. Lui sarebbe stato perfettamente capace di farla, ma io non ero più abbastanza giovane. L'unica cosa che desideravo era di tornarmene a New Orleans.

Gus piangeva. La sua faccia, comunque era sempre umida. « A nessuno importa niente, di me, nessuno darebbe un soldo bucato, per me. Basta che sganci i soldi, che faccia divertire gli amici, che compri gli anelli alle ragazze, ma quanto a lui, al povero vecchio Gus... diavolo, niente, per lui niente! ».

Povero vecchio Gus. Certo era un vero esempio per coloro che non sanno che cosa fare dei soldi, dopo averne fatti un mucchio. Io lo sapevo da anni, che per saper spendere bene bisogna avere una vera conoscenza della vita. Per godere delle comodità, delle sensazioni fisiche, bisogna avere una buona testa, salute, e progetti. Sapersi controllare, sapersi trattenere un poco, e assaggiare un pochino qui e un pochino là, piluccare. Mai buttar giù la roba come un porcello. Ci si sente subito sazi e gonfi, e poi viene la nausea. Bisogna piluccare, a bocconcini, tutto ciò che è gustoso e buono.

I figli e i nipoti di quelli del Quarantanove,[1] i nababbi delle ferrovie, impararono a suo tempo a portare il cilindro e l'abito a code. Come ordinare i vini e come divertire una bella puttana nelle stanze private del Seal Rock House. È triste invece che quei ragazzi che avevano dovuto sgobbare con pala e piccone, e si erano fatti venire le mani ruvide e il maldischiena, di solito non sapessero adattarsi alla ricchezza e profittare a lungo dei tempi felici.

L'ultima volta che sentii parlare di Gus, stava portandosi in Europa una ciurma di parassiti, di baciaculi, e di ragazze del varietà, e parlava di comprare quadri,

1. Furono chiamati colloquialmente i 'quarantanovisti' i cercatori d'oro che corsero in California alla scoperta dei primi giacimenti auriferi nel 1849 [*N.d.T.*].

e un castello inglese. Le uniche cose che veramente godeva erano i fagioli bianchi col prosciutto affumicato – ma queste cose gliele proibivano i medici. Non seppi mai con certezza che cosa ne sia stato, di Gus. Diversi anni dopo, un commerciante di pianoforti mi disse di aver visto Gus allo Skid Row di Los Angeles, che mendicava un nichelino per comprarsi una bottiglia di sherry da poco prezzo – era ormai un rottame e un alcolizzato. Poi una piccola puttana francese mi raccontò che l'aveva incontrato in Svizzera, grasso e ciarlone, che ancora spendeva e spandeva con le donne e gli amici, mantenendo un mucchio di gente come sempre. Non so. Lessi anche un articolo su un giornale, con un nome che suonava come quello di Gus. Secondo l'articolo, questo americano era morto in Sud Africa combattendo contro gli inglesi dalla parte dei Boeri. Mi sembrò difficile. Gus era sopra la sessantina, e gli mancavano le dita dei piedi. Ma può darsi che volesse morire a quel modo, in azione. Morire all'aperto, come un animale malato che esce dalla sua tana per morire sotto il libero cielo. Morire è una cosa che nessuno può fare in vece tua. Non seppi mai nulla di sicuro, a proposito di Gus.

Arrivò il giugno 1901, e feci fagotto da San Francisco. Da New Orleans mi avevano fatto sapere che potevo tornare, per riaprire una casa in autunno. Non chiesi mai particolari circa il modo in cui era stato sistemato tutto quanto.

Vendetti bene la mia casa nel quartiere dei divertimenti, portandomi via soltanto qualche bel mobile che volevo conservare. Un gruppo di italiani mi comprò tutto, e fecero bene, poiché per San Francisco stava per arrivare il periodo di maggior splendore, in fatto di vita allegra e di maneggi politici – il periodo immediatamente precedente al terremoto e all'incendio del 1906. La città stava cadendo sotto il controllo del politicante più in gamba e più corrotto che avesse mai avuto, un ometto a nome Abe Ruef, e più tardi del suo uomo di paglia, il sindaco Eugene Schmitz. Era tutto un po' troppo pazzo, un po' troppo schifoso, decisamente troppo 'Ovest' per i miei gusti. A New Orleans, le cose si facevano più sottovoce. I politici non parlavano così forte di fronte a testimoni, né rubavano in pubblico fino a quel punto. La corruzione, nel Sud, è ammantata di buone maniere. Fa le riverenze – o almeno, le faceva –, finché lo stile Al Capone non prevalse anche lì.

Partii da San Francisco con un senso di gioia. Me ne sarei andata a Chicago, a New York, a comprare mobili, cristalleria, e argenteria. Avrei camminato lungo il lago Michigan, percorso in carrozza la Fifth Avenue, e sarei andata a Washington, a parlare con qualcuna delle tenutarie del posto, per sapere quali puttanieri comandavano negli Stati Uniti, alla Casa Bianca e in Campidoglio. Poi, sarei andata giù a New Orleans. Avrei sentito la mancanza della Baia, della Porta d'Oro, di quel sole pungente, e della bruma marina. E avrei anche sentito la mancanza di alcuni gianni che non erano semplicemente dei clienti ma anche degli amici.

Così, partii per Chicago. Faccio sempre una gran sghignazzata quando la gente si mette a parlare dell'Everleigh Club, delle straordinarie sorelle Everleigh, Aida e Minna, tenutarie, a Chicago, del casino di fama mondiale e delle loro due dozzine o trenta puttane. Conoscevo le sorelle Everleigh come conoscevo la maggior parte delle più importanti tenutarie d'America. Ma oltre al fatto che gestissero una casa di prima classe, e sapessero farsi della pubblicità, la loro casa non era certo niente di più che un buon casino, con delle belle ragazze; come quello, ce n'era almeno una mezza dozzina in altrettante grandi città degli Stati Uniti. Aveva l'unico vantaggio di far pagare più caro ciò che si sarebbe potuto avere più a buon mercato altrove.

Mentre ero a Chicago, chiesi di fare una visitina all'Everleigh Club, per vedere quali erano le ultime novità in fatto di arredamento di un casino – a parte le ragazze e i letti, che non cambiano mai. Ero stata in contatto con le due sorelle (v'è una sorta di collegamento segreto tra le diverse tenutarie) per scambiarci informazioni sul lavoro, per raccomandare delle buone ragazze, o metterci in guardia contro i gianni che pagano con assegni a vuoto, o che danno grane, ai quali bisogna chiudere la porta in faccia.

Intorno al 1899 la mia amica Cleo Maitland, tenutaria di un casino a Washington, che serviva i puttanieri del Congresso e del Senato, aveva detto ad Aida e Minna Everleigh che il posto buono per aprire un casino di lusso era Chicago. Le sorelle erano cariche di soldi, poiché avevano tenuto un casino vicino all'Esposizione Trans-Mississippi di Omaha. Quando l'esposizione si chiuse, le due sorelle avevano messo insieme circa ottantamila dollari, e così, su consiglio di Cleo Maitland, si trasferirono a Chicago, dove Cleo sapeva che v'era una casa in vendita nella Prima Circoscrizione – un quartiere di divertimenti conosciuto col nome di 'Levee'.

Erano due grossi edifici di tre piani uniti insieme. Quando lo vidi, c'erano cinquanta stanze, e un'elegante gradinata che saliva dalla strada. Lizzie Allen, l'antica tenutaria, l'aveva messa su come un casino di lusso, per l'Esposizione Colombiana del 1890. Si diceva che Lizzie – una famosa ballista – avesse speso circa duecentomila dollari a ricostruire la casa. A dimezzare la somma, si sarebbe stati vicini alla verità. Effie Enkins, un'altra tenutaria che conoscevo, l'aveva ricomprata da Lizzie, dopo l'Esposizione. Le sorelle Everleigh trattarono con Effie per rilevare in blocco tutta l'azienda (puttane e arredamento), per cinquantacinquemila dollari, compresa l'argenteria, il vasellame, i tappeti, e le decorazioni, e con un contratto d'affitto, a lunga scadenza, di cinquecento dollari al mese.

Sul prezzo dell'arredamento, io avrei tirato – come tenutaria, ho sempre saputo che sul mobilio si può risparmiare molto, solo dicendo: « portate via questa robaccia, non voglio vedermela attorno ».

Le due sorelle aprirono il locale il primo febbraio e,

per la prima volta, come sorelle Everleigh; infatti, prima d'allora, nell'ambiente si erano sempre chiamate Everly. E questa era la vera grafia del loro nome. Avevano del personale di colore molto ben addestrato, puttane della migliore qualità, ed erano molto attente alla qualità del cibo, del whisky, e del vino. E poi sapevano come farsi la pubblicità.

Era una serata fredda, ma nel casino c'era molto movimento. Non avevo mai creduto alla storia che raccontava Aida, che la sera dell'inaugurazione un Senatore di Washington aveva mandato un messaggio augurale, con un mazzo di fiori. Forse, l'incasso di quella notte superò i mille dollari. Gli affari andavano a gonfie vele. E il posto, certo, non mancava di classe né di gusto – sono due cose diverse. La classe è questione di soldi, ma il gusto c'è quando non si vede il costo della roba.

Chi erano queste due sorelle che mettevano in giro le panzane che i giornali stampavano su di loro, e che erano ancora ingrandite da ciò che della loro casa andavano dicendo i clienti? Non è difficile mettere insieme i fatti veri; nessuna tenutaria può avere una vita abbastanza segreta, se rimane nell'ambiente abbastanza a lungo.

Aida e Minna Everly erano nate nel Kentucky, la prima nel 1876 e la seconda nel 1878. Il padre era avvocato, se un avvocato in gamba o un lestofante, non saprei dire. Prima che compissero i vent'anni, sposarono due fratelli, che venivano sempre definiti come « due signori del Sud » – il che non vuol dire un accidente, come le ragazze scoprirono ben presto. A detta delle sorelle, questi due erano dei bruti, che le maltrattavano e le picchiavano. Questo dicevano loro. La mia opinione è che esse avevano trovato il matrimonio una gran barba.

Le due sorelle scapparono a Washington, una città piena di 'signori del Sud'. Diventarono attrici – il che significa semplicemente che andavano in tournée con degli attori, e assai probabilmente già la davano via per pecunia, come fanno la maggior parte delle attrici nelle ore libere, negli schifosi teatrini di provincia, sempre a terra, sempre affamate, con qualcuno che fa la cresta sugli incassi. So che alle attrici non piace un discorso come questo, ma io ho conosciuto solo due attrici che non chiavavano, per piacere o per denaro, quando erano in tournée. Una aveva una gamba di sughero, e l'altra era una mormona.

A Omaha, per l'Esposizione, le sorelle seppero che il loro padre era morto e gli aveva lasciato un gruzzolo; le sorelle sostenevano sempre che erano trentacinquemila dollari, ma io ci farei una bella tara. Cercarono d'introdursi nella buona società di Omaha, ma le mogli del posto scoprirono ben presto che i loro mariti andavano a letto con le sorelle – in principio per puro diletto, per piccoli regali e cosette del genere. In seguito le sorelle si arresero, e decisero di mettersi contro questa società rispettabile, e di darsi al puttanesimo per vendicarsi della brutalità dei loro mariti ormai dimenticati. Bisogna prendere tutto questo con un granello di sale grosso come il grattacielo Woolworth. La gente s'imputtanisce per far soldi. Quelle due erano già puttane fin dal momento in cui gli era morto il padre, e il successo che ebbero con la casa che aprirono a Omaha dimostrò che non erano affatto delle *Piccole Donne* alla Miss Alcott, anche se avevano soltanto ventidue e ventiquattro anni.

Mi accolsero con piacere. Minna mi fece visitare tutto il Club – era lei che aveva arredato la casa e ideato la decorazione. Mentre passavamo da una stanza all'altra, lei me ne snocciolava i titoli: « la Stanza d'Argento, la Stanza d'Oro, la Stanza di Moore, la Stanza Rosso e Rosa, la Stanza Cinese, la Stanza Blu, la Stanza Egiziana », e un'altra dozzina che non ricordo più. Erano stanze molto eleganti, sovraccariche, piene di roba d'aspetto esotico. Ricordo che nella Stanza d'Oro c'erano delle vasche di pesci rossi su piedistalli dorati, sputacchiere in oro massiccio che costavano settecento dollari l'una, e un pianoforte d'oro che valeva quindicimila dollari. Naturalmente, queste cifre che loro mi dicevano non era il caso di prenderle sul serio. C'erano chilometri quadrati di tappeti orientali, tutti « inestimabili », il che non vuol dire che non si potessero comprare in qualunque buon negozio di tappeti. Molte di quelle stanze puzzavano d'incenso, erano piene di suppellettili arabe in ottone e in rame, di copie di ritratti della Ragazza Gibson, e di stemmi a colori di *colleges*. Era un costoso guazzabuglio di ciò che certa gente ritiene sia il McCoy del lusso. La galleria d'arte era la solita collezione di nudi ben incorniciati che si trova in ogni casino. Nella biblioteca c'era un mucchio di libri rilegati in pelle. La stanza da pranzo aveva bei servizi di argenteria e di porcellana, e la sala da ballo – « turca, » mi disse Minna « turca autentica », aveva anche una fontana con lo zampillo. Lei lo fece zampillare per me. (L'acqua corrente era un vero lusso, per molta gente).

Io chiesi di vedere i particolari delle stanze da letto – è lì che si fa la storia in un casino, non tra le statue di marmo, o le palme in vasi d'oro, e i mogani.

Minna disse: « Abbiamo trenta boudoir per le nostre signore ».

Le stanze erano più o meno tutte uguali, specchi sul soffitto perché i clienti si vedessero mentre facevano i loro giochi, un grosso letto d'ottone – uguale a quelli delle mie case – quadri a olio con i soliti soggetti – sollazzi nei boschi e un mucchio di carne nuda inseguita. E una vasca da bagno verniciata in oro, che Minna sosteneva essere placcata a diciotto carati. Divani, paralumi, bottoni di campanelli per ordinare vino o pietanze, spruzzatori di profumo; la maggior parte delle stanze era fornita di tutte queste cose.

Minna aggiunse: « E certe sere liberiamo un mucchio di farfalle vive, nei salotti e nei boudoir ». Le sorelle spendevano e spandevano, perfino per comperare farfalle.

Io dissi che certo avevano speso senza risparmio. E vidi anche, ma non lo dissi, che le ragazze erano in gamba nel lavoro. Tutti quei fronzoli, quei frufrù, le farfalle, facevano sì che della casa si parlasse molto in giro. Come mi disse Cleo Maitland: « Certo, nessun uomo dimenticherà mai che si è fatto sventagliare le palle da una farfalla all'Everleigh Club ».

Il cliente sapeva in anticipo che una visita al Club l'avrebbe alleggerito di almeno cinquanta dollari. Di solito, la spesa era molto superiore.

Minna disse: « Il vino, di sotto, sta a dodici dollari alla bottiglia, a letto, quindici ». L'orchestra di quattro suonatori suonava come pezzo favorito *Dear Midnight of Love*, che si diceva fosse stata composta da un galoppino elettorale, che l'aveva messa in circolazione nel Club.

« Un mucchio di clienti si trattiene per la cena, che costa cinquanta dollari, signore e vino non compreso, naturalmente ».

Il prezzo della chiavata – extra – era di cinquanta dollari – non compresa la mancia alla puttana, naturalmente. La puttana dava metà del suo onorario alle sorelle. Molte case lasciavano che fosse la puttana stessa a incassare, in camera sua. Io ho sempre incassato personalmente.

Aida mi raccontò che lei sceglieva le ragazze con la stessa attenzione con cui vengono scelti gli allievi di West Point. Solo puttane sperimentate – niente dilettanti né vergini. Dovevano essere in grado di soddisfare tutti i capricci sessuali dei clienti. Dovevano anche sapersi vestire, non essere delle sciattone, né ubriacone, né drogate. Le puttane erano altrettanto desiderose di andare nel Club quanto i gianni, al punto che c'era una lista di attesa delle ragazze. In realtà, le ragazze dell'Everleigh Club non erano né più in gamba né più belle di quelle della maggior parte dei casini di alta classe. Gli insegnavano a vestirsi bene, a truccarsi, a pettinarsi, e venivano addirittura costrette a leggere un libro. Di quest'ultima cosa, dubito forte. A proposito della biblioteca del Club, Bet-a-Million Gates una volta mi disse: « Questo significa incoraggiare la parte peggiore di una puttana ».

Certi clienti passavano il weekend nel Club, per i cibi particolarmente raffinati, le bevande, e la fica. Un weekend completo di questo genere veniva a costare intorno ai cinquecento dollari.

Nel corso degli anni, nel Club passarono un mucchio di uomini famosi, per inzuppare il biscottino, o semplicemente per potersi poi vantare di esserci stati. John Barrymore, famoso puttaniere, Bet-a-Million Gates, James Corbett, Stan Ketchell, non si stancavano mai di parlare delle loro visite al Club. Un Comitato Investigativo del Congresso, che era stato mandato a Chicago, trascorreva le sue notti – quasi al completo – al Club.

Nel corso degli anni, il Club fu teatro di due assassinii. Nel 1905 il figlio del Maresciallo Field si buscò una pallottola nella pancia, nel Club. Alcuni dicono che fu un giocatore, a spararagli, altri dicono che fu una puttana. Come nel caso dell'uccisione nella mia casa di New Orleans, il corpo fu portato via di nascosto, l'uomo fu trovato morto in casa sua – la polizia, unta a dovere, disse trattarsi di suicidio, o di un « incidente autoprocurato ».

Alcuni anni dopo, un certo Nat Moore, figlio di un magnate delle ferrovie, morì per aver preso una dose eccessiva di afrodisiaco, e si progettò di bruciarne il cadavere nella caldaia del Club. Le sorelle sostennero sempre che Nat Moore era morto in un altro casino, e che certa gente aveva cercato di introdurre il cadavere nella loro casa per rovinarle.

Anni dopo, incontrandomi in una città termale, Minna mi disse che i casini di Chicago pagavano annualmente un milione e mezzo di dollari alla polizia e alle autorità municipali, per la protezione. « Noi stesse abbiamo pagato centotrentamila dollari, in quegli anni, oltre a quello che davamo ai deputati a Springfield per votare contro i progetti di legge contrari al nostro commercio ».

Le domandai quanto era il loro incasso. Minna disse:

« In una buona annata, facciamo dai centoventicinquemila ai centocinquantamila dollari ». Non credo che esagerasse di molto.

Ciò che rovinò il Club fu la frenesia delle due sorelle per la pubblicità. Fu questa la rovina del Club, e finì per farlo chiudere. Nel 1910 misero in giro un elegante opuscolo che vantava la loro casa, descrivendone le comodità e le attrattive, le delizie dei clienti, c'era tutto, compreso l'indirizzo, 2131 Deaborn Street. Questo opuscolo cadde in mano al sindaco moralista, Cart Harrison. Costui montò su tutte le furie, e ordinò al capo della polizia di chiudere l'Everleigh Club. Segretamente, si fece sapere alle sorelle che con ventimila dollari avrebbero potuto rinviare l'esecuzione dell'ordine. Ma, secondo Minna, loro rifiutarono, e chiusero la casa.

Nessuna tenutaria d'America credette a questa parte della storia. Molto probabilmente la verità era che l'ondata moralizzatrice era troppo forte, in quel momento, per potervi resistere, e le sorelle dovettero chiudere, altrimenti la casa sarebbe stata devastata e loro due messe in prigione. Nel 1912 cercarono di aprire un nuovo club nel West Side di Chicago, ma i moralizzatori erano ancora al potere, e il prezzo per metterli a tacere era di quarantamila dollari, una cifra troppo alta. I periodi di moralizzazione sono tempi grassi per le autorità: aumenta il prezzo della protezione, e perciò si accresce il loro guadagno.

Le sorelle stavano piuttosto bene, quando si ritirarono, un po' prima dei quarant'anni. Negli ambienti puttaneschi si diceva che si erano ritirate con duecentomila dollari in brillanti e altri gioielli, e centocinquantamila in mobili e servizi. Con tutte le loro vanterie di appartenere a una distinta famiglia del Kentucky, tagliarono la corda lasciando diversi conti insoluti. Sostenevano anche che avevano dei crediti verso alcuni clienti per venticinquemila dollari, per servizi delle ragazze della casa. Il che sembra poco probabile. I crediti di un casino non arrivano mai a cifre così alte. Molto probabilmente, qualche cliente famoso si faceva delle chiavate gratis, e sbafava pasti e bevande, ritenendosene in diritto, e le sorelle, invece, annotavano questi trattamenti come debiti.

Le ragazze si ritirarono, o almeno tentarono. Ogni tanto ritornavano agli onori della cronaca. Nel cortile del Club furono trovate delle ossa umane – ma nessuno riuscì a provare se fossero i resti di un cliente o di una puttana. Correva voce che nel Club, una ragazza era morta in seguito a un aborto, ma nessuno mise in rapporto questo fatto con quei resti. Un'altra ragazza del Club fu assassinata anni dopo a New Orleans, le furono mozzate le mani per prenderle gli anelli, oltre agli altri gioielli che portava. Questo fatto riportò le sorelle Everleigh sulle pagine dei giornali. Io conoscevo la puttana. E sapevo anche chi l'aveva assassinata, ma ormai, dopo tanti anni, non è più il caso di parlarne.

L'ultimo articolo che lessi a proposito delle sorelle, fu quando un milionario a nome Stokes, in una causa di divorzio, disse che sua moglie era stata una puttana dell'Everleigh Club, e ch'egli aveva sposato della merce usata.

La mia visita all'Everleigh Club mi fece impressione. Non si poteva fare a meno di restare impressionati. Le ragazze sapevano come attirare l'attenzione. Venni via con qualche idea nuova in fatto di arredamento, e per far impressione sui clienti, ma niente di veramente travolgente. Nessuno ha mai fatto gran che per cambiare l'arte di chiavare, da quando furono creati i due sessi. E quando non si può cambiare la cosa di fondo, è possibile aggiungere solo qualche fronzolo, qualche comodità, qualche idea in più per aumentare i prezzi. La cosa più importante che mi fecero scoprire le sorelle fu proprio questa: che gli uomini carichi di grana sono impressionati, quando devono spendere un fracco di soldi per i loro piaceri. La differenza tra la puttana da due dollari e quella da cinquanta, è semplicemente il contorno, e un mito – una specie di nebbia come quella che le due sorelle spargevano nelle loro stanze da letto.

Minna e Aida avevano scoperto inoltre una cosa che avevo scoperta anch'io fin dai primi tempi – che in realtà, gli uomini non trovano nel sesso la spinta dominante della loro vita. Gli piace l'idea del peccato, e la libertà che si gode in un casino, la compagnia liberata dalle ipocrisie della posizione sociale, da tutte le bende che la buona società si mette davanti agli occhi. Agli uomini, in un casino, piace stare tra di loro, a bere, a fumare, col senso di cameratismo che si gode in compagnia delle puttane. Come mi disse Minna: « In realtà, la cosa che gli piace di più, non sono le signore. Gli piace giocare a carte, a dadi, scommettere alle corse. E se non fosse poco virile ammetterlo, per la maggior parte del tempo, a loro piace di più giocare che chiavare ». Questo potrà offendere i professori del sesso, ma io so che è vero.

E visto che siamo in tema di verità, vorrei aggiungere qualche parola a proposito di quelli che vengono chiamati afrodisiaci. V'è un solo autentico, onesto afrodisiaco, che io abbia trovato veramente efficace per gli uomini. Ed è la mente umana quando riceva i messaggi attraverso gli occhi e il senso del tatto. A parte questo, tutte le chiacchiere che si fanno sui filtri d'amore, sulle polverine degli stregoni, sulla radice di Giovanni il Conquistatore, sul corno di rinoceronte macinato, sui sacchetti di seme Voodoo, sul balsamo di tigre, le ostriche, le cipolle, le uova crude, il burro di arachidi, o la salvia di Venere, sono tutte balle. Se credete in queste cose, potrete illudervi per un po'. Può darsi che per una volta funzioni, ma è come quando un medico prende in giro un paziente con una pillola di zucchero, e gli dice che è una medicina. È la mente che viene ingannata. Ma se vi spinge ad abbracciare una puttana giovane e carina, al corpo non importa di esser preso in giro.

La mosca spagnola, il più conosciuto degli stimolanti sessuali, non è un vero afrodisiaco. È fatta con il corpo disseccato di certi insetti ridotto in polvere, e quando viene ingoiato con un liquido, irrita la vescica, e produce un senso di prurito e di riscaldo che viene frainteso come impulso sessuale. Ma non lo è. In realtà, è una cosa pericolosa. Molti uomini muoiono per averne presa una dose eccessiva.

Libri e illustrazioni di accoppiamenti, di giochi sessuali, e di varie posizioni, possono essere classificati come afrodisiaci, se volete comprendere sotto questo nome cose che non si prendono attraverso la bocca, ma attraverso gli occhi. Queste cose vanno più che altro per i clienti anziani, per gli spompati e impotenti, che finiscono di solito per essere soltanto dei guardoni. Le figure, di solito, sono oscene, con dei cazzi che non potrebbero mai esistere nella realtà, e delle posizioni da acrobati. I libri sono fantasie scritte da uomini che vendono sogni, e non la vita autentica. Inoltre, questo genere di libri è più che altro per quelli che hanno bisogno di qualcosa di più, che non la semplice vista di una ragazza nuda. Ho sempre pensato che le figure dei libri sono per i ragazzi e per gli uomini che lo fanno da soli. I ragazzi, crescendo, di solito ne vengono fuori, gli uomini quasi mai.

L'alcool, tranne che per vincere la resistenza di una ragazza, è una cosa piacevole, ma se si esagera porta all'amore per la bottiglia, non a quello per un corpo. Le droghe appartengono a un mondo che è al di fuori del sesso. Alcuni ruffiani e certe prostitute sono drogati. Ma un gianni drogato perde ben presto il gusto di far l'amore e anche l'impulso sessuale, e finisce per darsi tutto all'ago o alla pipa.

PARTE QUINTA

GLI ULTIMI ANNI

XXVII

RITORNO A NEW ORLEANS

Nei tre anni che ne ero stata assente, New Orleans aveva subìto alcuni cambiamenti. Come se l'inizio del XX secolo fosse stato un segnale per mettersi in agitazione e cambiare modo di vita. Certi elegantoni andavano in giro nelle nuove automobili, per il lungomare e per Canal Street, anche se il cavallo aveva ancora la prevalenza.

Quel tipo di musica chiamato jazz stava diventando sempre più importante, e suonatori come King Oliver e Louie Armstrong stavano per imbarcarsi per il Nord sui battelli fluviali, e avrebbero cominciato a diffonderlo a Chicago. Oliver me lo ricordavo come domestico in una distinta famiglia bianca, e Louie da ragazzo guidava i furgoni di carbone, urlando il suo commercio. Nessuno avrebbe mai immaginato che sarebbe diventato un grande suonatore di tromba, su al Nord. Non voglio dare l'impressione che ne sapessi qualcosa, di jazz, o che avessi un orecchio particolare per quel tipo di musica. Fui semplicemente testimone del suo sviluppo. I bianchi lo chiamavano « musica da casino » e veniva suonato con gran strepito nei posti da quattro soldi e nei lupanari più degradati, e con un po' più di controllo nelle case più eleganti. Ci volle del tempo prima che il jazz diventasse una musica largamente popolare, e fu quando noi cominciammo a suonarla molto, nei casini. E v'era sempre la musica di Stephen Foster. Non so proprio che cosa avrebbe potuto toccare il cuore, alle tenutarie, e anche alla gente rispettabile, se non ci fossero state le arie di Foster. Avevano qualcosa di dolce e di malinconico, come riposarsi e rievocare il passato dopo una dura esistenza.

Riaprii la mia casa, dopo averla fatta ridipingere, aver fatto mettere nuovi tappeti, cambiato la carta da parati, i materassi, e aver fatto una buona provvista di vini. La gente che aveva gestito la casa non aveva fatto troppi danni. Potei sentire il tono del nuovo secolo la sera dell'inaugurazione. V'era più eleganza tra i vecchi clienti, e i nuovi erano dei veri damerini. Facevano un gran parlare di qualcosa che chiamavano l'Immancabile Destino, e cioè la conquista di tutte le isole del Pacifico. Nelle Filippine v'erano ancora dei torbidi, e i giapponesi e i russi si guardavano in cagnesco, i Boeri stavano combattendo contro gl'inglesi. I Boxer si stavano sollevando in una nuova Cina. Comunque andasse a finire, per i cinesi stava cominciando una nuova èra. Dai discorsi che facevano gli uomini in casino, fumando i loro sigari davanti ai loro bicchieri di brandy, stava per cominciare una splendida èra di guerre contro le razze di colore. Se ne imparano, di cose, in un casino. Ma nessuna di queste cose m'interessava quanto la magica luce di Mister Edison, i meravigliosi impianti d'illuminazione nell'interno delle case. Lacey Belle era tornata nella sua cucina con una nuova e più grossa ghiacciaia e una batteria di fornelli dove si poteva cucinare molta più roba con una spesa minore. E Harry mi ripeteva continuamente che dovevo comprarmi un'automobile. Alla fine ne affittai una con i fanali a gas, un mucchio di ottoni luccicanti e lo scappamento esterno.

Storyville era un posto da vedere, dicevano i vitaioli,

il posto dove andare a divertirsi, quando si visitava New Orleans, e dove le tenutarie gestivano le loro case apertamente. In realtà, il quartiere francese stava diventando un posto tutto finto, per i turisti che volevano vedere la città vecchia e dar da mangiare agli uccelli fluviali che lasciavano cadere i loro regali sul Generale Jackson a cavallo, che dalla chiesa di San Luigi li salutava togliendosi il cappello. Stava diventando un posto spettacolare, che si cercava di far apparire assai più antiquato di quanto non fosse. Mobili di seconda mano, con le cimici e tutto, erano diventati pezzi di antichità.

Dopo la serata inaugurale, in cui si fece parecchia baldoria, la mia casa si avviò bene. Le ragazze non erano più così assestate e educate com'erano quando avevo aperto la prima volta. Cominciavano a seguire la moda più rilassata, e non si vestivano più come puttane, ma con buon gusto. Gli anni successivi avrebbero portato le gonne a pallone, e cappelli più grandi o più stretti, con penne dritte, e ombrellini a strisce. Fumavano di più, e parlavano più forte, e con voce più stridula.

Forse era perché io cominciavo ad appartenere a un'altra epoca. Forse, il fatto che la prostituzione fosse legalmente riconosciuta, smussava un po' gli angoli. Naturalmente, bisognava ancora pagare, anche se gestire case di prostituzione, a New Orleans, era autorizzato ufficialmente. V'erano regolamenti con i quali potevano fregarvi, se non pagavate. E così io pagavo. I nuovi clienti erano più vivaci, e più slanciati. Alcuni mangiavano ancora pasti monumentali a base di aragoste e bistecche, e selvaggina, e zuppa di ostriche. Ma molti cominciavano a fare pasti meno abbondanti, e meglio cucinati. Tutto questo sarebbe durato fino al 1914, dopo di che la cucina in America cominciò a decadere. I posti dove ancora si potevano fare dei pasti raffinati diventarono sempre più rari. Solo nei casini più eleganti, la cucina continuava ad essere della migliore qualità.

Mi facevo un punto d'onore di servire ai miei clienti

il miglior cibo che si potesse trovare a New Orleans, e i nostri salotti continuarono ad essere frequentati dai nostri fedeli clienti. Ma era un'epoca di decadenza. I gianni stavano peggiorando sempre più, mangiavano da una parte, bevevano da un'altra, e facevano flanella magari in una mezza dozzina di posti prima di decidersi a portare una ragazza in camera. Piaccia o non piaccia, i superstiti della Guerra Civile furono gli ultimi rappresentanti degli americani di una volta. I figli, e i figli dei loro figli appartenevano a una razza tutta diversa. L'Europa e i suoi colori si stavano infiltrando sempre di più. Per il bene e per il male.

Avevo una puttana a nome Gladdy che era una fanatica nella lotta per i diritti delle donne. Partecipò alle dimostrazioni di Filadelfia e di New York, dove fecero delle marce per il voto alle donne, ficcavano gli spilloni nei cavalli dei poliziotti, e facevano dei discorsi in cui sostenevano di essere alla pari degli uomini. Gladdy era una puttana eccellente, e si portava in camera tutti i pistola intellettuali, coi quali parlava di Shaw, di H.G. Wells, di Ibsen, e di un mucchio di russi di cui non ricordo il nome. Andava in bicicletta sul lungomare, con una sottana con lo spacco. Stava sempre a recitare delle cose di un tale che chiamava Omar il Tendaiuolo. Nei suoi giorni di libertà, Gladdy imprimeva a fuoco teste d'indiani o di ragazza su cuscini di cuoio. Verso il 1904 si prese per amante un pezzo d'avvocato negro, che era andato al *college* su al Nord. Dissi a Gladdy che, per conto mio, trovavo che nessun uomo era peggio di un altro, di qualunque colore fosse, ma nella nostra attività tutto era basato sulle consuetudini. Non mi andava che si dicesse che lei andava con quel tipo, perché una volta o l'altra la cosa sarebbe venuta alle orecchie di qualche cliente, e costui magari si sarebbe rifiutato di andare a letto con lei, sapendo che il giorno prima aveva chiavato col suo negro.

Gladdy si rivoltò come una furia, e disse che il suo stallone nero era un grand'uomo, che combatteva per i diritti, per i diritti umani. Molto probabilmente era così, ma non nella mia casa. Perciò le dissi di far fagotto e andarsene. Non avevo nessuna voglia che qualche cialtrone del Ku Klux Klan venisse a bruciarmi la casa. Oppure a impiccare quel negro al lampione davanti alla mia casa. Per un paio d'anni non seppi più nulla di Gladdy. Poi lessi che avevano trovato nel fiume il corpo dell'avvocato negro, tutto martoriato e mutilato, il che dimostrava ch'era stato linciato da una folla. Di Gladdy ebbi notizia una sola volta, quando ricevetti un suo telegramma da Houston con cui mi chiedeva in prestito cinquanta dollari – era appena uscita dall'ospedale, mi diceva, convalescente di una polmonite. Le mandai venticinque dollari. Non avevo creduto gran che alla storia della polmonite.

Le altre ragazze della mia casa, erano ciascuna un tipo a sé, ma non leggevano niente di più serio dei libri di sogni, e una volta ogni tanto un romanzo in cui si moriva per amore, o qualche articolo, nelle riviste femminili, sul modo di trovar marito. Gli affari andavano bene, e cercavo di consigliare alle ragazze il risparmio. La maggior parte non ci riusciva. Gli amanti, o la sarta, o il gioielliere, che veniva con i suoi plateaux e i suoi astucci, si portavano via la maggior parte dei loro guadagni.

Una buona parte dell'incasso dei casini di alta classe proveniva dai sudamericani, ricchi señores che ancora tenevano schiavi o peones nelle loro grandi piantagioni, o per le loro mandrie di bestiame, e che vivevano a Parigi o a Roma. Di solito, costoro facevano tappa a New Orleans. Nel caso di politici, erano dei peones o dei meticci indiani che erano diventati dittatori di qualche piccola repubblica, e poi erano scappati con un bel malloppo in biglietti di banca americani da cento o da cinquecento dollari.

Io facevo entrare soltanto i più sicuri, americani del Sud o del Centro addomesticati, quelli che si lasciavano disarmare sulla porta da Harry. Avevo imparato un po' di spagnolo, e poi avevo Maria, una zingara ossuta, che poteva chiacchierare con loro speditamente, e che conosceva i loro gusti. Erano dei gran trombatori, sempre arrapati come una gabbia di scimmie, e i generali pagavano quasi sempre in oro, spesso in monete francesi, o spagnole, o italiane, per cui dovetti procurarmi un impiegato di banca per non farmi imbrogliare sul cambio.

L'Orso, come lo chiamavamo, o anche, qualche volta, il Generale Orso, era un pezzo d'uomo color caffè, con una folta capigliatura da indiano che gli cominciava appena due dita sopra gli occhi. Il Generale Orso aveva capeggiato un paio di rivoluzioni in vari paesi dell'America Centrale, e adesso stava aspettando che qualche società frutticola, o, come diceva lui, gli Stati Uniti, mettessero su una guerricciola in qualche altro posto, in modo che le banane, i minerali, il legname pregiato, potessero arrivare sul mercato nel modo più facile. Fu il primo uomo che mi disse che se gli Stati Uniti non fossero riusciti a mettersi d'accordo con la Columbia, per l'ultimazione del Canale, laggiù avrebbero inventato un nuovo Stato, col quale avrebbero combinato l'affare. Quando venne fuori la faccenda del Canale di Panama, e fu inventato lo Stato di Panama, mi resi conto che il Generale Orso aveva delle conoscenze in alto loco.

Il Generale portava sempre in camera Maria, e otteneva tutto ciò per cui pagava. L'unico guaio che ebbi con lui fu la notte in cui si ubriacò, e riuscì a portarsi su in camera una grossa Colt. Verso le due del mattino sentimmo degli spari al piano di sopra. Corsi su con Harry e trovammo Maria nuda, appiattita contro il muro, e il Generale con indosso soltanto le calze, che le sparava contro, talmente vicino che la ragazza non osava muovere un dito, e continuava a urlare: « Comandante! Comandante! ». Harry afferrò il braccio al generale, e poiché questi cercò di respingerlo, gli diede un paio di colpi dietro il collo, come aveva imparato in Giappone quando la flotta vi era stata in una crociera. Quando ebbe ripreso l'uso della parola, il Generale Orso disse: « Cosa vi prende? Io sono un uomo de Dios, unione, libertad! Stavo solo mostrando a quella vacca di Maria come facevo fuori i prigionieri, ai vecchi tempi. Io so sparare troppo bene, e non le avrei fatto alcun male. Io amo los Estados Unidos! ». Quando partì per un qualche paese del Sud, per scatenare un'altra rivoluzione, il Generale Orso diede una festa d'addio, e da allora non seppi più nulla di lui. La sua Colt rimase nel mio tavolino da notte.

Ad ascoltare la gente che parla dei casini, o a leggere ciò che si scrive sulla prostituzione nelle case di piacere, si ha l'impressione che queste siano un covo di degenerati, di depravati, che siano frequentate soltanto da malati o da pazzi. Da coloro che si abbandonano selvaggiamente alla più sporca lussuria. Questo risale, io credo, a quella gente che sbarcò su quella roccia a Plymouth, e cominciò a diffondere un'idea chiamata puritanesimo. Per questo, il sesso era una cosa sporca, e tutto ciò che riguarda il sesso era opera del Vecchio Maligno, il Diavolo. In molta gente, quest'idea sussiste tuttora. Ma nessuno sembra ricordare una figura che vidi una volta, di un gruppo di puritani che danzavano intorno al palo della cuccagna, in primavera. Se questo non voleva dire celebrare un enorme cazzo drizzato, non so che cosa pensassero di star facendo, lì.

Non ho mai visto un libro o un articolo che cercasse sinceramente di accertare che tipo d'uomini fossero quelli che frequentano regolarmente un casino di buon livello. Una volta che dovetti stare a letto perché mi ero distorta un ginocchio, misi giù sulla carta i dati di circa cinquecento clienti che avevano frequentato la mia casa nel corso degli anni. Soltanto il luogo di provenienza, e ciò che sapevo della loro posizione come cittadini. Il risultato pressappoco fu questo: il settantacinque per cento erano uomini sposati. Il dieci per cento erano separati dalla moglie o divorziati. Si tenga presente che sto parlando di un'epoca in cui il divorzio era considerato una cosa non rispettabile. Il dieci per cento erano giovanotti della città. Io, di regola, ho gestito case da venti dollari, e perciò soltanto giovani benestanti potevano permettersi di passare una serata con una delle mie ragazze. La maggior parte dei giovanotti trovavano che era una spesa troppo alta, per inzuppare il biscottino.

A San Francisco, le cifre erano un po' diverse. Là, soltanto il cinquanta per cento dei clienti erano sposati, il venticinque per cento separati o divorziati. Il restante venticinque per cento erano giovani scapoli.

L'età media degli ospiti andava dai trentacinque ai cinquant'anni. V'era qualche diciottenne; alcuni tra i venti e i trenta, ma erano la minoranza. Un gianni medio della mia casa svolgeva una propria attività, industria, commercio, o professione che fosse, aveva una moglie, e, di solito, da due a sei figli. Era proprietario della sua casa, o fattoria, o piantagione, possedeva una bella carrozza da città, teneva almeno quattro servi, ed era considerato un benestante, ma non un ricco. Soltanto il dieci per cento dei miei clienti erano ricchi, se chiamate ricco un uomo che possieda dai duecentomila a un milione di dollari. Io lo chiamo ricco.

Circa il cinque per cento degli uomini che venivano da me, per quanto sapevo, svolgeva qualche attività più o meno criminale, contando fra questi i politici che prendevano la tangente, o gestivano case da gioco, esercitavano il contrabbando, o facevano gli allibratori clandestini. O furfanterie del genere.

Quasi tutti gli uomini sposati mi raccontavano che le loro mogli erano o delle represse sessuali, oppure che loro stessi non erano più in grado di entrare nel letto della propria moglie e dimostrarsi sessualmente capaci. Circa il venti per cento chiavava la moglie circa una volta al mese, « per mantenere la franchigia », come una volta mi disse un tale.

Quasi tutti gli uomini sposati dicevano che la cosa di cui sentivano di più la mancanza, con la moglie, era la stimolazione con la bocca, e la varietà. I libri rendono queste cose più scandalose, usando parole come *cunnilingus*, *fellatio*, ed espressioni come *coitus interruptus*, onanismo, irrumazione, *intercrural coitus*. Espressioni che nessuna persona con un po' di sale in zucca si sognerebbe mai di usare, e che, credo, spaventano un mucchio di gente, col loro latino, suggerendo cose che faceva Nerone e tutti quei romani e quei greci e che portarono Roma alla rovina.

Per quanto mi riguarda, io, parlando, uso sempre le comuni parole anglosassoni, o almeno, così una volta mi disse un mio istruito cliente di San Francisco. A certi uomini che mi dicevano come si sentissero infelici in un casino, e tuttavia non riuscivano ad avere ciò che desideravano dalle loro mogli, suggerivo di lasciar perdere le eleganti parole scientifiche e parlassero semplicemente di chiavare, inculare, e fare un pompino.

Quasi tutti i giovani con cui ho parlato ammettevano che si erano tirati il pisellino per anni, e i loro padri, e anche i dottori, gli avevano detto che sarebbero diventati pazzi, che avrebbero perduto i capelli, e che gli sarebbero venute delle escrescenze sul palmo delle mani. Inoltre, che la spina dorsale gli si sarebbe ridotta in poltiglia. Circa la metà dei giovanotti si sentivano condannati all'inferno, mentre all'altra metà non gliene importava un fico. Bisogna però tener presente che questo genere di discorsi correvano ai tempi in cui io gestivo le case. Al giorno d'oggi, non credo che la percentuale sia ancora quella. Il fuoco dell'inferno non è più tanto credibile come una volta. Forse l'inferno è qui, su questa terra.

Circa il venticinque per cento degli uomini, qualunque sia l'età, hanno un qualche modo preferito per raggiungere l'orgasmo, e circa il quindici per cento lo raggiungono senza mai fottere. Una gran parte del gioco sessuale è costituita dai maneggiamenti e i toccamenti reciproci, colle mani e con la bocca, e da varie posizioni non del tutto accettate dalla buona società, o almeno, non ammesse. In realtà, nella natura dell'uomo un modello di comportamento sessuale non esiste.

Le leggi non contribuiscono certo a chiarire il problema. A Washington D.C. c'è una legge contro la masturbazione che può condurre in prigione un segaiolo. In certi stati dell'Ovest toccare le parti genitali con la bocca è un reato punito dalla legge, ed è considerata una pratica degenerata e altrettanto illegale dei contatti dei pastori con le pecore, o dei ragazzi di campagna con le giovenche, le cavalle, le scrofe, e altri animali da cortile, tanto popolari come oggetti di desiderio tra la semplice gente di campagna. A San Francisco, i coolies cinesi che non potevano permettersi nemmeno una puttana d'infimo ordine, amavano le anitre.

Non mi dilungherò sui più stravaganti giochi sessuali praticati da circa il cinque per cento degli uomini, tipi sballati, chiaramente con qualche rotella fuori posto. Io non li chiamo né degenerati né depravati. V'è una vecchia battuta di casino che dice: « Anche se non ti piace, non devi sputarci sopra ». Ma v'è un piccolo gruppo di svitati che sono proprio toccati nella testa e hanno bisogno non tanto di una puttana quanto di un medico.

Non so molto di coloro che hanno bisogno di far male a un altro per proprio godimento sessuale. Non so perché a volte il dolore faccia parte del piacere. Succede ogni tanto d'incontrare tipi di questo genere, e bisogna cercare di tenerli a distanza. In realtà non è facile riconoscere questi maniaci sessuali, per la maggior parte sembrano del tutto uguali agli altri.

Farsi frustare, e frustare, piace a circa il tre per cento dei frequentatori di una casa. Io lo permettevo soltanto a un ristretto numero di clienti molto fedeli, e mai fino al punto di essere veramente pericoloso. Ci sono anche delle puttane a cui piace, e dei clienti che chiedono di essere frustati. Io li lasciavo fare. Per questi gianni che volevano rievocare i tempi in cui andavano a scuola, avevo una stanza con le pareti ben imbottite.

In generale, i miei clienti, e quelli della maggior parte dei casini, erano semplicemente degli uomini che volevano eccitarsi alla vista di una donna nuda, maneggiarla, accarezzarla, e sgravarsi le ghiandole – e, sospetto, anche il cervello. Praticamente in nessun caso tutto questo aveva qualcosa a che fare con l'amore. La maggior parte dei clienti rimanevano buoni padri e buoni mariti, nel senso che provvedevano alle loro mogli, e gli rimanevano affezionati, anche se non erano entusiasti di andare a letto con loro.

Non è possibile piacere a tutti, o curare tutti, e circa il due per cento dei clienti non riuscivano a farcela addirittura. La maggior parte di costoro, tuttavia, venivano ugualmente, restavano in salotto ad ascoltare la musica, a fare una bella chiacchierata, a bere e a mangiare. La compagnia maschile con la cravatta allentata e il gilè sbottonato.

Queste non sono altro che le osservazioni di una del mestiere, e devono esser prese come tali. Dopo aver lavorato su questi appunti per un paio di settimane, piantai lì. Non ho mai voluto sapere troppo, sui miei clienti, oltre alla loro possibilità di pagare, e alla loro gratitudine per essersi trovati bene nella mia casa. Ma offro queste cifre come provenienti da un posto dove le percentuali sono abbastanza vicine a quelle che potrebbe scoprire un barbuto professore, se volesse fare un'indagine di questo genere.

Tutto questo ha rafforzato la mia scoperta che gli uomini frequentano i casini più che per fottere semplicemente, per stare in compagnia, e per sentirsi in un mondo in cui l'uomo è ancora importante, è ancora tutto – dove la puttana è una specie di schiava adorante. Come un mucchio di tenutarie mi hanno detto, e come ho potuto constatare io stessa, se gli uomini potessero scegliere senza mettere a repentaglio il loro orgoglio di casta, preferirebbero piuttosto giocare a carte anziché andare a letto.

Ciò è vero per qualsiasi categoria di uomini, tranne che per quelli molto giovani. Questi ultimi sono ancora dei fanatici della passera, pieni di desiderio per qualsiasi cosa abbia un paio di tette e un culo. La natura non è scema. Sa che tenendoli continuamente arrapati quando sono giovani, continueranno a riempire la terra, sia che la società lo voglia o no.

Spesso, uomini di quaranta o cinquant'anni diventavano regolari clienti del casino poiché temevano che nel loro ambiente sarebbero stati guardati dall'alto in basso, se si veniva a sapere che non penetravano regolarmente una donna, com'è diritto di ogni maschio del branco. Questo è il vero cambiamento nella vita del maschio, di cui parla la gente – il timore di non essere più in grado di fare il toro del gregge. Un timore che coincide con quello del passare del tempo, il pensiero che vi sia di che vergognarsi se parlando tra amici non si possono dire delle battute salaci, e usare parole che la buona società non vede mai scritte altro che sui muri dei cessi.

Quanto alla potenza maschile – quanto può durare, in realtà? Io ho avuto dei clienti di ottant'anni e più che erano ancora capaci di portare una ragazza in camera e far l'amore una o due volte al mese. Ho avuto anche clienti di sessanta o settant'anni che potevano farcela due o tre volte alla settimana. Ma, come ho detto, il loro slogan era « non c'è bisogno che la ragazza sia bella, basta che sia paziente ».

Se un uomo a quaranta o a cinquant'anni, sessualmente non ce la fa più, spesso ciò succede perché non è in grado di liberarsi dalle vecchie idee sull'argomento. E del resto, ciascuno di noi è diverso dagli altri. Ho già usato la parola *unique*; si adatta anche qui. Qualunque misura di vero vi sia nella frase « Gli uomini sono tutti uguali », essa non è certo vera a letto.

Pur senza conoscere la musica, né capire l'opera, nella mia memoria gli anni della mia ultima casa – fino al 1917 – sono legati alle canzoni che si suonavano in salotto. Il pianoforte pestato a più non posso, e i clienti e le ragazze che cantavano *Bill Bailey*, *Torna a casa ti prego*, *Sotto l'albero di bambù*, *Navajo*.

I vecchi motivi erano ancora i più popolari, e in una

serata molto animata, c'era sempre qualcuno che cantava *Troviamoci a Saint Louis*, *La mia ragazza Sal*, *Chinatown My Chinatown*, *L'uomo di Yama Yama*, *Pony Boy*, *Lascia che ti chiami amor mio*. Un po' più tardi sarebbero venuti: *Jimmy Valentine*, *Sii la mia dolce ragazzina*, *La baia al chiaro di luna*, *Quando mia moglie è in campagna*. Quest'ultima veniva sempre cantata un po' più forte delle altre, e con grande entusiasmo.

Per i canti di guerra, non ho mai avuto una gran passione – avevano il solo scopo di incoraggiare la fornitura di carne da cannone. Erano cominciati ad apparire nel 1914, e al principio, quella sonora scemenza « Troppo orgogliosi per combattere » del presidente Wilson, ci illuse. Ma poi, naturalmente, la vanità degli uomini ebbe il sopravvento – non c'è dubbio che alcuni uomini amano la guerra, amano tutto della guerra, tranne che morirci. Mi ricordo: *Non ho allevato il mio ragazzo per farne un soldato* e *Finché le nubi scompariranno*.

Le canzoni che certa gente chiama « sporche » non arrivavano gran che al di sotto della cintola. *I bastardi Re d'Inghilterra*, che diventò così popolare, e certe altre canzoni con versi speciali per i casini. C'era *Dolce Bettina di Rosario* (« che mostrava il tafanario al suo nuovo amante Dario »), e altre canzoni da marinai. Ma in generale, nella casa si suonavano più che altro le canzoni che le mogli e le figlie dei clienti cantavano in casa, in meno esotici ambienti.

XXVIII

UN GROSSO SBAGLIO

Nel 1907 sposai un cantante brasiliano che si faceva chiamare col suo primo nome, Vasco. Io avevo cinquantatré anni, e probabilmente non avevo tanto la testa a posto. Lui aveva dodici anni meno di me, un tipo piuttosto belloccio, con i capelli ricci, i fianchi stretti, le gambe lunghe, una fisionomia elegante e un po' crudele, denti larghi e bianchi, e una fenditura sul mento come fosse stata fatta con la punta di una spada.

Vasco portava sempre il bastone, le ghette, faceva degli inchini come un capocameriere, e cantava canzoni con molte frasi sussurrate. Io avevo sempre pensato che il Brasile fosse spagnolo, ma scoprii, ammesso che Vasco venisse davvero di là, che invece parlavano portoghese, che erano degli spaventosi bugiardi, molto fanatici del letto, bevevano troppo, e litigavano moltissimo. Credevano nel malocchio. A New Orleans, c'era una colonia di brasiliani, e Vasco, dato che parlava bene l'inglese, e sapeva leggerlo senza muovere le labbra, era il portavoce dei contrabbandieri, e di tutti quelli che facevano cose un po' losche.

Vasco era venuto nella mia casa con un pezzo grosso

del suo paese, un grassone che voleva una puttana che fosse molto pelosa dappertutto. Non gli piacevano le ragazze con la pelle liscia e rasata, ascelle e tutto il resto, come se ne trovava nella maggior parte delle case. Vasco fece un conto bello alto, nella mia casa, che fu pagato dal pezzo grosso. Vasco mi mandò dei fiori, e m'invitò a cena al Quartiere dei Giardini, che è ben lontano dal Quartiere Francese, dove lui aveva un appartamento. Quando cercò di infilarmi una mano sotto le sottane, con una spinta lo sbattei dall'altra parte della stanza, ma il giorno dopo tornò con altri fiori. Era un uomo piacevole, con quei grossi occhi bovini, nerissimi e brillanti. Noleggiai un'automobile, e facemmo una gita nell'interno, con Vasco alla guida. Dopo un po', tirammo fuori un cestino con del pollo freddo, e una piccola ghiacciaia contenente delle bottiglie di vino, e andammo a fare uno spuntino all'aperto. Se c'è della gente che arriccia il naso al vedere una donna sulla cinquantina far la scema con un uomo più giovane di lei, a baciarsi sotto gli alberi, e a farsi pacioccare in riva a un fiume, a mia scusante posso dire soltanto che doveva essere la menopausa.

Più che un cantante, Vasco era un gran giocatore, e benché io non permettessi che nella mia casa si giocasse con poste molto alte, vedere Vasco maneggiare le carte era uno spettacolo, e la sua professione di cantante doveva essere soltanto una facciata. Se barava, e credo che lo facesse, non riuscii mai a coglierlo sul fatto. Quando era in soldi, era un gran spendaccione, e un mucchio di donne dovevano averlo spennato ben bene. Gli piaceva fare la gran vita.

Una mattina prestissimo, di quaresima, Vasco bussò alla porta posteriore, e Betsy, la governante che avevo allora, lo fece entrare. Disse che era nei guai e che aveva bisogno di parlarmi.

Non aveva l'aria spaventata né preoccupata, ma aveva un bernoccolo sulla fronte, e si portava alle labbra un fazzoletto fortemente profumato. Come alla maggior parte dei latini, a Vasco piacevano molto i profumi forti. A un angolo della bocca aveva un po' di sangue.

« Ho bisogno di un rifugio, tesoro mio, altrimenti sarò morto prima che faccia giorno. *Com sua licenza* ».

Dissi a Betsy di tornare a letto, m'infilai un kimono sopra la camicia da notte, e gli domandai che cosa succedeva. Lui si mise a parlare, metà in portoghese e metà in inglese, e quest'ultima metà riuscivo a capirla. Lui e altri due bastardi di brasiliani avevano partecipato a una lunga serie di partite in uno yacht ancorato nel golfo, di proprietà di un ricco allevatore sudamericano che aveva invitato degli amici altrettanto ricchi. Avevano giocato per due giorni di seguito, e a un certo punto gli allevatori si erano resi conto che le loro perdite erano dovute al fatto che quei tre baravano. Avevano ammazzato i due amici di Vasco, e rinchiuso Vasco in una cabina; lui aveva detto che invece di ammazzare anche lui, lo mandassero piuttosto a terra sotto scorta, e sarebbe tornato a riportargli i soldi che avevano perso. In cambio della sua vita.

Vasco disse che era sfuggito ai due marinai che lo scortavano pigliandoli a pugni, e sentiva che soltanto nella mia casa sarebbe stato al sicuro. Quello di spennare i ricchi sudamericani era una delle grandi risorse dei giocatori di professione, a New Orleans. Non misi affatto in dubbio questa parte della storia. La cosa che mi preoccupava era che il gaglioffo volesse approfittare di me per mettersi al sicuro, e valersi dei miei buoni rapporti con la polizia di New Orleans per spaventare gli allevatori. Mi seccava di far la parte della protettrice, anche se avevo un debole per quell'uomo.

Gli diedi del caffè e del cognac, e gli misi delle compresse sulla fronte. E poi andai a letto con lui. Tenete presente che era un tipo affascinante, e anche bello. In quel momento si era affidato a me, e magari mi amava. Quando un uomo si mette nelle vostre mani per salvarsi la vita, acquista una certa presa su di voi. Vasco mi aveva presa di contropiede. Mi sentivo sola, stavo invecchiando. E poi stavo cominciando ad annoiarmi a fare la tenutaria. Ed ero una donna. E questa è la migliore scusa che posso immaginare. Non ero al sicuro dagli attacchi sentimentali più di qualsiasi altra puttana di cuor tenero che venga agganciata dal primo buonanulla ben fornito di muscoli, e con la bombetta marrone sulle ventitré.

Vasco era un amante potente e attivo. Possedeva il segreto dell'audacia, e il senso di fare la cosa giusta al momento giusto. Forse era eccitato sia dal fatto di aver scampato la pelle, e anche, dopo essermi stato dietro per tanto tempo, perché adesso poteva avermi tutta, e nel mio stesso letto. La molla lungamente compressa in lui era d'un tratto scattata; si mise a far l'amore con me freneticamente, e anch'io, da parte mia, mi scatenai mica poco; avendo fatto il primo passo falso portandomelo a letto, mi lasciai andare.

Ricordo il sole pomeridiano che penetrava attraverso le tende tirate. Vasco addormentato tra le mie braccia, sorridente, e io, invece di sentirmi una scema, che me lo tenevo stretto come un bel bambino. Avevo ancora un bel corpo, i seni mi stavano ancora abbastanza su, e le gambe erano ancora perfette. Il guaio peggiore era l'età di Vasco; era troppo giovane, accidenti.

Naturalmente, per mio interessamento, la polizia ammonì gli allevatori brasiliani di starsene buoni, e Vasco restò da me finché quelli non furono ripartiti col loro yacht. Io non incoraggiai nessun pettegolezzo tra le ragazze, e Vasco, da parte sua, come pio gentiluomo non si riteneva affatto tenuto a rendersi utile in un casino. Nemmeno per aiutare Harry, o per intrattenere gli ospiti in salotto. Io cominciai ad attaccarmi a lui sempre di più, e a sentirmi sempre più giovane – che pazzia! – ad andare a dormire sempre più tardi, e a bere un po' di più, poiché non era affatto vero che fossi sempre più giovane. Consumavo energie che avrei dovuto spendere un po' più adagio. Ma l'amore non ha freni, se vi coglie nel momento giusto, fuori guardia. Adesso ne faccio un quadro molto nero – e tale fu, in realtà –, ma al momento fu molto piacevole.

Sarebbe finito, naturalmente, in un modo qualsiasi

e senza drammi, se non ci fossimo sposati. Nella stagione calda e umida, New Orleans è insopportabile, e io chiusi la casa – i grandi ventilatori in mezzo al soffitto non servivano a niente. Quell'anno 1907, Vasco e io andammo a Cuba. Lui disse che stava pensando d'investire del denaro in una distilleria di rhum, e inoltre avrebbe studiato per cantare nell'opera lirica. Era bello, fare un viaggio noi due soli. Insomma, ci sposammo all'Avana, in una piccola chiesa, con un prete grasso dall'aria triste, che, ricordo, puzzava di pesce fritto. Dopo due settimane tornammo a New Orleans, ma tenemmo segreto il nostro matrimonio. Io non avevo nessuna voglia di mettere i miei soldi in una distilleria di rhum, che non sarei stata sul posto per dirigere. E le lezioni di canto? Be', può darsi.

Affittai un appartamento in Jackson Square, che guardava sulla statua equestre e la chiesa. La mattina, ce ne stavamo seduti sul balcone a prendere il caffè, che facevo io stessa; non ci sono servi a New Orleans che sappiano fare una buona tazza di caffè. Vasco era vestito di lino bianco, con un elegante panama, e portava il bastone dal pomo d'argento, e mi parlava con voce flautata quando voleva saltare una lezione di canto, o voleva che lo finanziassi per una partita con dei cotonieri o degli armatori. Vinceva, perdeva, vinceva, perdeva. Io conoscevo abbastanza i giocatori di professione per non dargli troppi soldi, e spesso, quando vinceva, lui me li restituiva, e a letto si faceva veramente in quattro – tenendomi sveglia quasi fino al mattino. Voleva sempre qualche piccolo favore, per sé o per qualche suo amico. Lo viziavo.

Certo, era uno che ci sapeva fare, ma presto scopersi che era pigro. Io gestivo una casa, e vi trascorrevo praticamente tutto il tempo, lasciandolo padrone del nostro appartamento; lo incaricavo di piccole commissioni. Lui in queste cose era onesto, e così gli pagavo le sue lezioni di canto. Non riteneva decoroso farsi vedere in casino. Aveva la pomposa dignità dei latini a proposito dell'onore, del comportamento, della religione, e penso che nel fondo di sé, il fatto di essere sposato con una tenutaria, lo riteneva un abbassamento. Ma che cosa avrà detto al prete in confessione, sul suo modo di vivere, e sul come guadagnava il suo denaro?

Vasco ebbe un periodo di jella. Dovetti pagare la cauzione per tirarlo fuori dalla gattabuia, quando prese a bastonate il nipote di un grosso cotoniero. Cercò anche di malmenare Harry, una sera in cui questi si rifiutò di andare a ritirargli una giacca dal suo sarto in Canal Street. Harry gli diede del pistola, del fregnone, e del culopelato, Vasco gli volò addosso. Harry si limitò a respingerlo con un paio di colpi allo stomaco che lo mandarono col culo per terra, e gli domandò se voleva il resto.

Io mi rifiutai di licenziare Harry. Vasco mise il broncio. Era molto nero. Io avevo molto da fare. In città c'era un mucchio di congressi, una quantità di forestieri, e una moltitudine di gente che affittava l'intera casa per diverse notti di seguito. Tutto questo richiedeva continui rifornimenti, vini, liquori, ragazze in più, altra biancheria. Betsy, Harry, Lacey Belle, e io stessa, quasi non avevamo il tempo di andare al gabinetto. Gli affari prosperavano, ma richiedevano tutta la nostra attenzione.

Arrivarono in città certi ricchi ebrei, proprietari di miniere di rame; era gente che spendeva e spandeva, e uno di loro affittò la mia casa per due notti, per intrattenere certi pezzi grossi del governo che dovevano arrivare da Washington. In quel periodo i giornali non facevano che parlare di trust e di processi anti-trust. Questi proprietari di miniere volevano agganciare qualche personaggio-chiave di Washington, per ottenerne favori che potevo facilmente immaginare. Non era difficile spiegarsi la ragione per cui i prezzi del rame rimanevano sempre molto alti.

Era una splendida serata. In salotto, c'era una dozzina di gianni dall'aria molto dignitosa, i vini erano i migliori. Lacey Belle aveva superato se stessa, con gli arrosti, gli sformati, i grandi piatti. Le ragazze si stavano facendo sempre più cordiali, pur senza diventare troppo audaci, e diversi ospiti stavano già respirando attraverso le loro bocche. Io dissi alla governante di assicurarsi che nelle stanze ci fossero asciugamani in quantità, e i secchielli per il ghiaccio; ai Senatori, quando fottono, gli viene molta sete.

Circa all'una dopo mezzanotte, un ragazzo negro bussò alla porta posteriore; aveva un biglietto che voleva consegnare solo a me personalmente. Io ero molto su di giri, mi doleva la testa, e respiravo a fatica per via del busto troppo stretto. Ero stata in movimento per tutto il pomeriggio, a dare ordini, ad aggiustare le tende arrampicata in cima a una scala. Ero esausta, e mi girava la testa.

Il biglietto era scritto su un pezzo di carta gialla a righe, di quella che usano i bambini a scuola.

« Se vuoi vedere il tuo uomo che fotte un'altra, vai subito a casa, subito adesso ».

Non era firmata, ma conoscevo quella scrittura: era di una domestica che Vasco aveva licenziata perché non gli aveva lustrato le scarpe a dovere. Se fossi stata più calma, quella sera, mi sarei messa a sedere e avrei riflettuto sulla cosa. Invece mi comportai come una cretina. Mi comportai come una qualsiasi moglie scema che riceva un biglietto di quel genere. Fui presa da una tale rabbia che diventai tutta rossa in faccia. Mi sentii lo stomaco corroso dall'acido, e capii che era soltanto gelosia, non amore ferito. Era orgoglio, orgoglio ferito. Mi veniva da vomitare, tanto ero arrabbiata. Quel figlio di puttana! Desiderare un'altra donna invece di me!... Dopo tutto quello che avevamo fatto nel mio lettone!

Andai a prendere la Colt che avevamo strappato al Generale Orso. Controllai che fosse carica, la misi nella borsa, e chiamai Harry. « Vieni con me e non fare domande » gli dissi.

Harry non faceva mai molte domande. In tanti anni che era con me, era diventato parte della casa, come le porte, un solido ex marinaio, di poche parole. Era sempre lì quando c'era bisogno di lui, e soprattutto – e lo faceva meglio di qualsiasi altra cosa – teneva l'ordine.

Arrivati a casa mia, salii le scale molto in fretta, seguita da Harry. Col fiatone, tirai fuori la chiave e dissi a Harry: « Se avrò bisogno di te urlo, altrimenti rimani qui fuori ».

Entrai come una furia, e udii delle voci nella stanza da letto – la voce di una ragazza, e quella di Vasco. Stava ridendo. Aprii la porta, e ciò che vidi non mi sorprese – o almeno, non gran che. Vasco era nel nostro letto, non con una sola ragazza, ma con due, erano tutt'e tre nudi come vermi, e la stanza era piena di bottiglie. Le ragazze, due giovani zoccole negre, chiamate nell'ambiente 'brunette in erba', con quelle tette a forma di pera, col capezzolo grosso come un dollaro d'argento e la pelle lucida come seta. Colsi tutto il quadro con un solo sguardo, la testa mi girava un poco, e provavo una sensazione, come se una catena d'acciaio mi stringesse il petto.

Tirai fuori la Colt dalla mia borsetta, e la puntai al petto di quel bastardo. Lui si mise a urlare in portoghese, raggomitolandosi. Stringendo freneticamente la pistola, misi il dito sul grilletto, pronta a sparare. Mi sentii i polmoni senz'aria, ed ebbi la visione di quella tenutaria di San Francisco che aveva sparato nelle palle di suo marito Frank. E mi parve che tutta la stanza mi rovinasse addosso, il soffitto, le pareti, tutto quanto; come se la mia irruzione l'avesse fatta crollare. Mi accorsi che stavo cadendo, e cercai di sparare in fretta un paio di colpi, ma non ci riuscii. Ero svenuta.

Quando ripresi i sensi ero nel mio letto in casino, e il dottor L., che veniva a visitare le ragazze due volte al mese, era chino sopra di me, i suoi occhiali cerchiati d'oro brillavano, e la sua barbetta da capra quasi mi sfiorava la faccia.

« Che cos'è successo? » domandai.

« Credo che adesso sia a posto ».

« Cosa... cosa... » fu tutto ciò che riuscii ad articolare. Mi sentivo leggera, come se volassi, come se non fossi attaccata al letto.

« Ha avuto un piccolo attacco di angina. Non si deve muovere, capito? Adesso le farò un'iniezione e dormirà. Tornerò nel pomeriggio ».

« Il cuore? » domandai. « Io!? ». Mi ero sempre ritenuta una donna di ferro, indistruttibile. « Non è possibile » dissi.

Il dottor L. accennò con la testa. « È un po' troppo ingrassata. Era imbustata troppo stretta, e poi era in uno stato di sovraeccitazione. Mi hanno detto che non ha fatto che sfaccendare per tutto il giorno. Comunque, se seguirà i miei consigli, non credo che vi saranno complicazioni ».

Dietro di lui, vedevo la nera faccia di Lacey Belle piena d'ansia. Probabilmente il dottore non mi diceva la verità, ma era troppo presto per saperlo. Il dottor L. mi fece un'iniezione nel braccio. Gli promisi di non muovermi. Quando se ne fu andato mandai Lacey Belle a chiamare Harry e Betsy, la governante. Li guardai, mentre sentivo che l'iniezione cominciava a fare il suo effetto. Guardavo Harry come se fosse la prima volta che lo vedevo. Com'era invecchiato! Come si era fatto grigio e rugoso! La sua faccia da bulldog era più da bulldog che mai. Betsy era il vero tipo della montanara di Ozark, forte di ossatura, con gli occhi grigi. L'avevo sempre considerata una governante in gamba. Qualunque cosa avessi in mente – che stava affondando a poco a poco – dovevo affidarmi a loro.

Molto sommessamente, mentre sentivo la fascia intorno al petto farmisi sempre più stretta, dissi: « Non posso parlare molto. Harry, Betsy, tenete la casa aperta. Harry sa tutto quello che c'è da sapere. Dite che ho avuto un attacco di malaria. E che devo stare a letto, isolata, due o tre settimane. Non chiudete la casa. Betsy, vai a sorvegliare la festa ».

Sentivo i clienti e le ragazze nei salotti urlare come pellirossa, e su al terzo piano si stava svolgendo uno sfrenato cancan. Provai un senso di tristezza; in definitiva, nessuno aveva bisogno di me, una volta che le cose erano avviate, e i miei assistenti funzionavano.

Quando Betsy uscì dalla stanza, Harry disse: « È scappato dal pollaio appena voi siete caduta sul pavimento, ha afferrato qualcosa da mettersi addosso, ed è uscito dalla finestra del balcone. Ormai sarà fuori città. Per domattina, magari, sarà addirittura fuori del paese ».

Io mi limitai a sorridere, e caddi nel sonno, con l'idea che stavo morendo pian piano senza neanche accorgermene. Non pensavo a niente, e non avevo nessun rammarico. Mi sentivo semplicemente molto stanca.

Rimasi a letto quasi due mesi. Anche per le insistenze del dottor L., non appena fui in grado di pensare, decisi di lasciar perdere tutto ciò che riguardava Vasco. Il mio matrimonio era stato un'esperienza come un'altra. Nell'appartamento non c'era molto che Vasco avesse potuto portar via. Vi feci cambiare le serrature. Poi mi ricordai che avevo mandato Vasco col mio più bel paio di orecchini di brillanti in un negozio di Royal Street per farvi fare una nuova montatura. Incaricai Harry di andare a ritirarli. Avevo investito una fortuna in quei brillanti. Nel caso che le azioni ribassassero, o che le banche fallissero, avrei avuto quei brillanti che potevo trasformare in liquido in un momento. Harry tornò e disse che Vasco aveva ritirato gli orecchini la mattina dopo il mio attacco, dicendo al gioielliere che io dovevo andare a una festa e ne avevo bisogno, e che poi glieli avrebbe riportati. Vasco aveva la parlantina facile.

In quel momento, evitai di prendermela troppo. I brillanti non erano assicurati. Avevo assicurato la casa e l'arredamento, ma non i gioielli di alto valore, poiché i veri professionisti che rubano i gioielli trovano il modo di cacciare il naso negli archivi delle compagnie di assicurazione, per sapere dove si trovano le grosse pietre. Mettiamo che una ragazza incaricata dell'archivio, alla società di assicurazioni, sia agganciata da un ladro in gamba, e lei gli dia l'informazione, oppure... Ma, insomma, ci pensino le compagnie di assicurazione.

Incaricai due poliziotti privati di ritrovarmi i brillanti, e costoro cercarono di scoprire qualche traccia di Vasco. Di lui non me ne importava un accidente, ma chissà che non fosse ancora in compagnia degli orecchini. I poliziotti ci lavorarono per sei mesi, e dovetti pagare grossi conti. Ma non riuscirono mai a prendere contatto né con i brillanti né con Vasco. Uno dei due poliziotti arrivò fino in Brasile, e mi riportò la notizia che Vasco, sotto altro nome, aveva moglie e quattro bambini a Porto Seguro – e perciò non ero nemmeno sposata con lui.

Non recuperai i brillanti, né ebbi mai più notizia di Vasco. A suo tempo, mi rimisi in piedi. Il cuore sembrava essermi tornato a posto. Il dottor L. mi disse che adesso pompava regolarmente come un battello fluviale. Ma dovevo stare più attenta, non eccedere nel bere e nel mangiare, evitare di fare troppe scale, e sorvegliare la pressione. Mi diede anche un altro mucchio di consigli che non seguii troppo alla lettera. Se si vive la vita del proprio corpo, e questo comincia a venirvi meno, vi accorgete che la maggior parte delle cose vi sono negate.

Ecco più o meno tutto quanto c'era da dire a proposito del mio secondo matrimonio, e del mio primo attacco di angina pectoris. Fino ad oggi non ne ho avuti altri, ma, visto che si deve sballare, un attacco di cuore non è uno dei modi peggiori. Rapido e sbrigativo. Meglio che diventare un ammasso di trippe fradicie, qualcosa che fa spavento a guardarla.

Se posso dire una cosa a proposito delle donne oltre i cinquanta che s'innamorano di un giovane stallone, dirò che hanno tante probabilità di riuscire quante di fallire. Può anche darsi che le cose non vadano troppo male, purché evitiate di guardavi allo specchio. Comunque, per quanto mi riguarda, non tentai questo gioco una seconda volta.

Col passar del tempo, bere diventò piuttosto di moda – non già che le bevande fossero migliori, ma adesso avevano nomi eleganti, e i gaudenti ordinavano un Woxam cocktail, uno Stone Fence, un Adonis. Harry imparò a prepararli tutti quanti: l'Horse's Neck, l'Old Fashioned, il Mamie Taylor, il Sidecar, il Blue Blazer. Quando era in imbarazzo, domandava a qualche gianni di descrivergli il Sabbath Calm, il Goat's Delight, lo Hop Toad, lo Zazà, il Merry Widow. E poi, con la Grande Guerra, venne la moda del Martini. Ma la gente normale restava fedele al whisky e all'acquavite. Mi portavano in regalo pernici scozzesi, dei vasetti di *foie gras*, delle scatole di caviale russo.

Confezionavo io stessa il cocktail speciale della notte di Capodanno – champagne della migliore qualità ben ghiacciato e del Sauterne versato sul ghiaccio in un enorme recipiente di cristallo, mezza dozzina di arance e di limoni a fettine, foglie di menta tritate, una pinta d'acquavite e due scatole di fragole fresche. Il tutto agitato e servito in bicchieri da champagne ben ghiacciati. Avremmo dato l'addio all'anno vecchio e visto sorgere il nuovo.

Inutile venirmi a dire, come facevano certi clienti, che il tempo e i calendari sono cose fatte dall'uomo – e che il Capodanno è soltanto un'invenzione. Il passar del tempo non mi è mai stato un motivo d'allegria.

XXIX

ULTIMI GIORNI E ULTIME NOTTI DI STORYVILLE

Ecco come andavano le cose quando a New Orleans si poteva gestire un casino sotto gli occhi di tutti. Bisognava stare bene all'erta lo stesso. Le tangenti bisognava continuare a pagarle, perché potevano farvi chiudere la casa per una sciocchezza qualsiasi, perché le condutture dell'acqua perdevano, o perché tenevate dei vecchi giornali in uno stanzino, e potevano costituire pericolo d'incendio. Qualsiasi sciocchezza poteva costituire un'infrazione ai regolamenti. Io avevo sempre ottime protezioni, poiché personaggi altolocati prendevano una quota degli incassi della casa. Con tutto ciò, era sempre un problema trovare le ragazze adatte, stare attenti che non si esaurissero per superlavoro, o che non si mettessero ad annusare polverina, tenerle al loro posto, non permettere che i loro ganzi venissero a infestare la casa, e stare attenti a non farsi rubare i liquori.

Adesso che una casa non era più esposta ad accuse di oscenità, licenziosità e prostituzione, si poteva gestirla ponendo più attenzione ai particolari. Nei primi anni del secolo (e la nuova èra fu festeggiata da noi con una festa veramente di prim'ordine), vi fu una specie di crollo nei modi tradizionali di far le cose; sembrava che la morale stesse andando a rotoli. Ma fu soltanto nel 1914 che tutto fu travolto. I patiti della frusta si erano moltiplicati, e si frustavano sul culo l'un l'altro; i vitaioli in uniforme cominciarono a chiamarlo « le vice anglais ». Gli spettacoli erotici dovevano essere più vivaci, e anche un po' pazzi. I vecchi tempi stavano tramontando, e me ne resi conto quando la coquetterie cedette il posto a certe danze pazze tipo il Castle Walk e il Bunny Hug, e i gianni, ballando, quasi facevano dei buchi sul tappeto del salotto. Bevevano ancora champagne, ma il cocktail diventava sempre più popolare, e Harry doveva imparare sempre nuove misture. Le puttane erano sempre più magre, con le tette piccole, e il culo alla Lillian Russell o alla Lillie Langtry era decisamente tramontato. Io avevo ancora un paio di ragazze ben fornite, vere donne dalle curve pronunciate, in modo da far felici i vecchi clienti. Ma le ragazze magre alla Gibson, all'Anna Held, e alla Kellerman, erano sempre più ricercate, e dovevo assumere delle ragazze che in passato non avrei nemmeno usato come esca per i topi, ai tempi in cui Lillian Russell furoreggiava con quelle chiappe così belle che sembrava una nave da guerra con tutte le bandiere al vento. Quando venne l'epoca delle maschiette – mano gratuita sul sedile posteriore delle macchine – che cominciò subito dopo la Guerra Mondiale, io non ero più nel commercio, ma sentivo le tenutarie che venivano a villeggiare giù in Florida lagnarsi di quelle dannate ragazze che sembravano ragazzi, e di cui dovevano rifornirsi per le loro case. « È come fottere un serpente ».

Un professore – non un suonatore di pianoforte, intendo un vero professore – che spesso veniva nella mia casa di Basin Street, e se ne stava in maniche di camicia nel salotto posteriore, e parlava della decadenza di questo e del crollo di quell'altro, riempiendomi la testa con della roba sociologica di cui non capivo un'acca, diceva che le abitudini stavano cambiando in tutto il mondo. Era un simpatico vecchio citrullo appartenente alla schiera di quelli che nel commercio vengono chiamati linguisti. Io stessa potei constatare il cambiamento, dopo il 1914, nel modo in cui la gente impazziva, e i prezzi salivano a più non posso; anch'io alzai il prezzo, e accorciai un poco i tempi, e adesso impiegavo francamente ragazze di colore, scure, gialle, o dorate, e non le chiamavo nemmeno più spagnole o cinesi. Alcuni dei vecchi princìpi erano crollati, ma io continuavo ancora a tener fuori il voodoo, i finocchi, le lesbiche, e i film porno. In certe case si proiettavano certi film fatti in Francia, ma io mi sono sempre vantata che da noi si poteva fare con i nostri mezzi quasi tutto quello che essi mostravano – se uno pagava il prezzo giusto.

Tenevo alla larga i pistola che seviziavano le ragazze al punto di farle sanguinare o di riempirle di lividi. Un po' di frusta, beninteso, faceva parte del gioco, e avevo un paio di ragazze di chiappe dure, alle quali piaceva abbastanza, e così, per loro, più che una sevizia era un piacere avere il culo tutto striato di rosso al punto che dovevano mangiare in piedi.

Quando parve chiaro che anche noi saremmo entrati in guerra, anche le ragazze sembrarono farsi più sfacciate. Adesso le reclutavo dove le trovavo, ed ebbi perfino un'autentica signora della buona società, alle quali ero sempre stata contraria. Abitava vicino al lago Charles, dove aveva un marito e dei figli, ma le piaceva molto farsi sbattere con violenza, era una fanatica del cazzo, quanto più grosso e prepotente, tanto meglio. Apparteneva a una famiglia socialmente importante, e ricchissima. Si faceva chiamare Alice, e le piaceva venir giù da noi, nei periodi di gran movimento e si tratteneva per una settimana; venivano costruttori navali con grossi portafogli, e spedizionieri arricchiti – ogni sorta di gentaglia dura e volgare, che si stava arricchendo con la guerra. Costoro non erano mai entrati prima di allora in un casino di lusso come il mio, e spaccavano letteralmente tutto, provavano tutto quello che avevano visto sulle cartoline francesi, e trattavano le puttane a calze di seta, boccette di profumo, e liquori. Distruggevano praticamente una stanza, fracassavano tutto ma poi pagavano. Ad Alice, costoro piacevano, anzi, ne andava pazza, e quanto più erano volgari e sporchi, tanto più le piacevano. Non era mai sazia di farsi infilare, sbattere, succhiare, leccare, frustare – era un manuale di sessuologia ambulante e alcuni di quei lumaconi, con le loro camicie nuove di seta, e perfino le ghette, gliene facevano passare d'ogni colore. Aveva avuto estasi e orgasmi come una mitragliatrice, mi raccontava il lunedì a mezzogiorno, al momento di ripartire per il lago Charles, tutta pesta, male in gambe, pallida come la pancia di un pesce, ma felice. Era questo tipo di atmosfera, erano queste donne fuori dell'ambiente che si davano alla vita allegra, a rovinare il commercio delle case, ma in quel momento noi non ce ne rendevamo conto. Non che fossi diventata una moralista, ma cominciavo ad averne abbastanza.

Come ho già detto, le guerre fanno diventare il sesso una specie di malattia, un furore epidemico. Noi, a Storyville, potevamo constatarlo a mano a mano che la guerra si faceva sempre più grande. Una quantità di gianni cominciavano a trovare il modo di sfogarsi nei loro circoli sportivi, o con incontri casuali, non con battone, ma con donne che conoscevano ai tè danzanti o nei vestiboli degli alberghi, donne che uscivano per passare un pomeriggio allegro, o per avere un po' di spasso, e magari guadagnarsi una boccetta di profumo. Cominciammo anche ad accogliere ragazzi sempre più giovani, nella loro attillata tunica militare, con stivaloni, e cinturoni alla Sam Browne. Ufficiali in addestramento, e ufficiali della Riserva Navale. New Orleans era un grande porto militare e un centro di addestramento, e al principio, per i casini fu come tornare ai tempi della febbre dell'oro del '49. Fornicare era diventata un'epidemia.

Ma c'era qualcosa che non andava, e, parlandone con le altre tenutarie, anche loro si dimostravano di questo parere. Io non leggevo gran che i giornali, e anche le ragazze li toccavano raramente; le loro letture, per quelle che sapevano leggere, erano i romanzetti e gli oroscopi. Diventavano sempre più sciattone e dovevo ordinare a Harry di dargli una buona strigliata per svegliarle un po'. Ma se ne scappavano giù dalla scala secondaria, oppure semplicemente non ritornavano, dopo la loro giornata di libertà col loro dolce papalino, o con qualche amante ufficiale. Le guerre possono essere delle miniere d'oro, per il commercio, ma danno anche parecchi grattacapi. Per un certo tempo, io non fui molto sicura del perché dovessimo entrare anche noi in questa guerra. Avevo votato per Woodrow Wilson (io ho sempre votato con tutte le ragazze, e qualche volta, ognuna di noi, due volte, come ci diceva il galoppino elettorale il giorno delle elezioni). Wilson « ci aveva tenuti fuori della guerra » e diceva « che noi eravamo troppo orgogliosi per combattere ». Ma non mi sentii molto dispiaciuta quando le trombe cominciarono a suonare *Laggiù*, e le puttane, tutte vestite di bianco come crocerossine, andavano in giro, il pomeriggio, per collaborare alla sottoscrizione del Prestito della Libertà. E magari guadagnarsi un extra di cinque o dieci dollari facendo una manuccia alla svelta con qualche ufficiale. Era un bene, poiché spesso ritornavano con qualche gianni, o con qualche alto ufficiale o senatore, e gli pareva di raddoppiare la loro opera patriottica.

Le ruberie da parte delle autorità erano andate aumentando sempre più, e i giornali parlavano malissimo di noi, il che era un guaio. Il Consiglio Comunale, consapevole della crescente richiesta di letti caldi per incontri sessuali e di ragazze a gambe aperte, aumentò le tangenti, e nel luglio 1917 riservò un'area della città alle prostitute negre, compresa tra la parte alta di Perdido Street e il lato inferiore di Locust Street. Ma era tutta polvere negli occhi. Non era più possibile separare le ragazze negre dalle bianche o le gialle o le rosee. Tutto ciò che si poteva usare a letto veniva messo al servizio della patria, per così dire, e la domanda continuava ad aumentare di pari passo con la guerra. Ognuno voleva farsi un'ultima serie di chiavate prima di andare al fronte. Ogni ragazzo di campagna voleva farsi una grandiosa fottuta in una vera casa, prima di partire e magari lasciarci la pelle. Come ho già osservato, l'idea della guerra e della morte rende l'uomo più arrapato che mai, e voglioso di darci dentro quanto più possibile. A volte non si tratta nemmeno di vero piacere, è una sorta di collasso nervoso che egli può curare soltanto con una ragazza tra lui e il materasso. Alcuni erano insaziabili e si rovinavano, altri erano come un gallo che corre dietro a qualunque gallina gli venga a tiro. Una notte sognai che l'intera città stava affondando in un mare di sperma.

Il primo segno che la pacchia stava per finire lo si ebbe nell'agosto 1917, ma noi non pensammo si trattasse di una cosa seria. Washington cominciò a regolamentare la prostituzione entro cinque miglia dai campi militari e i centri navali. Alle regolamentazioni seguirono altre regolamentazioni. Storyville aveva i giorni contati. I ragazzi, fu deciso, potevano morire per la loro patria ma non andare a letto per essa.

Nell'ottobre 1917 il Consiglio Comunale votò l'abolizione di Storyville. Ecco come suona l'ordinanza. Ne ho ancora una copia:

« Considerando il riconoscimento legale della prostituzione come un male necessario, in una città portuale delle dimensioni di New Orleans, questo Consiglio Comunale aveva ritenuto che la situazione potesse essere controllata più facilmente, e in maniera più soddisfacente, confinandola entro un'area determinata. La nostra esperienza ci ha insegnato che le ragioni di questo sono inderogabili, ma il Dipartimento della Marina del Governo federale ha deciso altrimenti ».

Il documento concludeva che alla mezzanotte del 12 novembre 1917, sarebbe stato illegale gestire un bordello nella città di New Orleans. Io pensai che i bordelli avrebbero potuto ottenere protezione e rimanere aperti. Ma non fu così. Alcune compagnie di assicurazione contro gli incendi stornarono le polizze riguardanti Storyville. Il capo dei pompieri disse che si stava complottando di dar fuoco al quartiere. Ci preparammo alla chiusura. Andate a lottare contro il Municipio, o addirittura contro Washington, con una testa di cazzo come Woodrow Wilson a capo del paese. Non erano certo i guerrafondai americani a fornire ai soldati e ai marinai un facile accesso alle donne. Da noi, i giovanotti gonfi della linfa della gioventù avrebbero dovuto soddisfarsi con le riviste, le canzonette, le torte dell'YMCA, e un po' di manfrine da soli, nella loro branda. Spesso mi domando perché non siano i soldati a gestire la loro guerra. Forse perché i vecchi gli raccontano tante di quelle balle da annebbiargli il cervello. Non ho mai creduto nelle stragi di giovanotti.

Io non son tipo da mettermi a urlare di rabbia, e da sbattere la testa contro i muri. Mi volto e me ne vado. La maggior parte delle case chiusero i battenti. Storyville era diventata un cimitero dove perfino i fantasmi sembravano affamati. Io decisi di rimanere fino alla fine.

E così si arrivò alla mezzanotte del 12 novembre. Una certa signora Dix aveva cercato di ottenere una proroga. Niente da fare. Io avrei chiuso la casa con tutte le bandiere spiegate, e non avrei continuato. Era la mia serata d'addio, per così dire, e non piangevo, ma nemmeno gettavo baci. Per due settimane il quartiere era stato percorso in lungo e in largo da carri e carretti. Io avevo venduto l'intera azienda, mobilio e tutto, a un greco che aveva aperto un piccolo casino tranquillo vicino alla base militare, e che sarebbe venuto a prendere la roba il mattino dopo. Era un uomo d'iniziativa, e aveva dieci grasse parenti che avrebbe impiegato come puttane.

Le ragazze indossavano i loro più begli abiti da sera, e i negligés più eleganti, e per la chiusura della mia casa avevo invitato i vecchi clienti, gli ufficiali che erano diventati assidui, e i gianni della migliore società di cui ero stata tanto orgogliosa. Avevo invitato cinquanta persone, se ne presentarono settantacinque, facendo finta di niente. Aprimmo alle nove; dovevamo chiudere a mezzanotte, e spegnere le vecchie lanterne al dodicesimo rintocco, come Cenerentola.

Le ragazze erano tutte ben truccate, coi capelli pettinati all'insù, e talmente su di giri che allungavano la mano ai bottoni della patta degli uomini. Qualcuno aveva passato in giro una bottiglia – sembravano come in un incendio. Anni di disciplina andavano a farsi fottere. Lascia che si sfoghino, pensai. Erano tutte eccitate e arrabbiate, ma anche felici. Metà erano già ubriache, poiché, con mance, si erano fatte portare dalle domestiche negre delle bottiglie su in camera, prima di scendere. Io avevo venduto la maggior parte della mia cantina al club B..., per diecimila dollari. Per anni avevo continuato a immagazzinare roba di prim'ordine, e avevo tenuto da parte dello champagne, dell'acquavite, del bourbon e del rye ben invecchiati. A quell'epoca, erano pochi quelli che bevevano scotch.

Avevo fatto aprire un barilotto di birra nel salotto grande e in quello riservato. Harry serviva al banco del bar. Anche lui era piuttosto cotto, e si teneva accanto, dietro il banco, il grosso cane Prince, ogni tanto pilucava qualcosa dal buffet, dove avevo fatto affettare l'ultimo dei grossi prosciutti affumicati, del tacchino, del pesce, un intero assortimento di gamberi, di aragoste, e di granchi dal guscio molle. Nessuno doveva spendere un centesimo, per tutto questo – le ragazze, il mangiare, e il bere, era tutto a carico della casa. Se qualche puttana chiedeva un regaluccio d'addio, per le ultime chiavate a Storyville, questo riguardava soltanto il gianni. Io non c'entravo più.

Verso le dieci, una banda di teppisti cercò di entrare, ma il sindaco aveva riempito Storyville di poliziotti, quella sera, poiché era corsa voce che le puttane e i loro amici avrebbero dato fuoco al quartiere, al momento d'abbandonarlo. I poliziotti non lasciavano entrare nessuno nella casa, a meno che io gli dicessi che erano miei amici o invitati. Non volevo far entrare nessuno che potesse rovinare la festa, nessuno di quegli schifosi pescicani, con le loro camicie di seta da venti dollari e i loro modi volgari.

Un vecchio signore, un giudice, si mise a piangere, seduto sulle scale, con due puttane nude sulle ginocchia, che cercavano di farglielo venir duro, e il professore, quello vero, fece un lungo discorso sulla caduta di Roma, che, secondo me, c'entrava come i cavoli a merenda.

Dopo un po' mi stufai di tutto quanto e me ne andai nella mia stanza da letto con qualche vecchio cliente; avevano tutti un'aria molto vecchia, e anch'io mi sentivo vecchia. Non mi ubriacai come mi ero aspettata. La roba che bevevo non mi faceva effetto, quella sera. Centellinando, parlavamo delle ragazze che erano morte, o che erano impazzite, delle feste di Capodanno e del Quattro Luglio; di quella volta che eravamo andati tutti alla messa per assistere al matrimonio di una puttana di Richmond col figlio di un impresario di costruzioni stradali, e poi parlammo del tipo di donne che si mettevano a fare le puttane al giorno d'oggi. Fica gratis non è buona fica. Ci vuole pratica, esperienza, gentilezza, e compenso.

Alice, la signora distinta del lago Charles, stava facendo un baccano d'inferno in una vasta ammucchiata nella sua stanza con alcuni ufficiali texani, veri bastardi schifosi come lo sono certi texani. Dissi a Harry di fargliela smettere; di farla vestire, e di cacciarla in un taxi che la portasse alla stazione, e, sperabilmente, al lago Charles. Lei continuava a strapparsi i vestiti appena glieli mettevano addosso, e urlava: « Oh, Dio, il lago Charles, e Sam, e ogni giorno la stessa storia! E la chiamano vita! ». Faceva dei discorsi pazzi agli ufficiali e agli altri clienti, sulla sua bravura a letto, la sua resistenza, la sua capacità d'invenzione, ma infine Harry riuscì a ficcarla in un taxi con una ragazza Caiana che tornava a Lafayette, dove la sua famiglia faceva la pesca dei gamberi.

Fu l'ultima vera chiassata della casa. A mezzanotte stavo sotto il grande candelabro dell'ingresso, che aveva perso alcuni dei suoi cristalli, e bevemmo tutti insieme l'ultima coppa di champagne, le puttane piangevano, sia le nude che le vestite, e i gianni nudi, vestiti, o semivestiti, scendevano dal piano di sopra. Fu una cosa commovente. Guardando le rovine del bar e del buffet, i cuscini sbudellati, tutto ciò che riuscii a pensare fu quanto sarebbe stato l'incasso di quella notte se non avessi preso tutto a mio carico. Le abitudini, in me, difficilmente vengono meno.

Ma ne avevo fino agli occhi, di gestire un casino. Avevo da parte un bel gruzzolo, in azioni che mi erano state consigliate da un cliente. Avevo un appartamento in Florida, dove sarei andata a stare, e alcune aree fabbricabili a Saint Louis. Lasciavo la città, e al mattino dopo avrei consegnato tutto al greco, col mazzo delle chiavi.

Era dal 1880, che facevo la tenutaria. Dicevo di avere quarantanove anni, ma ne avevo sessantatré, e li sentivo. Mi sentivo le giunture irrigidite, e il mondo dei gaudenti non aveva più nessuna classe. La guerra aveva cambiato tutto, prevedevo che tutto sarebbe cambiato molto di più, e non volevo averci niente a che fare. Ero veramente stanca, e non avevo nessuna storia con nessun uomo. Il sesso era una cosa di cui potevo fare a meno. Ho sempre pensato che una tenutaria se la passava molto meglio se era un po' frigida.

Alcune delle mie colleghe, dopo la chiusura di Storyville, cercarono di gestire qualche casino clandestino, ma le autorità di polizia erano troppo impaurite per permetterglielo. Il Dipartimento di Giustizia aveva messo sulla scena i suoi uomini, e nessuno riusciva a immaginare il loro prezzo. Non già che fossero onesti, ma, anche se corrotti, non c'era da fidarsi di loro: s'intascavano i soldi e non davano nessuna protezione. I funzionari federali sono di solito dei porci, dei bastardi schifosi e rapaci; di solito galoppini elettorali che vengono ricompensati con questi posti di tutto riposo.

Arrivò mezzanotte, e i clienti, i gianni, uscirono completamente dalla mia vita. Le puttane fecero su la loro roba, e col cappello sulle ventitré, la maggior parte se ne andarono col loro ganzo. Le domestiche negre e l'uomo di fatica se ne andarono, rastrellando gli avanzi della cena e un po' di bottiglie. La mia cuoca Lacey Belle aveva fatto i suoi bagagli, l'enorme ombrello turchino arrotolato e infilato sotto le cinghie della sua valigia di cuoio. Stava vuotando il secchio della spazzatura quando entrai in cucina per versarle il suo avere. Disse che partiva per la Georgia, dove sarebbe rimasta una settimana, ospite di parenti, e poi sarebbe andata su a Detroit. Non voleva che i suoi figli – aveva due ragazzi all'Università di Howard – crescessero in un posto dove li avrebbero chiamati teste di cazzo, e il Klan li avrebbe magari accoppati. Anche lei era vecchia, e non stava troppo bene di salute. Spero che si sia trovata bene a Detroit, e che i suoi ragazzi non siano stati arrostiti su qualche barbecue del Klan.

Harry era ben sistemato. Aveva comprato delle quote di alcuni pescherecci di gamberi, e si ritirava a Key West, portandosi dietro il nostro cane da guardia.

Io avevo sessantatré anni. Che cosa sentivo e pensavo, in quel momento? Prima di tutto, non sono affatto d'accordo con quella poesia sulla vecchiaia che un cliente rincretinito aveva recitato, una sera, e che diceva che: « il meglio deve ancora venire ». Una fava. A sessantatré anni, dovevo guardare indietro alla mia vita, non avanti, e lo sapevo. Mi ritiravo dagli affari con un discreto gruzzolo, e una certa quantità di azioni e di titoli da poter affrontare una vecchiaia sopportabile – ammesso che la vecchiaia possa mai essere sopportabile. Ma chi avrebbe immaginato che il crollo del mercato immobiliare in Florida, alla metà degli anni venti, si sarebbe ingoiato la maggior parte del mio liquido, o che la Grande Crisi di Hoover avrebbe ridotto quasi al nulla tutti i miei investimenti azionari? E oltre a ciò... ma non andiamo troppo lontano. Mi limiterò a dire che la notte in cui chiusi la mia casa, pensavo di avere buoni dollari e azioni sufficienti per poter stare tranquilla, anche se più tardi sembrarono stampati su gocce di pioggia.

Era stata, pensavo quella notte, una vita dura in molti sensi, ma anche interessante. A volte, una vita pazza – non era il caso di illudersi – ma, tutto sommato, più felice e più attiva di quella della maggior parte della gente. L'avevo vissuta più che altro sola – quando non lavoravo, voglio dire. Era stata una vita solitaria e dura. Avevo preso le mie decisioni da sola, su dove andare, e su che cosa fare una volta che ci fossi andata. Ma mi resi conto anche che, in definitiva, non ero stata più libera di quanto lo sia la maggior parte della gente. Ero stata condizionata dai tempi e dalle cose che succedevano, dall'umore della gente, dalle abitudini, e dalle necessità; tutto questo mi aveva sbattuta qua e là, come fa il vento con una barca a vela. Certo, il caso mi aveva giocato dei tiri mancini, ma anche la fortuna, che è molto conveniente avere dalla nostra parte, era intervenuta più volte, dandomi una spinta o una raddrizzata.

Avevo imparato molte cose sulla vita, assai di più di quanto credo si possa imparare nei libri, e mi ero tirata fuori usando il mio giudizio e la mia immaginazione, e sentendo che la gente, fessi e furbi, erano tutti quanti parte di me e del mondo. Loro, noi, non sono così cattivi come alcuni credono, e così scemi come pensano altri. Non ho mai pensato di essere molto diversa da loro. Se la fortuna mi avesse toccata in altro modo, avrei potuto essere una signora, avere un'istruzione, avere dei bambini e dei nipoti. In mancanza di fortuna avrei potuto avere un'altra sorte assai peggiore. Sarei potuta finire un rottame, un povero mucchietto d'immondizia galleggiante sul rigagnolo. Non avrei mai avuto un mio modo di vivere – qualunque cosa ciò possa significare.

Sono stata abbastanza intelligente da sapere che c'era un mucchio di cose che non avrei mai saputo. Non sono mai stata abbastanza intelligente da immaginare che ci fosse *qualcosa* in qualche posto che dirigesse la mia vita. Non che fossi del tutto sicura ch'ero sola ad affrontare le difficoltà e a decidere quale via imboccare. Forse era un po' l'uno e un po' l'altro. Non ho la pretesa di saperlo. Non credo che fare la puttana, la tenutaria, a contatto con la miglior gente, con la parte maschile per lo meno, facesse molta differenza nel vederla come la vedevo io, dal fondo o dalla cima della società. Era come una torta rivoltata, quale parte fosse il dritto e quale il rovescio dipendeva da quante volte la rivoltavate. Quando si arrivava alle cose importanti, la crema della società era altrettanto sola, altrettanto vulnerabile, altrettanto smarrita e disonesta quanto la parte più bassa. Quelli che stavano su, mentivano a proposito dei loro diritti, della loro importanza. Sapevano benissimo che il loro sistema politico era in gran parte una turlupinatura e un inganno, un vendere e comprare. In realtà, si rifiutavano di credere che i neri, gli ebrei, i poveri, tutta la gente che sudava e puzzava, non avessero accesso ai diritti che aveva la gente di qualità. La società chiudeva gli occhi su ciò che sapeva era sbagliato e sporco, e parlavano tanto di Dio e di fede, ma li gettavano via non appena uscivano dalla chiesa nella loro parata domenicale.

Quanto alla malavita – per tutti gli anni che ci fui dentro – e al mondo delle puttane e delle tenutarie, noi non avevamo quella che la maggior parte della gente chiama morale. Noi eravamo storti e toccati nella testa, in molti sensi. Pure, alcune delle migliori persone che ho conosciuto provenivano da questo tipo di vita (anche alcune delle peggiori). Noi si viveva interamente, fino all'ultimo centimetro della candela. I migliori di noi, al momento del bisogno vi danno una mano. Ma non v'è niente di nobile in una puttana, o in una tenutaria, o in un ruffiano, come pure nella gente con la quale noi avevamo a che fare – i padroni di casa, la polizia, i pubblici funzionari. Noi facciamo parte di una società che è marcia subito al di sotto della superficie. Dimostriamo di essere degli esseri umani cercando di fare qualcosa, di servire a qualcuno.

Io ho sempre cercato di vedere il quadro nel suo insieme. Tutti quanti, etichettati e non. Parole come *buono* e *cattivo* non hanno mai avuto molto significato, per me, come pure le parole *rispettabile* e *non rispettabile*. Vedevo la gente semplicemente come tale, nascere, crescere, chiavare, mangiare, amare, desiderare, perdere, esser triste, invecchiare, odiare, morire. Certe volte era troppo, e non potevate farci nulla; vi sareste spezzati il cuore. A volte non si vedeva che senso vi fosse ad andare avanti. Sarebbe stata sempre la stessa cosa, sempre la stessa cosa. Ma io andavo avanti ugualmente. Rimasi sulla breccia tutto il tempo. Era amore per la vita, sinceramente, il piacere di vedere che cosa c'era sotto il prossimo piatto, voltato il prossimo angolo. Imparai presto a vivere giorno per giorno. Per poterlo fare, bisogna dimenticare la speranza, e dimenticare la fede. Sì, avete capito esattamente.

Se si lascia da parte queste due grandi cose, si può continuare a vivere. Quello che ci butta giù è sempre la nostra speranza nel domani, la speranza nel futuro, la speranza nella gente. E la fede? Fede in che cosa? Nella ricompensa in cielo? Ecco un tale che viene fuori a dirci che questa è l'unica fede, e quello che gli sta accanto dice: No, la vera fede è la mia. Ciascuno ha una propria idea della fede, ma nessuno è d'accordo con un altro. Per me, è stato meglio vivere senza nessuna delle fedi organizzate. È come un toast bruciato, bisogna raschiare via un sacco di roba prima di trovare ciò che c'è rimasto del pane bianco originale.

Io sono una giocatrice. Direi che c'è forse una sola probabilità che ci sia un Dio che s'interessi personalmente a me, e novantanove probabilità che non ci sia. È l'atteggiamento del buon giocatore. Non so quale sia il mistero, non so che cosa ci crei e poi ci distrugga. Ma fin da quando ero piccola che arrivavo appena alla manovella della pompa, non ho mai creduto che qualcuno sappia veramente le risposte a queste domande. Non m'interessava, un Dio che aveva fatto morire Monte e Sonny, e che faceva morire soffocati i bambini piccoli in quelle sporche stanze di città. O che lasciava arrostire all'inferno i bambini non battezzati.

Io sono una donna religiosa, ma fuori delle vecchie regole. La mia religione è vivere, essere me stessa, non far del male al prossimo, non essere troppo severa nel giudicare, non dire che con questo merlo posso parlare e con quest'altro no. Se ho un credo, è di mantenere la mia parola, pago per tutto ciò che ricevo, non sono amabile, non sono gentile con gli scemi. Per ciò che pago voglio il peso giusto. Qualunque cosa io sia, voglio ugualmente essere me stessa. Chiunque, qualunque cosa mi ucciderà, voglio essere in grado di fargli un palmo di naso e dirgli: « Grazie per il passaggio ».

Ecco pressappoco come la pensavo quell'ultima notte, quando chiusi la mia casa. E continuo a pensarla così, solo che gli angoli si sono un po' smussati. Sono ancora la stessa, solo un po' più rigida nelle giunture, con un po' più di rughe. E molto meno sicura del mio tetto, del mio vitto e del mio alloggio, senza più il bel gruzzolo con cui mi ero ritirata. Si finisce immancabilmente per scoprire due cose. Che non è il Signore che ci dà e ci prende. È la gente, e le condizioni generali. La seconda è che se continuiamo a svegliarci ogni mattina, possiamo anche continuare a vivere.

E così, addio, Storyville, mia ultima casa. Quella notte dormii bene e profondamente per la prima volta dopo settimane e, alle dieci del mattino dopo, feci i miei addii a Harry e al cane, lasciai le chiavi per il greco, e andai alla stazione a prendere il treno per la Florida. Le strade erano piene di cartacce e di bottiglie rotte, e qualcuno aveva dato fuoco a un vecchio furgone di lavandaio, a Storyville... ammesso che potesse ancora chiamarsi Storyville. Gli ero affezionata, a quel dannato posto.

gli Adelphi

VOLUMI PUBBLICATI

1. Milan Kundera, *L'insostenibile leggerezza dell'essere* (11ª ediz.)
2. Konrad Lorenz, *L'anello di Re Salomone* (9ª ediz.)
3. J.R.R. Tolkien, *Lo hobbit* (8ª ediz.)
4. Fritjof Capra, *Il Tao della fisica* (7ª ediz.)
5. Karen Blixen, *Sette storie gotiche* (3ª ediz.)
6. Joseph Roth, *La Cripta dei Cappuccini* (5ª ediz.)
7. Gerald Durrell, *La mia famiglia e altri animali* (6ª ediz.)
8. Robert M. Pirsig, *Lo Zen e l'arte della manutenzione della motocicletta* (8ª ediz.)
9. Jan Potocki, *Manoscritto trovato a Saragozza* (3ª ediz.)
10. Nell Kimball, *Memorie di una maîtresse americana* (2ª ediz.)
11. John G. Neihardt, *Alce Nero parla* (5ª ediz.)
12. Douglas R. Hofstadter, *Gödel, Escher, Bach* (3ª ediz.)
13. Salvatore Satta, *Il giorno del giudizio* (3ª ediz.)
14. Giorgio Colli, *La sapienza greca, I* (2ª ediz.)
15. James Joyce, *Dedalus* (2ª ediz.)
16. René Guénon, *Simboli della Scienza sacra* (3ª ediz.)
17. Georg Groddeck, *Il libro dell'Es* (4ª ediz.)
18. Arthur Schnitzler, *Il ritorno di Casanova* (3ª ediz.)
19. Antonin Artaud, *Eliogabalo*
20. *Vita di Milarepa*, a cura di J. Bacot (3ª ediz.)
21. Milan Kundera, *Lo scherzo* (6ª ediz.)
22. M.P. Shiel, *La nube purpurea* (2ª ediz.)
23. René Daumal, *Il Monte Analogo* (3ª ediz.)
24. Konrad Lorenz, *L'altra faccia dello specchio* (3ª ediz.)
25. Elias Canetti, *La lingua salvata* (3ª ediz.)
26. Roberto Calasso, *Le nozze di Cadmo e Armonia* (5ª ediz.)
27. Georges Simenon, *L'uomo che guardava passare i treni* (6ª ediz.)
28. Joseph Roth, *La milleduesima notte* (4ª ediz.)
29. *Bhagavadgītā*, a cura di A.-M. Esnoul (3ª ediz.)
30. Henry Corbin, *Storia della filosofia islamica*
31. Michel de Montaigne, *Saggi* (due voll.)
32. Robert Walser, *Jakob von Gunten*
33. Giorgio Colli, *La sapienza greca, II* (2ª ediz.)
34. Milan Kundera, *La vita è altrove* (4ª ediz.)

35. Douglas R. Hofstadter - Daniel C. Dennett, *L'io della mente* (2ª ediz.)
36. Karl Kraus, *Detti e contraddetti* (2ª ediz.)
37. Georges Simenon, *Betty* (4ª ediz.)
38. Joseph Roth, *Giobbe* (3ª ediz.)
39. Guido Morselli, *Roma senza papa*
40. Adolf Loos, *Parole nel vuoto* (2ª ediz.)
41. *Zhuang-zi* [*Chuang-tzu*] (2ª ediz.)
42. *Il Cantico dei Cantici*, a cura di Guido Ceronetti (2ª ediz.)
43. Benedetto Croce, *Storia d'Europa nel secolo decimonono*
44. Karen Blixen, *Racconti d'inverno* (3ª ediz.)
45. Jurgis Baltrušaitis, *Il Medioevo fantastico* (2ª ediz.)
46. Glenn Gould, *L'ala del turbine intelligente* (2ª ediz.)
47. Milan Kundera, *L'immortalità*
48. Giorgio Colli, *La sapienza greca, III*
49. *Il diario di Nijinsky*
50. Edwin A. Abbott, *Flatlandia* (2ª ediz.)
51. Georges I. Gurdjieff, *Incontri con uomini straordinari* (2ª ediz.)
52. *I Vangeli gnostici*, a cura di Luigi Moraldi (2ª ediz.)
53. Georges Simenon, *Pietr il Lettone*
54. Fleur Jaeggy, *I beati anni del castigo* (2ª ediz.)
55. Georges Simenon, *L'impiccato di Saint-Pholien*
56. Friedrich Hölderlin, *Le liriche*
57. Aśvaghoṣa, *Le gesta del Buddha*
58. Joseph Roth, *Confessione di un assassino* (2ª ediz.)
59. Marco Polo, *Milione*
60. Gitta Sereny, *In quelle tenebre*
61. Henri-Pierre Roché, *Jules e Jim* (2ª ediz.)
62. Elias Canetti, *Il frutto del fuoco* (2ª ediz.)
63. Georges Simenon, *La ballerina del Gai-Moulin*
64. Roberto Calasso, *La rovina di Kasch*
65. Brantôme, *Le dame galanti*
66. Ingeborg Bachmann, *Tre sentieri per il lago*
67. Milan Kundera, *Amori ridicoli*
68. Georges Simenon, *Il defunto signor Gallet*
69. Djuna Barnes, *La foresta della notte*
70. Herman Melville, *Moby Dick o la Balena*
71. *Tao tê ching*, a cura di J.J.L. Duyvendak
72. Georges Simenon, *Il porto delle nebbie*
73. Emanuele Severino, *Essenza del nichilismo*
74. Robert M. Pirsig, *Lila*
75. Georges Simenon, *Il cane giallo*

FINITO DI STAMPARE NEL FEBBRAIO 1995
DALLA TECHNO MEDIA REFERENCE S.R.L. - MILANO

Printed in Italy

gli Adelphi
Periodico mensile: N. 10/1990
Registr. Trib. di Milano N. 284 del 17.4.1989
Direttore responsabile: Roberto Calasso